송계월 전집 2

● 진선영(陳善榮, Jin Sun Young)

문학박사. 1974년 강릉에서 출생하여 이화여자대학교 대학원 국어국문학과를 졸업했다. 「한국 대중연애서사의 이데올로기와 미학」으로 박사 학위를 받았으며 현재 이화여자대학교에서 강의하고 있다. 대중문학에 대한 관심에서 출발하여 잊히고 왜곡된 작가와 작품의 발굴에 매진하고 있으며 젠더, 번역 등으로 연구 영역을 확대하고 있다. 주요 논문으로는 「유진오 소설의 여성 이미지 연구」, 「마조히즘 연구」, 「전통적 세계지향과 도덕적 인간학」, 「부부 역할론과 신가정 윤리의 탄생」 등이 있다.

저서
『최인욱 소설 선집』 (현대문학)
『한국 대중연애서사의 이데올로기와 미학』 (소명출판)

● 송계월 전집 2 -담론편

인 쇄 2013년 10월 21일
발 행 2013년 10월 30일
편 자 진선영
펴낸이 이대현
편 집 박선주
디자인 이홍주
펴낸곳 도서출판 역락
　　　서울시 서초구 동광로 46길 6-6(문창빌딩 2F)
　　　전화 02-3409-2058(영업부), 3409-2060(편집부)
　　　팩시밀리 02-3409-2059
　　　이메일 youkrack@hanmail.net
　　　등록 1999년 4월 19일 제303-2002-000014호
ISBN 978-89-5556-095-4 94810
　　　978-89-5556-093-0 (세트)

정 가 30,000원
　• 잘못된 책은 구입처에서 바꾸어 드립니다.

■ 이 도서의 국립중앙도서관 출판시도서목록(CIP)은 e-CIP홈페이지(http://www.nl.go.kr/ecip)와 국가자료공동목록시스템(http://www.ml.go.kr/kolisnet)에서 이용하실 수 있습니다.
　(CIP제어번호 : CIP2013020744)

송계월 전집 2
-담론편-

진선영 편

역락

머리말

송계월(宋桂月), 가만히 이름을 불러본다. 마음속으로 천 번쯤 더 불러 보았을 이름. 이름을 부르고 나면 울컥하기도 하고, 그립기도 하고, 화가 나기도 하고, 아주 가끔 웃음이 나기도 한다. 이 다단한 감정들은 송계월의 작품을 발굴하면서 느낀 감정이지만 어쩌면 송계월이 당대 남성들에게, 혹은 사회에 대해 느낀 감정인지도 모르겠다. 그렇게 함께, 5개월간을 송계월의 마음처럼 살았다.

우리가 알고 있는, 들었던 송계월은 어떤 지점에 위치해 있는가? 사회주의 여성운동가, 부인기자, 여류문인 정도라면 다행이지만 기생, 이혼녀, 백철의 애인, 처녀출산 등으로만 기억된다면 대단히 애석한 일이다. 기실 이 서로 다른 두 극점 사이에 송계월이 있다. 전자의 삶을 치열하고 열정적으로 살아냈지만 후자의 소문에 목숨이 붙들린, 그 사이에 23세로 요절한 여성문인 송계월이 있다.

송계월의 삶은 식민지 과도기를 살아낸 한 신여성의 미시사가 아니다. 신여성이라는 존재론적·사회적 근거를 바탕으로 현실을 냉철하게 인식하고, 적극적이고 투쟁적인 방식으로 당대와 길항하였다. 이것이 굵직한 식민지 역사와 겹쳐질 때 송계월의 삶은 식민지 여성사가 될 수 있는 것이다. 더불어 송계월은 삶의 목적의식을 문학의 주제의식과 일치시키고자 노력했던 인물이다. 그것이 세련되지는 못했을망정 최소한 정직하고자 했던 자기 결백의 인물이었다. 핍진한 삶의 경험으로부터 발생한 사회적 쟁점들—젠더, 계급, 조직의 문제는 강렬한 주제의식으로 송계월의 서사를 지배하게 된다.

현재까지 송계월의 기초적인 사실조차 충분히 밝혀지지 않았으며 소개된 경우에도 부분적이거나 제대로 된 평가를 받지 못한 경향이 있다. 자료의 발굴과 재평가는 학문에 대한 근본적인 문제제기이며 인문학 분야에서 후행하는 연구에 대해 선행연구가 가질 수 있는 미덕이다. 그러므로 『송계월 전집 1, 2』는 후행연구의 토대로서의 기반을 마련하고자 하였다.

송계월 전집을 계획하고 작업을 시작한 것은 올해 4월 초였다. 2권의 책을 내어 놓기에는 짧은 시간인 듯 보이지만 사실, 송계월과의 인연은 2005년으로 거슬러간다. 석사학위 논문의 주제였던 유진오의 소설을 읽던 중 송계월을 알게 되었다. 『수난의 기록』속 지적이고 매력적인 인텔리 여성 '애라'가 실존 인물 송계월을 모델로 하였다는 것, 그녀가 23세로 요절한 미모의 여류문인이었다는 사실은 연구자로서의 호기심을 자극하였다. 그때부터 꾸준히 송계월의 작품과 관련 담론, 사진 등을 수집하였고 올해로서 그 긴 여행의 결실을 보게 되었다.

원래 송계월 전집은 한 권의 책으로 기획된 것이다. 송계월의 서사를 1부로 담론을 2부로 기획되었던 것이 『신여성』지를 벗어나 다른 잡지로 눈을 돌리자 그 양이 상당하였고 서사로만 한 권의 책을 꾸릴 수 있게 되었다. 그러다보니 송계월과 관련된 담론(문학비평, 소문, 맹휴 및 여학생 만세운동 관련기사)을 별도의 제명으로 내어놓는 것이 어색하여 전집이라는 이름에 걸맞지 않지만 무리하게 함께 넣게 되었다. 넓은 양해가 있길 바란다. 두 권의 전집과 함께 내년 초 송계월의 낱낱한 삶의 이력, 역사적 현장, 사진, 논문 등을 수록한 『송계월 평전』을 내어놓을 예정이다.

1933년 5월 31일 오후 1시 5분. 궂은 비 내리는 늦은 봄 송계월은 세상을 떠났다. 베개 밑까지 차가운 바닷물이 밀려든다는 북청의 쓸쓸한 어촌에서, 죽음을 상징하지 않는 꽃이라면 뭐라도 좋으니 한 묶음만 보내달라는 편지를 보냈으나, 북쪽의 작은 어촌은 이를 허락하지 않았다.

2010년은 송계월 탄생 100주년, 2013년 올해는 사후 80주년이 되는

해이다. 철저한 역사의식과 식민지 현실에 대한 날선 감각으로 23세의 짧은 생을 열정적으로 살다가 그녀. 언론인 이서구의 말처럼 '그녀에게 10년의 목숨만 빌려 주었던들' 우리는 지금과 다른 문학사를 꿈꿀 수 있지 않았을까!

발굴이라는 고고학적 시간을 등 뒤에서 응원해준, 감사드려야 할 선생님과 동학들이 있다. 도서관의 어두운 고서실에서, 즐비한 신문, 잡지들 속에서 길을 잃었을 때 토닥이고 보듬어주신 분들은 바로 이분들이셨다. '문학전집을 내는 일은 작가를 사랑하는 방식'이라고 알려주신 서정자 선생님, 앞선 여성들의 선택의 의미를 통해 오늘날의 우리를 되돌아보게 해주셨던 이상경 선생님, 여성작가 복권이 의미하는 것에 대해 깊은 통찰을 주셨던 김복순 선생님, 넓고 깊은 연구로 페미니즘문학 연구자의 '길'을 보여주신 심진경 선생님, 이 책의 출발점을 제시해 주신 박정애, 김연숙 선생님. 외롭고 고달픈 시간을 선생님들의 머리글로 위안을 받았다. 이분들의 선구적 연구와 저작이 이 책의 연구적 도덕성이었음을 고백한다.

이화여대라는 연구공간은 여성 연구자에게 더 할 나위 없는 고마운 공간이다. 같은 곳을 바라보며 함께 고민하는 동학들이 있고, 앞서 이 길을 걸으신 교수님들의 따뜻한 시선과 독려가 있다. 김미현 교수님은 '여성-연구자'로서 길을 열어주신 분이다. 선생님이 나에게 '눈'과 '목소리' 주셨다. 알뜰하게 주신 시선과 목청을 잘 벼리어 작가와 작품을 '살리는' 글을 쓰고 싶다. 어머니와 같은 자애로운 인품으로 안부를 물어주시던 김현자, 김현숙 선생님, 연구자로서의 자세를 몸소 보여주시는 정우숙, 연남경 교수님, 그 외 연구적 자양분을 길러주신 많은 이화여대 교수님들께도 감사한 마음을 드린다. 전집의 기획과 발굴을 옆에서 함께 해준 동학들, 김윤정, 김소륜, 황지영, 서승희, 원은주, 임선숙,

손자영에게도 깊이 깊이 고마운 마음을 전한다.

함께 공부하는 연구자 외에 송계월이라는 이름만 듣고 선뜻 손을 내밀어 주신 분이 역락 이대현 사장님이시다. 역락에서 『신여성』의 영인본을 출판했던 것이 인연이 되어, 연구자의 입장에서 조언과 격려를 해 주셨다. 원문 발굴의 어려움을 연구자와 나누어 짐 지신 분은 편집을 담당한 박선주 선생님이시다. 발굴과 그것의 현실화에는 간극이 있다. 이에 현명하게 대처해주신 선생님에게 고마운 마음은 이로 말할 수 없다. 앞으로도 역락과의 소중한 인연을 기약한다.

가족들에게는 왜 항상 고마운 마음보다 미안한 마음이 앞서는 줄 모르겠다. 연구자의 연구적 노력과 결과물의 산출은 가족들과 함께하지 못하는 공백과 비례한다. 교수자이자 연구자이면서, 엄마이자 아내이자 며느리여야 하는, 아직도 이 사이에서 균형을 찾기란 요원하기만하다. 박창성, 박성준, 박경민 고맙고 미안하고 그리고 가장 크게 사랑한다고 말하고 싶다. 더불어 본인의 역할에 작은 손을 보태어 주시는 모든 분들에게 감사와 존경의 마음을 보낸다.

2013. 진선영

⊞ 일러두기

1. 송계월의 전작품과 담론을 발표 당시의 원문대로 수록하였고 출전은 각 작품의 말미에 밝혔다.

2. 맞춤법과 띄어쓰기, 괄호 속의 한자, 인용부호, 특수기호(○, ×, ★, ◇) 등도 원문 그대로 수록하였다.

3. 오기나 오식으로 보이는 경우, 틀린 한자의 경우에도 원문대로 수록하였다.

4. 원전에서 판독할 수 없는 부분은 ●기호로 표시하였다.

5. 송계월의 작품은 소설, 일기·수기·서한, 수필, 평론, 칼럼, 인터뷰, 방문기·참관기, 좌담회, 편집후기 등의 순서로 수록하였고 담론집에는 송계월과 문학(문학비평, 여류문사 시비론, 문단소식), 소문(연애담, 처녀출산, 미모), 추모(투병소식, 부고, 애도문), 맹휴와 여학생 만세운동 기사 순서로 수록하였다.

송계월 추모 글

동맹휴학 및 여학생 만세운동 관련 기사

송계월 서사

송계월
문학 관련 글

제1장
송계월
문학 비평

閔丙徽, 「朝鮮푸로作家論」

前言

三千里社 注文에依하야 文藝評論을쓰기로한다.

먼저企圖는「暴露小說制作問題」로 하엿스나 나의個人的事情에 依하야 題를「朝鮮푸로레타리아作家論」이라고하야 朝鮮푸로레타리아 文藝運動을위하야 싸호고잇는 푸로레타리아 作家와 그의作品을 論하여 보려는것이다.

그런데한가지 未安한것은 여러作家의作品을 全部손에못들고붓을들은 關係로作品은 一一히 列擧치 못하는것이다.

그러면 우리는 그런대로 本論으로드러가쓰려는 것이나 써서 文責을 謝하기로 하자.

作家의輩出과作品

朝鮮에는 푸로레타리아作家로서 行勢하는사람들이만타 그들이 初創時代(無産文藝運動)로부터 써오든사람을 들어본다면 朴英熙 金基鎭

趙明熙 李箕永 韓雪野 宋影 尹其鼎 李亮 崔鶴松 金永八 柳完熙 兪鎭午 李孝石 宋桂月 崔貞熙 嚴興燮 崔承一 李益相 金南天 李赤曉 李無影 等諸氏다.

그러나 只今에 처음으로 朴英熙 金基鎭 尹基鼎 李亮 金永八 崔鶴松 柳完熙 崔承一 李益相氏等이 푸로레타리아作家란 말을 들을째 意外로 생각할 讀者들도 만을것이다.

朴英熙 金基鎭氏는 評論家로 일홈잇는 사람이고 其外李亮氏等이 무슨푸로레타리아 作家냐고? 反問할지도 모를일이다 그러나 이분들도 녯날에는 푸로레타리아 ××을 위한다고 만흔 作品을 내여노앗섯다.

그作品을 생각나는대로 써보면 朴英熙氏에게 「二重病患者」(開闢)「산양개」(同誌) 「피의舞臺」(同誌) 「事件」(同誌) 「地獄巡禮」(朝鮮之光) 戰鬪(開闢) 「徹底」(別乾坤)等이잇고 金基鎭氏에게는 「붉은쥐」(開闢) 「沒落」(同誌) 「젊은理想主義者의死」(同誌) 約婚(長篇小說時代日報)等이잇스며 李亮氏에게 「古鎭洞」(朝鮮之光) 「사랑하는네게보내는」(題 確實치안타 現代評論) 「새로차저내인것」(朝鮮之光) 等數篇의作品이잇스며 金永八氏에게 「불이야-」(文藝運動) 「검은손」(朝鮮之光) 「訃音」(戲曲) (文藝時代) 等數篇과 柳完熙氏에게 「英五의死」(開闢) 等의作品이며 李益相氏의 「亡靈의亂舞」(開闢) 「키일은帆船」(長篇小說朝鮮日報) 等이잇고 崔鶴松氏에게는 「탈출기」(朝鮮文壇) 「朴石乙의죽엄」(同誌) (飢餓과殺戮)(同誌) 「안해의자는얼골」(朝鮮之光) 暴君(開闢) 「큰물진뒤」(同誌) 「紅焰」(朝鮮文壇) 等數十篇의 作品이잇스며 尹基鼎氏에게도 「밋처가는사람」(朝鮮之光) 「氷庫」(現代評論) 等作品이잇스며 崔承一氏에게도 「鳳姬」(開闢) 「鐘이」(朝鮮之光) 等의作品잇다.

以上의 作家들은 以上의作品을 쓰면서 新傾向派文藝運動時代의 그一員으로서 參加하엿스며 싸왓든것이다.

그러나 이들은 惑은沒落 惑은反動- 惑은評論으로 方向하고 잇다.

그런데 이들은이러한 數만흔作品가운데 엇더한 「이씀」을注入식히 엇든가? 우리는 그째의 이作品을쓰게된 根本原因을 알어보자!

푸로作品擡頭의 原因과作品內容

初創時代 쪼는自然生長시대에 그들은엇지하야 象牙塔의 洞窟을쩌나 이러한作品을쓰기로 되엿든가? 그根本原因은 朴英熙씨에게서 들어보기로하자.

「二十世紀末葉의 朝鮮은 깁흔哀愁와 苦悶××에서 비로소 「살녀는힘의 躍動의 自熱」되기시작하엿다 붉은피쓰거운 기운이아즉도 이쌍의 生物을長成식히고 잇지안은가 그러나 우리는 朝鮮에잇서서 朝鮮社會의 時代情神을 어늬곳에서 發見하야서 볼수잇슬가? 「××××××××× ×××××」 朝鮮의時代的 意義를 새롭게한다 그러나 朝鮮의小說를 볼째마다 우리는性慾的 描寫以外에는 모든것이 絶望이다 그러면 朝鮮을表現한 文學이라는것은 大衆的朝鮮이아니라 一貴族的子弟의 消日거리의 俱樂部的時代를 表示한것이라해도 過言이아니다」「大衆的朝鮮은 大衆的文藝를 찾는다 無産的 朝鮮無産的 文學을찾는다」(新傾向派文學과 無産派文學)

이것을보아서 그째의 文學運動이란 一部小쌜조아 인테리의社會思

潮式 文藝運動以外에 아모것도 아니엿다.

그리하야 型式을 無視하고 오-직 文人들의 性慾的 描寫와「로불늬틔」한行動에憎惡을 갓고 漠然히無産者라는 意味에서 歷史的事實을 認識치 못하고「우리는無産者다」「그러닛싼쑬조아와 싸와야한다」式으로 小說內容은 一切放火 暴行反抗等으로 하여왓다 組織的××的鬪爭은 차저볼 수업섯다.

이러한 客觀的 情勢에 依하야 輩出한 作家들은 歷史階段의 變遷과 鬪爭史의發展에依하야 眞正한 푸로레타리아트의 果敢한××鬪爭으로 因하야 墮落感은 反動에흐르고 만것이다.

좀더 그들이 勞動者的 意識을갓고××를위하야 果敢히鬪爭하엿다면 階級的으로 만흔利益을 주엇쓸것이로데 中間層-인테리켄챠-들인 그들은 生活的- 客觀的 條件밋헤서 反動- 惑은 墮落하고 만것이다.

當時天才的 作家로 일홈이놉든 崔鶴松氏(지금은 이世上사람이 아니다만은)가 中外日報記者生活 以後墮落되여 바리엿고 金永八氏亦是「카푸」에서 除名處分을 바든 原因으로부터 反動하엿스며 李亮 李益相 柳完熙氏亦是 그러한 動機로 沒落되엿다 짜라서「카푸」에서 猛將으로싸고돌든 金基鎭氏亦是 最近에와서 아름답지못한 所聞을피게되엿고 崔承一氏亦是 一般이다.

그러나 兪鎭午 李箕永 宋影 嚴興燮 韓雪野氏等은 아즉까지 푸로레타리아作家싸와온다.

그러나 그中에 韓雪野氏는 評論家로서히 그地位가 맛당하다고 생각한다.

그리고 女流作家로 崔貞熙 宋桂月氏等이잇스나 筆者는 이두분이 完全

한 作家로서 地位를 占領하엿다고는 斷言하기 躊저치안을수업고 「低氣壓」(朝鮮之光) 「땅속으로」(開闢) 「洛東江」(朝鮮之光) 「새리지」(朝鮮之光) 「어머니와아들」(朝鮮之光) 等으로 作家로히 일홈이놉든 抱石趙明熙氏는 近日에와서 一切作品을 내여놋치안음으로 作家論의 一主人으로쓰기는 避한다 너무나 創作界에서 자취를감추운지 오랜까닭이다 짜라서 金南天氏亦是 「工場新聞」(朝鮮日報) 以外에다른作品을 차저보지못한 關係로 本論에登壇 식힐수업슬것이며 「都會의幽靈」(朝鮮之光) 「麻雀哲學」(朝鮮日報) 「奇綠」(朝鮮文藝) 「露領近海」(朝鮮之光) 等으로 한재 일홈을 날니든李孝石氏亦是 最近에와서 墮落的 傾向에흐름을보앗씀으로 쏘한 別말을하고 십허하지안는다.

다만 至今까지 그作家的 地位를 完全히 가지고잇는 兪鎭午 李箕永 宋影 嚴興燮氏等을 論함으로 本論을 解決짓기로하자.

李無影氏도 쏘한 最近에 푸로레타리아作家로서 行動을시작하나 아즉地盤을 잡지못하엿씀으로 다음期會를 엇기로 하겟다.

兪鎭午氏와그作品

우리는 兪鎭午氏을 처음 알게된것은 新感覺派로서히 「把握」(朝鮮之光) 「넥타이와沈澱」(同誌) 「披露宴」(同誌)를 發表한 뒤로부터이다.

當時(이러한小說을 發表하는) 우리는 이作家에게 別다른 期待를갓지안엇섯다. 다만한사람의 文學靑年으로서 問題하엿왓슬뿐이다.

그러나 氏가一躍, 이러한 雰圍氣속에서 躍脫하야 「五月의求職者」(朝

鮮之光)을發表하면서 作家로서 隨伴者的 行動을完全히하여왔다.

法學者로서 作品을쓰는氏로데 그의作品은「아지푸로」와 資本家階級의 生活內容을 暴露하는데 完全한成果를 階級的으로 寄與하엿다 당시 宋影 嚴興燮氏等「카푸」即屬의 作家들의 作品도 만엇스나 이作家에게 짜르기 어려웟다.

其中에도 一九三一年代 正月初旬부터 朝鮮日報에 發表한「女職工」갓흔 作品은 朝鮮의 푸로레타리아作家 가운데서 어더보기 가장힘드는 作品이엿다.

至今 氏는「카푸」의 한作家로잇스면서 普專의 講師로 게시다고 하며 城大法學士이시단다 우리는 이作家에게 더커다란 名作이 나오길期待하여 마지앗는다.

李箕永氏의作家的地位

일즉히開闢에서 懸賞 短篇小說을 募集할째二等인가 三等으로 入選된뒤 開闢誌에「가란한 사람들」과「五男妹둔아버지」「朴先生」等을 發表하야 世上에 그 일홈이놉허진作家다.

氏의作品은 以上의五篇外에「傳導婦人과外交員」(朝鮮之光)「邂逅」(同誌)「맛며누리」(同誌)「元甫」(同誌)「製紙工場」(大潮)「時代의進步」(朝鮮之光)「現代風景」(長篇小說 中央日報)等數十篇의作品이잇다.

氏는 初期부터 農村生活에서 테마를 잡어서 그事實을「리알리틱」하게쓰는데 獨特한 才操를 가지고잇다 作品가운데서 음지기는 主人公들의問答이 더욱奇妙하고 잇다금「로맨티씀」을注入식히여 興味를 一般讀者에게 주는데 다른作家의 짜르지못할點이다.

더욱이 그一流의「유모어」가조타「元甫」「製紙工場」「現代風景」갓흔作品은 朝鮮 푸로레타리아 創作界에 커다란收獲이 아니면 안된다.

그러나「時代의進步」等은우리들의 애써 要求하는 作品이아닌同時 이러한作品으로서 名譽에째를 무치려는 실수를 禁하여주기는 바라는 것이 筆者가 作家에게 바라는 要求條件이다.

氏는 가장가난한 生活가운데서라도 그의主志를 動搖하지앗는다 潔白한 맑쓰主義者이다 그러나 盃後면 亂將이되시는게 험이다.

宋影氏의存在

「煽動者」(開闢) 熔鑛爐」(同誌) 等으로 初創時代에 그일홈을 世上에알니인 作家다.

朝鮮푸로레타리아 文人의 集團「카푸」가 創立되기前부터「焰群」이란回覽雜誌를 李赤曉 李鎔坤氏等과갓치發行하면서 푸로레타리아 文學을論하든그다.

그가發表한作品은 가장만흐니「正義와칸파쓰」(朝鮮文藝)「곱추이야기」(同誌)「石炭속에夫婦들」(朝鮮之光)「印度兵士」(同誌)「우리들의사랑」(同誌)「호미를쥐고」(大衆公論) 地下村(同誌)「阿片쟁이」(大潮)「다섯해동안의 쏘각편지」(朝鮮之光) 吳水香(朝鮮日報)「火葬人夫」(朝鮮之光)「白色女王」(朝鮮之光)「面會一絶拒絶」(朝鮮講壇)「護身術」(時代公論) 多數한

作品내여노흔作家다.

그러나 이作家는 呼吸을 크게하면서 消化를 잘식히지못한다 筆者도 늘 이作家에게들어왓지만 「呼吸이커야한다」는말그대로 「白色女王」이니 「印度兵士」니하는外國을 舞臺로하야 虛荒한 「스토리」를가지고現實에 맛지앗는 內容으로서 事實을 과장하여왓다.

作家은 日本의 前田河廣 一郎을 슝내이고 그가늘崇拜하는 「아나돌 푸렌쓰」를본바드려하나 모-든것이 失敗다.

氏는늘 「푸로레타리아」 解放을 위한다는 企圖밋헤서 作品을 制作하나 勞動者農民 其他 勤勞大衆의 實生活을 쓰지못하고 虛荒한 政治的事實을 取扱하여 가지고 失敗한作品 浪漫的 作品 非現實的作品을써서 오히려 大衆을現實에서 隔離식히는수가만다 「吳水香」이그럿코 「白色女王」이그러하며 「老人夫」가쏘한그럿타- 「石炭속의夫婦들」과 「우리들 의사랑」, 「다섯해동안의 쏘각편지」 等은 問題도 되지앗는다만은!

그러나 作家는 지금의 沈默을 직히는만큼 다음날에는 큰作品이 나올것이겟지……

嚴興燮씨와작품

一無名作家로 朝鮮之光에 「흘너간마을」을쓴뒤로 世上에알니여진 作家다.

氏는늘 인테리켄챠的인 「로맨틔즘」에흐른作品을 쓰기에힘쓰고잇다 最近에發表된 「그대의 힘은弱하다」(批判) 等에서 더욱차저 내일수잇다.

氏는아즉 完全한 創作家로서히 地盤을 드듸고스지 못하엿스며 이럿타할 作品이 업다.

그러나 압날에 希望을가지고 對한作家인것만은 事實이다.

後言

其他에도 李赤曉氏며 朴承松氏 等도 創作的 活動을 하는것이며 韓仁澤氏亦是 그러하나 아즉 우리는 이作家들에게 이럿타하는 作品을 發見치못한 關係로問題를提起할수업스며 金南天 李赤曉 朴承松 諸氏는 영圄生活에서 呻吟하는것이니 後日을 約하여 커다란 作品이 나올것이나 期待할 밧게업다. ―끗―

一九三二, 七, 七아츰, 於松都

•『삼천리』 4권9호, 1932.9.

白鐵, 「創作界總評」

三二年度의 朝鮮文壇, 그리고 創作界!

나는 本來 滿開도되기前에 萎靡되여 버리려는 朝鮮의 旣成文壇에서 만흔 企待를 갓지아니하고잇다 特히 今日가치 全世界 (한나라를 除外하고) 的으로 文化의 危機가운데서 純文學이 滅亡되고잇는 이때에 어느나라의 旣成作家임을 莫論하고 그들의손에서 今日 「피아트리체」와 「하무렛트」와 「파우스트」가 製作되기에는 그들이 生活하고 잇는母體는 너무나 老耄期에서 呻吟하고 잇는것이다 『로맨의危機다!』 『詩의危機다!』란 말은 그들自身이 告白하는말이다.

그것이 어떠케 朝鮮에서만 例外임을 바래랴! 아니 朝鮮이란 특수조건아래서 가장 不自然하게 夏枯되고잇는 朝鮮文壇에는 한층더 그危機의 濃度가 深化되고잇는 것이다 今日의 조선 旣成作家에게서는 한 개의 「밝기전」(鳥崎藤村)도企待하기 어렵다 그들에게는 모든企待와 希望조차도 絶望가운데 빠지고 말은 것이다 나는 그것을 무엇보다도 今年三二年度의 그들의 創作을읽는데서 切實히늣기고잇다.

그러나 朝鮮서 旣成作家들이 아니고 新興作家들인 프로레타리아 作家들의 作品에서도 今年나는 不幸히 아무 注目되는 作品을發見하고

잇지못하다 온갖困難한 條件아래서 基本的으로 文學的出版物을 確立하지못하고 또外部로도 發表의뽀이코트를 當하고잇는 그들! 그리고 가장 貧弱한 文學的遺産우에 出發 成長된고 잇는 그들에게는 特히 昨年과今年은 實際的情勢와 아울너 極히 困難한時期에 當面하고 잇는 것이다 그리하야 今年三二年度의 朝鮮創作界는 全面的으로 아무런 成果도 남겨노치 못하고 넘어가려고 하는것이다.

하나 여긔서 나는 이러한 아무 活氣도없는 沈滯된 朝鮮創作界에 對하야 金東仁氏와가치 그것을 今日의 朝鮮社會現象과 관련하야 理解하지못하고 다만 感傷的으로「孤寂한藝苑」을 恨歎하며 過去의追憶과 天才의 夭折에 痛哭은하지아느련다 同氏와가티 그러한 感歎과 哀愁에 飛躍함에는 나의 神經은 너무나 屈强하다.

今日의朝鮮文壇의 沈滯狀態에 對하야 나는 哀愁와絶望을갓고 對하지아니하고 가장 忍耐性잇는 決意와 企待를갓고 臨하고잇다 나는「萬歲直後에 한때 作家輩出의찬란한 黃金時代」를回想하는데서 朝鮮文學史를 萎縮식히려하지안코 또 겨우十數年의 짤분 歷史를갓고서 더군다나 一九三二年이라는 一時期를갓고서 朝鮮文學의 成果를 規正지으려고 하지안는다 나는 巨大한 抱負와 企待를未來에두고잇다. 나는말한다 朝鮮文學은 過去에 잇지아니할未來에잇다! 고 그리고 過去의 稻香, 曙海, 憑虛, 望洋草 素月이아니고 未來의 새롭은 사람들의 손에 朝鮮이 일즉히 가저보지 못하든 偉大한作品이 製作될줄을 알고잇다 朝鮮의文學은 開花前에 시들려는 旣成文壇에 잇지아니하고 그들과는 對立地位에 서잇는 新興文學에 노여잇는것이다.

그러한 意味에서 나는 今年三二年度의 沈滯된 朝鮮文壇에對하야 다만 哀愁, 悲觀을갓고 대하지아니하고 嚴格한 基準아래서 鎭重하게 對하려고한다 이밧게도 나는 말하고십혼 만은資料를 갓고잇스나 極히 制限된 誌面이 나에게 그만한餘裕를 남겨주지 아니한다 이제부터 直히 作品評에드러 가려고한다 作品의 取扱은別로 旣成, 新人의 基準을 두지아니하고 나의印象에 남은作品 特히 全文壇的으로나 그作家個人의 것으로나 새롭은 機軸을보여주고잇다고 생각되는 作品等을主로 取扱해가려고한다 雜誌는 東光, 三千里, 第一線, 新東亞, 新朝鮮, 批判, 朝鮮之光 集團等에 發表된것을 中心으로 하려고한다.

李光洙氏의 「壽岩이」(小說) 三千里四月

이作品은 一篇의 小說이라는 것보다는 二三의雜文을모아노은 雜文集이라는것이 妥當할것이다 그만치 이作品은 小說로서 모든 要素를 일코잇다 산만하고 질서가업고 무내용하고……하니 이作品에 對하야 이런 非難을 加하는것은 이作品이 普通의 樣式을 取하지 아니하고 日記式을 取하엿다는데 잇지아니하다. 나는 書信式에依한 「젊은 엘텔의 悲哀」가 게-테 의傑作의 하나인것을 알고잇다 우리들은 書信樣式 其他便宜한 樣式에 依하야 얼마라도 小說을쓸수 잇을 것이다 그러나 그 것은 이번의 氏의取한 그러한手法과 內容이아닌 좀더 小說로서 小說獨自의 쟌눌에속하는 諸要素를 具有하고 잇서야할것이다 이번의作品 다섯살먹은 아이의 海水浴場에서 보고 듯고 늣기는 無秩序한雜想, 나는 그것에대하야 具體的으로 모든것을 加評할餘地를 發見치못하고잇다 다만 附加하려는것은 民族부르조아지 文學의 代表作家 그리고 到處에서 民族主義思想을 宣傳하며 訓戒하고 잇는 民族運動者 李光洙氏는 이런漫想을하고 잇스리만큼 조선의 모든사정이 한가라워보인다는 것이다 深化되고 잇는 경제공황에서 농업공황 그리고 失業의洪水와 饑饉의농민들 함을며 ××化되고 잇는 민중의광경에 대하야는 氏는 轉眼할힘도업고 또보려고 하지도 안는것이다 모든 절박한 정세에눈을 감고 한가한 漫想을 테마로 取扱하는것이 民族主義小說家李氏의 作品이다 그리고 이것은 李氏의作品에 限한것이아니고 一般民族부르조아지 作家들의 作品에 共通的으로 나타나는 今日의 現象이란것을 우리들은 알고잇다.

尹白南氏의 「破産」(戲曲)—三千里五月

部分的으로 洗鍊된 表現과對話中에 注目되는 점이업지아니하나 全體作品으로서는 中心과 핀트를喪失하고 잇는 까닭에 읽는사람에게 아무 깁흔 印象을 남겨주지못하고잇다 이作品을 비록 부르조아 藝術의 頹廢性이라는 基準에서 考察한다고 하야도 이作品의 모든 事件의 描寫는 너무表面을 「素通り」한 感이잇다 첫재 不具者主人公의 心理描寫에잇서도 그의性的 心理를普通人間의 一般的心理가아니고 一般的의 그것과는 獨特한것이잇는 極度의 機能的 性慾家로서의 惡魔的心理가 表現되여서야 할것이다 그러케 되는데서뿐 이作品은 自然스럽을뿐아니라 一層深刻味를 갓게되엿을것이다 그박게도 主人公이 自己의 不具

를 감추기 위하야 만은女性을 交替하는事實 그가 女性(女記者)를 說得하는場面 그리고 맨나종 場面의 破産을 宣言하는것 等의全部가 不自然하게 取扱되여잇다 普通사람으로서 不意의 事件으로 갑자기 不具가 된 境遇에는 그러한 心理描寫가 適應될는지모르나 本來부터 天賦된 不具者(自己의不具에 대하야 慢性的覺悟를 갓고잇는 것) 는 決코 氏의 作品에 나타난것과가튼 行動은 하지아늘것이다.

그러나 評家로서의 나의 立場에서는 이作品에 대하야 너무 만흔紙面을 浪費 할수업다 다만 指摘하려는 것은 이作品中에도 에로性 넌센스性 頹廢性이 그대로 나타나잇다는 事實이다 그리고 그것은 今日의 소위 부르조아 大衆讀物에는 缺如되어서는 아니되는 共通的 要素인것이다.

金東仁氏의諸作品

金東仁氏의 作品들을읽고 첫재로 늣겨지는것은 今年에는 作者로서 金東仁氏의 意識에는 確然히 새롭은 意識이생겨저 잇다는것이다 밧구어 말하면 金氏는 지금까지의 藝術派的立場을 버리고 새로히 民族主義作家로서 登場하게된 事實이다. (十逸行略)

氏는 「붉은산」에서 滿洲朝鮮農民의生活 즉 中國地主 (地主보다도 民族이라는데 氏는 重點을두엇다) 와 朝鮮의農民 (가난한 朝鮮農民) 의個人的 對立을그리는데서 아무리 사나운 사람이라도 民族感을 發揮할때에는 貴한 犧牲이란것을 代辯하며 絶命하는 그사람으로하야금 故國의

「붉은산」과 白衣人을 그리워하게 하엿스며 「울며歲拜밧는이」가운데 서는 階級意識에 눈이 뜨면서잇는 貧農階級이아니고 一個의 가난한 조선百姓의 窮迫의悲哀를 그리엿스며 다시 中斷된 「論介의還生」에서 는 義妓「論介」를 通하야 朝鮮民族的 正義感을 그리려고하얏다 그리고 그他「雜草」와 「寂寞한黃氏」에서도 一定한民族感을 加彩하고 잇는 것 이다 그와가치 하야 藝術派에 屬하든 金氏는 民族主義 作家로서 登場 하고 잇는 것이다 그러나 여긔서 내가 氏의 立場의變更을 指摘하고 잇는것은 決코 氏가 作家로서 過去의 地位보다 價値잇는地位에 서게 되엿다는것을 意味하지 안는다 氏가 그러한 方面이아니고 眞正한 階 級的立場에 서게되엿다면 勿論 나의注目은 달너질것이나 그러치아는 以上 氏가 藝術界에 남어잇거나 民族主義作家로 되거나 別로 特別한 好意를 가질수업다 다만 거긔서 어떤 注目되는 사실이잇다면 그것은 過去에 그들이 云云하든 純文藝의 藝術性이란것이 今日에는 純全히生 命과 創作力을 일헛다는것 그들은 今日에는 그들이 固守하고 잇든 藝 術性을 스스로 버리고自進하야 그들의 反動的政治이데오로기-의 直接 武裝하게된다는것 이런 事實에서 今번의 金氏의 意識的 變遷도理解할 수잇다는 것이다 여긔서 氏의 作品을 ──히 具體的으로 批評할수 업 스나 그들의 어느作品도 그러한것과가티 金氏의 作品도 部分的으로 洗鍊도니 文句와 表現이외에 全體로서는 作品의 生命을일은 偶然性과 混亂性의作品 이외에아무것도 아니다.

金永八의 「우수운작란」 三千里五月

　作者는 個人으로서 勞動者의 窮狀을보고 잇스면서도 그것을 全體的 群衆의 음즉임가운데서 考察하지 못하고잇다 一自由勞動者가 危險한 노동으로 因하야 病身이되며 失業까지하야 한어린 아이를 멕여살니지못하고 街頭에내버려죽이는 事實을 作者는 그뒤 잇는 모든社會的 事實과 起因에서 보지못하고 다만 한 「우수운작란」이란 가엾은 아버지의 哀愁로 돌녀노코 말엇다 作者에게는 그이상 그사실을 正當히 取扱할 힘과勇氣를 갓고잇지못한것이다.

安夕影氏의 「白蛇」(小說)─新朝鮮九月

　作者는 어떠한 企圖아래서 이 作品을 썻는지가 첫재로 나에게 疑訝되는 일이다 作者는 이作品中에서 一現代룸펜女性의 變態的 生活 거기에 따르는 變態的心理를 描寫하는데서 그로테스크한 作品을 作成하려고 한듯하나 그러한 種類의 變態的生活은 今日의 現實로보아서는 어느 角度로考察하나 不自然의 極이다 짜라서 作品全體가 矛盾이만코 無秩序하고 不自然스럽어젓다 나는 安氏의 作家的 地位를 좀더 高度의 水準에서 생각하고잇는 까닭에 다른機會에 다른 作品을通하야 새로히 批評하기로하고 여긔서는 만흔것을 말하지 아느려한다

朴花城氏의 「下水道工事」 東光五月

「春園推薦小說」이라는 렛텔이 附加되여잇는 이作品에 나는 最初 적지아니한 不快感을갓고 對하엿으나 읽어가는中에 나는 처음의 不快感을 어느듯 이저버리고 이作品에 적지아니한 好感을갓고 읽어가게되엇다 自己智識과 늣기는 힘이 밋고자라는 범위안에서 自己良心에 忠實하는 作家 取扱하는 테-마에 無理와 거즛이업고 그것을살녀가기위하야 한것努力한 자최가 正直히反映되여잇는 作品 나는恒常 그러한 作家와 作品을 要求하고 기다려마지아니한다 그리고 나는 이作品에서 그러한 作家的努力을 발견한것을 깃버한다.

이作品은 窮民救濟라는 일흠아래 되는 어느 下水道工事를 題材로 請負業者밋 府當局者對勞動者의 관게와 움즉임을 그린作品으로 前者에대한 暴露와 勞動者의 自然發生的動向을 그리기위하야 努力하고 잇다 下水道工事內幕에對한 자세한 智識과 그他場面의 光景에 對한것을 산(生)事實로 表現하기 위하야 적지아니한 作家의努力을하고잇다 全體로 모든 事件은 順序대로 自然스럽게 展開되고잇다 그러나 내가 이러케 말한것은 決코 이作品이 아무缺點업는 優秀한 作品이란것을 意味하지 안는다 그와反對로 이作品에는 無數의 缺點과 矛盾이 끼여잇다 作者의未來를위하야 멧가지를 指摘하면 첫재 「정권이」와 「정이」와 勞動者의 관게는 組織的活動을 通하야 連絡되지 못하고 個人的關係에 머저진것 둘재로 勞動者의 先頭에선 「정권이」의 指導的態度가 程度에 넘처 애매한것 셋재로 勞動者들이××的으로 直接府當局에 대하지못하고 警察署에가서 妥協을求한것 밋代表들의 태도의 不徹底 넷재로 東

京서 社會科學에 전력한 「정권이」가 지금 「부하린」을 愛讀하는 事實 다섯재로 題材의 整理의 不足 例 를들면 「정권」과 「희순」의 관게는 全體테마를 살니는데 아무 重要한 事件이 되어잇지 못한것等 여섯재로 쓸대업는 個人的心理 描寫에 熱中하엿기따문에 作品이 正當한 템포性을 일코잇는것 일급재로 情話場面의 小 부르조아的描寫等等을 指摘할 수잇다 이러한 모든 缺點은 作者가 今日의 一社會現象을 正當히 理解하려는 主觀的努力이 잇서슴에 不拘하고 作者自身에게 ××주의的敎養과 具體的 智識이 全無한대 起因되여잇는 것이다 그런 點만 回復하면 作者는 充實한同伴者 作家로서 重要한 作家的地位를 占領할것이다.

李無影氏의 「두訓示」 東光五月

나는 첫재 署長의訓戒와 同志의 「아지」를 「두訓示」라는 부르조아的 文句로 表現한데 不快를늣기는 바이나 그와가치 嚴格한 基準에서 문제하지 안는다고 하야도 이作品은 全體로 中心테마를 놋친 無意味한 作品으로 되어잇다 이作品에서 作者는 「두訓示」라는데 中心테마를 두엇다고 하면 그것을 具象化 하기위하야 描寫를 集中하야 할것임에 不拘하고 쓸대업는 「尙哲」의 心理描寫等에 大部分의 페-지를 浪費하고 잇음으로 結局中心테-마는 맨나종에 「申しわけ」的으로 附加되여잇는 感이잇다 그리고 무엇보다도 指摘하고 십흔것은 心理描寫에대한 煩雜 退屈 無秩序한手法 作者에게는 무엇보다 좀더템포잇는手法을 體得해야 할것이다. 나는 不幸히 이作品에서는 作者의 作家的 可能을 발견치

못하고잇다.

蔡萬植氏의 「富村」(小說) 新東亞七月

農民의 沒落化되고잇는 過程을 取扱한作品 農民들의貧窮化와함게 그들의 움즉임에대한 作者의 關心과 努力은 充分히 엿보이나 不幸히 도 그努力은 테-마의 非正確과 表現形式의 陳腐性에 依하야 大部分이 抹殺되고 말엇다 負債 執行等의 急迫한 現實의解決을 ××的農民의 集團 的組織的行動에 依하지아니 하고 自然發生的 樂觀態度 例를들면 「우리 마을에서야 우리멧백호아니면……그놈을붓칠염이나 할나구」하는 內 容의 取扱等은 이作品을 全體로漠然하게 만들고잇다 그리고 그밧게 全體에 나타나잇는 偶然性 例를들면 甲, 乙, 丙, 丁, 의집에 나타나는 光景이 全部一致되는 偶然性等, 그리고 각각 다른場面임에 不拘하고 同一한 表現의 反復等은 이作品을 너무나 「이지고잉」하고 無템포하게 만드려노코 말엇다 그런點等에대하야 氏에게는 一層作家的 努力이 잇 서야 할것이다.

崔貞熙氏의 「프른地平線의雙曲」 三千里五月

「正當한스파이」에잇서 그內容의 矛盾性과 非正直性 그럼에도 不拘 하고 「이것은 나의 經驗의 한토막이다」라고 「トカキ」가 附加되여 잇는 데 對하야 나는 氏의作家良心에대하야 不快한감을 늣긴일이 잇스나

이作品에서는 그런不快感도 늦기지 아니하고 자못好感을 갓고서 읽을수 잇섯다 女事務員 「옥희」와 支配人의아들 「정수」와의 관게도 比較的 順平스럽게 描寫되여잇스며 女事務員에서 女工으로의 生活的飛躍에 잇서도 首肯되는 點이잇다 正當하게 要求하면 이作品에서 가장 中心的으로 그려저야 할 것은 「옥희」가 女事務員이라는 小부르的生活에서 프로레타리아的 生活로 轉換되는 過程인것이나 氏의經驗과 智識에 그것을要求하는 것은 無理한點일것이다 그리고 이러한 缺點은 氏의진정한 努力을 기다려서만 救拯될 것이다

兪鎭午氏의 「餞別」 三千里四月

內容으로나 形式으로나 無理가 업는 作品이다 全體테-마에는 積極性과 的確味가 적으나 모든事件의 運移에 잇서 極히 自然스럽은 手法을 取하고잇다 하나 그것은亦是 이作品이 同伴者的 作品으로 比較的優秀한 作品이란것을 意味하지안는다 그와反對로 이作品에도 具體的現實과는 矛盾되는 만흔 不自然한 點을갓고잇다 優秀한×士이든 「성진」이가 病席에눗자부터 안해 「정희」에對한 心理的變遷에도 首肯되는點이 잇는反面 矛盾되는 點이잇스며 아지××의場面을 病人의幻像을 通한 것도 決코健康한 手法이아니며 그他 「병주」의×士로서의 서투른 活動과 움즉이지못하는 病人의 拘留事實과 保釋後의入院 「정희」의偶然的 訪問…等에不自然한 點이만타 그리고 病人의 센치멘탈한 니히리스트的 氣分이 즉 「永劫은 죽는것이다」하는非프로레타리아的 氣分이 病人

의 氣分과 心理를通하야 全面的으로 橫溢하고 잇는것에 대하야 作者
는 警戒해야할것이다 이作品은 그런 의미에서 만은 缺點을 갓고잇는
작품이다. 이작품에比하면 朝光 三月號에 發表된 氏의 「五月祭前」이
一層優秀한 作品이엇으나 그것은不幸히 一般에게는 알니어저잇지 못
한까닭에 여긔서 具體的으로 문제할수는 업는것이 유감이다

宋桂月氏의 「街頭連絡의첫날」 三千里三月

엇던 製絲工場의 女職工의 街頭連絡의 첫날의 經驗이 取扱되여잇는
이作品은 ××的 테-마에 살고 잇는點에서 明白한 불쉬비-크 線에서잇
는作品이다. 街頭連絡의光景도 正直하게 具體的으로 表現되여잇스며
첫經驗을하는 女工의心理도 어느程度까지 的確하게 描寫되여잇다 하
나 題材整理에 익숙지못함과 表現의 粗雜性은 氏의未來의巨大한 努力
에 依해서만 回復될것이다 「上堂히놉흔××주의적교양」과 洗鍊된 技術
의獲得! 여긔에대하야 만은努力과 분투가 잇스라!

李北鳴氏의 「암모니아탕크」 批判九月

이作家는 三二年度가 나은 注目되는 프로레타리아作家다 朝光(三月
號)에 發表한 氏의 「基礎工事場」 朝鮮日報에 揭載中인 「硫酸암모니아」等
에서 우리들은 氏에게서 優秀한 프로레타리아 作家의 要素를 발견하
엿다 하나 이번 「批判」에 發表된 「암모니아탕크」는 前者들에比하야 下

流에 屬하는 作品이엇다 무엇보다도 遺憾인것은 조고마한 部分的過誤로 因하야 作品全體가 ××的테-마로 살고잇지못하다는것이다 具體的으로 指摘하면 이作品의 맨나종行「격분한 직공들은 몰켜선채 떠들어낸다」가「격분한 직공들은 사무실을向하야 몰녀가면서 떠들어냇다」라는 意味로되여잇지 아니하기 때문에 이作品은 ××的 테-마로살지못하고 自由主義的 乃至社會民主主義的作品으로 低下되고말엇다 作者는 이후부터 이러한 部分的描寫에 巨大한 注目을 轉向해야 할것이다 그러나 이作品에서도 素朴한 勞動者的 對話 그他의 動力的表現等에잇서만은 注目을갓고 읽엇다. 만흔 努力이 잇스라!

金南天氏의 「工友會」(小說)―朝光一月

平壤××고무공장內에 職場써-클이 結成되는 過程이 그려저잇는 作品이다 內容과 테-마의 的確性과 아울너勞動者의 直感味를 가진 이作品에서 나는 프로레타리아作品의 重要한要素를 발견하얏다 職場써-클의 結成! 이것은 우리들이 緊急히 取扱해야할 現實的 課題의 하나이다 이러한 現實的테-마를 積極的으로 取揚하야 解決해가는데서 프로레타리아 文學은 비로서 一步前進을 意味하는것이다 그런意味에서 이 作品은 現在우리들에게 자못貴重하게 取扱되어야할 作品이다 그러나 이作品도 조선現實이 要求하는 正當한 水準에서 볼때에는 너무나 不充한 것이만타.

첫재로 이作品에는 그職場써-클이 一定한 組織的관련하에서 그려저잇지못하다 勿論 처음에는 써-클은 大衆의 自發的創意에 依하여 結成되는것이나 그것은 一定한 段階에서 우엣 조직의 正當한 影響下에 노여저야 하는 것이다. 이作品에서도 具體的으로는 「태순이」와 「일환」을 통하야 그러한관련이 보여젓서야 할것임에 불구하고 그것이 다만 孤立的으로 取扱되여잇다 둘재로 이作品의 써-클은 다만××工場에만 局限되고 다른 직장들과의 관련이업다 우리들은 正確한 産業別로서 作品을 제작하는동시에 또한편으로는 그地域의 全産業 또는 部分的관련하에서 그리어야할것이다 그럼에도 불구하고 여긔에는 그것이 나타나잇지 아니하다 섯재는 이作品中에 結成되는職場써-클은 너무나 이지-고잉하게 結成成長된다 그러나 現實은 거긔에 비하야 멧갑절이나 더困難하고 複雜한 것이다 例를들면 村山知義의 勤勞學校等에 나타나잇는 現實味가 이作品에는 缺如되여 잇는것이다 이作品은 優秀한 作品인동시에 그러한 缺點을갓고잇는 作品이다.

×

이밧게 宋影君의 「午前九時」(集團)을 取扱하려고 하얏스나 手中에 資料가 업슴으로 不得不略 하게되엿다 그리고 그밧게도 嚴興燮 李東珪 柳致眞 崔允秀 姜敬愛 安必承 等諸氏의 作品에대하야 말하고 십흔것이 만하스나 後機會에 모든宿題는 미리우고 이번은 이만 擱筆하려고 한다

一九三二. 九. 三〇

●『신동아』, 1932.11.

白鐵, 「1933年度 朝鮮文壇의展望」

一

一九三三年은 지금까지 人類의 歷史가 일즉이 가저보지 못하든 진실로 非凡한 危機的情勢의 過中에서 새롭은 피리오드를 記點하려고한다.

事實 近年과 같이 特히 昨年一年과 같이 자본주의사회의 決定的矛盾이 極度의 尖銳性을 가지고 나타난 時期는 드물엇다. 그것은 한편으로 ………의 ………이 躍進하고잇는 代身에 反對로 한편의 腐敗하면서 잇는 各國資本主義體制는 未曾有의 恐慌의 深化아래서 템포빠른 崩壞作用을 이르키우고 잇다는데 그 特徵을 表現하고 잇는것이다!

그와같이 非常한 最後的 情勢에 안기어잇는 資本主義國에서는 恐慌은 金融恐慌의 段階까지 深化되며 거긔에 짜라서 政治的危機는 全面的으로 尖銳化하고잇는 事實을 우리들은 歷然히 눈앞에보고잇다. 그리고 이때에 이서 一般資本主義國家는 그들의 一般的 危機를 免避하고 그들의 獨裁를 維持廷長시키기 위하여 그들의 支配的 政治形態를 파시스트적 支配形態에 移行시키며……的으로組織하는데 最大의 努力을 다하면서 잇다. 그러나 그것은 언제나 말하는바와같이 今日의 資本主

義가 强化되며 復興되는 것을 意味하지않고 도리혀 그破壞의 消極面을 露骨的으로 發露시키는 것밖에 아무것도 아닌것이다.

우리들은 보고잇다. 資本主義의 支配的努力의 反比例로 한점으로 隷屬化와 勞動强化 失業者軍의 增大와 大衆의 急激한……와……的行動에 참가하고잇는 ××의 事實 그리고 具體的으로는 昨年간一年간에 爆發된 모든……的事實과 거긔에 參加한 大衆的 行動 特히 一年간의 獨逸情勢等을 回顧하면 充分히 알것이 잇는것이다.

그러한 意味에서 우리들이 자본주의사회의 崩壞面은 다만 그들의 表面에 나타난 消極面에서뿐이 아니고 그들의 여러가지 面, 즉그들의 狂暴의 支配的諸相……와……과……와, 絶望的投機와 遊蕩가운데서 그리고 勿論……되고잇는 大衆의……가운데서 ━━이 그들사회의 崩壞面을 指摘批判할수 잇는것이다.

이와같이 資本主義社會는 今日 全世界的으로……의危機에 빠저 잇다. 그리고 이것은 國外뿐이 아니고 가장 特殊한……정세아래 놓여잇는 ××에이서도 그리고 「經濟恐慌은 慢性的 농업공황의 危機와 連結되어 漸次 深化되면서 잇으며…… 근노 大衆 무엇보다도………의 狀態를 극도로 惡化시키고잇다. 失業者군은 三十一萬에 增大되고 賃金은 三〇 五〇%에 引下되며 노동시간은 一二時間 延長되어잇는」이곳에이서는 그것이 一層深刻하게 表現되어잇다는것을 우리들은 確然히 아러야 할 것이다.

二

　그러나 資本主義의 危機가 나타나 잇는 것은 決코 實際的 領域에만이 아니고 그들의 文化的領域에도 거긔에 나리지안케 深刻하게 反映되어잇다는것이다.

　今日의 資本主義文化가 어느程度로 深化된危機에 處해잇는가는 무엇보다도 具體的으로 그들의 文化를 擔任하고잇는 各學者 乃至藝術家들의 活動狀態를 考察하면 充分한것이 잇는것이다. 今日의 資本主義國家의 어떠한 부르조아學者 밋 藝術家임을 莫論하고 그들의 論文과 作品에 眞正한 熱情에 製作된것은 發見할수없다. 今日의 그들의 손에서는 일즉이 資本主義社會의 初期의 모든作品 그중에도 自然主義乃至寫實主義作家들 例를 들면 톨스토이 룻소, 조라, 렛싱, 께테……等의 作品이 製作되기를 期待할수는 到底히 없는일이다.

　일즉이 進步的任務를 갓고登場한 부르조아階級이 階級으로서 進步性을 잃고 反對로 「自己의 對立物로서 나타난 프로레타리아트를 抑壓함으로써 自己의 支配를 持續하려고하는 今日에 잇어는 그들의 文化的諸形態」도 進步性을 完全히 喪失하고 退步의 길을 것기 시작하는것이다. 그리하야 今日의 부르조아文化는 致命的危機아래 呻吟하게되엇다.

　그리고 今日의 부르조아文化의 危機深化에 對하야는 우리들뿐이 아니고 그들의學者 밋 藝術家自身들이 스스로 告白하는말이다

　우리들은 요좀 흔히 그 이들 自身이 하는말로 다음과 같은文句를 듣게된다.

　「詩의 貧困時代! 그것을 나는 오늘날같이 深切하게 느끼는 때는 없

다. ……지금 詩는 沈滯된 池中에 잇다!」(듀벨노아)

「로맨의 危機다! 詩의 危機다! 絶望까지도 危機에 빠젓다. 그것은 벌서 偶然的飛躍도 불가능하게된 白髮의 老耆이다!」(엘듀보)

「詩는 貧困에 빠저잇다!」(안드레·부르튼)

「純文學은 지금 極度의 貧困時代에 빠저잇다. 이데로 가게되면 감각은 장래에 잇어 그것은 滅亡되어 버리고 말른지 모른다」(中村武羅夫)

「精神的危機는 接迫한 一般的政勢로 되어잇다!」(河上徹太郞)

이와같은 藝術의 危機를 絶叫하고 잇는이외에 바웰같은 부르조아 學者는 旣成文化의 全般的危機에 대하야 恨歎하고잇다.

그리하야 부르조아文化는 그들自身이 是認하리만치 極度의危機에 處해잇는것이다.

　　三

이러한 實際的領域과 文化的領域의 兩方에서 資本主義가 切迫한 危機에 直面하고 잇는 이때 그리고 그것이 가장 特殊하고 激甚하게 表現되어잇는 이곳에서 우리들은 三三年度의 朝鮮文壇을 마지하게되엇다.

그러면 그만한 暗澹한 背景을 갓고 잇는 三三年의 朝鮮文壇은 具體的으로는 어떠한 現象을 보여주게 될것인가?

여긔서 우리들은 무엇보다도 今日의 資本主義文化(藝術)의 危機를 그데로 보여주고 잇는 旣成文壇과 그와의 正反對의 勢力에 依하야 支持되어잇는 新興의 文壇의 두가지 文壇現象에 갈러서 생각해 볼 必要

가 잇다.

그러면 첫재로 그들의 文化危機中에 잇는 旣成文壇은 今年에 잇어 어떠한 文壇的現象을 보여줄것인가? 그것을 一層具體的으로 展望하는데는 몬저 三二年度의 그들의 文壇現象을 極히 簡單하게나마 考察해 보는것이 便宜할것이다.

三二년도의 旣成文壇이 全面的으로 寂滅의 現象을 보여주엇다는 것은 누구보다도 그들의 代表的作家中의 하나안 金東仁氏의 正直한 告白에 依하야 잘 알고 잇다. 쓸쓸한 藝苑 그것은 그들의 今日의 文壇을 表現하는데 자못 바르게 選擇된 文句이엇슬른지 모른다!

事實 昨年 一年間의 그들의 文壇的活動에 대하야 우리들은 寂滅 것밖에 아무 이러타할 눈에띄이는 現象을 取揚할 材料를 갓고잇지못하다. 그들로서의 獨特한 出版活動도 特殊한 作品의 生産도 우리들은 記憶하고 잇지못하다. 만일 우리들에게 無理로 記憶할것이 잇다면 그것은 金東仁氏의 「女人」과 李光洙氏의 「李舜臣」과其他 梁柱東氏의 「朝鮮의脈搏」(詩集) 等의 單行本의 出版物等이다. 그러나 이러한 作品들도 어느것을 勿論하고 氏等의 過去의 作品에 比하면 그 內容밋藝術性이 極히 低下되어잇다는데 그들의 文學의 危機가 正直하게 나타나 잇는 것이엇다.

그리고 그밖에 그들의 作品活動으로 記憶해두어야할것은 그들 一般 旣成作家가 지금까지 그들이 主張해오든 藝術性의 作品을 버리고 一般으로 卑俗한 通俗作家로 轉落하고잇다는 現象이다. 事實 今日에 그들 旣成作家들의 面目이 維持되어잇는것은 그들이 傳統的으로 固守해오든 神聖한 藝術이 아니고 그것의 存在 法則과는 確然히 區別해야할

卑低級한 쩌날리즘的趣味에 基礎를 둔 通俗的 大衆文學이다.

純粹한 藝術! 그러한것은 昨年의 朝鮮既成作家들의 作品에서는 어데서나 그 面影을 찾아볼수 없섯다 그들의 神聖한 純粹한 藝術的良心은 最後的斷片까지 商品性과 功利性에 貫徹되어 잇는 부르조아 쩌날리즘 아래 窒息을 당하고 만것이다.

우에서도 말하얏거니와 今日에 이서 그들의 神聖한 文學이 그와같이 墮落하고 卑俗化되어가는 現象은 今日의 資本主義文化의 基本的危機와 關聯하야 생각할때에 아무 異常한 現象도 아니고 極히 當然한 現象이 아니면 아니된다!

말하면 그들의 神聖한 文學이 今日에 이서는 그들의 初期時代의 藝術的生命과 熱情을 잃고 完全히 社會的進步性과 隔離되어잇는 이때에 그들의 文學의 極端化와 變貌로서 通俗文學이라는 最後的畸形的 文學形式을 取하게된것이다! 그리하야 그들의 神聖한 文學은 소위, 에로性, 그로性, 넌센스性 探偵趣味性의 通俗文學으로 墮落하게 된것이다.

그러한 意味에서 近年의 朝鮮既成文學이 特히 昨年에 잇어 그들의 作品이 全面으로 通俗文學에 轉向되고 잇는 것은 極히 自然의 現象으로 理解되는것이다.

이러한 既成文壇의 三二年度의 現象을 除한 외에 昨年 그들의 文壇에는 記憶해야할 또한가지 새롭은 現象이 잇엇다.

그것은 昨年, 特히 그의 後半期에 잇어 그들의 一部가 파시즘 文學의 方向에 轉換하는 傾向이 確然히 엿보이엇다는것이다.

今日에 잇어 旣成作家의 一部가 意識的으로 파시스트的 傾向으로 轉向하고 잇는 現象도 今日의 實際力面의 現象과 關聯할 때에 決코 異常한 現象은 아니다. 今日에 잇어 支配階級인 부르조아지들이 純文學家로서의 旣成作家들을 排斥하고 그들에게 一層 直接的 ×動役割을 要求하게된 이때에 그들이 그들의 主人의 要求에 忠實히 酬應하기 위하야 直接 파시스트的方向으로 轉換하지 아늘수 없게된것을 우리들은 理解할수잇다.

그리고 그것은 資本主義 本國뿐이 아니고 조선과 같은 地位에 잇는 旣成作家들로서도 資本主義本國의 支配的勢力下에 土着부르조아지의 要求를 忠實하게 酬應하면서 파시스트的 傾向으로 도라지게된것은 별로 異常한 現象은 아닌것이다. 그런意味에서 昨年에잇어 旣成作家의 一部가 典型的 파시스트的作家로서 登場한 現象을 理解할수 잇는것이다.

그리하야 三二年의 旣成文壇은 死滅期의 崩壞的現象으로 多部分이 通俗的作家로서 그남어지 一部가 파시스트的 作家로 轉向하게 되엇다.
그러한 意味에서 볼때에 三三年度의 旣成文壇은 三二年度의 한 延長으로 그우에 여러가지 濃度가 加해지게 될것이다.
첫재로 三三年度의 朝鮮旣成文壇에서 注目해야할것은 파시스트文學일것이다.
李光洙氏等을 巨將으로 國家와 民族의 全線에 登場하는 파시스트作家들은 「財産慾을 버리고」「戀愛生活를 버리고」「生命慾을 바리는」勇士的文學의 긔치아래 召集될것이다.

그리하야 그들의 三三年度作品에는 「資本家여! 지금 그대들 가장 추악한 面象을 가진 그대들은 黃金의 假面을 버서버리고 우리들과 함게 街頭로 뛰여나오라. (以下七行略)

다음에 旣成作家의 大部分은 亦是 通俗作家로서 그들의 生路를 持續하게 될것이다. 大衆的雜誌의 담핑的流出과 부르신문의 小說欄에 有利한 生路를 발견하기 위하야 한층더 露骨的으로 에로性과 그로性과 卑俗性을 그들의 作品의 全的要素로 삼어가게 될것이다. 그리하야 그들은 그 通俗作品을 封建的 이데오로기와 連結시켜 文化水準이 極히 低下한 大衆속에 그 根據를 두고 內容의 卑俗, 淫猥, 遊逸과 頹廢的表現에 依하야 大衆을 부르조아的……文化의 雰圍氣가운데 두기위한……的行動을 계속하게 될것이다.

그와 같은 三三年度의 旣成文壇에 活躍할 旣成作家들은 파시스트的作家로서의 李光洙氏 等과 通俗作家로서 依然히 廉相涉, 尹白南, 崔象德, 金東仁, 方仁根氏等의 活動이 豫期된다. 勿論 그들은 同一한 通俗作家의 部類에 屬하면서도 그들個人에 따라서 各己 特殊한 面을 갓고 이스나 여긔서 그러한 區區한 區分的說明을 畏避하려고 한다.

이밖에 우리들은 旣成文壇의 極히 小部分的勢力으로 亦是 藝術派的 勢力이 남어잇게 될것을 알고잇다. 그들은 小部分의 小市民的인테리의 基礎와 支持우에 尙今 藝術의 殿堂을 孤守하면서 그들의 하염없는 神聖한 藝術生活을 계속할게다.

그리하야 三三年度의 旣成文壇은 一部가 파시스트的 傾向으로 多部

分이 通俗作家로 극히 小部分이 純文學의 領域에 남게 될것이다.

四

三二年은 新興作家들에게는 말할수없는 受難期이잇다. 여러가지 事情이 우리들로하야금 우리들自身의 出版物을 갓는것을 許諾하지아니하며 大部分의 부르조아出版物의 新興作家에 대한 보이콧트 그리고 또 부르조아 出版物에 對한 우리들의 無原則的 潔僻의 態度는 우리들의 作品行動을 一時는 全然 休息狀態에 잇게 하얏다. 昨年의 우리들의 活動은 글자 그데로의 受難期에 잇섯다. 그러나 受難中에서도 勿論 우리들은 可及的으로 우리들의 活動을 持續해온것이다. 上半期에 잇어 우리들은 극히 微微하얏스나 우리들의 出版物을 通하야 可及的으로 作品을 發表해왓다. 그리고 經濟的 其他 萬難의 事情이 잇슴에 不拘하고 우리들이 「캎프 詩人集」 「캎프作家七人集」 等을 出版해왓다는 것은 三二年度의 우리들의 出版活動에잇어 記憶해야할 事實의 하나이엇다.

下半期에 잇어 우리들의 作品活動은 一層消極化되엇다. 우리들의 自身의 出版物의……… 와 有利하게 利用해오든 二三의 부르조아出版物의……等은 우리들로 하야금 作品活動의 部面을 完全히……하고말엇다. 그리고 다시 一面에잇어 캎프의 적지 아니한 分子들이……禍를 힌닙게되어 우리들의 活動은 極히………한 境遇에 놓이여잇엇다. 그럼으로 下半期의 우리들의 活動이라고 하면 그것은 二三의 分子가 부르조아出版物을 利用하야 發表한 極少數의 作品에 不過한 現象이엇다.

그러한 意味에 三二年度의 新興文學은 全面的으로 말할수 없는 受難期이며 沈滯期이엇다. 昨年初期에 잇어 우리同盟에서 解決해야할 文學的프로그람으로 上程시킬 數多의 重要한 課題들은하나으로서 完全한 解決을 보여주지못하고 그데로의 宿題도 남어잇게되엇다. 그리고 여긔에 잇어는 우리들은 一面으로 가즌外部의 不利한 情勢아래서 우리들의 獨自的活動이 極히………하얏다는 것을 考慮하는동시에 그럼에도 不拘하고 客觀的으로는 우리들의……的活動과…… 極히 未充分하게 밖에 우리들은 履行하지 못하얏다는 것을 忠實히 自己批判해야 할 것이다.

그리하야 우리들은 모든 重要한 課題를 잇끌고 三三年度의 舞臺에 드러가게되엇다.

三三年度에 잇어 우리들의 活動은 決定的으로 轉換이 잇어야할 時期다!

今日의 現象으로 보아서 外部의 情勢의 不利를 容易하게 豫測할수 잇는 우리들은 그와 反面으로 우리들의 獨自的活動에 依하야 모든것을 決定的으로 解決해가지안으면 아니된다는 것을 우리들은 充分히 覺悟하고 잇다.

三三年度에서 우리들이 解決해가야할 重要한 課題는 첫재로 現在 國際的으로 問題되며 解決되면서 잇는 唯物辨證法的 創作方法問題를 다른 나라가 아니고 이곳에서 解決해가는 것이다. 그것은 다만 이問題에 關하야 理論的으로 그것을 提起하며 討論하는것을 意味하는外에 우리들은 正當히 그것을 우리들의 創作科程에 實際로 具體化시켜가는

것이 아니면 아니될것이다 그리고 이問題에 대한 그러한 解決方法은
다만 平凡한「おしやべり」와 無力한 辯論에 依하야 解決되는것이 아니
고 그렇다고하야서 一二個의 專門家的作家들의 書齋의 工夫로서 可能
한것이 아니고 直接으로 大衆의 生活에 接近하며………해가는데서뿐
可能한 問題인줄을 우리들은 잘 알고잇다. 그리고 우리들은 그러한方
面에……하기위하야 精力的勢力을다할것이다.

　三三年度에 잇어 우리들이 둘재로………해야할것은 組織活動의 一
層活潑化다!

　지금까지의 우리들의 文學運動이 國際的으로 가장 遲却된 地位에
놓여잇게된것은 그原因을 우리들은 여러가지 側面에서 追求할수잇는
것이나 그중에도 가장 巨大한 影響을 받고 잇는것은 組織的活動에 未
充分性이다.

　우리들의 組織的活動의 未充分性은 여러가지 方面에서 그것을 指摘
할수잇다. 例를들면 同盟機關의 未完全한 組織形態 大衆的 基礎의 缺如
勞動通信 밋 써클的 活動에 依하야 職場과 連結하는 活動의 不足等
等……우리들의 文學運動은 우에서도 말한바와 같이 한 書齋的硏究에
依하야 發展되며 解決되는 것이 아니고 가장 活潑한 組織的活動과에
依하야서만 可能한 이상 지금까지 우리들의 組織活動의 未充分性은
外的으로 우리들에게 어떠한 사정이 잇엇슴에 不拘하고 結果에 잇어
는 現段階에서 우리들에게 加任되는……주의的……을抛棄한 行動 외
의 아무것도 아니엇섯다.

　三三年은 우리들의 文學運動의 遲脫性을 克服하며 文學的實踐을 企

業 農村의 大衆에 浸透시키는 것으로 이 組織活動의 회복과 게속을위
하야 커다란 努力이 集中되어야 할것이다.

다음에 잇어 三三年에 우리들이 回復해야할 宿題의 하나는 우리들
의 出版物의 確立과 强化다. 今年에 잇어 外部의 가장 不利한 情勢아래
서 잇는것과 關聯하야 一般의 부르조아出版物이 過前에比하야 一層
우리들의 作品活動을 뽀이콧트할것을 豫想할수 잇는 것이다.
이때에잇서 우리들이 할일은 모든……的覺悟아래서 우리들의基本的
出版物을 確立시켜가는 것이다. 그러한 우리들 自身의 出版物의 確立에
依하야서만 우리들의 진정한 創作活動을 實現시켜갈수 잇을것이다.

다음에 우리들이 亦是 果敢하게 해야할일의 하나는 파시즘文學을
위시한 一般부르조아文學에 대한 ×爭이다. 지금까지 우리들은 이方面
에 대하야 極히 稀薄한 關心밖에 두어오지 못하얏으며 거기에 대
한……은 다만 일시적이며 偶然的임에 不過하얏다. 그러나 今日에 잇
서 그들의 文學이……에依하야 露骨的으로……化되고 잇는 이때에 그
러한……가 얼마나 怠慢한 行動인가를 우리들은 覺醒하지안으면 아니
된다.
그러한 意味에서 三三年度의 우리들의 活動中의 重要한 部面의 하
나가 이 부르조아文學에 대한 ×爭이 아니어서는 아니된다.

그밖에 잇어도 우리들은 文學史上에 잇어우리들의 優越性잇는 地位
의 確保와 旣成文學에 대한……를 위하야 우리들은 각方面에 잇

어……的×爭을 惹起시키며 계속해갈것이다.

今年에 잇어 新興文壇에서 活躍할 人物들은 李箕永, 宋影, 尹基興, 林和, 權煥, 韓雲野, 朴英熙, 金基鎭, 李燦, 安漠, 唯仁, 金昌述, 鄭龍山, 金龍齋, 朴世永 等을 위시하야 李北鳴, 朴基燮, 李東珪, 姜鷺卿等의 新人들을 加하게 될것이며 다시 同伴者的 傾向을 가진 作家들 兪鎭午, 柳致眞氏等과 그外 朴花城, 宋桂月, 崔貞熙氏等에 依하야 一層 豐富해지게 될것이다.

그리하야 三三年度의 新興文壇에는 巨大한 躍進과 成長이 잇게될것이다.

×

우리들은 以上에서 두가지 文壇 即旣成文學과 新興文學을 보아왓으나 이 밖에도 이두가지 文壇에 屬하지안는 作家 및 新人들을 적지안케 알고 잇다.

今年에 드러와서 그들은 어떠케 움즉이게될것인가에 대하야 一定한 展望을 말해가야하겟으나 여러가지 사정이 그것을 허락지 아니하야 다음긔회로 밀지아늘수 없게되엇다.

● 『동광』 40호, 1933.1.
● '……'은 당시 검열에 의해 삭제된 부분으로 원문 그대로 수록하였다.

洪九,「1933年 女流作家群像(續)」

―崔貞熙氏―

　三千里를 舞臺로 宏壯한북을울니고나온『正當한스파이』의 作者 崔
貞熙氏는 完全히 우리눈에는 써나리슴化한 가장무서운 危險性과冷悧
性을 가진作家의 한분이라고볼수잇다

　그『正當한스파이』는 그대로잘「닷지」를뵈여 1幅의 스켓취와갓흔
作品이다 그럼으로氏는 조금스켓취의 妙法를아는분이다 그러나氏는
지금까지의 모든 女流作家中에서는 처음보는 獨特한 才質과 엇더한새
境地를 보히려고努力하는 痕迹이잇스나 그새로운境地의 開拓이 모름
직이 가장危險한 危險性을가진努力이 안일는지는 疑問符로아직 남어
잇다.

　氏의表現쏘着想은 極히輕快하다 가을하날에 날으는 제비쎼와도갓
다. 그리고氏의作品은 徹頭徹尾 無氣力하고 退嬰的이다 아무리 銳敏한
感受性과 明朗한 技巧가잇다하드라도 一作品이 對衆인 讀者에對하야
엇더한效果를못내는以上 그作品은死産兒이다.

　그리고 氏는 氏獨特의 模倣性은 聰明히具備하고잇다「明日의食代」

갓흔作品은 氏의下村千秋의 不感症이며 不消化에 起因되여 이러한 怪作도 試하게 되지안엇섯는가! 그리고 또 最近에作『非情都市』에잇서서는 가장새로운 이單純化된 手法을보혀주엇다 그러나 氏는 또한 이 手法을模倣할줄만알엇지 그곳의는 明確히 消化不良症이 露出되여잇다 이手法은 한事件을 極히簡潔되히形式으로 쌀분一齣一齣속에 縮小식히여 필님式으로 調和잇게 展開식히며 映畵의 特徵인 템포를 文學部門에 迎合 아니攝取한것이다 그러나 氏는 그것에 攝取가아니라 形式手法에單純한 模倣인싸닭 自己의着想인 一事件에對한具象化는 全然하지못하고말엇다 이것을 일너 나는藝術的「갱그」라고하겟다.

氏는 이와갓치 純全한써너리슴에흘너 作家的自重 作家的修養을 無視하야 氏의未來잇는 作家的地位에 危險을보히고잇다 氏는 이런것을 克服하지못하면 作家的活動에잇서 「産業合理化」와갓흔 合理化가 必然的으로 生長될줄안다.

宋桂月氏는 아직作家라불으기가앗갑다 그리고 너무나귀여웁다 그러나 作家이다.

氏의作『街頭連絡에첫날』이 取材에잇서 퍽으나 새로운맛을주엇스며 열분衝動까지 주엇스나 아무리 그取才가 좃코 새룹다 하드라도 그테-마를 充分히 充實히 具象化식히며 表現식히지못하면 오히려 그대로구수한 平凡된取才만도 못할것이다.

이作品은 ××的이면서도 아필할可能性이잇섯스나 氏의 手腕으로 到底히엇지도못한것 當然以上 當然일 것이다.

그表現의難澁 문맥의不統一 文章의 生硬事件를가주고나가는 劇的인

急迫力- ——히 말하면 이作品은 하나도된대는업다

그리고 다만 取才에서 生命이잇고 印象이남엇다.

要컨대 氏는 藝術에잇서서 技術的으로 보잘것이 업는것이다. 여기에 氏는 적지안은 自己 自身에對한 幻滅을 가젓슬것이다.

만약에 이作品을가지고 훌늉한作品이이라고 잘된 한藝術品이라고 할것갓흐면 李甲基氏가 누구에게 말하드시 정말그사람이야말노—한 길읽을必要가잇다.

우리의 藝術品은 取才만으로 훌융하다고 못할것이다. 內容을담어주는 모든 技術도 쏘한 重要視안하야서는안된다.

우리가 氏를 未來잇는作家로 보면 너무聰明한 意志와 情熱을가젓다고할수잇스나 氏와갓치 아직 그의哲學的見地가 確乎되지못한以上 그 情熱이 쉬식을가가 나의杞憂이며 모든사람의 問題가아닐가한다.

氏를 짓꾸지말한다면 崔貞熙氏와가치 가장무서운 藝術的冒險인 消化不良의 模倣性을 째끗이내여버려야할것이다.

×

張德祚氏는 「低廻」를發表한작가이다 그러나 나는 그 「低廻」만을읽고 論하기를躊躇한다.

그러나 氏는 모든女流作家中에서 가장인텔리性을 갓고잇다 그리고 氏는 인테리的 明朗性과 憂鬱性과 退步性을 아울너 가진 모던니슴에 흘느는경향을가지고잇다.

氏에對한말은 이만하다 도저히 붓대가 안나간다 나에가슴은 이 「低

廻」作者 氏와갓치 두근거릴것이다 아무러튼 才質이잇다 未來가잇다 그러면 이 「低廻」는 低廻대로 긋처잇서지지 안을것을 나는氏와約束하고십다.

×

毛允淑氏는 드문女流詩人이다 詩壇에 한편을 몰내 燦爛히 裝飾하야주는 귀여운 아름다운 詩人이다.

氏의詩想은아즉 익지못하얏스며 詩人으로써 呼吸은 女性이지만은 너무나 적고 女性的이다 간열흔女人의노래 軟弱한女人의 노래 센치멘탈한 愛情의노래 이것이 氏의 詩想의全部이다 北國에눈바래치는것을 보고 사랑하는愛人이 추워서 허기가 저서 갈길이맥키여 허매는 애처러운 生覺과눈물만 흘니엇지 사나운 바람을 조금도 겁내지안코 獨獸 갓치날뒤는 ××××들의 그림자는 조금도 보지못하얏다 만약 氏를 우통을버서붓치고 무쇠를자르며 느러내는 勞動者 손에든 함마와 그의 黑銅色인 탐스런 肉體를 보면 담번에—

아— 나의花園이 깨여질나— 할뿐이다.

×

姜敬愛氏는 누구보다도 調理잇고健實한 筆致와 充實한表現을 한작품 한작품마다 보혀주는 健康한 作家이다.

氏만한程度에 到達된作家는 드물다 그러나 氏는 技巧는 어느點까지

좃타할수잇스나 氏는 아즉 思想的不明瞭를 말하고잇다 조흔例로「그녀자」갓흔作品은 大體이作家의뜻이 알려지지안는다.「幕切り」에 그要領이不足한點도잇다.

압흐로 健實한 明瞭한 思想의確乎한 把握을바라며 未來를바랄作家이다.

이로써 이女流作家群像은 끗을막으나 너무나섭섭한것은 저녯날 圖書館한구석에서 英語辭典과씨름을하며 讀本의 색임을 생각하고잇슬째 洋裝한女性한분이 流暢한 日語로 辭典을빌녀 달나함으로 잠간 빌녀주고 그代價로 單語두字를알이키여주든 金明淳氏의 그째 그粉紅色에 갓가운 洋裝과 斷髮한 그이의 모습은 살아지지안는다 일홈모를 紅顔少年에게 英語單語두字 가리키여준 金明淳氏는 지금어대서 그少年이 바로이글을쓰면서섭섭하야하는줄을알는지! 쓸대업는雜말을하얏다 그리고 中央日報의 尹聖相氏, 每日申報 金源珠氏, 東亞日報의 崔義順氏, 新東亞의 金慈惠氏 이분들에對하야는 나로써는너무智識이업슴으로 말하기어럽다 모다 容恕하시고 故意로이名譽스럽지못한 群像記를 쓴것이아님을 알어주기바란다.

이만붓을 놋치만 現在活躍하는 모든作家는 思想的不安定! 哲學에 沒常識 이모든點은 作品에缺點으로써 顯著히 反映되는것을 말하고십다.

그리고 올에는 힘잇는 活動이보일것을 前提한다.

•『삼천리』5권3호, 1933.3.

白鐵, 「新春文藝評」

『詩 歌』

(序文十五枚略)

金岸曙氏의 「元朝默祈」(朝鮮)

이詩의 「卜カキ」인 「平面表現」이란 文句의 意味를 理解할수없는것은 자 못 不幸한일이나 何如튼 나는 이 封建的 詩를 通하야서도 金氏의 崇拜하는 「뮤-즈」가 外部의 動亂하는 「바람비」(險惡한 現實)에 依하야 安定을일코 戰慄하고잇다는것만은 容易하게 理解할수잇다 不安한 現實의 荒凉의 暴 風은 金億氏의 詩想을 根本부터 動搖식히고잇다 氏는 깁히 信賴하고잇 는 「님의곳」이라는 牆垣에 防禦되여잇는 避難家에서 從容히 晚餐을 對하려다가도 「오히려 들창과 문과 집웅에부닥치는 바람과 우박소리 를듯고 치를떨고 잇는것이다」그리하야 金億氏도 「검은손」과 「바람비 」의 威脅에 戰慄하면서 懷疑와 不安과 恐怖가운데 自身의외롭은 詩魂을 歎願하며 無力한 祈願을 獨白하고잇다 뮤-즈의 死滅! 이것은 氏의詩의最

後的 運命을 決定하고잇다.

權九玄氏의 「구천동숫장사」(朝鮮)

이詩에서 나는 이슬찬밤하늘아래서 寒寂히 「천마령놉흔재」를넘는 외롭은 「구천동숫장사」의모양을본다 그리고 그의山幕에남어잇는 굶주림과 추음에써는 妻子들을눈압헤그려본다 堪忍할수업는 哀愁와孤獨이 여긔에잇다 그것은 이詩의特徵이며 生命이다 (同時에 그것은 破滅하는詩의 特徵이란것도 함게 記憶해야한다!) 「…孤獨한魂의 苦惱는 世紀末病의異名이외의 아무것도아니다」(辰野隆) 가 이詩에도 쑤렷히 드러나잇다 詩의 熱情을일코 現實의運命에 涕泣하는 이詩人에게는 「이런環境에서 눈물은 언제나 나를救해주엇다」(뭇세의世紀末兒의告白에서) 와 同一한慰安을 枯渴의詩想—孤獨과哀愁에서 차즈면서 잇는것이다

하나 詩人은니어서 歎息한다 「눈나리는겨울에도 이재를넘고 넘엇다니 넘우럼으나 넘으럼으나 한생전 넘으럼으나 넘다가 죽으럼으나」라고……詩人이여…그貧窮한 숫장사는 왜 一生을 「천마령재」만넘다가 죽어야하는가? 果然숫장사의身勢를 아러주는동무는 「천마령가막까치」밧게는 업는것일가? 그는 왜 意識이 쌔여서는안되며 주위의동무들과 굿세게 손을잡어서는 안되는가? 여긔에 이詩人의×동적설교가 潛在해잇는것을 우리들은 決코 看過하지아느련다.

毛允淑氏의 「일어나세요」(新家庭)―二月

갓흔부르조아詩라는 그리고 갓흔 哀愁와 感傷의 世紀末病的詩라는 意味에서完全히權氏의詩와 共通點을갓고잇는것으로 毛允淑氏의 「일어나세요」가잇다!고요한詩情과 아케이듸얀 角笛의 音響을가진 哀傷의 메로듸가 씃업는 愁心에 잠겨흘느고잇다 하나 이詩에 對하야 그와가튼 評句를發見한것도 내가金億氏와가티 이詩에서 우렁찬 內容과形式을 발견함이여슬가? 아니다! 이런詩에 우렁찬內容과 形式이잇슬수는 萬無하다! 다만世紀末을歎息하는 에레지-의 枯渴한音調가 無意識한小市民과 感傷氣分의少女들에게 조고마한 哀愁의쇼크를주는데 이詩는 成功하고 잇슬짜름이다 事實 「이러나세요」라는題目에反하야 이詩는 얼마나 肉迫하는 熱情이업는 纖細한哀傷의詩랴! 그만치 이詩는우렁찬 詩가아니고 그와反對의 小心의少女의詩인것이다.

金起林氏의 「새날이밝는다」(新東亞五月)

一定한現實을 取扱하면서도 될수잇는대로 그것을非現實的으로 描寫, 表現하려는데 이詩人의異常한努力과 特長이잇다 이詩人은 一定한現實의反映이아니고 그것과遊離식혀서 感覺의蜃氣樓(虛構)를空設한다. 그리고 그空設에依하야 作者는現實을逃避하고잇스나, 主觀的으로는 이二重의否定에依하야 도리여 現實의確立이잇다고 생각하는데 이詩人의 矛盾된行動이잇다 「새날이밝는다」도亦是그러하다 새해아츰의風

景이 今日의現實이아니고 別世界의것으로 描寫되고잇다 神經末梢의 都市神經이餘地업시 發散되여잇다 事實今日의조선새해를 이와가티 非現實的으로不曲함이업시는 氏는그것에서 「훌늉하고큰아츰」을발견할 수는 업서슬것이다 그리고그와가튼非現實의虛構를通하야 別世界를 그리며 空想하고잇는데 氏의 獨特한 享樂的氣壓이 潛在한것이다 하나 金氏의詩는 따짜의 無計劃的破壞精神과는 區別되는點이잇다. 그는잇 다금 「異常警報來!」와가튼×전의意를가진 比較的 現實的作品도 보여줄 째가잇다 만일作者가 그새롭은方向에서 새롭은詩的熱情을 게속하야 發見한다면 氏는진정한의미의 새롭은詩人이될것이다

「새날의祈願」(東亞日報)

金海剛君은 現詩壇人中에 가장精力的作家의 한사람이나 君의詩의共 通的缺點은 個人的呶號와 抽象的絶叫에머저지고 具體的實性(眞實性)을 갓고 肉迫해오는 迫力이 缺如되여잇다는것이다. 그缺點은 이번同君의 「새날의祈願」에도 明確히나타나잇다 「새해」와 「동녁한울」의붉은햇발 에 對한 漠然한 希望 漠然한祈願은 結局 「적은 일이옵든 큰일이옵든 하고마 많은가운데 한가지일지라도 이해만은 뜻대로 일우어짐이 잇 서주소서」라는 無力하고 神秘的인 宗敎的祈願에 머저잇고말엇다. 이 것은 君이 根本的으로 새룹은勢力에同情加擔하고 잇스면서도 君의日 常生活이 徹頭徹尾 小市民的이라는데, 卽, 君의生活이 基本大衆의生産 過程, 生活的現實과 너무나隔離되여잇기째문이다

그와가튼 致命的原因에서오는 君의抽象的漠然性은 以上의指摘한바와가티 언제나君의詩를無力하게하고잇다 그런意味에서 君은 그致命的原因에 對한實踐的反省이 잇서야할것이다 그것이업시는 君의詩에서一層새롭은 發展과 成長을豫期하기는 어렵다 그리고君의詩와 類似한 缺陷을가지고잇는 新人詩人으로서 李揆元 宋順鎰 李應洙氏等이잇다 氏等역시 以上의指摘한意味에서 一定한反省과 實踐이업시는 아무 發展도 企待하기 어렵을 것이다

『戲曲밋小說』

興味잇게 읽은두가지作品
「카페의犬儒學派」(李三靑)과 「朴勝昊」(李箕永)

「카퐤의犬儒學派」(戲曲—朝鮮日報當選)

—에對하야 내가興味를늣겻다는것은 이戲曲의最後의場面에서 作者가 ××××의基本運動의 一場面을取扱하며 거긔에積極的으로同情共鳴하고 잇다는데잇지아니하다 그와反對로 나는도리여 이場面에서는 極度로 어색한點과 無理한點을發見하는데서 만은不滿을늣겻다 그것은 作者가 ××××운동과×××원의生活에對한 아무智識과教養이업시 이困難한材料를 無理로取扱하려고 하엿든까닭이아닌가한다 勿論作者가 取扱한바와가티 特殊한事情에依하야는 ××운동자들이 카페 一隅를 重要한

連絡과레포의 安全한地所로選擇할境遇가잇슬것이다 그러나 그때에도 그것은決코 이作品에서 作者가 描寫한場面의 모양으로는아니다 眞正한意味의 프로文學이라는것보다는 小市民作家인 소위 프로文士(作者가意味하는)가 새로登場하는靑年을보고 「아!니코라이朴」하고놀래리만큼 그일홈이 大衆化되여잇는 ×××원이 카페-와가튼 危險한場所에서 連絡을取할일은萬無하며 비록 一時로取하는 境遇가잇서도 그때에 누구나 보고알아보리만큼 아무 캄프라지-도업시 出現할理는 더욱萬無하다 그리고또그러한 嚴密한 周綱스럽은 注意밋헤서 一定한場所에서 連絡을取한다고하야도 決코二度以上을同一한場所에反復하는일은업다 함을며 女給에게까지 熟面이되리만치 여러번그카페에와서連絡을할 無經驗한×××원이어데잇스랴! 그리고더욱 놀낸것은 그×××원에對하야 이편犬儒學派의한사람인 「雇員」이 「카페-의코뮤니스트…」「…………」하면서 正面으로辱說을퍼붓는데도 그대로 그座席에沈着이안저서 相對의레포터-를긔다리는 態度에는 가장 긴장하고 機敏해야할 ×××원을 위하야 나는赤面하지 아늘수업섯다 그밧게 刑事隊에包圍되여붓들녀 가는 그들의태도에서도 진정한×××원의 태도를발견할수업섯다

  말하면 우에서도 말한바와가티 이戱曲의 缺點은最後의場面은 無理한取材와描寫에잇섯다

  그러면 내가興味를가진 이戱曲의長點은? 이作者는 社會의基本運動에對한 智識은不幸히具有하고잇지못하나 그代身 小부르조아生活心情과小市民的프시이데오로기-를 取扱하며 描寫하는데 豊當한體驗과 아울너 熟練한作家的才能과 手法을共有하고잇섯다 會社員을除하고는 프로文士(小市民的作家)大學生 雇員 等의 小市民으로서의 心情과個性이

如實하게表現되여이섯다 그중에도 特히不運한 小市民으로서 自身의不幸한地位에對한 漠然한咀呪과 盲目의不平 (그것은 이社會의矛盾을 正當히把握하지 못하고 中間에浮游하는 無意識한小市民의共通的特性)을히스테릭하게 絶叫하는 雇員의心情은 餘地업시 나타나이섯다 그리고 輕薄한世情에墮落된女給의生活과 心情도 자못明確하게 描寫되여잇섯다

그밧게 作者는 그러한 小市民的人間의生活과心情을 戱曲의形式에依하야 取扱하는데서 間隙업는表現手法과 윗티한(機智스럽은) 對話의交流로 讀者를 끗까지 微笑와感興가운데 쓰을고나가는 文學的價値를갓고잇섯다 나역시 읽어가는중에 멧번이고 口讚하얏다「조흔作家다!」「조흔成長이잇스라!」라고

그러나 勿論 이作家가 基本的으로 必要한社會智識을갓고잇지못하니만치 이小市民의 生活을取扱하는데도 全面으로 看過할수업는 缺點을 갓고이섯다 그것은 作家가 다만 小市民인「인테리」를 無力한消極面에서만 바라보고그들의 積極性-小市民生活意識에서 진정한 生活意識으로 轉換하는必然的契機等-을無視하고잇는데잇다「인테리!」「입으로만 써드는 인테리!」라고 作者는 멧번이고 輕蔑의文句를던진다. 그리고나 끗까지 無力한小市民으로 힘업시 치를떨고잇다! 여긔서作者는小市民의生活과意識의 消極面을 暴露하는데汲汲하면서 그의反對面에는 轉眼치못한데서重要한過誤를 갓고잇는 것이다 그리고 그밧게 조그만點이나 墮落된小市民作家를 프로文士라는代名辭로曲型化식혀서 取扱한데서 客觀的으로 프로文學運動에 對한 데마고기-的影響을씨쳣다는것을 作者는反省하여야할것이다

李箕永氏의 「朴勝昊」(新階段一月)

　—는 우리들에게 두가지 非凡한反省을 남겨주엇다. 첫재는 一定한 그時그時의 캄파에 對하야 우리들은지금까지 아무習慣的關心과 準備를 가저오지못하얏다는것 따라서 突然히 그러한必要에直面할째는 平常의 無經驗과 無準備로서 우리들은 그것에 充分히 應할餘裕를갓지못하다는것과 둘재는우리들이 農民文學을主張한지 이미 오래엿슴에 不拘하고 아직도 우리들은 진정한農民文學의 製作에는너무나 힘이不足하다는事實이다 「朴勝昊」는 部分的으로 最近의反××××쟁에應하려고하면서 全面으로는農村의農民事情의 變動을取扱한作品이엇스나 어느편으로보나 決코成功한作品은아니엇다 그와反對로一層秀越한作品을 製作해주어야할 李箕永氏의 作品이란것을머리에두고 생각할때에 나는 이作品에對하야 部分部分의 優秀한部面을 들어 새삼스럽게 讚評하는 代身 이作品이갓고잇는缺點을 잇는데까지 摘發하는데서 李箕永氏에對한 나의 微微한 評者的誠意를다하려고한다

　이作品은 첫재로 全面에잇서 農村事件의 展開와 거긔에짜르는 描寫等 이 너무나 單調하고 平面的이고 템포가느진點으로보아서 우리들이 일즉이보아온田園作家乃至自然主義作家의 그것에比하야 質的으로는別로 差異가 업다는것이다—主人公朴勝昊의 變遷업는生活 그生活苦痛에對한 無力한哀愁와瞑想 農村風景에對한 單調하고 悠長한描寫 朴勝昊와 一農夫(점동이아버지)와의個人的接近, 그들의 對話의平面的展開와偶然性 勝昊의 心理轉換의必然性의缺如!等에잇서 作者는 大體로 그리重要한 部分에 大部分의誌面을虛費하고잇다 이와가티 이作品에서全

面的으로缺點이指摘되는것은 今日 우리들이 問題하는 ××的農民文學이 應當히가저야할 中心主題 近年의 深刻한漫性的農業恐慌과 凶作饑饉의 本質과社會파시스트와 改良主義의階級的地盤의暴露(特히이번캄파에 應하야)에서 出發하지못하고 題材의廣汎性에對한 無批判的理解에 依하야 테-마가 唯物辨法的으로 處理되지못하고 無基準하게取扱되여잇는 點에서 그리고 짜라서 描寫에잇서서도 方法과主題의 緊密한統一이 缺如되여잇는데서 今日의創作方法問題가 이지고잉하게 自然主義的平法으로 代置되어잇는짜닭이엇다

　둘재로亦是全面的意味에서 이作品에指摘되는 缺點은作者가 한農村의 事情을 다른部面의×쟁과 正當히關聯식히면서 全體의一部라는意味에서 題材를取扱하지못하고 그것을孤立식혀서 取扱한데잇섯다 그中에도最後의場面의 主人公의생각「그는엇잔지 서울이 멀어진것갓고 자긔는 영구히 서울사람이못될것처럼생각되엿다」는 都市의×쟁과農村의…를 機械的으로對立식힌험이업지안타 그리고一部面에서作者가 上海少年兒童의 生活이야기를 夜學兒童에게말하는 場面이잇스나 그때에도作者가 「로동자의 안해들보다는 그래도여유잇는 생활을하고잇지안습니까?……그러면그생각을해서 당신들은 남보다 공부도잘하고…」 等은 現朝鮮農民의生活이 上海노동자생활보다도 훨신餘裕가잇다는(事實은그와反對)幻像을갓게할뿐아니라 生活에 여유條件을드러勉學을權하는것은 부르조아교육의 僞善이외에 아무것도아니다 짜라서우리들로볼째는 그說明이 甚히不自然하다 그리고 이것과 관년하야 그뒤의 朴勝昊의心理變遷過程, 즉中國幼年노동자보다 조선농촌少年의生活여유가잇고 또농촌少年에比하야 自己는一層餘裕잇는 生活을하고잇고

짜라서自己는 實踐을通하야 敎育勞動者가 되야겟다는 心理過程이 極히不自然하게 나타나잇다

그다음 作者는 이번×파에應하기위하야 …와관년하야 東學亂을取扱한것이나 여긔서도두사람(朴과점동이아버지)의對話함에서 東學亂이야기로 넘어가는過程이 極히不自然하고偶然的이다 두사람의이야기가 東學亂이야기에 發展되여야할 必然性이 缺如되여잇다 그러고作者는 現在의……의 ×동성을指摘하기위하야 그當時의東學亂의歷史的役割을 否認하고잇스나 그것은 一定한歷史的事件에對한우리들의 正當한見解는아니다 조선에잇서서封建的勢力이바야흐로崩壞되는時代에잇서…… 東學亂을通하야 부르조아××의헤게모니-를쥐고잇섯다는 意味에서 一定한進步的歷史的 役割를다하얏다는것은 百번千번是認하여도 조타 아니是認하여야한다 하나그러타고하야서 現在의……가 非反動的이란것이 意味될가?아니다!事實은바야흐로 그와正反對다…封建××의崩壞時代의××的勢力이 現在의자본주의××의……時代에×동적勢力으로 表現되는것은 辨證法의皮肉的表現이다

그밧게도 이作品에는 농촌의긔본적……의 暗示의缺如等의 적지아니한 缺點等을갓고잇다 作者의 一層더巨大한……를비러마지아니한다

李無影氏의 「루쌔슈카」(新東亞二月)

—李無影氏는 作家로서驅馳하고잇는表現技術等으로는 相當히놉흔水準에서 잇스면서도 그것과함께 同伴者作家로서 반듯이가저야할政治

的이데오로기-的水準으로는 (숨기지안코指摘하면) 極히低下한水準에 노여잇는것이 事實이다 이兩者의 不一致性! 이것은 氏의 作品에는언 제나 致命的缺陷과矛盾으로具現된다 이번「루싸슈카」도역시 그러하 얏다「루싸슈카」를읽는가운데서 部分部分으로는 나는적지안케 感化 되는部面을여러곳 發見하얏다 그러나 그것을 全體에通하야 考察할째 는 一定한統一的테-마에依하야 結合되여잇지못하고 모든偶然的事件이 不自然하게 無秩序하게 累積되여잇섯다 여긔서 나는從容히생각함이 잇섯다「이作家는 왜 技術的修練에만努力하고 一層基本的修練인 政治 밋經濟에對한 智識에留意함이업슬짜!」라고(事實, 現在의氏의作品의 缺 陷을 救濟하기위하야는 現社會의모든事件을 正當하게 把握할만한相當 히놉흔基本智識이 氏에게絶對로 必要한 것이다)

同伴者作家로서 氏의一層成長을위하야 具體的으로 이번「루싸슈카」 의缺陷을 숨김업시 摘發식히자면—첫재로 이作品은 全體性과테-마를 喪失한作品이다 만일無理로纖細한想像을驅使한다면 作家가主觀的으로 作品에서無意識한大衆이 漸次로 意識이째여가는過程에 中心테-마를 두엇다는것을 理解할수는잇다나 客觀的으로는 그것은 中心테-마로 表現되지못하고 極히偶然的으로「由しわけ的に」最後에조고마케 クソツ ケタモノ以外의 아무것도아니엇다그것은 作者가 全體의構想과 事件取 扱에잇서서 모든精力을 中心테-마에向하야 集中식히지못하고 極히重 要치못한部分乃至 自然不必要한部分에 쓸대업는精力을浪費하고잇는 짜닭이엇다 事實나는 이作品의前三分之二를 읽을째짜지도主人公과R 을 한墮落한룸펜으로만알고 엇든 운동조직의 멤버-들인줄은 꿈에도 想像하지못하얏다 作者가 突然히「우리회라는것은B××에대항하야조

직된××××를연구하는 그룹××회」이엇다라고말할째에 「앗차그렛든가?」하고 나는實로驚訝하고 두세번을 읽은 部分을 다시 차저보아섯다 하나나는不幸히 어데서나 「참, 그러쿠나!」하고 그들이 조직멤버이엇다는 契機를 차저낼수업섯다 짜라서 그뒤에오는事件 「최」가 R에게빰을 맛고 나가는事件 그리고 主人公의 悔過하는事件이 極히偶然되게 機械的으로 附加되여잇다 그리고 이作品의 테-마를살니는데는 가장큰役割를할수잇는 「최」가 生活을通하야 意識이째여가는 過程(生活을通한 心理의必然的變遷)을 的確히具現하엿서야할것임不拘하고 그重要한過程에는 作者는 모르는척하고 素通=할쑨이다 여긔에이作品에테-마가 몽롱해지고 喪失된重要한原因이잇다 말하면 이作品이 一層的確한테-마에統一되랴면 前半의大部分을 削略(特히女子의편지가튼것) 하고 後半을具體的으로 그려갓서야할것이다 이러한, 重要한 部分이외에도 偶然的部分이 到處에潛在해잇다 作者는그러한點에이서 一層 留意해주어야할것이다

李泰俊氏의 「슬픈勝利者」(新家庭)

一氏의作品에는 언제나 고요한 센티맨탈한 메로듸-가 흘느고잇다 無限한哀傷과 꼿업는愁心이 여긔에잇다! 잇다금, 나는氏의 文章에서 現代의 째즈가아니고 古雅한明笛의音調를발견한다 그리하야 李氏의 小說은 感傷의少女들의氣分을사로 잡는데 充分한要素를 갓고잇다 이번作品도 한개의눈물겨운 男女의 戀愛揷話를 氏의特殊한 맑고아담한

筆致로 고요히말해가고잇다 그리고小市民的要素가濃厚한나는 이作品을 읽는가운데 無意識的으로 그物語에취해 지는째가이섯다 함을며 感傷그것에사는 어린少女들이 이作品을 讀할째임이랴! 나는여긔에서 이作品等이 젊은靑少女들의意識을 마취식히며 가로막는데서 얼마나 만흔 害毒을 끼칠것인가를 憎惡하야마지아니한다

共同製作의 「導火線」(映畵小說) ―金兌鎭, 羅雄, 姜湖, 秋赤陽―

朝鮮日報에 連載中에잇는 共同製作의 「導火線」이잇다 프로레타리아 作家의 文學的生産은 부르조아文人의創作과가티 個人的이며 無政府主義的이아니고 組織的生産이라는데 그特徵이잇다 이번 金兌鎭以下三氏에 依하야 試驗되고잇는 「共同製作」은 組織的生産의特殊한形式이다 이것은 過去文人들의所謂 連作小說과는 根本的으로 그形式을달니하고 잇는作品製作形式으로 日本等에서는 이미數年前에試驗된일이잇섯다 소위過去의 連作小說이란 連作하는 諸作家에依한 一定한共同的計劃이 업고 다만一定한作家의 架想에依하야 始作된것을 그뒤에쓰는作家들은 無理로라도 前篇의쓰토리-를 破壞함이업시 繼承해가야하는것이다 짜라서 完成한連作小說은 一種의 不自然한쓰토리-에 危殆히 連繫되여잇는 長篇小說이되게된다 하나 共同製作은 그와反對다.위선 共同製作하는 諸作家에依하야 테-마와資料收集等에對한共同的 一定한 組織的 計劃이서야된다 그뒤에 各作家는 自己에適應한篇을各各擔任하게되나 그代身 製作된各篇사이에는 一定한스토리-의連繫은업는것이 普通이다

A篇과B篇은 갓흔 共同製作의篇이면서도 各各 스토리-와題材가다른 短篇의形式을갖게된다! 그러나그 代身 製作된諸篇은 一定한××적테-마 例를들면 失業데-×파를위한것에 統一되여야한다 쓰토리-의 平面的進繫가아니고 ××的테-마에依한立體的統一性 여긔에共同製作의特性이잇다 그리고資料의共同的收集과 製作後에 共同的批判等을組織的으로 履行하는것은 勿論이다

그러나 이번 金兌鎭氏等諸氏의共同製作은 以上에서 내가指摘한共同製作形式과는 적히 性質을달니하고잇다 그것은 一定한計劃的組織的生産 (資料收集其他에이서) 이면서도 實際의形式에는 多分히 부르조아作家의 連作小說의平面的形式 (特히스토리-의連繫等에이서) 을無批判的으로 輸入한缺陷을갓고잇다

全體의形式에 그러한缺陷이잇는데서 部分的手法에이서도 表現의平面性과煩鎖性이 그대로繼承되여잇는 點이 적지안타 例를들면 「그손에는 성냥이쥐엇다 성냥을밧는손, 그손, 완강한그손, 넓고두텁은그손, 한번힘잇게감어쥐면 강철을펴기보다 어렵은 그손, 이라고 노동자의 손을 明確히 表現하기위하야 멧번이고同一한 意味의文句를反復하는것이나 이것은 自然主義的手法中에도 가장拙劣한手法은 될지언정 진정한 唯物辨證法的創作方法과는 아무관게가업는手法이다 덕운다나 가장템포가 빨러야할映畵的描寫에 이서는 全面으로排斥해야할 手法이아니면아니된다 그밧게場面의轉換等에 이서도 不自然하고 偶然的인것이만타 例를들면 街頭連絡에서 賣淫窟의風景(無意識노동자의墮落生活) 兩社會의合同反對의會合에서 會社側의宴會場面으로 F·B되는것 또얼마못하야 다시 前場面으로 F·B되는것等은 讀者 (映畵化된후에는觀衆)

에게 混亂症을주는 無秩序한手法이아닌가생각된다 勿論 나는 賣淫窟 과無意識大衆의生活場面이라든가 會社側의 宴會場面을 描寫하는데異 議가잇는것이아니나 場面과場面사이의 飛躍과連結에이서 讀者에게一 層 「ま●まつた」印象을 주도록努力할必要가잇지아는가한다 例를들면 街頭連絡後에는곳 「지순」과 「영호」의 連絡場面으로 그리고 노동자의 會合에서 會社側宴會로轉換하는것도 前者事件이 大概ま●마는한후에 後 者로轉換식힐것等……하나 이作品은 아직連載中임으로 一層明確한評 은 候機에 미루기로하겟다

女人連作 「젊은어머니」(新家庭─朴花城, 宋桂月)

連作의 一回二回가 女人作家로는 優秀한편인, 朴 宋兩氏! 그리고兩 氏가함게 同伴者的傾向을갓고 잇는이들이란意味에서 나의興味는 씃 니움이이섯다

朴花城氏의作品은 「下水道工事」이외는不幸히읽은것이업스나 이번 第一回는 前者에比하야失敗한作品이엇다 「젊은어머니」의出發에이서 너무나 偶然의現實部面에서 시작된까닭에 모든것이 不自然하고어색 하게되엿스며 이와가튼 出發點의偶然性은 第一回全體를 偶然的의作品 으로만들고말아섯다 女主人公의環境으로 選擇된料理집이 基本的現實 部面과는너무나 隔離되여잇스며 ×××사인男便이집을 써나는場面도極 히非現實的이다 바야흐로×거의暴風이迫頭된째에 男便도부르조아 豫 言者가치 自己의死를豫言하면서 腹中兒에게 「遺光!」이라고 일흠짓는

사실 안해에對한「힘찬어머니가되여주오」라는 虛空한 아무具體性업는 付托 그리고 안해가보는압헤서 公然히 집을쩌나는것等은 모도가 不自然그것이다 이것은 作者가 진정한현실적×士의生活에對하야 一片의智識이업는것을 스스로說明하고잇는이외에 아무것도아니다 언제도말하얏거니와 作者는 너무부르조아新聞의三面에서만 作品의材料를 取하지말고 그보다도참된 現實그것에서 直接題材를取하도록 敎養과經驗을싸어야할것이다 그리고 그밧게도 이作品의中心人物의하나인「민상」이 이집의「이다바」로오게된것도너무나 偶然的運命이며 그他 蔡支配人 金先生等의人間的關係도너무說明的으로連繫되여잇다 그러나이作品에이서도 作者는 現實의새롭은 事實과人間에絶對好感과同情을갓고 잇는것은事實이다 그리고描寫等에이서도 多分한成長할조흔 要素를到處에서 보여주고잇다

朴氏의第一回에比하야 宋氏의第二回에는 別로偶然性이업고 모든事件이 자못自然스럽게 取扱되여이섯다 이것은朴氏에比하야宋氏가 比較的豊富한社會的敎養과智識을 갓고잇다는事實에서 說明될것이다 金先生과「민상」의對話 그他의人間的關係를 다만人間的關係가아니고 一定한現實과 關聯식혀서 아무脫線이업시 正當히取扱하고잇으며 特히描寫와 表現等에잇서 女主人公에對한「민상」의心理的變動 女主人公에對한 蔡支配人의 求愛場面等에이서 作者의붓은 極히平滑하게 옴겨지고잇다 實로이번 作品은作者의「街頭連絡의첫날」等에比하야 二段의飛躍的發展을하고잇다 이것은 作家로서의 將來를위하야 注目되는事實이다 그러나 이것은勿論이번氏의作品이 極히優秀한作品이란것을意味하는것이아니다 金先生과「민상」의 人間관게의 急卒한발전과「민상」에生日

에 女主人公의선물 (이것은 作者밋민상과함게 評者에게도 풀수업는 수수꺽기다!) 等은 偶然的事件이며, 描寫等에이서 「오!민상」(作者는 女人이男性에對한 對話場面에왜, 오라는感歎辭를發見하얏슬가?」等其他 對話에어색한점이만으며, 特히最後의 蔡支配人의心理描寫에는 作者는 어느듯 부르조아 自然主義的描寫에墮落되면서잇다는 事實에 反省함이 이서야할것이다

 즛흐로 兩作을連作이라는의미에서볼째에 兩作사이에는 統一이업고 모든것이 急激히變動되며 破裂되고잇다 여긔에 連作그것의 致命的矛盾이 潛在해잇는 것이다

當選作品의文學的水準

 다른 資本主義國家의文壇이면 當選作品은 一般旣成作家의作品에 나리지안케 權威잇는것이만타……하나모든 社會條件의決定이 무척 遲却되여잇는 조선에이서는 이當選作品도 그것을다른나라의것에比하면 極히低下한文學的水準에노여잇다는데 그特徵이表現되여잇다 具體的으로 今春의各紙의 當選作品이 그것을 充分히證明해주는것이엇다

 當選作品中 「赤旗를휘둘으는狂女」(林唯一新東亞) 는비록部分的이나마 比較的優秀한點이잇섯다 例를들면첫장면에 狂女의모노로-그等은 자못 平滑하게 展開되여이섯다 그러나 그것은 極히小部分의것이고 그밧게는 實際의 基本運動에對한 아무智識이업는데서 생긴 事件轉開의 어색한 點과 不自然한點밧게는 別로 조흔場面을發見하지못하얏다 特

히 最後場面에 新東亞懸賞云云하고 主人公이말하고잇는것은 저날리즘
에對한 로골적아첨으로가장墮落된傾向이아니면 아니된다

　가튼當選戱曲으로 金能仁의「旋風後日譚」(中央)이잇스나 東學亂時代
의農民一揆에對하야 正當히取扱할만한……的敎養과作家的手腕을 金氏
는不幸히갓고 잇지못하다 農民一揆의一揷話를取扱한 이作品은××的테
-마에整理되여잇는 代身에 全面으로封建的奴隸的根情으로充滿되여잇
다 그리고 最後場面의 主人公의無意味한決意의 心理過程과 그것을無
條件으로 是認이는 어머니와 안해의 心理描寫도不自然함이 甚하얏다

　「正浩의죽엄」(戱曲) (朝鮮)은 以上의二篇보다도 한층더低下한水準에
서 評價되여야할 駄作이엇다 場面의 移動과舞臺事件의展開登場人物의
對話等이極히無秩序하게 無政府主義的으로 取扱되여잇다 特히 어린病
者 正浩와 그누이의 對話에는 誇張法이만코 無理스럽은 矛盾의點이
만엇다

　「아들의消息」(小說—石仁)은 아버지를代表한낡은型과 아들을代表하
는새롭은型을對照하야 今日의現實의一部面을 說明하려고하얏스나 너
무나아버지의 支離한心理와人生觀을 描寫하는데 大部分의 誌面을浪費
한까닭에새롭은時代를代表하는 아들의性格은 조곰도表現되여잇지아
니한다 前者보다도 後者에對하야 一層精力을너엇서야 할것이다 그러
나自然景致의 描寫等그他表現에잇서는 조흔作家的素質이보인다「횟바
람을불게된女子」(小說—金圭)—墮落한小市民生活(戀愛, 失戀其他) 에서
진정한工女生活에 飛躍하는過程을 取扱하려고 하얏스나 너무 事件이
飛躍的이고, 表現이難雜하야 아무것도 具體的으로 提示된것이업다 그
러나作者의意圖만은 讚할點이이섯다

그밧게 每申의 「歸農」等이 이스나 어느편으로보나 너무나稱卒한作品이엇다 一等當選인 이作品에對하야 아무批評의興味를늣기게못되는 것을 자못遺憾으로생각한다 이것으로 粗評을맛친다

●『신동아』, 1933.3.

素影,「連作小説『젊은어머니』에 對한寸評」

　연작『젊은어머니』의 한작자로써 이에대한 촌평이나마도 쓴다는
것은 좀 외란한짓이다. 즉 자긔의 창작을스스로가 비평하는격이 되
기 때문에……

　그러나 주저하지않는 것은 주관적비판이될 위험성은잇다할지라도
자신의 창작에 대한 비판은 누구에게든지 잇을것이라는것을 짐작하
는나는 제일회의 작자인 내가 五회에까지이른 이연작소설을 읽고나
서의 단편적으로늣겨진 편감(片感)이나마 한번 써보는 것이 무의미한
일이 아니라는것을 생각한 까닭이다.

　제一회 박화성 작
　이것에 대하여는 붓대가 즐겨 움즉이지 않으므로 신춘문예평의 한
구석자리를 차지한 광영(光榮)을가진 백철(白鐵)씨의평(評)의 그페지를
다시들추기로한다.
　백씨의말슴은 아무리생각해도 잘리해치 못할점이 적다고할수없다.
어째 변명처럼되어가니 아무래도 그만두어버리는 것이 생책일듯하
나 그래도 백씨에게 꼭하고싶은 몇마디가 붓대를 잡고 놓지안는다.

백씨는 연작의 제일회라는 조건을 잊으시지는 않으섯겟지. 백씨가 이작품을 우연적 설명적이라고 하신것에는 나는 아무대답도 하지않겟다. 그러나 「前略……남편도 부르조아 예언자같이 자기의사(死)를 예언하면서……」로부터 「그리고 안해가 보는앞에서 공연히 집을떠나는것등은 모도가 부자연그것이다. 이것은 작자가 진정한 현실적×사의 생활에대하야 일편의지식이 없는것을 스스로설명하고 잇는외의 아무것도 아니다」라고 하신것에는 유순한? 나도 수긍할수가없다. 그렇다고해서 내가 진정한×사의 생활에대하야 억만편의 지식을 가졋다고 항의하는것도 아니다.

　망명의길에 나선남편이 안해의 의문에대하야 「그살기를기대하지말라」는뜻의말은 당연한말일것이다. 부르조아 예언자의 예언과 망명××객의 목숨을던진 헌신적정열에서 을어나는 표현의말과를 동일시(同一視)하신 백씨의 심사가 야릇하게 생각된다. 안해가 보는앞에서 공연하게 집을떠낫다 하신것은 피상적의 말슴같다. 「오늘밤 나는 이런일때문에 어느곳으로 떠나니 그리알라」고 하는것이 글자그대로의 공연(公然)이아닐가? 경찰의눈을 이리저리 피하여다닌다는것쯤은 그 안해도 알엇을것이니 이날밤에도 「이제는 좀 멀리가겟다」는 뜻을 표현함즉(작자가 그장면은 표시하지않엇으나)도 하엿을것이다. 정초기분이 농후한 눈나리는 이밤을 이용하야 자취를 숨기는것쯤이 결코 안해에게 자긔행방을 공연하게 보이는것은 아닐것이다.

　여기에 관게없는말이나 백씨가 일즉 「하수도공사」 비평하신대서 이런말슴을 하신일이 잇다. (다른분의 평에대한 불만한점도 두어가지 잇엇다마는)

(此間二十一行不得已略)

제이회 송 게 월 작

아! 붓이 움직이기전에 먼저 손이떨린다. 마음으로아끼고 사모하든 송양!후일의 반가운악수를 약속하고서 남북하늘에 먼거리를 탄식하든 그와나!그의얼굴을 만나지도못하고 그는 영원히 가버렷다.

언제든지 연작의 제이회를 가운데놓고 정담을 주고받을것을 상상하엿든 나는 이제 볼사람도없는 (송양을가리침) 이글을 써야만되는가?

송양의 력작이라는 「街頭連絡의첫날」을 불행히 읽어보지못한 나는 여러분들의 그에대한 평(評)의맛만 찍어먹어보앗다.

그런대 이회작을 읽으며 멘처음에 깜짝놀란것은 민상과 김이 친하다는것을 로골적으로 보이는것——이다바인 민상이 김과어찌 그다지 친할것인가? 다른사람의 의심의눈이 잇을것이다——더욱 놀란것은 민상의방에서 민상이 큰소리로(입속의소리라는 중요한주의가없으므로) 김을 책망하며 좌익적언론을 발하는것이니 이긴—장면을 읽으며 나는 안타까워하지않을수가 없엇든것이다. 민상을 그러한 불근신하고 경망한 아무것도아닌 궐자로만들어버린 송양을 원망하엿다.

또틀린것은 맑스사진이 벽에잇엇고 무질서로 책이 쌓여잇다는 것이다. 제일회에서 「그의방에는 항상 묶어놓은 부담상자가 잇을뿐으로……」 라고 주의한 필자의 뜻을 송양은 그다지도 리해하지 못하엿든가? 대개 민상이 어떠한사람이라는것을 추측은 하엿을터인데 그의방에 맑스사진이잇고 서적이 쌓여잇다니 참 기괴한일이라아니할수가없다.

또하가지는 민상이 현우희를 사모하며 「현우희같은부인을 얻는다면……」, 하다가 「아니다 나는 생활력이 없는남자다」 하엿다. 그러다가 「나는 그를사랑한다. 그러나 적극적으로 그에게 사랑을 구할만한 경제적능력이 없지않나? 그를 행복스럽게할 능력이 없지않나?」, 하엿다. 그리고 또 「나는 돈없는사람」 하엿다.

이것을볼 때 조곰전에 김을 충고하든 민상이 이러틋 부르조아청년들의 생각 그대로를가지고 상대자를 사모한다는 것은 얼마나 민상이 자기의 중대한 생명이상의 책임을 무시하며 망각하엿는가를 꾸짖지않을 수 없다. 나는 사실 이것을 읽을 때 일증의 분로를 느꼇든것이다.

그런데 백씨는 평하야 말슴하시되 「여주인에대한 민상의 심리적변동 여주인공에대한 채지배인의 구연장면등에잇어 작자의붓은 극히 평활하게 움직이고잇다. 실로 이번 작품은 작자의 「가두연락의첫날」 등에비하야 이단의비약적발전을 하고잇다」라고 극구칭선하시고 또 「이것은 송씨가 박씨에비하야 비교적풍부한 사회적교양과 지식을 갖고 잇다는 사실에서 설명될것이다」라고 하섯다. 물논 송양이 승어박(勝 於朴)한것이야 재론할필요가 없을것이나 백씨의 이평은 진정 송양을 칭찬하는말인지 조롱하는말인지 그성질을 알수가없엇다. 만일 참이라면 백씨의 동지를위하야 가지실태도가 주목될 것이라고 생각된다.

제삼회 최 정 히 작

나는 이삼회작을 읽고나서는 좀더큰분로를 느꼇다. 그의 세련된 문장을 칭찬하기보다는 イタ ツ ラ적 사건취급에 잇어서 그를 충고하지

않을수없다.

민상이 우희에대한 채지배인의 구혼설을듣고 절망한 안색으로 어대론지 나갓다. 그는 ○○은행과 채지배인 사택에 폭탄을던지고 술이 대취하야 우희집문에 들어서자말자 혼도가되엇다.

최정히씨!민상의 큰사명이 오로지 개인적의 일개여자를위한 연적의 원수갚음에서 끝나버리고 말엇을것인가?폭탄이란 그런곳에 던지려고 민상이 보류하엿든것인지? 자긔의사명에 ウラキリ한 민상이 술이 취하엿다는것쯤이야 문제되지않을것이나 혼도되어버린것—가장 위태한행동—에 대해서도 따로이 말할필요가 없을 것이다.

「김은 아래구석에놓인 석유궤짝을 더듬다가 조이뭉치하나를 황급히 자기포켓트에 넣엇다」는뜻의 사실은 너무나 엄청난착각적 추측이다. 아니그래 일회이회에서 그만큼 암시되어온 민상은 자기방 석유궤짝에 중요서류등을 막함부루 던저두고잇을사람이든가?

「그럴수록 우희는 민상의정체가 알고싶엇고 또그의남성다운행동의 그림자가 더마음을 끌엇다」

남성다운행동이란 자기련애에 충실하엿다고 스스로만족한 우희의 독단적망상적평가이다. 민상을 어떠한조건하에서 존경하여온 망명○○가의 안해인 우희는 민상의 이행동에대한 준렬한 칼날같은 비판이 잇기는 고사하고 남성다운 행동이라 감사하엿으니 정희씨는 우희까지를 한잡된녀성으로 만들고말엇다.

「현선생! 내일쯤 저는 멀리 떠나렵니다. 아무쪼록 채○○과 길이행복스러운」

이것은 또무슨소린가? 민상은 우희와의 련적관게로 은행과지배인

집에 폭탄을던지는 사명을 끝냇으니까 내일쯤 떠난단말인가?또 민상이 진정한 일군다운남성일진대 우희를 충고하야 채지배인과의 결합을 주의시키기는커녕 값싼 현대청년의 실련무대에서 외우는 세리푸를 그대로외이면서 채지배인과의 행복을 빈다는것이 이무슨 실책이며 또 우희가 「나역시 민상을 잊은적이 없읍니다」하고 두사람의 이야기는 점점 가늘어젓다니 그래 두사람의 좌우에는 이목도없엇기에 단말마적 두사람의 탈선적 극적장면을 보엿든것인가?

너무도 탐정소설적 イタツラ적 사건의진행과 취급이엇다.

제사회 강 경 애 작

사회작을 읽으면서 전회에 흥분되엇든 분로는 저윽이 난화되엇섯다. 이작에는 진정한 노력이 보엿기 때문이다. 그러나 크고큰유감이 잇엇다. 만일 강씨가 민상을 진정한 ○○가로써의 사람으로 살리려고 햇을진대 유치장속에서라도 자긔의범한 용서못할범죄행실에 또한 지극한망동에 울고반성하야 극한뉘우침의 장면을 보여주엇어야 할 것이다.

진웅남매의 천진스럽게노는장면과 우희모녀의 대화의 장면등의 자연스러운 묘사는 찬양하나 좀더 (전회에불만을가젓으면) 사건을 수준높이 전개시켜놓고 붓을 떼엇드라면 작품으로서의 내적가치가 잇엇을 것이다. 그리고 맑스사진에대한(송양의실책에대한)강씨의 변명적노력을보고 또수건의 백매(白梅)로써 (좀허황하기는하다. 경관들의 손에서남엇을리가없으니) 남편과 민상을련결시키는 곧에서 나는 유쾌한 한숨을 내뿜엇든 것이다.

제오회 김 자 혜 작

나는 김양의 글에나타나는 예민한 감정과 자미잇는 글솜씨에 늘호감을 갖는사람이다. 오회작을 읽기시작할때 우희남편의 부고를 전해준사람이 민상과남편의 한동지로 나타날때 반가웟다. 그러나 그수단에 잇어서는 너무나 억지이엇다.

비단수건이 나온것만해도 허황하려든 헙수룩한책들이 나왓다는것과(민상의방에는 처음부터한권의서적외에는 결코남의눈에 뜨일만한 서적이없엇을것이다) 더구나 봉투가떨어지자 편지가 나왓다는 것은 잇을수 없는 사실일것이다.

한가지 근본적오류가잇다. 우희의남편이

「우희! 암만해도 이제도 아래서 일하는것은 물을거슬러올라가는것과 마찬가지야! 뿔조아게급에는 절대복종 절대숭상을하는 교육을 머리의피도 안마를때부터 받은사람들을 지도해나가려니 어디말을 들어주어야지. 웬만한 인테리들은 그러코 그남어지는 아주교육이라고는 맛도못본 무지스러운 대중들뿐이니 참기가막혀서! 그러기에 근본문제는 아동들의 교육문제와 문맹퇴치문제야!」

하엿다니 이말은 김양의 평일포부인동시 위대한목적일것이고 무지스럽다는 대중을 목표로 그들의속에서 그들을선두로 ××××을 성공하려는 우희의남편—××운동에서 그 자리를 빗길수없는 우희남편—의 탄식은 결탄코 아닐것이다. 주관적요구를 객관적의 고정한자리에 억지로 끼우려는곧에 헛수고가잇는동시 김양의 실책이엇다. 연작이 김양의손에서 끝마치게될때 반듯이 이러한결말을 가질것은 정한 리치이니 여러말할 필요가 없고 그의 천진스럽고 자유로운 묘사의기교를 한마듸 칭선한다.

　이글을 끝마치고보니 제일회작인 내것에는 아무결점이 없엇든것처럼 우이라 좌이라 너무 건방젓는지도모른다. 그러나 나는 이미 백씨에게서 평을받은자인동시 또 일회에 집필한자인만큼 이것을 쓰지않고는 견댈수없엇든것이다.

　여러분벗아! 나의 진정한 양심의하소를 헛듣지말라 소위유행하는것같은 악의를가진 그러한평이아니고 아무것도 섞이지않은 느낀대로의 상적(想滴)이다.

　이것이 통일된 전면적의 평이아니고 부분적 단편적의 촌평이란것을 잊지말라.

一九三三. 六. 二八

● 『신가정』, 1933.8.

崔貞熙, 「一九三三年度女流文壇總評」

여류문단총평(女流文壇總評)이라면 너무도 광범하다. 본래 거기에는 한개의 완전한 문학이론(文學理論)이 서있는데서 평론이나 창작의 내용 경향과 표현 긔교를 끄집어내면서 그 작가 개인도 비판하여야 할것이다.

그러나 지금 내가 쓰려는 이총평은 일종의 만담적(漫談的)스켙취에 지나지 못함을 미리 말해둔다.

과거의 조선에는 완성된 여류작가가 없음에 따라 문단에서 우리들의 문학을 작성하지 못하였던것은 사실이었다. 다만 단명(短命)의 무수한 잡지가 나옴에따라서 「쩌낼리스트」가 맨들어준 소위 여류 평가와 작가들이 대두할뿐이었다. 그래서 조선에는 여류작가가 있으니 없느니 그중에는 여성의 존재(存在)−정신과 개성까지도 무시한 욕설을 필자도 당한일이 여러번이었다.

사실 누가쓴 어느작품을 지적해서 논할필요는 없으나 대부분은 수필을 중심으로 단편소설이니 콩트니하여 발표한것은 무지한 자긔자신의 실력을 폭로하였던것이다.

그래도 그들의 작품이 활자화되는것은 오늘날 퇴폐한 사회적 문화

정세—그반영으로서 쩌널리즘이 낳은 그러한 여류작품을 필요로 하고 또 현사회의 객관적조건이 그러한 작가를 생산하게 만든것이라고 볼수밖에 없다.

그러나 최근에 와서는 박화성(朴花城)의 소설 「하수도 공사」(下水道工事)를 위시해서 모윤숙(毛允淑)의 시집(詩集) 「빛나는 지역」이 출판되고 또 그외에도 본격적인 여류소설이 계속하여 나오는것을 보아 앞으로는 확실히 량(量)에서 질(質)로 전환해서 우리들도 문단의일부를 점령(占領)할 시긔에 도달할것같은 예감이 떠돈다.

그러나 우리와같이 나아갈 송계월의 죽음이라든지 김명순의 행방불명, 불문입(佛門入)으로 붓을 꼭 멈춘 김일엽(金一葉) 또는 가정에들어간 김원주(金源珠) 제씨를 잃어버린것은 실로 유감이라 하지않을수 없다.

평 단

여류문단에 누구라 지적할만한 평론가도 없다. 문예 평단 정화(淨化)운동이니 하고 떠드는 오늘에 와서한사람의 평론가 조차 없다는 것은 정말 부끄러운 일이다.

과거의 고(故) 송계월이 촌침적(寸針的) 반박문을 몇번 발표하였고 박화성이 『신가정』에 연작소설(連作小說) 「젊은어머니」에 대한 평이 있었으나 이것은 확실히 자긔변명의 주관적논조(論調)로만 시종하였던 것이다.

지금에와서 일일이 구절까지 들어서 시비(是非)를 가릴수는 없으나 나는 원래 연작소설이란 그다지 반가워하지않는다. 웨 그러냐하면 동일한 이즘(主義) 밑에서 상의(相議)한후에 공동제작(共同製作)의 형식으로 쓴다면 모르거니와 각양각색(各樣各色)의 다섯사람이 내용전개에 대한 통일된 입안(立案)도 없었던것이 아닌가?

거기에서 화성은 같은 주의와 엄정한 객관적이 아닌 자신만이 가진 생각―구상(構想)에 어그러졌다고 혹평을 내린다는것은 재고(再考)할 여지가 있는줄안다

말하자면 한개 미지(未知)의 인물(人物)이나 사건(事件)을 분석한다면 작자의 주의주장과 수법에 따라서 그결과가 달라질것은 필연적 사실이 아닐까한다. 이러한 말을 길게 쓴다면 혹 자긔변명의 논쟁이 아닌가도 생각할것같아서 간단히 말하고 그치겠다.

시 단

과거에 있어서 김일엽등 유한게급의 쌀론적 시(詩) 시조(時調), 그외에도 학생의 작문같은 습작시만 보이어 적조하고 불쾌한 느낌이 있더니 근래에는 모윤숙의 꾸준한 활약으로써 녀류시단―마치고성(古城)을 혼자지키는 병사격(兵士格)이 되어있다. 더욱히 요사이에와서는 과거에 발표했든 시를 수집해서 「빛나는지역」이라는 시집을 출판하게 된것은 문단사(文壇史)의 한페이지를 긔록(記錄)할만한 좋은 공적이다. 여기에는 편석촉(片石村)이 모지에 절찬을 하였으니 더말

하지 않겠다.

다만 윤숙에게 간단히 말하고 싶은것은 내용이 언제든지 불우(不遇)한 조선사람—슬피울고 핏대를 올리고 소리치는 여인(女人)의 민족적 엘레지—(悲歌)였다.

심히 좋은 열정적 시인의 호흡(呼吸)이 아니라고 누가 말하지 않으랴?

그러나 표현상 기교가 천편일률인 감이 있고 열정적인데도 퇴폐적 열정에 속한듯해서 미온화(微溫化)하고 박력(迫力)이 부죽하고 표현력이 있으나 어대인가 「이-지」한 지식계급(知識階級)의 「니히리씀」이 떠돌고 있는것은 경계할 일이라고 본다.

그 다음에 장정심(張貞心)의 시집이 발간되었다고하나 아직 읽지못했다. 그 외에 이전(梨專)을 중심으로 최정림(崔貞琳), 주수원(朱壽元), 노천명(盧天命)이 미래의 시단을 꽃피게 할것이라 예상한다.

소설계

시단이나 평단에 비하면 소설계는 완성에 가까운편이라고 하겠다.

첫재 박화성의 「하수도공사」(下水道工事)가 그내용이 한 이데오로기를 가진 남성적(男性的) 탄력을 보이는것이라든지 또 무게있고 건실한 수법(手法)은 여성의 붓끝으로 나온것같지 않은 걸작이다.

이어서 발표한 장편소설 「백화」(白花)도 씨 독특한 솜씨를 보여주었으나 「하수도공사」에는 뒤떨어지는 작품이라고 생각한다.

이외에도 중편 「비탈」과 단편을 많이 발표해서 그수효는 많었으나 최근에는 내용으로 보아서 특수한발전이 없는것같다.

이와 반대의 경향(傾向)으로 최근에 쓰기시작한 장덕조(張德祚)의 작품이 작가적 소양을 암시해 주었다

례(例)를 들어 말하면 신가정에 발표한 「남편」은 좀부족한데가 없 지않았지만, 좋은 작품이었고 또 조선문학(朝鮮文學)에 실린 희곡(戲 曲), 「형제」(兄弟)는 비현실적인 느낌이 떠도나 순편한 문장은 그의 작 가로써 장래의 양양함을 증명하는것 같다.

그 외에도 우리가 많은 긔대를 가지는 강경애(姜敬愛)는 채전(菜田) 을 발표한뒤에 아직 소식이 없으니 궁금하고 김자혜(金慈惠)는 신병 으로, 간얇흐고 감각적(感覺的)인 문장을 활자화 하지못하니 유감 천 만이다

수필긔타

모지 주최(主催) 문예좌담회(文藝座談會)에서 수필문학에 대한 토론 이 일어나서 수필이 문학조류(文學潮流)에 든다니 못든다니 하는 문 제가 오래 계속된 모양이나 나로써는 수필도 소설과 시 사이에 새로 운 한 형식을 가지고 발전 할것이라고 믿는다.

그런데 조선에 있어서는 수필과 여류문인과는 말할수없이 밀접한 관계가 있다. 그것은 모씨의 말과같이 건실한 무엇이없는 사람들이 쉽게 쓸수있어서 그런것이 아니고 잡지사의 주문이 소설이나 시보다

수필을 많이 요구하는 까닭이라고 생각한다.

그러므로 지금까지 소설이나 시가 보다 많은 수필이 나왔다. 물론 그중에는 값없는 수필도있기야 하겠지만 확실한 비판적 요소를 완전히 갖훈수필도 있었다. 끝으로 말할 것은 여류문인은 작품발표하겠다는 것보다 먼저 작가적소양(作家的素養)을 가질만한 긔본지식이 필요할줄 안다. 그렇다면 단연 삼사년에는 조선에도 확고한 여류문단이 완성해지리라고 믿는다. (망언다사)

—끝—

• 『신가정』, 1933.12.

李無影, 「女流作家總評」

머리ㅅ말

여류작가에 대한 평필을 잡기전에 필자는 오래전부터 문제되어 오던 「여류문단의 존재여부」와 「여류작가의 규정문제」에 대한 사견의 피력을 느낀다.

지금까지 지금은 폐간이 되었지마는 비판사에서 발행하던 「여인」(女人)지를 비롯하여 여류문단의 존재유무에 관한 논쟁은 잡지로 신문으로 전전하며 여러문단인과 사회인의 의견이 발표되어왔다. 그리하여 이논조가 결국 귀착된데는 여류문단의 존재와 여류작가의 존재까지도 부정하는 태도에서 끝말을 본듯한 감이 있었다.

그러나 하필 여류문단에 있어서만 이러한 문제가 야기된것은 아니었다. 몇몇 문단인은 조선의 문단을 부정하는 태도를 취해왔으며 「조선에도 작가가 있느냐?」하는 초연한 태도로 이를 부정하고 이 위대한 발견을 자기혼자 한것처럼 기염을 토하고 있은일도 없잖아 있었던것이다.

그러나 필자는 조선문학의 유무에 대해서거나 조선문단의 존재에 대해거나 또는 여류문단의 존재여부에 대해서도 「있다!」하고 대답하고 싶다.

조선에도 문단이 있느냐 하는말은 조선에도 말이 있느냐고 묻는말과 마찬가지요 다시 한 걸음나가서 조선에도 문ㅅ자가 있느냐 하는말과도 마찬가질것이다. 일전에 필자가 어떤 회석에서 어떤사람의 작품이 소설이라기 보다 보고적이었다는 의미의 말을 한일이 있었던바 그작자에게서 「일본문단까지도 나를 소설가로 규정한지 오랜데 웨 너만이 그것을 부정하느냐」는 항의를 받은일이 있었다. 물론 나는 이사신을 받고 지금까지 신지무익 하고 있거니와 이 「까지도」라는 말은 항상 조선사람의 입에서 튀어나옴을 본다.

외국에서의 규정을 반듯이 우리가 승인해야만 된다는법도 없을것이며 한 개인의 주견이 반듯이 다른사람의 주견까지도 지배해야만 한다는 논조는 없을것이다 그렇다면 일본이고 영국이고 조선이고 할것없이 비평가가 단 한사람만 있어도 족할것이다.

마찬가지로 조선에는 조선적인 인간의 모습이 따로 있는것이다. 영어나 중어나 일어가 아닌 조선전래의 「말」이있고 그말을 표현하는 「글」이있다. A, B, C만이 글짜요 가, 나, 다, 는 글짜가 아니라는 법은 없을것이다. 따라서 불란서에는 불란서류의 독특한 문학이있고 일본에는 일본으로서의 또한 특증있는 문학을 가지고 있는것이다. 어떤 사람이 있어서 갖난애를 보고 너 어찌해서 「맘마!」하지않고 「엄마!」하느냐고 문책한다면 그를 누구나 정신병자로 돌리기에 서슴지 않을 것이다 이러한 의미에서 나는 조선문단의 존재를 시인한다 외국의 문단에 비하여 뒤떨어진 문단일망정 있다고보고 외국의 그것에 비하여 적고 얕고 가볍다는 조선에도 여류문단 이라는것이 확실히 있다고 생각한다.

이렇게 말한 이의미가 또한 한작품을 잘썼다고 보는 평가가 있는 반면에 잘못썼다고 보는 평가가 있다는 의미도 되어주었으면 한다. 어떤평가의 어떤점에 잘못이 있느냐는것은 다음에 오는 문제다.

최 정 희 씨

지난 一년동안에 부진부진 하면서도 八십여편의 창작이 발표되었다. 그중에서 여류의 작품이 五, 六편에 불과한것은 여류문단을 위하여 저윽히 한심한 일이었다. 그중에서 제일 다작을 한분이 최씨인가 싶다.

매일신보에 「다난보」(多難譜), 「문학타임스」에 「남포ㅅ등」 그러고 박화성, 김자혜, 송계월, 강경애 등 제씨와 함께 「신가정」에 연작소설 「젊은어머니」의 제三회를 집필하였다. 여기에 「푸른지평선(地平線)」, 「정당한 스파이」를 가산하면 이 작가가 발표한 작품은 모듸합하여야 五, 六편에 지나지안는다.

그러나 여기서 그 개개의 작품을 평할수는 없으므로 필자의 눈에 빛인 작가로서의 최씨를 논함에 그칠까한다.

대체로 조선의 작가들은 쩌낼리즘에 이용되어 그작가적 생명을 유린당하는 례를 많이 들수있지마는, 최씨 만큼 폐해를 보다더 많이 입은사람은 없을것이다 「정당한 스파이」에서 작가로서의 노력도 어느 정도까지는 보였고 금후 그의 나아갈길에 대한 촉망(나개인을 의미함이 아니라 문단적 혹은 사회적으로)도 갖게 하였으나 그후 「푸른지평선」이나, 「남포ㅅ등」연작인 「젊은어머니」등에서는 그가 작가로서보다도 더 잡지기자에 천품이 있다는것을 보여주고 있다.

「남포ㅅ등」이나, 「젊은어머니」의 최씨작인 부분과 이번에 매일신보에 발표된 중편소설 「다난보」가 다가치 작품이라기 보다는 보다더 기사에 가까웠던것이다. 다시 말하면 소재는 좋으면서도 그 소재를 문학적으로 살리지못했다. 그러나 「보고」라는 점으로라도 정곡을 얻었으면 좋았겠는데 보고문학이라고 하기에는 그의소재는 너무도 단편적 이었고 그의 필치는 너무 기사적이었다.

문학작품이란 좋으냐 나쁘냐가 문제되기보다 더 잘썼느냐 못 썼느냐가 문제되는것이다. 최씨의 작품은 확실히 좋았다. 그러나 좋았다는 의미가 반듯이 잘 쓰였다는 말은 안된다.

최씨는 한사실을 활자를 통하여 대중에게 육박하기보다 그윤곽을 설명하는데 큰 재주를 가진사람이다. 이점에서 최씨의 최근작품이 창작으로 발표되지 않고 한 신문이나 잡지의 기자로 취급되었드면 최씨는 단연 명기자가 되었을것이다.

더욱이 장편에 있어서는 최씨의 작가적 소양이 너무나 결여된 여러 가지점을 우리에게 보여주고 있다. 「다난보」에 있어서 작가로서 응당 가졌어야할 통일성이 없었고 스토리의 운반에 있어서 퍽으나 허우단심한 흔적이 보인다. 말하자면 갈피를 차지리못한다.

「젊은어머니」에 있어서는 더욱 그러했다. 벌서 박화성씨가 건실한 일꾼으로 만들어놓은 「민상」을 그는 자기 작품속에 소화시키지못하고 따로이 최씨가 만든 「민상」을 하나 만들어놓았다.

문장으로 본 씨의 작품도 또한 문학적이라기 보다 기사적이다. 기사문은 작문보다는 문예적이라고 할수있으나 한 사실을 작품화한 말로 보기에는 너무나 손색이 있다. 씨의 수필이 작품보다 낮게 평가되는 까닭도 여기에 있을것이다.

필자는 하로라도 바삐 최씨가 이 영역에서 벗어나기를 빌어 말지 않음도 아니다. 그보다도 하로바삐 건실한 언론기관에 자리를 잡고 그의 명기사를 보여주었으면 한다.

사회면 기자는 최씨에게 배우는점이 많아야 할 것이다.

송 계 월 씨

「가두연락의첫날」 이외에 별로 작품이라고 발표한일이 없는 송씨를 필자는 이 소론에 기실은 넣고 싶지 않다. 그러나 일반 독자층의 송씨에대한 관심이 많았기로 한말 하고저 하는바이다.

어떤 비평가가 「젊은어머니」를 평할때 송씨의 창작인 부분을 과히 평가한것을 보고 필자는 「자기와 가까운사람을 그것!」이라고 알어본 그 비평가의 무서운 통찰을 보고 크게 놀란일이 있었지마는 만약에 어떤 평가가 있어서 이 여러분들의 작가적 역량에 채점을 한다면 송씨와 인간적으로 교분이 없는 평가라면 그에게 한점을 주기를 아까워 했을것이라고 지금도생각하고있다. 이미 고인이 되었으니 이러한 평이 송씨의 앞길에 아무런 충고도 되지 못함을 생각할때 섭섭한 마음을 금치못한다.

그러나 필자의 의견은 송씨는 작가도 못되는동시에 기자도 못되었다. 그는 도시 작품을 다룰줄을 몰랐고 기사문과 작품과의 구별을 할 지능도 노력도 보이지 않았다. 그는 오직 잡지사 기자라는 그이름으로 만족한 사람이요 조잡한 기사문을 씀에서 자기도취 한 사람이다.

만약 그에게서 취할점이 있다면 그것은 그가 항상 자기로부터 먼 거리에 있는 「푸로레타리아」를 동경하고 있었다는 것 뿐일것이다.

만약에 송씨가 기금까지 생존해있었다 하드라도 그는 ×사될수는 있었을지 모르나 작가되지는 못 했을것이다.

강 경 애 씨

이 작가의 작품으로는 「채전」과 축구전(蹴球戰)밖에 읽지못했다. 그러고 가끔 기절따라서 발표되는 그의 수필은 몇편 읽은정도다.

요만한 지식으로써 작가를 평하는 경박을 모름은 아니나 이작가에게 있어서 이만한 지식을 가지고도 작가로서의 씨를 논할만하다고 자신했기 때문이다.

강씨는 최, 송 양씨보다 훨신 높은 수준에 놓여있는 작가다. 「채전」에서 보이는 그필치의 순박성, 서술적이 아닌 사실적의 굵고는 미끈한 표현. ―아니 그보다도 이작가는 작품을 쓰려는 정렬을 가진 사람이었다.

그의 작품에 대하는 태도는 건실하였다. 아직 작가적 소양이 적은 관계로 작품에 빈틈이 보이기는하나 이것은 불원간에 제거될 성질의 것이고 작가로서의 강씨에게 그다지 큰 치명상은 되지 않을것이다.

「채전」에 전개된 농촌은 너무도 생생해서 반감이 생길 정도였다. 그리고 새로 쓰는 사람으로서 이만큼 조밀하고 침착하고 소재에 사로잡히지 안는다는점에서 굳하여 남성이니 여류니 하는 대명사를 붙인다면 남성작가에도 이만큼 건실한 붓을 가진작자는 별로 없을것이다.

「축구전」에 있어서는 작자의 태도가 너무 도피적이었다. 축구대회에 출전하는 팀을 ××에—하는 전위대로 보이려고 한것같으나 별로이 실감이 적어서 이작가로 검렬에 너무 사로잡혀 있고나 하는 한탄을 하게 하였다.

그러나 이기려고 애쓰는 그 「팀」의 그 정렬만은 잘표현되었다. 후반이 「가두연락의첫날」과, 「정당한스파이」에로 가까이 가는듯한 느낌이 있었으나 이것은 강씨에게 권하고 싶은 성질의 것은 못된다.

이밖에 년전에 「신여성」에 연재된 장편 「어머니」는 비록 반도 채 읽지못했으나 장편에 있어서도 씨는 남을만한 역략을 가지고 있다는 것을 엿보여주었다.

이러한 강씨의 창작태도에서 필자는 배운점이 많다 즉 강씨는 즐기어 자기와 가까운 생활에 재료를 취한다는점이다. 작자자신이 보아온 또는 현재 보고있는 그리고 살고있는 그 생활속에서 작품을 끌어낸다는 그점이다. 이러한 태도가 그에게 건실미를 주었고 정렬을

주었고 추상적이 아닌 사실주의적 필법을 주었다 그가 이러한 창작 태도를 버리지않는 한에 있어서는 그는 절대로 「유끼쓰라누」할 염려는 없을것이다. 그대신 과작은 면치 못할것이나 이것이 작가로서의 그의 결점이 되지는 않을것이다.

사실 「축구전」은 작자 자신의 생활을 좀 떠나서 상이 헐어지고 표현이 추상적에 흐르지 않았든가 생각되나 그실 필자는 지금 강씨가 어데서 어떠한 생활을 영위하고 있는지 좇아 모르기는한다.

다만 작품에 나타난 씨를 나는 이렇게 규정했을따름인것이다.

박 화 성 씨

강경애씨와 함께 우리 여류문단에 빛나는 존재에 박화성씨가 있다.

원래 솔직히 말하면 이평문의 청탁을 잡지사에서 받았을때도 나는 강씨와 박씨 두사람만을 문제삼으려 하였던것이다.

그러나 박씨를 이렇게 평하게 된것도 기실은 그의 최근작품을 읽은후엣 일이다. 내가 그의 단편을 읽은 것은 년전에 「동광」지에 춘원 추천소설이라는 레텔을 붙이고 나온 「하수도공사」(下水道工事)였다.

사실 그당시뿐이 아니지마는 박씨가 어떠한 의미로 이 소설에 「춘원추천」이라는 거북상 스러운 레텔을 붙이고 나왔느냐 하는것과 이 광수씨는 또 어떠한 의미로 이런 레텔을 즐기어 주었던가 하는 의문을 품었었다. 「하수도공사」는 결코 이씨가 즐기어 추천할 성질의 작품이 아니었고 여성의 작품이라고 추천했다고는 해석할수 없는 일이다.

그것은 어쨌든 「하수도공사」는 작가로서는 아주 초기의 작품이었다. 소재가 작품보다 낳었다─즉 이말은 작자가 소재에 사로잡혀서 너무 사실 그대로를 그린 감이 있었던것이다. 이점은 장혁주씨의 「아귀도」와 수법에 있어서 퍽 가까운 작품이다.

그러나 최근 「조선문학」에 발표된 「두승객과가방」, 「신가정」의 연재소설 「비탈」 두편을 읽고 필자는 이작가에 대한 인식을 달리하였다.

박씨의 문장이 세련된것은 벌서 정평이 있는일이지마는 사실적인 점에서도 박씨는 여류문단의 지보다. 용어의 풍부한 점에 있어서도 박씨는 탁월하다. 그리고 스토리 운반이나 작품의 구성에 있어서도 벌서 노숙한 무엇까지 보이고있다.

고그렇나 박씨의 존재를 비싸게 사줄 조항은 이보다도 그가 지금까지의 작가들이 예술의 신기루속에서 자긔도취에 만족하려는 태도가 아니고 훨신 더큰 앞길을 내다본다는 점에있다.

「두승객과가방」은 한설야씨가 지적한 맨 마금에우는것으로 맺은점을 곤힌다면 주옥같은 단편이다. 더욱이 뗑뗑불은젖을 짜내는 장면같은 묘사는 여성이 아니고는 도저히 그려내기 어려운 독특한 맛이 있었다.

「비탈」은 예술적으로 보거나 푸로레타리아의 동반자적 입장으로 보거나 필자등속의 작품보다는 훨신 한걸음 앞선 작품이었다. 그의 작품이 사실적이며 육박성이있고 용어의 구사에있어서 완벽에 가까웠든점은 제일회 보리타적하는 농촌장면에서 보여주었고 그가 작가로서도 벌서 일가를 일우었다는것을 시작과 끝 맺음에 탄 할곳이 없

었다는점이요 장편 작가로서도 손색이 없다는점은 이작품의 맨 끝에
가서 끄러내일 철주 부인에 대한 수옥의 감정을 벌서 제이회에서 살
짝 빛여놓는등에서 력력히 볼수있었다.

그렇나 이작자에서 느끼는 필자의 불만은 너무 문장이 농난한 것
이다. 농난한것만은 물론 좋은일이나 이정도에서 한걸음 더 나간다
면 작가로서 불리한 의미의 노숙이 되지않을까 하는 불안이다. 기교
와 문장에 있어서는 이만한 정도에 그치고 취재를 좀더 씽씽한 곳에
서 하도록 노력한다면 작가로서의 박씨의 앞길은 찬란할것이다. 그
러고 도에 넘치는 노력은 보이나 정열이 좀더 강렬했으면 어떨까하
는 사견도 없지는않다

씨의 최대작품인 「백화」는 읽지못해서 무엇이라고 말할수 없음이
유감이다.

× ×

이상 열거한 작가외에 장덕조, 김자혜, 등 몇분이있다. 장덕조씨의
작품으로는 「조선문학」에서 「형제」, 「신가정」에서 「남편」 두편을 읽
었으나 이렇다는 특색을 발견하지 못했다.

그렇나 장씨에게 한말슴하고 싶은것은 굳하여 여성적인데서만 취
재하려고 애쓸 필요가 없지않을까 하는것이다. 「남편」이나 「형제」나
너무 흔한 (그렇기에 다른데있는작품과 혼동된다) 너무 독창성이 없
는 스토리를 택하지 말었으면 한다. 이점은 최정히씨의 「정당한스파
이」나 송계월씨의 「가두연락의첫날」도 우연히 다른 사람의 작품에서
그와같은 스토리가 발굴되어 일부에서는 오해까지 받은일이 있다.

그렇나 필자는 이분들의 작가적 양심을 값높이 생각하고있다. 그

것이 전연히 허전이기만 빌고 있을뿐이다.

끝으로 김자혜씨가 있다. 그렇나 이분의 작품은 아직 발표된 것이 없고 「젊은 어머니」의 최종회를 집필하였으나 그것은 편즙자로서의 끝막음같은 형식이었으니까 별로 말할배 아니고 간혹 보는 수필에서 붓끝이 퍽 간결하다는것만 말하여 두겠다.

이분의 작품이 금년에는 기어히 한편 나왔으면 한다.

맺는말

이것으로 현재 문단에서 작품을 발표하고 있는 여류 여러분은 거의 망라된상 싶으다. 이밖에 모윤숙, 손초악, 조정순 등 몇분이 게시나 그분들은 나의 영역이 아님으로 그만 두거니와 통틀어서 여류문단에한마디 하고싶은 말은 여성다운 작가가 나오도록 되었으면 하는 것이다. 혹 이렇게 말하면 여성 작가와 남성작가의 어느 구석에 달러야 할점이 있느냐 할실분도 있겠으나 남성작가가 감히 손을 대지못하는 경지(境地)—다시 말하면 여성아니면 쓸 수 없는 그떼리케이트한 심경 좀더 구체적으로 말한다면 개개 작가의 독창적 경지를 하나씩 개척했으면 한다는 말이다. 물론 이말은 남성작가에도 통용되는 말이겠으나 대체로 남성보다 독특한 여성아니면 안될 그러한 독창성이 하로바삐 작품에 나타나도록 노력했으면하고 기원한다.

그때라야 비로소 진정한 의미로서의 여류문단이 자리 잡히는때요 오늘날과같이 문단의 한구석에 옴크리고 있게 되지 않을것이다.

一九三四. 一月一日

• 『신가정』, 1934.2.

金文輯, 「『受難의記錄』과『泪江冷』」

大體로 批評技能에는 두가지方向이잇다고 생각한다. 하나는 누구나 읽어서 判斷할수잇는 『條件』은 一切이를말하지안흐려는消極的態度의 그것이요 다른하나는 나와反對로 作家自身은 勿論一般的인 文學人으로서는 意識치도分析해낼수도 없는 숨은 價値狀態와그關係를

百日花시키려는 積極的態度의 그것이다.

文壇이 苦待한지 오래인 兪鎭午氏의 이번作品 『受難의記錄』(三千里文學)에서 文壇이授受한 失望의烙印은 그오래엿든以上으로 컷다. 勿論 『未完』의 作品中이다. 그러나 此種形態의 作品은 오히려그의 『完結』以前이 더精確한 批評對象이라는 비꼬움이또한 斯道의 神秘다. ─秀才의 試驗答案文!─이것이 『受難의記錄』에 言渡된 나의判決의 全部다.

이作品하나로서 果然우리는 氏가典型的인 一代의秀才인것을 코에단내가 날만큼 알수가 잇엇다허나 우리는 그以上으로 藝術은 亦是 秀才의 所産이 아님을 알수가잇엇다.

내가아는 限에잇어서는 兪氏만큼의幸運兒를 全朝鮮文化社會에서다시 찾을수는없다. 거의 絶對的인 핸디캡을 無條件下에서

文壇은氏에게붙엇든것이다. 아니絶對로無條件이 아니엇다. 오히려너무나 明瞭한 條件下에서엇다. 朝鮮의그時代, 그때그時節의이땅이 民族의 社會的雰圍氣와 文壇의文人的(在來的)인 空氣가 城大初代의首席인 『良心的』文學靑年을驚異의 偶像으로 받들엇음은 오히려適當한 일이엇다.

그後의城大 또는 東大에는氏를 멀리 眼下視하는可驚할 秀才가잇엇을지모르고 또事實없지도 안헛다. 그러나 그는비록 文學的天分까지 兪以上 이엇다고 假定할지라도이미 時代가늦엇고機會를 逸失햇는지라 兪의半만한 文壇的乃至 社會的位相을 갓추지 못햇을것은 自明의事理다.

現下文壇의實力을 認識한聰明한兪氏는 해를두고 焦燥해왓다. 드디어 참다참다못해서 氏로서는 더할 수 없는

勇氣와힘을 傾注하여 한篇 자아낸것이 『受難의 記錄』이다. 어느 意味로 보던지 이作品은 明白히 『T敎授와金講師』와 『看護婦長』과를合하야 二로除한 所產인데 여기서萬若우리가 宋桂月이라는問題의 佳人의 모델的興味와 그를利用함으로서 作者自身의 英雄的偶像性을 再認識시키려는一種小市民的인 똥키호테의 心算에對한 가벼운苦笑와를 摘出한다면 남는것은 오직秀才의 答案用文章뿐이란것이 나의分析의 첫條目이다.

學校에서 말하는秀才란 무엇이냐? 그는 『얌전한記憶力』이다. 저自身이 먼첨 얌전하고 얌전한저 自身의 記憶力이 한갓 얌전하면 그記憶力을 處理하는方式도 또한 얌전할것이니 그때에 그는되기실혀도 『秀才』로 機械化되는것이다.

喜劇이라기보다는悲劇에 가깝다. 機械的인此種悲劇의主人公이 『創造』의 主人公될수없다는것 아레스토-톨의 詩學以來의 眞理이엇다.

氏는 最後로 反抗할것이다. 거기엔 이데올로기-가 잇다고. 아니앞으로 發表될作品後半에는完全히 그것이나타난다고. 果然 그러할것이다. 그러나 웬일인지 내눈에는 아직 九牛의一毛밖에 나타나지안흔 前半의 이데올로기-에서 이데올로기- 乃至 인테리의 社會的良心이란 그물건이 더똑똑하게보인다.

앞으로 나타날 『受難의記錄』의 이데올로기-의 全貌를 紹介한다 이亦是 『——金講師』의 푸티·쁘르인테리의

習得的方便的 이데로기-와 『看護婦長』의 人形的 景品的 이데올로기-와의 間種이어서 이것과 또 이것에關聯된 一切의後天的인 意識要素를 肉體的으로 淸算함으로서 비로소遺傳的인 兪鎭午自體의深奧의 人間性을 露出시킬수잇는同時에 小說쓸資格을 始初的으로 스스로獲得할 可望조차 잇는— 말하자면 하나님이 한번作亂으로 同氏의 왼켠손에 쥑히여준 적은 한송이의 造花의 이데올로기-, —바로 그런 이데올로기-다. 이것이 同作分析結果 報告의 第二項目이다.

이밖에 一讀해서 내가 내머리에 分析해보인 條目은 十餘數個所에 散在하나 그報告의 餘日이없다. 그러면 自問하노니 내가웨 이作家에 對해서 이같이 苛酷하나? 다름이아니다 오로지 그를 사랑하기 때문이다.

現代 朝鮮文學史 가운대서 兪氏文學만큼 過大評價받은 文學은 없엇

으리만큼 이땅의이文學人들은 素朴하고 愚頓햇든것이다. 그러니만치 當然또 그들은 兪의 後天的人間性과 外形的포-즈에 過大嫌惡을 느끼지 안흘수도 없엇다. (表面으로는 尊敬하는척하면서도) 알고보면 兪氏의 文學은 徹頭徹尾 띠렌탄트의 文學에지나지못하는것처럼 여간 私交로 서는 觀賞키어려운 그의 先天的인 人間的本質은 至極히 貴여운 하나 의 蕩子이란 것이 나의 兪鎭午觀의根本意識이다.

『蕩子』의語弊를 憂慮케함은 오히려 讀者의 不名譽다. 그는『난봉ㅅ 꾼』이라는 市井語彙가아니고 藝術에의 素質로서의 惡魔的天使性의 아 름다움을 뜻하는말이다. 惡魔的天使性. 이는 神的惡魔性과는 全然別個 의 理念이란것을아라줌이 또한 讀者의 名譽일것이다.

이것의 나의兪氏에의情熱인지도모른다. 그러나 그의貴한

先先天的素質을 몸소 發見해낸 아마도 唯一의 友人인지도모르는 나 는, 그바탕에서 藝術家로서의 그를 再出發시키려는 前提的, 基本的 그 리고 全體的인 絶對의 工事로서 君의 今日까지의 後天的인 一切의 槪 念과 外皮와 偶像的 喜悲劇性과를 破壞치안흘수없다.

作品『受難의 記錄』에서 나는또 그가나에게 開襟한 여러가지 告白中 에서 다음과같은 하나를 再吟味케하는 要素를 發見하엿다.

『世上이란 만만하더라 알구보면 내야말로 정말의 똥키호-테이건만 모두들 나를 함력트型의 知識人이라고 하잔나!』

그때의 그의 惡魔의 혀ㅅ바닥은 天使의 혀ㅅ바닥같이 나불거린것 이다. 그의 哄笑에 뭇처서『끝까지 약고, 함력트보다도 더 小心한 이 똥키호-테야!웨이왕이면 난

閨房의 키호-테라고바로못하나?』

閨房의 키호-테. 이것이 藝術以前의 兪氏의 人間像이다. 非公開의 紅色 똥키호-테. 저 自身만이 享樂하는 그러나 퍽이나 普遍的인 小惡魔의 파라다이스. ―永遠히 그에게는 苦悶이없다. 잇다면 意識한『自惚』에 對한 自己批判 그것밖에 없다. 問題는 이自己批判에對한 兪의 다음 階段의 態度다. 不幸히도 그態度가 哲人的이요 藝術家的이기에는 그와 社會와의 사이의 辨證法的構成體系인例의 그의 偶像이 저自身에게는 너무나 달게군다. 小市民! 이小市民의 偶像的止揚이 앞으로도持續될兪氏의 虛構일진대 壓殺에瀕한지 이미오래인 그의 本質的價値인 人間的『압푸리오리』를 남달리 사랑하는 내 어찌 그虛構의不幸을 忍見하리요.

兪氏를 再 認識하라!『秀才』가그의 出世의 專賣特許였다면『秀才』는 또한 그의 亡身의 颱風이엇다!『受難의記錄』은 病室의 好人 春園만의 失望은 아니엇을것이다. 秀才의模範答案書『受難의記錄』이 靑史의 藝術이되기에는 첫재 그『꼭갈良心』을벗고『鎭午의良心』을 신을것, 둘재로 偶像의虛榮에 放心하고 그의 人間的閨房을 新築할것, 셋제로 윈도-의함렛트모델이그의 絶望의此岸인데反하여 大路의 非小市民的인 ●●的똥키호-테가 그의 彼岸의救世主인것을 體得할것等等.―

以上은 내가永遠히 責任질 兪鎭午解剖의 一端이다. 曾子曰君子以文會友하고 以友輔仁한다는 말이 論語에잇다. 조흘진저 이말이여 나의 兪氏에의 過酷은 멀리 曾子가 許諾해둔 그것이엇다!

李泰俊의 『浿江冷』(同)-小品인양 그에對해서 나는 相當히할말이 만흐나 따로히 君을論하는 某誌의 文債가나를 괴롭게하는바 迫急함이잇을뿐더러 紙面이용서치 안흐니 여기선保留키로하고 남은 다른모든小說과 詩篇을 다음-回에서寸評키로하겟으나, 『浿江冷』에서 單한마디만 披露한다면, 作者自身인 主人公의 입으로써盛히 吐露되는넘詞가령 『기생이란 조선의 국보적존잴세』라든가『술만필요하나? 고유한문환필요치안쿠』하는等에서無類의稚拙性과文靑性을 發見한나는 同時에意外에도『가마귀』以來絶望한지 오래인 李氏이 再生이문득豫期엇다는感受的事實이다. 萬若該作劈頭의衒氣的인

骨董趣味가 藝術的으로 止揚되고 作品이 要求하는 感傷을 無慘히도 破壞해버린 最後의 感傷的인 二行이省畧넌위에 前記會話等의 文學的消化가 完了되엇던들이作品 『浿江冷』은決코적은 作品世界(藝術的, 時代的)은 아니엇을것이다. 아니 그枚數와는 反比例하는 君으로서는 하나로 評價받엇을것이다. 다만 隨筆趣味의그題目이 이作家의 持病이다.

•『동아일보』, 1938.1.21.

제2장
여류문사시비론

李惠貞, 「억울한 女流作家」

昨年歲안인지 白鐵氏가 女流作家總評이라는글을쓰고 그뒤三千里誌의女流作家特輯이니 文藝時代誌의 女流作家壁小說이니하야 姜敬愛·金源珠·宋桂月·崔貞熙·李敬媛氏等이 쓸니어나와 한동안 雜誌紙面을 번화케하엿다.

同時에 玄人李甲基氏의 李敬媛氏에對한 그夫君李孝石氏의 作品借作問題로 彼此에論戰이往來하엿고 最近에는 李軒求氏가 第一線誌를通하여男子作家의女流作家에對한 「意識的歡呼喝采」를駁한일이잇섯다.

여긔에對하여 나는同性인女子로써 적지아니하게客氣(?)를늣기든차임으로 이번을 機會로 그분들 女子作家의 處地를 변명하여보려한다.

나는 專門家的評眼이갓추이지못한만큼 그들女子作家의作品에對하야 正當한評을나리지못할지도몰으겟스나 한文藝同好者의눈으로써 본다고하더래도 그분들이 아직한사람씩의 一家를이룬 作家라고하기보담도 習作時代에잇다고보는것이 가장安當하지아니할가한다.

이것은 나의 意見이나 主張만이아니라 그분들中에 한사람인李敬媛氏도 그와가튼意味의글을쓴적이잇다는것과가티 그분들의거의全部가나의 이評價에 別로 反對할분은 업슬줄로밋는다.

反對는姑捨하고 도리혀同感일것이다. 그러면이와가티 아직習作時代에잇는그분들을 「女流作家」라고 올녀안처노코 욕을먹게하는허물은 누구에게잇는것일까?

그것은 뭇지안어도 쩌너리즘에 汲汲한 雜誌편즙者에게 잇다고아니할수업다.

그분들은 언제 自己네가 完全한 「女流文士」라고 自處한일도업고 完成한女流文士라고 내세워달나고 한적도업슬것이다. 다만 쓴作品을 發表하엿슬것이다 흔히는 雜誌편즙者의줄님에끌니여 쓴作品들임에틀님이업슬것이다.

이러한作品들을거더모아다놋코 그것이 女流作家特輯이라고 내세우며 쏘 그것을 女流作家作品總評이라고일홈지어 李軒求氏의말과가티 「意識的歡呼喝釆」를하는一方 그것째문에 아직되여지지도아니한 女流作家로써의 시비를듯게한다.

미상불 男子文人들의 大槪는 넘우 女子의 作品에 對하여 핸듸캡을한다.

男子作家들이 嚴正하게 女子作家의 作品을評한적이잇는가하고물으면 失禮의말이지만은 얼골이 붉어지지아니할분이적지는아니할것이다.

무슨뜻으로그리하는가하는것은 여긔에서追窮하려아니하나 그것이 도리어 習作期에잇서 向上하려는女子作家들의 害함은될지언정 益됨은조금도업슬것이다.

그리하여 그것은 한어리석은사람을식혀재조를부리게하고 「조타잘한다」고 헛칭찬을하고나서 뒤로돌아안저흉을보고 욕을하는세음이다.

男子양반들은 女子를弱하다고만 泛하는時間을利用하야 좀더 책임

잇는일이나할 工夫를하는것이 좃치아니한가.

변변치아니한듯으로 억울한시비를듯는女子作家를 변명할겸 男子들
의 一思를促한다.

• 『신여성』 6권8호, 1932.8.

安含光, 「文藝時評―두가지題問를가지고」

一. 女流文士是非論批判

最近에와서 女流文士에對한是非가 한개의異彩를 나타내이면서잇다.
엇든 獨立된論文으로서는아닐지라도 世所謂文士座談會라는데에서도
그를部分的으로말하고 엇든斷片的隨感의形式으로 또는 時評(文藝)의
한가달로서 各自의意見을提示한바잇섯다고 記憶된다.

總體로 女流文士라는이들을 輕氣球에태워 한끗 취겨올니려는 저날
리즘의 舉事가잇는反面에 眞摯한態度로서 저날리즘의態度가 ●忽타
非難하며 또는 女流文士의存在를否認함에 侮蔑的 言辭로서 하는 分子
도잇다. 그러면 이러케 그 存在如否에잇서서 論難의對象이되는이들은
엇더한분들인가?

그는 내記憶에依하면 金元周, 崔貞熙, 宋桂月, 金源珠氏等外 멧멧분
인가한다 이분들만 언제나 女流文士에對한論難가운데 登場하기째문
이다.

그러면 前記者氏에게對한 女流文士의稱號를 許認하지 안으려하며
저날리즘을 非難하는편의 理由는 엇더한가?

그意를 代言하자면 文學이 單純한記錄이나 論評이 아닌限에잇서서 그들의勢居한 新聞이나 雜誌等의機關을 利用하야 報告式 멧개의글줄과 未洽한 皮相的論證으로된似而非한社會評論을 썻다한댓자 그것은 한개의未熟한 저날리스트로서의存在는 許認하게될는지모르나 文士라는 社會的待遇의稱號는 許與할수업슴에도 不拘하고 그들을취겨올니고 그들을 不當한程度에싸지 宣傳하는 저날리즘이야말로 女流文士라는包裝으로 商機의한개武器를 삼으려는 行動이아니냐 하는것이다.

即 女流文士 云云의宣傳으로서 大衆의劣情에迎合하야 商路를 좀 넓히어보자는 저날리즘의 약바른「쇠」며 常套的手段이 아니냐하는것이다.

이러고보니 金元周 이이는 文壇에 이름을내는歷史는 그中 낡으면서도 近來에는 全然 沈默을 직히고이스니 그의近來生活을알바업스나 崔貞熙, 宋桂月氏等은 三千里社, 開關社等의 記者生活을하면서 質量共히 微微한 멧개의作品外 隨筆等을 보혀주엇고 現在 每日申報社의記者로 잇다는 金源珠氏는 極히稀少한 멧개의雜文以外에는 아무런作品도 모혀주지안엇다는 것을 다시금 생각하게된다.

即女流文士로서의 일컬름을밧는 그들의大部分은 저날리즘과有機的關係를 매즌者들이며 그들의 作品들이란아직 文士的레벨에서 評價하기에는 너무나 未熟하다는것이다.

이에 그들의報告式인 멧개의글줄은 그것이 文學에依하야表現된存在라는意味에서 文學과 共通된 脈을가지고 記錄的役割은 어느程度까지 遂行하여쓸는지모르나 決코 文學的 創作으로의 文學的機能은 다하지못한것이며 멧개의 그들의作品도 아직 問題以下의것들이라는點에서 現今 朝鮮에잇서서의 女流文士의存在를 否定하려는者의 理論的 全

貌를 보았다.

하나 그러타고해서 現今 社會一部에서 임이許認되고잇는 女流文士라는 稱號를 애써 剝奪해업새이랴고할 必要가 어듸이쓸가?

무릇 저날리스트와 文藝家와는 四寸격은된다.

朝鮮文壇의 全般的觀望에이서서도 過去에 저날리스트로서의經歷을 거처오지아니한 文人이 멧사람이나되느냐? 旣成文人 쏘는 現在의生生한作家들의太半이 現在 記者生活을하고이스며 쏘는 그前身이엇든 것이다.

勿論 저날리즘과 文學과의 本質的差異에서 文學에對한 저날리즘의 掣肘傾向을 無視할수 업는것이事實이며, 쏘한 現實的問題로서 女流文士들이 그作品의藝術的充實을 招來하도록 修練되기전에 저날리스트의 한弊端으로서 뉴스作法의傾向으로 흐르는것만도事實이다.

그러나 그들의 努力如何에짜라서는 저날리스트로서의 그들의經驗과 機能이 그들에게潛出된 藝術的素質을 百 퍼-센트로 發揮식힐 溫室이될수도잇는것이니 그들의아직짜지의作品이 皆擧 微微한것이엇다할지라도 우리는 그의將來性을拒否할 아모런理由도 갓지못한限에잇서서, 그리고 그의作品들을根據로 文壇一部에서는 임이 그들에게 文士의 稱呼를 許認하는限에 이서서 애써 그「文士」라는 稱號를 剝奪해업새이랴고할 必要야 어듸이쓰랴?

勿論 量에잇서서 稀少한거기에다가 質로보아 極히微微한것이엇다는 것은 압헤서도累累히말헤온바이나 이러한 意味에서 即完成에域에 達한將來에는몰나도 現在로서는그들에게 「文士」라는稱號를 줄수가업다고하면 自他가共認하는 男性文士—便宜上이러케表現한다—中에는

이러한條件에 合格될者가 멧名이나될것이냐?

하기야 그릇된方式이라면야 남들은엇잿든 그方式을 그대로 引繼使用할수는업는것이다.

그러나 文士의 資格을 考査함에이서서는 그무슨 數學的인尺度가잇는것이아닐뿐더러「文士」라는 稱詞의許與如何가 그作品의價値의 高低를決定하는것이아니니 여기에서 한가지 問題가된다면 그것은 未熟한 그들에게 女流文士라는 稱呼를줌으로써 文藝道에對한 積極的進就性을 代身하야 다만 現狀維持의苟安的態度로서 本格的인創作行動에이서서의 熱이써러지지나안을가하는것이겟스나 이에對해서는 一定한社會的 指導를前提로하는 限에이서서는 한개의 杞憂에不過할것이라고 생각한다.

이에 나는 女流文士否定論에 反對한다. 저날리즘의 輕氣球이니 무어니하여도 女流文士의 存在를 許容하려는者의하나다.

그러나 나는 女流文士의限界에對한 저날리즘의 偏頗한態度를 排擊한다.

그들은 皆學 女流文士의限界를 오즉 저날리즘과 有機的關係를맺고 잇거나 쏘는 文人들과 精實關係를가진者에게만 局限하는듯한늣김이 잇슬뿐더러 언젠가「三千里」文士座談會에서도 論의對像이된것은 前記者氏外멧멧분이엇다고 記憶된다.

그러면 朝鮮에는 이들外에는 女流文士가업느냐?

아니다! 前記者氏外에도 姜敬愛, 毛允淑氏等의存在를看過할수는업는 것이다. 卽姜敬愛氏나 毛允淑氏等의 文學的誠實과 그의 발자최를 無觀할수는업는 것이다.

姜敬愛氏는 數年前 朝鮮日報紙上에서 廉想涉氏의隨筆에對한反駁文, 梁柱東氏에게로 放射한挑戰評論, 쏘는 短篇小說…… 等으로부터 最近에는 第一線誌에서 長篇「어머니와딸」을 보여주고잇스며 그外에도 적지안흔隨筆에서 그의 藝術的天分을 나타내면서잇다.

그는 비록 한개의 雜文일지라도 그의沈靜한筆致와 藝術的慧眼은 讀者로 하여금 思索的材料압헤當面케한다.

毛允淑氏는 아직싸지 主로詩를써왓다 發表한 詩篇이 그數에이서서 비록 만치는못하엿다할지라도 藝術的作品이란 原則的으로 量보다 그 質에 問題가뭇는것일뿐만아니라 詩라는 專門的部門에서 쭈준히 努力하고잇다는點에서도 敬意를表하지안을수업게된다.

그의作品에는 現今의女流文士中에서 어더보기힘든 優婉한情趣가넘처흐를뿐아니라 그敍述의形式에이서서도 調和와 結構가 比較的 묘하게되는편이라할것이다.

더욱이 今年初頭 언젠가 朝鮮日報上에發表되엿든「異域斷想」(?)等은 作者의 優婉한 藝術的呼吸이 담뿍이잠겨이섯든것이라고記憶된다.

그에게는 저날리스트的 多放性은 업다손칠지라도 그의獨特한 淸麗雅醇한 藝術的呼吸을 누가否認하랴!

그러면 文藝家로서의實力에이서서 이와가치 뒤쩌러짐이업는 그들을 엇지하야 女流文士의限界에서 問題視하지안느냐?

그리고 文士座談會等에이서서도 그들의作品은 웨 問題를삼지안핫느냐?

이에筆者는 女流文士에對한 皮相的인 外部的見解의橫行과 저날리즘의 偏頗한態度를 看破하엿다.

하기야 姜敬愛, 毛允淑氏等은 女流文士들에게對한 皮相的인論難과 偏頗한意見이잇든업든 그들의 藝術的行路를 充實히踏破하고잇는 鄭重한人格과 愼重한態度가뵈일쑨더러 正當한 視眼을가진者는 그에相應한 待遇를 하는것이니 지금 새슴스러히問題삼을것도 못되거니와 女流文士을 現在와가치 저날리스트나 또는 文士와의有機的關係如何에서만 말하게되는弊端은 時急히撤回되어야할것이다.

이에서 나는 거말하거니와 「文士」라는 稱詞가 그무슨寶物이라서 싸다로운條件밋헤 갸-륵한態度를 가질것이랴? 그러한態度는 버려야 할것이다.

그와同時에 女流文士의限界의局限으로서 그들에게 不當한優越感과 自負心을助長식힐 多分의危險性을包裝한方式도 버려야할것이다.

즉 女流文士를 記者層이나 文士와의有機的關係이서만 求할것이아니라 그門戶를 넓히開放할必要가 잇다는것이다.

이러케생각할째 새로히問題되는이가 엇지 姜敬愛, 毛允淑氏等에게 만 쓰치랴! 各雜誌讀者欄갓흔데서 뎅구는 作品가운데에도 嚴密한關心으로서 對하게된다면 現今의 女流文士의作品을 斷然 리-드 할것이엇지업다고 速斷하랴!

女流文士라는 稱呼를放棄할것이아니라 그의 「간즈메」式 使用을 放棄하자!

이와가치 女流文士를 多量으로 許認할째 그가운데서 拔群의藝術的 存在 참다운女流文士가 모-든似而非한女流文士의 억개를집고頭角을 내밀지안으리라고 누가敢히 斷言하랴!

二. 푸로藝術運動의否定論에對하야

「藝術은 한 개의 奢侈品이다. 그리고 人類를 道德的頹廢에로 끌고간다」
이는 쟌쟉크루-소의 말이다.

「러시아의 라파엘 이나 그림 이되는이보다는 차라리 러시아의 靴
工이나 빵製造人이될 것을 眞劍히 希望한다」
이는 피-살레푸의말이다.

그리고 아렉세이, 강은「藝術은 民衆에게이서서의 阿片」이라는 테-
제를 發表하여섯다.

그러나 이러한 모-든 偏頗的인파라독시칼한 見解는 그러한理論의
抽出的條件으로 深奧한社會的原因의制約을 無視할수는업는 것이다.

卽 이들의見解는 社會生活의 革新的인 形式이 擡頭하면서잇는 過渡
時代의現象을 基盤으로 發生하엿다는 것이다

푸레하-노프의말을 비러말하자면「藝術家및藝術的創造에直接 興味
를가진사람들의 藝術을위한藝術로의傾向은 그들과 그들을 에워싸고
잇는 社會的環境과의사이의 絶望的不調和의地盤에서 發生하는것」이니
이에社會生活의 새로운形式이展開되면서잇는 過渡期에서는 必然으로
모-든 形而上學的基盤우에 立脚한 낡은藝術은 排擊의화살을 아니만날
수업게된다.

말하자면 그들의喊聲은 過渡期에잇서서의 이러한內在的인 社會的原
因의制約으로부터 나타난 産物이라는것이다.

그러나 그것이 社會的原因의 産物이라고해서 반듯이 그理論의正當
性을 許認하는結果가 되지는안을것이다.

即 頹廢的이고 枯息的이고 享樂的인藝術의 反社會意義를 排擊한點에 잇서서는 寸分의異議도成立이되지안을것이다만은 藝術一般을 拒否하는데서 그根柢의 美의原理라든지 그의偉大한 藝術的 機能밋任務를 否定하는마당에야 누가 反對의旗識를 휘날니지안을것이랴.

그中에서도 피-살레프는 가장 强烈이 藝術을破壞하랴하엿다할것이다.

그는 그當時에 모-든不利한條件밋헤잇든 러시아의實際生活에잇서서는 푸라톤의思想이나 푸-슈킨의詩보다, 신 靴)을만들고 쌩을製造하는편이 휠신有益한노릇이라는 思想을가저섯든것이다.

그리하야 一切의藝術을破壞하려하엿스며 싸라서 그當時 만흔作家에게 創作의붓을 던지라고勸하엿고 첼누이세푸스키-等의 文藝批評의 從事를 非! 라하엿다.

이리하야 첼누이세푸스키-等의 뒤를바든 그는 첼누이세푸스키-等의 藝術의社會的意義에 對한 새로운思想을 否定的方面 即 狹義의 個人主義的이고 觀念論的인方面으로 쓰러드리어 한개의 칼카추어를 製作하고 마러섯다

한데 現今 過渡期에이서서 갓가히 우리들地帶에서 이와類似한見解를 對하게된것이니 그는 이달(十月)東光誌所揭의 片石村의文藝時評中에서 엿볼수잇는 것이다.

하나 여기에서 밝히지안어서는 아니될 것은 압헤말한 쨘, 쟉크, 루-소, 피살레푸, 아렉세이·강…等의命題는 社會生活의새로운 形式이 展開되면서잇는 過渡期에잇서서의 그들의情熱이 그軌道를바로잡지못한데 지나지못한것임에反하야 片石村의그것은 現實逃避의庵室에서

푸로藝術運動을否定하려하엿스며 짜라서 푸로레타리아科學으로서의
맑쓰主義藝術理論에 動搖와傷處를 주어보자는 意趣이엇다는것이다.

이러케말하고보니 結論의한가달부터 먼저 튀어나왓다만은 이를 正
確히實證하기위하야 以下 그의論述을 追條檢討하야 나아가기로하자!

그는 藝術의無力性을 말함에 그야말로 無力한皮相的論證으로 曖昧
하게表現한것이니

「……文學의- 이러한生活手段으로의(安)-經濟的條件에는 아주眼目
을두지안엇고 차라리 武器로서의 功利性에서만 붓을잡을터인「푸로
레타리아」文學의 領域에서짜지 그熱烈하든 鬪士의氣焰이 매우 쩌저버
린것은 大彈壓의눈보래의 暴滅에 눌린짜닭도잇겟지만 한편으로 階級
戰線에서의 有力한武器로만 觀念的으로 思惟되엇든文學이 實際의 經
驗에依하야 그無力性이實證된짜닭이아닐가」

하는 甚히 疑訝한態度로서 그러나 그 疑訝한態度를 嬌激한 보작이
로 싸노아내인것이다.

이와가치 階級的武器로서의 藝術의無力性을말함에 甚히 疑訝한態로
서한限에잇서서 우리는 무엇을더問題삼으려만은 그러한 疑訝한態度
로서나마 藝術의武器性을否認하려한 論理的根據에對한 批判이업슬수
업다.

卽 그는 現今一部의藝術家들이 第三期資本主義의 經濟恐慌으로緣由
된 物質的缺乏으로말미암아 文化的으로落伍되며 藝術戰線에서 脫落되
면서잇고 또一部에서는 뿔조아的民族改良主義者들의 푸록크的인政策
에 混睡되고 文化戰線에 放射하는 그들의集中的인 ×××××압헤 銳角度
的으로變節하며 쏘는 暗中摸索的인 穩所에서 鈍角度的으로 右方轉向

을하고잇는 似而非푸로藝術家들의 存在를 暗示的으로揭示하여 階級的 武器로서의 藝術의無力性을말하려한것이다. 그러나 이야말로 無力한 한 개의皮相的인 矛盾된論證이며 意識的曲解의道化가아닐수업다.

손쌔른例로서 以前「납프」의盟員이든 片岡鐵兵이가, 階級的變節을 햇다고해서 그리고 이와類似한大小의現象이적지아니잇다고해서 그것 이 藝術의無力性에對한論證거리가 될것인가?

「그엇더한傾向의强大化 쏘는 그엇던內容의 一層高度한 方向으로의 發展의結果로 그傾向 그內容에잇서서는 不斷히 形態의交代 밋 脫化等 이생긴다. ………이永遠의 普遍的大法則을理解한者 이法則을 모-든現 象에適用하는 것을 研究한者 그러한사람들은 他人들을 周章狼狽케할 機會에도 平然히지나올수잇는 것이다」──(史的一元論)

그러타!   現今××××××××××××××××××이勞動階級의××的部面쑨만아 니라 廣汎한無産階級的 起伏에 ××的으로集中되고 朝鮮에잇서서의 通 常的인쌜조아反動의 푸록크的昏睡劑가 쏘한 有效하게作用되는 요지음 에잇서서 一部의卑劫한脫落現象이 呈露되는것이事實이라할지라도 客 觀的情勢의必然한歷史的인戰勢로서 모-든××的물결을 逆襲하는 大衆 的인××的昻揚과더부러 이와有機的關係에서 그의一翼的任務를 다할푸 로레타리아藝術運動이 쏘한씩씩하게展開되면서잇는것이니 그는엇지 하야 이러한事實압헤 눈을가리엇드냐?

이와가치 雄雄하게展開되면서잇는 푸로레타리아藝術運動의向光압 헤 눈을가리는代身 그一極의衰頹해가는 部面만을들추어가지고 强牽 附會的으로 藝術의無力性과結付식히려한곳에 그의本質的全貌가 나타 난것이라할것이다.

그러나 片石村은 여기에쯔치지안엇다.

한거름 더 나아가서 푸로藝術運動者들에게 創作과批評의「펜」을 썩 거버리기를强勸하엿다. 恰似히 胃頭에서말한 피-살레푸의 意見과 同一하다.

그러나 압헤서본바와가치 그의「藝術의 無力性」의論證이 成立되지 안은以上 그의「푸로 藝術運動否定論」을 더問題삼을必要야 어듸잇스랴만은 그의態度가 意識的인歪曲에잇섯다는點에서 讀者大衆라함쯰 끗까지읽을誠實이잇서야할것이고 그리하야 그의正體를 剔抉하지안어서는 아니될것이다.

다시말하면 片石村의 그글이 푸로藝術戰線에對한 追責의情으로 同伴的立場에서自己批判을要한다는것이 가다가 無意識的인誤謬를犯한 것이라하면 以上의論述로서自省을 促하면그만일것이고 만약 흔이볼 수잇는 쑐조아의사룬에서의 社交的言談이엇다고하면 우리의掛心할바 아니라하겟스나 그것이 大衆에게波及될惡影響을 前提로한意識的歪曲 이라는點에서 그의 無用意——나는이러케본다——한放言에 別다른興 味를늣기는바는 못되지만은 좀더紙面을虛用하게된다.

그는 이러케말한다.

「文學은 늘 間接的이고 觀念的일수밧게업는 宿命을가지고잇다. 가 장有效한 싸홈을잡는다면 戰士는맛당히 文學과가치 本質的으로 間接 的이고 觀念的이고 枯息的인 手段은 버릴것이다」

이에 片石村은 푸로藝術運動을否定함에 足하겟다고, 思惟되는—— 自己로서는——語彙를 도막도막 내세윗다만은 좀처름遺憾인것은 맑 쓰主義者는 그아모도 藝術이 이데오르기-的形態라는것을 否定할사람은 업다는것이다.

　그러나 우리는 片石村이가 감추워둔것을보는것이니 그것은 直接實踐的인것뿐만이아니라　間接否聯關으로서되여잇는現實에對해서도 一定한認識을가지게되는것이니　그는　데보-린의말을빌어말하자면「그들이行動하고 그들이外界의作用을밧는程度에應하야 認識하는」것이다.

　그러기때문에 맑쓰가

　「自然科學的正確性을가지고 決定할수잇는物質的變革과人間이그意識가운데서 이鬪爭을知覺하는 法理的 政治的 宗敎的, 藝術的, 쏘는 哲學的――一言으로말하자면　意識的諸形態와의區別을　알지안어서는아니된다」(經濟學批判)

　――라고말할째 그는 片石村이와가치 意識形態로서의藝術運動을否定한것이아니라 그와는反對로 上層建策――이곳에서는 푸로藝術運動에잇서서 그가운데에 主觀的인偏狹한 經濟的活動을 獨立的으로말하게되는것이아니라 客觀的인歷史的흐름으로서 階級的必要에應한 廣汎한 運動의한가달이라는것을 아러야할 것이다.

　그러기때문에 마-츠하는 이러케말하엿다.

　「人間은 自己의生産 自己의經濟 自己의日常生活만이아니라 쏘는 그에對한思想, 그에對한 感情까지도라도 系統부치고 組織한다…………그러나 後者를 組織하고 系統부침이업시 前者를完成하고 組織할수는 업다 그리고 여기에비로서 이들 意識的諸形態의 功利性 實踐的社會的意義가잇다」……(「理論藝術學槪論」) 그러기때문에 藝術의武器을말하는것은 非但現今의 푸로레타리아 階級만이아니라 十八世紀의向上的뿔조아지들도 偉大한武器로서 그를使用하엿고 갓가운例로 現今의 퐛쇼文學도 그間의消息을 너무나 明瞭히傳하는것이니 저녁거리에 ××三××의레코-드소래가 들니어오는가하면 劇場에는 그러한××映畫가 스크린으로 어린學生들의視線이 集中되여잇는것이다 그리고 巷間에는 그얼마나 만흔 反×的文學的作品이 ×階級的인毒素를 撒布하고잇는것이랴.

맑쓰의말과도가치 「理論이大衆을把握하면 物質的이되는」것이니 藝術의機能에依하야 感情이階級的으로 組織될째 그는 쏘必然으로 階級的物質力으로 轉化된다는것은 明若觀火의事實이아닐수업다. 이에 푸로레타리아藝術運動은 藝術的作品의 感動誘發의技能을通해서 大衆을 把握하고, 그리하야 이大衆的感動을 ××的物質力으로 轉化식히려하며 쏘 식히며잇는것이다.

藝術의 ×器로서의有用性이 이와가치 充分하기째문에 向上段階에잇서서의 十八世紀의쌜조아階級도 이를利用하엿고 現今의×對階級側에서도 全精力을다하야 이를利用고잇지안느냐.

이러함에도 不拘하고 背理의皮相的論證으로서 藝術의無力性을主唱하고 그무된칼날——背理의皮相的論證이기째문에——로서 그中에서도 푸로藝術운동을 否定한그論은 都大體 엇더한意義를가지고잇슬것인가?

그理由는 가장 明確하고 간단한것이니 그는 푸로大衆으로하여금 支×階級의藝術的영향下에서 그들에게奉仕할幾分의可能性을提供하려는 것以外에 아무것도아니라는것을 指摘하며 우선 이에 쓰처두기로 한다.

● 『비판』 2권11호, 1932.12.

閔丙徽, 「女流文士에對하야―
同志安含光君에게보내는一片書信」

安君! 오래간만이다 근투하는 것은 紙面에서 보앗다

그리고十二月(去年)號批判紙의 文藝時評도읽엇다! 그런데君이두가지 問題를가지고―쓴中에 女流文士 是非論批判이란글이 엇전지나에게不滿을준다不滿!그것뿐이아니라時評을쓸 資料에 窮한 탓이엿든지 問題되지앗는問題를쓴것갓기도 하고 眞正한 「맑키스트」의立場에서쓴글이 아님에잇서서 심히 遺憾이라고생각하고잇다

勿論 現下社會에 잇서서의 小資本家企區밋헤서 文化! 그것을忘却하고 「쩨너리스데이크」노벨을利用하야 極惡한反動行動을하는雜誌筆者를 輩出하는것도 事實이며 ×的虛榮을助長식히여 發賣部數를 增加식히려고 어엽분女性들을 컷트로늣키도하고 口畵에 쓰집어도내여 노흐며 一個新聞社나雜誌社에 雇用되여잇는 女性들이 詩篇이나 雜文 하나를 發表한다면 그를곳 女流文人으로 登壇식히며 그들君의말대로輕氣球에 올니여 놉히 星座에 까지올니노흐려는것도 事實이다 이러케야지만小쑤르靑春男女들이 雜誌를 만히購讀하는까닭이다.

그리하야朝鮮에도 宋桂月 崔貞熙 崔義順 朴花城 金元周 金源珠等等

의 一流의 女流文士?가 製作되엿고! 그들로하야금 文壇의彗星이나갓
치 橫行하게만드는 것이며 읽즉히 同志李甲基君과 말성이되든 李敬瑗
갓흔 분은 男便德에一躍 女流文士까지될뻔하엿다? 그러나이것은 資本
主義社會의 쩌너리스트들이 그自體의 ××的役割를 다하려는 한反動的
政策일쓴이다 ……利用되여 날쒸는 女流文士?그들에게오히려同情……
가잇슬가한다 呵呵!그러닛싼 이들이女流文士…… 이들이女流文士로서
橫行 한다하드라도 벌서그……社會的存在는 大衆이決定하고잇다

安君!

그것은君이잘말하엿다 그리고그들의文士製作……쏘한잘말해ㅅ다
그러나! 君은애써女流文士……란性的差別로히 文士란稱號에關心을둔
데서나는……는다 文士!이稱號는우리의頭腦에서멀니쩌러가……의名
辭다 旣成文壇이란 쌀르조아내음새가나는氣……는 그들의크룹에서하
는말이아니냐? 거기에다가……까지하여가지고「文士」란내음새나는名
辭를論하게하는 것은 지나간날에할 課題가아니엿든가? 文士는 文에死
한지임이오래인것이다 그런까닭으로서그들은女流라는보드러운일홈
을빌어가지고 文士란名辭에안젓든곰팡이를 싯치여버리려는것이아니
냐 이것이 재물난물건을팔려고 商店에看板「ぬりかえ」를한것이다

文人들과情實關係를가진者에게나 쩌나리씀과有機的인關係를매ㅅ고
잇는者에게 局限하여서만女流文士라는稱號를준다고 痛嘆하엿다

君아!君은아즉도 記憶에살어지지안엇슬 것이다再昨年(一九三一年)
아니昨年一月號(一九三二年) 海外文學派의機關紙 「月刊文藝」의名錄을
보지못하엿든가? 一篇의 詩라도 自己의發行하는「詩文學」에發表하면
그만一躍文士가된것이다 이것이말하자면 文士運動을하든「로분늬희」

한情感에서 울어난것만이藝術이라고 定義하는沒落된旣成派그야말로
文士들의하는作亂이다

安君!우리는文士를要求하는가?

우리는 女流고男流이고間에文士를要求하는者는아닐것이다

그런데도不拘하고 安君은 쩌너리씀과 有機的關係를갓고 文人들과情
實關係를 가진者에게만 女流文士란稱號를 준다고 痛嘆하면서 姜敬愛
毛允淑等과 女性雜誌 讀者欄에서도文士로쓰러내일만한 人物들이만타
하엿다

安君!君은 階級的立場을妄覺하지안엇든가?

君은 姜敬愛 (最近에傾向이조와진다)와 毛允淑等의 作品에서 優越한
藝術的呼吸이담북잠것다고 稱讚하면서 女流文士로推薦하기에至極한
誠意를가진 것……

우리는藝術의呼吸에陶醉되고말어야할가? 姜敬愛 毛允淑等의作品에
陶醉된 君의階級的立場이 疑問이다.

姜敬愛!그분은最近에와서좀더進步的인方面……을돌니며 階級的으로
隨征者的役割하려는 ……서보히여줌으로서 階級的인 文士로서……立
되어갈것이다만은文士는만들수업다

그리고毛允淑의詩에서 나는아모것도찻지 못……개의理想主義者의
呼訴로밧게 들은일이업다 그럼에도不拘하고 安君은 毛允淑의作品을
高聲讚美하는……文士를 門戶開放으로要求하고잇다

安君「맑시스트」는 文士다一線에서도二線에서도말이다- 그리고 君
이要求하는 女流文士는 「맑시스트」일……다- 그럿타면 엇지 쩌너리
씀과文士와의有機的關係를 가진 사람만을 文士로한다고 女流文士大量

生産에 汲頭하엿든가?

安君! 그럿커든 곰팡내나는 文士運動을하고잇스니 君에게 對하야 한갓 疑問을갓게된다

「맑키스트」의 批評的인態度가 全혀아니라고 나는생각한다

그리고 文士打令이나니 구역질부터 압을서는구나

安君! 나의말에 誤謬가잇거나 君의感情을 傷하엿다면심이 遺憾이다 그 럿타면다시 定義를   말하여서 無知한同志에게가르침이잇서다고──근강 하여라──끗

松都講習所에서

●『비판』 3권3호, 1933.3.
●국립중앙도서관 소장본『批判』 원문의 아래쪽이 찢어져 있다. 문장의 흐름상 해석은 가능하나 찢어진 부분은 '……'로 표시한다.

제3장
문단 소식

內外文壇雜錄

東亞日報學藝欄에 廉想涉君이 現代人과文藝라는 意味에서 특히 非文
壇人을 중심으로라는 副題까지 부처가면서 大衆을위하야 文藝講座를
여러주신다기에 우리들은 사실적지아는 期待를 가젓건만 웬일인지
발표된강좌는 읽고모를 말을 만히느러노앗스니 그것이 과연 대중과
무슨관계가 잇스랴. 이왕이면 대중이 알도록 해주엇스면어떨지!

「現代公論」豫告欄을 들추어 보니 거긔에는 최정희, 송계월, 이혜경
三君이 堂堂히 女流作家의 일홈으로 壁小說을 발표한다고 예고된 것
을 보앗다. 불행히 時代公論이 나오지못하여 三氏의 壁小說을拜見 못
한 것이 遺憾千萬.

一時 獄中에서 시달림을 밧든 캅·프貝들은 다시 捲土重來의 勢를 갓
고 活動을 계속한다고 한다. 요즘은 새롭게 캅·프詩人集을 내인 것을
보앗다. 그것이 그러케 위대한 詩集은 못 되나 左右間에 기념이 되는
出版이라고 보지 아늘 수 업다. 그리고 그들은 機關誌 「集團」을 내인
다더니 아직도 소식이 업스니 엇더케 되엿는지?

●『별건곤』47호, 1932.1.

文人書翰集(1)

朴花城氏로부터宋桂月氏에게

　항상 사모하는 마음 끌어마지 안슴니다 더욱 굿세인 발거름으로 나아가시려는 길에 突進하소서 이리하야 참다운 握手를 交換하는 벗이되사이다.

　저는 病席에잇섯슴니다 지금도 完快하지못합니다. 모처럼부탁하신…(下略)

●『삼천리』5권3호, 1933.3.

文壇春秋

千圓懸賞내걸고 小說募集하는 朝鮮日報의 態度는 文藝作品의 價値를 社會的으로 高潮식혀놋는 意味에서 유쾌하다, 더욱 이번은 一等이업서 云云式의 인치끼를 아니하리라밋어지는點에서 더욱 愉快하다, 萬一 發表期日을延期하거나 賞金을 遷延하는 擧措가잇다면 新聞社는 社會의 激怒를사서 그名譽의 殆半을이름에에이르리라

×

그런데 選者로써 洪命憙, 尹白南, 朱耀翰 三氏가 발표되엇다, 이중에 文藝評論이라고써못 본이가 더러잇고, 藝術作品的小說을 만히 發表하여보지못한이가 또한잇다 이事實은 主觀的으로보아 이세분에限하여 推薦한 新聞社의 態度에 遺憾스럽고 또이選의 重任을맛튼 選者諸氏의 孤獨에 同情하고십흐며 客觀的으로보아 刻苦精勵하여 作品을만들고 잇든 숨은幾多天才의 多少의自失이잇겟고, 當選作의 레벨을豫想할수잇서 鼎의輕重을 미리알고 안게하는 遺憾을 주엇다 모름직이 新聞社는 權威잇는文壇諸氏를 選者로써 補選發表하라, 그러치안는다면 이번일은 「事半功半」에 갓갑지안케 되지안을가.

×

東亞日報에서 斬馬劍을 쏘한번휘둘넛다, 그것은 同紙에 五六朔을 連載하든 方仁根氏의連載小說「魔都의 香불」을(作者의말로는約五六回남엇섯다고) 쑥끈어버렷다. 理由는 同氏가「每日申報」에「放浪의 歌人」이란 小說을 執筆하는까닭이라고. 말이낫스니말이지, 前日에 李孝石氏가 東亞日報에씨나리오를쓰다가 某邊에就職하자 亦쑥끈어버렷다, 銅臭에擧世滔滔하는 속에 節操를가르키는 東亞紙의태도, 可値尊敬.

×

六堂崔南善氏 각금 진고개册肆로 도라다니며 古本을 찻는모양을보인다, 지금에이르러야 唯一財産이든檀君을 萬讀千說한들 氏의말에 누가귀를귀우리리.

×

푸로文壇의八峰, 懷月等 近日은 寂然無聞하다, 日本文人은 藤森成吉, 林房雄等이 모다 신파로, 올구로「アラシに 襲はれて」寂寂無聞하거니와, ……이와달니하는氏等은 一篇의評論과 一篇의作品을 發表할수업는 情勢임을 歎하고 退去함인가.

菊池寬은 最近讀賣紙上에 日本푸로文學運動은 이미第一期的役割을 다하고안젓기 더期待할 것이업다고, 이러케까지 쎄마와偏見이펴지는째諸氏의再起가 더욱 그립어진다.

×

最近諸氏의 時調를 읽으면 佛敎의어느經典을읽는듯 幽玄한맛을늣기게한다, 君은 物慾을 버리려애쓰며 山谷에幽居하기를 高潮한다, 究竟時調客(古典的意味의)인가.

×

時調의復活은 近代文明의 모-터와 騷音과 煤煙속에 基調를두어야할 것이다, 鍾路바닥으로 눈에 불을켜가지고 色, 食, 權勢, 榮華를 엇으려 덤비는 現代人의 心情우에 基調를 두어야한다.

이것이 그르고올코는 別問題로하고 必然的으로 그우에, 이混沌, 腐敗, 鬪爭, 殺戮의 社會事象속에 基調를두어야한다, 吟風咏月과 宗敎的哲味를 씌우려 復活運動이엇다면 古時調로써 이미滿足하다, 時調客의 一考處.

×

女流文壇의 寂寞은 最近에 더욱甚하다, 宋桂月氏 開闢社를去하야 天에往하고, 金源珠氏 每申을去하야 上海로向하고 崔貞熙氏三千里社를去하고, 오직 崔義順氏東亞에, 金慈惠氏新家庭에 毛允淑氏女論社에 據하야 殘月비치는孤壘을 직힐섇.

×

네新聞社의 執筆者陳容을보면

東亞日報에 春園, 李殷相, 徐恒錫, 金岸曙, 尹石重, 憑虛, 白南, 廉想涉, 崔義順, 梁柱東氏 等이잇고

朝鮮日報에 朱요한, 金起林, 洪命憙, 李箕永, 金東仁, 白鐵, 李甲基氏等이잇고

中央日報에 朴八陽, 廉想涉, 尹白南氏等이잇고

每日申聞에 星海, 劉道順, 金東仁, 梁白華, 金雲汀, 鄭順貞, 柳葉, 牛步, 春海, 廉想涉의 諸氏가잇다.

●『삼천리』 5권9호, 1933.9.

송계월과
소문

제1장
송계월과
연애담

白鐵, 「나와 『開闢』시대」 <1>

빛나던 「30年代스타」들 ①

「開闢」의 시대 하면 우리나라 1920년대의 新文化운동과관련된 여러가지 「이미지」가 오지만 그중에서 특히 우리文學人들의 기억에 두드러지게 남은인상은 그 「開闢」이우리신문학운동의귀한發祥地엿다는 사실이다. 그래서 「개벽」잡지하면 곧 독자의눈앞에 우리 신문학을 개척한 20년대의주요한 문학인들의 이름이저절로 떠오를 정도이다. 그 중에서도 특히 이 「개벽」과 가까웠던 작가들의 이름들을 그려보면 작가로서 橫步 廉想涉, 憑虛 玄鎭健, 月灘 朴鍾和와 평론가로선 懷月 朴英熙, 八峯 金基鎭 등. 그리고 시인으로선 무엇보다도 素月 金廷湜같은 사람은 「개벽」에서탄생하여 「개벽」에서 큰詩人이라할 수 있다. 그뿐이랴. 이 밖의 20年代의 모든 詩人과 作家들이 거의태반이 이 「개벽」 잡지를 무대로하고 작품활동을 한 사람들이다.

요한 朱耀翰, 岸曙 金億, 象牙塔 黃錫禹까지 그리고 조금 늦어서 樹州 卞榮魯, 巴人 金東煥 그리고 다시 詩人으로서 李相和등을 다들게되며, 그리고 23年代에 등장한 異彩的문단 「그룹」인 新傾向派사람들도 여기를 발판으로 삼고 깃발을 들었다.

따라서 20年代에 등장하고 활동한 우리문단 초기의 대표적인 詩人·作家들의 出世作 代表作들의 이름들이 거의다 「開闢」과 함께 떠오르기도한다. 橫步의 「標本室의靑개구리」, 憑虛의 「貧妻」, 「운수좋은날」등, 그리고 金素月의 「진달래꽃」을 비롯한 평판작들, 李相和의 「빼앗긴들에도 봄은오는가」등 그리고 金八峯의 論文 「今日의文學과 明日의文學」등이다 여기 「개벽」잡지에 발표된것들이다. 이런작가작품들의 이름들에서 미루어 볼때에도 「개벽」잡지가 우리文壇史위에 남긴 발자취가 얼마나컸던가 하는가를 잘 알 수 있다.

新文化문학인집의輩出處 通卷72號를 낸 大河的 종합지

20年代는 순문예잡지로서도 여러개가 나왔던 시절이다. 20年에 나온 「廢墟」誌를비롯하여 時誌「薔薇村」, 낭만파의 同人誌 「白潮」등이 22年에 나왔다. 23년의 초여름의 어느날 午後 당시 개벽사의 「어린이」잡지주간인 小波方定煥이 종로거리에서 떼를지어걸어오는 白潮派의 젊은詩人一行을 만나서 부러운 듯이 인사를 하였다.

「여러분께서 종로에나오니 거리전체가 훤하군요….」그白潮 同人의 한사람인 洪露雀이 回想文에서 전술한글이 있다. 「그들은 모두 젊은英雄들이요, 天才들이었다. 새로운 藝術을 동경하고커다란希望을 가슴 가득이 품은이들이었다. 금방에라도 鬼神을 울릴만한 一篇의걸작으로써 담박채찍에 文壇으로치켜달리려는 그런붉은야심이 성하게복받

쳐불붙은사나이들만이 모이었었다. 한창젊은이들이라晝夜가없이 萬丈의기염을몹시도잘들떠들었었다…」

젊은 詩人 · 作家들의 청춘적인기분에 부풀어있는모습들을 小波와 만난 白潮派사람들의 모습으로 써 느껴져오는것이다.

「개벽」誌는 1920年6月에 발간, 26年8月에 日本爲政者의 탄압으로 발행금지가 되기까지 당당7年동안 通卷72號를내놓은 大河的인 종합잡지였다. 그때 모든 잡지들이 雨後竹筍처럼 났다가 2, 3號가 못가서 폐간되고말던 시절에 있어서 그렇게심한日政당국의 간섭을받고 거의 1, 2號건너 發禁을 당하면서 당당 7年 72號의 호수를 거듭했다는 것은 그사실 자체가 日帝에대한 끈질긴「레지스탕스」의 역사를 말해주고 있는 우리신문화운동초기의 대표적인 잡지였다.

그러니까 처음에말하다시피「개벽」은 우리新文化史와만 관련시켜 그공적이 이야기될것이 아니라 20年代의 사회 · 경제 · 문화 전반에걸친 巨大한 발자취를 돌아보는것이지만 그중에서도 20年代 新文化開花期에 있어서 이「개벽」잡지가그溫床地로서 특별히 가까운 연고를 갖고 있은 사실이다. 그만큼 개벽잡지사와 문단인들과의 사이에는 때가 때니만큼 情誼에 얽힌 수다한 揷話들도 숨겨져있으리라. 당시 집필가로서 客員처럼 되어있는 八峯에게 들은말인데, 1923年의 어느날 土月會의제14회공연을 앞두고 배우들의 化粧品살돈이없어서 八峯이「개벽」사로가서 小春 金起田씨를 만나 사정을했더니 小春이 업무국에 있는 돈과 자기「포키드」에서 꾸겨진 50錢짜리지폐들까지 긁어모아서 一金27圓50錢을 준비해주어서 그돈을 갖고 土月會 제14공연의 幕을 올렸다는 것이다.

이런 文壇交誼의 미담들을 쓰기시작하면 여러 가지 흥미있는 文壇 裏面史가 꾸며질수 있겠는데, 그러나 나로선 이時代를이야기하는 「나 레이터」로서 적당한 자리가 아니다. 역시여길 실감있게 서술한 현존 문단인으로선 月灘이나 八峯이 적임자인줄안다.

같은 開闢社관계의 文壇人이라 하더라도 내가 개벽사에 관계한 것 은훨씬 뒤의 일 30年代가 된다. 같은개벽사의 연고자라는 의미에서 나역시 文壇交友관계 이야기를 시작한다고하면 개벽사를 중심한 交 友관계에서부터 시작해야되겠으나 그러나 그이야기는20年代의개벽 時代가아니요, 30年代의개벽사종반기의이야기가되는것이다.

• 『대한일보』, 1969.7.8.

白鐵, 「나와 『開闢』시대」 <2>

機知와諷刺의 車相瓚 ②

내가 개벽사에 입사한 것은 먼저 말했다시피30年代, 구체적으로는 1931년 가을이며 『개벽사시대』라해도 과거의 찬란한 개벽시대가 아니고 황혼의색깔이 짙어가는그下羊期의시각이었다. 이때 나는 동경 고등사범을졸업한뒤 몇달동안 「도꾜」에 남아 있다가개벽사에취직이 되었다는통지를받고 그해 가을에 귀국을 한 것이다. 내가 졸업한 학교의 성격으로해선 중학교교사로 나가야했지만, 학생시절부터 文學을 한답시고 뛰어다니던 들뜬 마음은 따분하게 학교………면 신문기자 되는것이 원이었다.

그때 국내의 신문계라고 했자 겨우 東亞日報하나가 민간 신문으로선 경제의 기초가 서 있었을뿐 다른신문사들은 거의 社員들의 매달 월급도 제대로 못나가는형편에 있었지만 그러나신문기자에 대한 일반사회의 인식은 컸다. 민족운동의 일선에 선 「엘리트」같은것, 그래서 「포키트」는비어있어도가는곳마다환영을받았다. 설렁탕집에선 몇 달이고 외상으로 설렁탕을 대주고요리집엘 가도기생들에게 대인기었다. 그만큼 기자들의 사회적 「프리스티지」가 높았다고 할것이다. 젊은사람들이 신문기자되기를원한 이유를 알수있다.

내가 그때 개벽사의기자가 된것도 옆사람들은 행운이라고 말했다.

실은내가 개벽사에 입사하게 된것은 일종의배경이작용하였던 것이다. 지금도 내숨兄되는분이天道敎會의 중요한 간부직에있지만 나는 본래 천도교가정에서 나 자란사람으로서 이때 내가 입사할때에 당시 천도교중앙총부의 중직에 있던 崔碩連선생의 추천으로 入社가 결정된 것이다.

그때 開闢社는 현재천도교중앙총부가 신축되고있는 慶雲洞의 구건물중 지금은 文化舘이란영화극장자리인 천도교 紀念舘앞面의 上下層을 쓰고있………래층의한房을 業務局으로 쓰고있었는데 문앞 붉은 벽돌壁에 開闢社라는 세글자가 빛나는傳統을 자랑하며붙어있었다.

젊은 패기로 亂筆휘둘러 기우는 집에 멋모르고 발붙여

위에서나는 개벽사의 全盛時代가지나가고 社勢力은 斜陽期였다는 이야길했는데 그뜻은 우선20年代의 上羊期시절과 달라서 개벽사에서 내는 잡지들의 인기가 떨어지고 있는 사실이다. 개벽이 1926년에 日警의 탄압으로 발행금지를 당하고 72號로써 폐간된 뒤에 社로선 방향전환을하여 『別乾坤』이란 大衆雜誌를내기 시작했으나 개벽에서와 같은대중의 지지를 받기는 힘들었다. 그리고 다른 하나의 원인은 경쟁이 생긴 사실이다.

1929년에 詩人 金東煥의 주재로『三千里』誌가 나왔는데 같은大衆性의 흥미본위잡지로서『別乾坤』독………그뿐이아니다. 1932년부터 東亞日報社에서 姉妹誌로서『新東亞』를내게되자 개벽사엔 치명적인 타격이온것이다. 개벽사로선 여러가지 대책을 세우고『별건곤』외에 개벽지의 전통을이어받는뜻에서『彗星』,『第一線』등을 연해서 내보았으나 역시 정세는 만회되지않았다. 전부터 내오던『新女性』까지도 독자들이 떨어지는것을 막을 수 없었다.

이런 기울어가는 집안에 나는멋도모르고 군새식구가 된것이다.

이때 이 기우는 큰집안살림을 맡………31년5月에 주간이던 小波가 작고한뒤에 主幹으로 나앉은 분이 靑吾였다.

小波의 큰체구와는 대조적이라 할까 아주 탄탄해서 바늘들틈도 없어뵈는 알찬모습이면서도 그矮小한모습이 어딘지 이큰집살림을 짐지는데는힘이부칠것같은 不安感같은 것이 처음 入仕한 나에게도 비쳐졌다. 어떻게보면 텅빈 무대위에 고독하게 서있는 悲劇俳優, 아니 喜劇的인 배우(그는「위트」가 있고 일상대화에서도 漫談을 즐겨 했다)같이 보일 때………

老主人公을 힘껏 도와보는「산초」가 되리라고 마음을 다진 것이다.

入社하는 그이튿날부터 나는젊은感傷과 패기를믿고 亂筆을 휘두르기시작했다. 社에서 지시하는대로 名士들과의「인터뷰」記事를 해오는 한편 학생시절에 배웠던「마르크시즘」서적의지식을 과시하여여기저기 붓을 댄것이다.

이렇게 젊은氣分에 날뛰는 新人의 서투른 演技에대하여 靑吾께서는 별로 責하는일도없고 도리어 가상하다는듯이 격려해주었다. 혹은 이런新人演技로 새觀衆을 끌어들여보자는 엉뚱한 생각을 했던지 모른다. 그러나 그런기적은 일어나지않았다.

靑吾께선 스스로 老驅를 이끌어이분전을 해야했다. 그는 개벽사에서내는 네 개의 잡지들에 매달 많은 분량의원고를 써야했다.

그 종류에 있어서도 史話에서 비롯하여 漫評, 人相記, 笑話, 「고십」등 여러가지 분야에 능하였다. 그의 才能은 특히 機智에 넘치는 점이다. 그는 개벽사 역대의 主幹들 夜雷, 小吾, 小波등과대조할 때에 그性格이나才能이 正統派는 아닌것같았다. 그대신 「저널리스트」로서 뛰어나는 「센스」와 재능을 타고난 인물이었다. 그가 요즈음과 같은 시세를 만났다면 제일류의 「저널리스트」로 대우를 받았을 것이다. 그런데 그의 人生旅路의 끝은 너무비참했다는 이야기이다.

얼마전 天道敎會에 가서 『開闢』영인본과함께 그復刊계획을 간담하는자리에서車先生의자제인 차우열씨에게서 해방뒤 영양실조로 중풍에걸려작고했다는 이야길듣고 내가 처음만나뵐때 그탄탄하던 모습을 회상하여숙연해지는 감회를금할수 없었다.

•『대한일보』, 1969.7.10.
• 국립중앙도서관 소장본 원본에 좌측 한 줄이 누락되어 있다. 문장의 흐름상 해석은 가능하나 누락된 한 줄은 '……'로 표시한다.

白鐵, 「나와 『開闢』시대」 ⟨3⟩

蔡萬植의 神經質 ③

이제車상찬씨를 主幹으로한 그당시의 개벽社 「메인·스타프」를소
개하면 「彗星」誌의 편집장으로서 作家 蔡萬植, 「新女性」부의 편집장최
영주, 女記者에宋桂月, 「어린이」부의 李정호등외에 畫家로熊超 김규택
이앉아있었다.

그외에主로국제정세·경제문제에대한 객원집필자처럼 되어있는사
람들로서 사회주의운동에서 전락해온 사람들로 알려져있는김경재,
尹亨植등이자주 드나들고 있었다.

劇界의 元老인 朴진씨를 만난것도 거기서였다. 어떻게 해서 朴씨가
개벽사에 들어왔는지 모르지만 거기서………키에는 30년대라면 土月
會가 해체되다시피한 시기. 극운동이 마음대로되지않고 해서 잠시 방
향전환을 하여 그 자리에 와있는 것같다.

朴氏가 다시 劇界로 돌아온 것은 解放뒤에 와서의 일이다. 그때 朴
氏는 30代인 少壯들의 好男風의 신사였다. 얼굴과 몸집도 약간둥글고
뚱뚱한편이며 중후한 인격을 인상시켰다. 무엇보다도 성격이 선량하

여 나에게 좋은 上典이었다. 또 그는 나에겐 同情者였다. 32年여름이
라고 기억하는데 내가 水泳을 좋아하기때문에 午後에 시간만나면 水
泳「팬츠」를 끼고 漢江으로 「에스케이프」하기가 일쑤였다. 그때 마다
1원, 2원씩 電車삯을 가불해 준이가 바로 朴씨였으니 말이다. 「심파사
이저」란 말은 그시절 공산주의 운동에 대한 재정원조자 같은 것을
가리켰는데, 그 「同情者」란 말은 내게다가 電車삯을 내줄때마다 朴씨
자신이 사용한 말이다.

熊超도 이때 사귄 친구로서 잊을수없는 인물이다. 그는 입이 무거
워서 술좌석외에는 잘 말을 하지않는 寡默의 人이었지만 가다가 가
끔 말을하면 「유머」가풍기는 우스운말을 곧잘 하였다. 내가 옆에서
보기에는 그림에 대한 그만한 才能과 實力으로서 개벽사편집실구석
에 앉아서 大⋯⋯는 것이 퍽 불만스러운 태도였다. 그러나 그에게
드디어 영전의 기회가왔다. 당시 日刊新聞에선 언제부터인가 長篇漫
畵를 연재하는것이 독자들의 인기를 끌고 있었다.

李甲基등의 政治漫畵가 갈채를받고 있던것도 바로 이무렵이다. 그
장편만화를 연재하는 기회가 웅초에게 주어졌다. 나는그漫畵이름을
기억하고있지못하지만 아뭏든 大人氣였다. 그때 李甲基도 『멍텅구리』
라는 장편만화를 연재하고 있었는데 그것과 비길수없는 독자의 인기
를 불러일으키고 있었다. 그의 타고난재질의 하나인 「휴머러스」한 것
이 그 만화에 잘 표현되어서 인기가 생긴 것이다. 아뭏든 이 만화의
평판이 계기가 되어 웅초는 얼마뒤 朝鮮日報社 學藝部로 入社해 갔던
것이다.

그리고 崔泳柱씨와 李정호씨, 崔씨는 「新女性」을 편집하고있었는

데………져 있었고 李씨는 小波 方정환의애제자로서 특히 그의 童譯本인 「사랑의학교」로써 아동문학계에 널리 이름이 알려진 「어린이」의주간이었다. 두사람에 대한 기억은 둘이 다 몸이 약해서 항상 골골하는 샌님들이었다는것. 그들은 내생각엔 가슴도좋질못하지않았나 생각이 들었다. 한마디로 해서 이 두사람은 무척 얌전들하고 인간성이 선량한 사람들이었다는 인상으로 남아있다.

記者로 날리다 作家로 名聲 人間관계 「제로」, 툭하면 화 버럭

이 가운데서 특히 나와 같은 文學分野의 동료로서 만난 사람이 두 사람있다. 하나는 작가 蔡萬植씨요, 또한사람은 그때 新進女流作家로 이름을날린 宋桂月씨다. 우선 그전부터 이름을 듣고 있던 作家는 蔡萬植씨

그러나 아직 그때까지는 채씨의작가적 지위는 확립되어 있지못한 것같았다. 작가보다도 차라리 신문기자로서 더 알려져있었다. 그는 개벽사에 「彗星誌」편집장으로 오기전에 동아일보사의 사회부기자의 경력을 갖고 있었다. 車상찬선생이 나를 소개시킬때도 그는 특히 「인터뷰」記事의 名手라고, 당시 경제학자이던 徐椿씨와의 「인터뷰」記事를 말해주기도 하였다. 그러나 채씨자신은 그런 신문기자로서 소개가 못마땅하다는 표정이었다. 그이유를 뒤에 알았다. 그는 그때 벌써 자기가 1流作家인것을자인하고있었기 때문이다. 특히 단편작가, 단편극작가로서의 자기실력을 과시하고 있었다. 그때 채씨는………劇이

란 이름을 붙여 2백字20枚내외의作品들을 많이 발표하고 있었는데 그 관계도 있었겠지만 그作品들이 모두 앙상한생선가시같은인상을 주어 뾰족한 날카로움이 있는대신에 전혀 作品的인情感이 오지않는 딱딱한 敎訓傳같은 인상이 왔다. 내가 기억키에는 그의 작품이 처음 인정받은것은 32年末에 新東亞誌에 낸「貨物自動車」에서이며 그뒤 33 年에 낸「레디메이드人生」이니「인테리빈대떡」이니 하는 작품들에와 선 비로소 채만식문학다운 한 틀이 잡혀가고 있었다고 본다.

그렇게 봐서 채만식은 내가 개벽사에서 첫 번으로 만난 한국의 작 가였던 것이다.

더 기억에 남는것은 채만식의 人間面이다. 위의 작품이야기에도 좀비 쳐졌지만 그의 대인관계같은 일상생활에 드러난 것은 과잉한 神經性이 었다.

말하자면 남들과의「휴먼·릴레이션」이 거의「제로」였다. 툭하면 버럭 화를 내고 반대를위한 반대, 남을 꼬집는버릇등 그때 내인상으 로선 나쁜버릇은 다가지고있는 인물처럼느껴졌다.

나는 본디 성격이둥글기만해서적어도일상생활에선 젊었을때부터 좀처럼남과 의견충돌을 하지않는 원만하다면 원만한편이어서 文壇의 好人! 운운의 명예스럽지 못한 이름도 붙여졌지만 그래서도 채만식의 신경성에만은 참을수가 없었다. 같은책상에 이마를 맞대고 앉아서 의견충돌을 피할수도 없는일, 하루에 평균 4, 5차례나 말다툼을 하는 형편 이었다.

그러나 뒤에생각할때에채만식은 그렇게 短氣한사람인만큼뒤가없 는사람, 지금생각하면 그와의 友情이 갈수록 깊어진사실이 우연이 아닌것을 나는 잘 알고있다.

•『대한일보』, 1969.7.17.

白鐵, 「나와 『開闢』시대」 <4>

女流作家와의 「러브신」 ④

내가 개벽사에 들었을때 그 「스탭」에 특히 내주목을 끄는 一點紅의 동료가 앉아있었다. 주간 차상찬씨가 나를 인도해서 돌면서인사를시켰다. 「잘 부탁합니다」하고 꾸벅했더니, 「송계월입니다」하고 간단하게 냉랭한 대답을하였다.

알고 보니, 宋桂月하면 개벽사 「스탭」에서 一點紅일뿐아니라 국내 외 「저널리즘」의 총인기를 모으다시피하고있는 長安의 一點紅격이었다. 내인사에 대한 그의 대답이 냉랭할 수밖에….

그러면 「미스宋」의人氣는 어디서온것이던가. 물론 먼저는 그의美貌 특히 현대여성다운 前衛派的인 美, 그의 새침한교만스러운 얼굴은 눈꼬리가 약간올라간데다가 높은콧마루가 날카롭게 섰고 얼굴전체의 윤곽이 분명한 整形美 그리고 균형이잡힌몸매전체에서 「모더니티」가 느껴졌는데 이런美人조건만을 가지고도 장안의인기를 끌만한일, 그런데 그위에 宋은 女性 運動者였다. 아직 女高시절의어린나이로 「장·다르크」와같이光州事件의抗日전선의앞장을 섰다. 대번에 「센세이

션」을일으켰다.

그런앞뒤의 여건들때문에개벽사에서는宋을『新女性』誌의 일선기자
로서초빙하다시피 모셔온것이다.

내가들어갔을때 宋은당당한女記者요, 또인기높은 女流作家이기도
했다. 30年代의 사회만 해도 여자가 글을쓴다는 그자체가 「저널리즘」
의주목을끄는일. 신변잡기같은수필하나를쓰면벌써 女流文人이란 이
름을 붙여주었는데 하물며 위의 인기에 다시 글을쓴다고하니 宋桂月
이 女流作家로 인정을 받게된것도당연하다. 그러한宋이 소개하는白面
書生의나에게 냉담한 대답을할수밖에….

그러나 그때 내 自身의 입장으로하면 「도꾜」에서 문예운동의 일선
적인 새경험과 새지식을 혼자서 가지고 온것처럼 자기도취하고 있었
으니 만큼 내나름대로의 「프라이드」같은 점을 갖고있었기때문에 저
면저이지내가 그의 앞에 꿀릴것이 있느냐하는 태도를 거의 敵意를
느끼듯이가졌던것이다. 前項에서도 이야기한대로 나는 그 신지식을
총동원해서 이것저것의 記事에 손을 댔다. 文學 藝術에대한 글들은
말할 것도 없고 심지어 국제 정세 관한것, 경제 운동의의의등 닥치는
대로 써냈다. 물론별명들로 썼기 때문에 목차에 중복되지는않았지만
어느달號의彗星誌에는내가 쓴 글들이 일곱개씩이나올라있었다.

그러나 이글들중에서특히 주변의주목을 끌었던것은現代世界文學에
대한글, 그리고 무엇보다도 創作月評같은時評文이었다.

나는그때배워온新知識, 그것도순수한 文學知識이 아니고 「마르크시
즘」의文學論, 이데올로기文學의 입장에서 국내의 作品들에대하여 거
의 좌충우돌을 하다시피 評筆을 휘두른것이다.

이蠻勇者앞에는 先輩作家도 없고 旣成의 지위도 눈에 뵈지않았다. 그 作家, 그 作品들이 모두 내가 휘두르는 「이데올로기」의基準에선 마구 얻어맞는데 안성맞춤들이었던것이다. 그래서그때 朝鮮日步의 學藝部長으로있던 夕影 安碩柱는 그가 연재한 文壇漫畵에서흘으러진 머리칼, 함부로입은外套자락, 꾸겨든 中折帽子로 내 街頭의모양을 내놓고 제목을 「鬪鷄」라고 붙였다. 夕影의 말이 나왔으니 말이지 내가 1931年에 처음으로 국내신문에寄稿한데가 조선일보요 또내가신문계에서처음으로 만난사람이 夕影이다. 내가 八峯이나一步등을만난것도 朝鮮日報에서였다. 夕影은 그때내만용의 철없는 행동을한애교로보았든지 늘 호감을갖고 대해주었다.

찬겨울 뒷골목 거닐며 密會 新知識 총동원, 旣成作家도 批評

夕影은 그뒤신문계를 떠나서영화계에투신을 했으나 이때사귄友情은변함없이계속되었다. 어쨌든이때 내젊은 패기와 그 猪突的인문단공격이 宋양의 주목을끌게된 셈이다. 宋한테 뒤에 들은 이야긴데 李孝石을만났을때에 「白」이란 사람은 대체 어떤 인물이냐고 묻더라는 것이다. 내게대한 이런好奇心은 春園의 신경까지도 건드렸던모양이다. 몇년뒤의 일인데 내가 水泳을 좋아하기때문에 元山 松濤園에갔을때 그여름에 春園도 거기와있었다. 내가 송도원을 걸어가는것을 보고 옆사람한테 저사람이 「白」이란사람이냐, 만용이 좀지나친… 하고 쓴 입맛을다셨다는 것이다.

그러나 이런일들이 宋과같은 젊은 女性 그리고 좌익전선에 접근해 있던 그에게는 커다란 호기심과 함께 호감을 갖게한듯하다. 우리두 사람은 어느새 서로 가까와지고있었다. 社內에서는일체그런 氣色은 나타내지않았으나 社의門을 나서면 두사람은 서로 약속한듯이 만났다. 요즈음말로하면 「데이트」를한 것이다. 만나면 무엇인지 열심히 토론하였다. 가끔 宋이 쓴 작품을 갖고이야기도 했다. 그때 宋이 써낸 作品으로서 기억에남는 것은 「街頭連絡」(三千里誌)이란 단편이다. 제목 그대로地下運動의한장면을 「메인·신」으로한 것인데 그연락장면 묘사에는 내지식이 많이작용한것이었다. 우리는 劇場에도 같이갔다. 기억되는것은 團成社에 崔承喜 무용을구경갔던 일이다.

그때 崔承喜는 石井漠의 門下를 나와자기독립의처녀공연을하던때였다.

소위 「프롤레타리아」舞踊이란것인데마구 주먹을 휘두르고 있는 조잡한것이었다. 宋은 그 무용에퍽 감격하고 있었다. 그날밤은 날씨도 춥고 바람이 거세게 불었다. 두사람은 바람부는 뒷골목을 거닐면서 여러가지 이야기를 몸전체의 표정으로써 나누고 있었다. 날씨가 추울수록 두사람의 관계는 더욱 가까워져가고 있은 것이다. 宋과의 애정이야기는 이제 내게는 한傳說이되었다.

그만큼 내젊은시절의기념탑같은것이다. 그애정은 내가정의 환경과 뒤이어 온 宋의 病死로써 未完成曲으로 끝나고말았으나 그애정관계는 이바람부는 시절속에 엉켜진 별다른 情熱의 歷史같이 내기억에 남아있다.

•『대한일보』, 1969.7.29.

白鐵, 「나와 『開闢』시대」 <5>

프로詩人 林和와의 交接 ⑤

이제 나의 문단초기의交友關係에있어서 「프로」文學派, 구체적으로
는 「카프」의 文藝人들과의 접촉이야기가될차례이다.

내가 31년가을에귀국할때에는 내 자신이 「마르크시즘」에 대하여
자기반성과 회의를 갖기 시작한 때문에 처음엔국내에서 「카프」에 참
가할의사는 거의없었던것인데 그러나 결국 「카프」와의 접선은 거의
불가피한 일이었다. 그것은 내가 귀국하기전에 日本………에 귀국을
하자 자동적으로 신분이 「카프」로轉入籍이 되어있었다는것을 뒤에가
서 안일이다. 그것은 내가 귀국해서 약 반년뒤의 일이다.

내가 귀국해서 開闢社에 입사했을때는 마침 「카프」의주요간부들이
日本警察(鐘路경찰서)에 검거구속중에 있었다.

세상에서 이른바 「카프」제1次검거사건 그해5月에 있었는데 그해겨
울까지 이사건은 풀리지않고있다가연말에 가서야 金南天몇사람들만
起訴되고 나머지사람들은 기소유예로 석방된것이다. 1次검거사건이
계기가 되어 「프로」文學의운동전략을 둘러싸고 주요간부들간에 의견

이갈려서 차차 「카프」내………강경파가 대립을하던중 34년의 소위第
2次 「카프」검거사건까지 계속되어갔던것이다. 내가 「카프」와 접속한
것은 그러한 「프로」文學情勢속에서였다. 32年 어느날午後라고 기억한
다. 개벽사로 전화가걸려왔다. 林和라고했다. 한번 만나보고싶다는것
이다. 급히저녁이라도惠化洞의 『集團』社에좀와주면좋겠다는것이다.
친절한듯한목소리에 어딘지 지령을 내리는듯한 底力있는목소리였다.
그렇게하자고 대답할수밖에 없었다. 그때 「카프」는 기관지격인大衆
誌로서 『集團』을 내고있었다. 그전에 開城支部와 사이의 『群旗』쟁탈의
사건이 있은뒤 「카프」가 따로이 『集團』………지만 혜화동의 어느부근
이었다. 그때만해도 그근처는 집들도 많이 들어서지않고 혜화동이라
면 아직 앵도밭으로 알려져 있었으니까 지금가보면 거의 짐작이 안
가지만 어림잡고 지금 혜화동 「로터리」의 파출소있는 근처가 아니던
가 한다.

배갈 놓고 「카프」文學에 氣焰 아내의 중재로 두사람 交誼 지속

처음 만났을때 林和의인상은 우선 「핸섬」한 「모던·보이」라는 엉
뚱한 인상을 받았다. 이사람이 「프로」문학의 「리더」인가 뜻밖으로생
각될만큼세련된 靑年紳士라는 느낌같은것이었다.

그는 이때 文壇地位로서도 이미중진의 詩人, 評論家의 자리를 차지
하고있는 권위같은것을갖고 나를 대하였다. 한 절반은 일본말을섞어
서 대화를 하고있었는데 능변은 아니지만 퍽 침착한 어조를 유지하

려고 노력하는 듯했다. 우선 왜 그렇게 오랫동안 연락을 않고있었느냐, 「나프」側으로서 벌써 작년말에 연락이 와있었다는 이야기로서 문책비슷한것을 해오는데는 답변이 거북한 대목도있었으나 그러나 초대면의 자리가 어색할정도는 아니었다. 林和는 정세가 어려워지는것과 그기회에 민족개량파적인 분열파가 세력을 펴게되리라는 것과 거기대하여 「카프」는가깝게중앙위원들을 개편하고 진영을 쇄신할 필요를이야기하면서새진영의한사람이되어 일을해줘야겠다는 이야기등을 하였다. 그때 集團社에 같이앉아있는 사람들은 尹基鼎과 지금 內外問題研究所의 소장인 韓載德등이었다고 기억한다. 우리는 초면의 모임을 가진기분이라고 하면서 근처에 있는 조그마한 중국요리집에가서 잡채 한그릇과 배갈 두 도꾸리로 기염을 토하였다. 어쨌든 이렇게하여 林和와의同志的인 交誼는 시작되었던 것이다.

그런데 林和와 나와의 交誼관계는 지금 생각 해도 이상한것이 었다고 생각될이만큼 오래 계속되었다. 두사람이 정말 가깝게 지낼수있은 것은 처음 만나고 나서 약 2년동안이라할까, 사상적으로나 개인관계에서 가까울수 있었으나, 33년부터 벌써 「카프」文學派에 修正論이 일어나는 가운데 내가 써낸 「人間描寫論」이 크게 말썽을 일으키는중 특히 林和가 맹렬한공격을 하고 나선 사실이다.

그 시절엔 서로 異見對立이란 곧 人間 對立이 되던 때인데 그런데도 林和와 나 사이는 그 의견대립을 넘어서 오래계속된셈이다. 거기에는 특수한일로서 34年의 「카프」第2次검거에 내가 「피컵」되어 1年동안 全州형무소에가있은일등이 두사람의 거리를 다시 좁힌사실도 있지만 그러나 35年末에 내가 형무소서나온뒤 계속해서 人間論을 주장하여 「프로」文學의 機械主義를 공격하는 일들이 늘 林和의 기분을 상하게했는데, 여전히 두사람의 교의가 계속될수있은것은 그중간에 林和의 아내인 李現郁(뒤에池河童이란 필명으로 作家)이 있어서 늘 화해를 시킨때문인줄안다. 李現郁은 馬山에있는 유명한 사회주의집안의 여성으로서 우리가 형무소에 있을때에 馬山으로정양을 가있던 林和(그때 林和는 前妻인 李貴禮와 이혼하고 폐병의 진단을받고 馬山에가 있었다)와 결혼한뒤였다.

• 『대한일보』, 1969.7.31.

白鐵, 「나와 『開闢』시대」 <끝>

「룸펜」時代의 이야기 ⑥

내가 개벽사에 記者로 있는 것은 1年半내외, 그뒤 兪鎭熙가발간을 하는 『新階段』편집을 맡았다가 그것도몇달못가서 나와버린뒤의 수년 간이란나의 「룸펜」시대, 내고난의 시기였다고할수있다.

요즈음은 「룸펜」이란말을 잘쓰지않지만 그시절엔 많이 쓰여진 말이다. 말하자면 일정한 職業이없이 늘고있는 사람들, 失業知識人의 신분을 「룸펜」이라고 했다. 그때 나는 문단친구들을 만날때마다 이제부터 나는 文學을 직업으로………

32年무렵부터 朝鮮日報도 재건이되고 신문사에서 내는 月刊誌들도 약간의 원고료를 지불하기 시작했지만 거기의존하고 生活을한다는것은 턱도 안닿는일이었다. 내가 처음 원고료라고 받은것은 32年가을 東亞日報(당시학예부장은徐恒錫)에 「마르크스」生後1백년에대한 글같은것을 3回쓰고 2원5십전인가의 원고료를 받은일이 기억에 남는다.

그리고 이만한 돈이라도 항용생기는 일이 아니던 것이다.

이렇게 되고보니까 「룸펜」의신세는 말이아니었다. 더 이상 집에서 돈을 가져다쓸수도 없거니와 이때 나는 집안에 없는 사회주의자가 되었다고해서 집으로부터는 일본말의 「간또오」(堪當)를 당하다시피 되어있었다.

남은수단은 책을 파는일밖에 없었다. 내가 高師 시절에 사모은 서적이 英書·日書를 합하여 종이 5, 6百券은 넘었는데 그책들이 유일한 생도의 재산이었던것이다. 그위에다가 「룸펜」은나혼자만이아니었다. 내주변에 있는 소위 「프로」文藝人들이란林和로부터가고급 「룸펜」이었다. 심심하면 그는 「스틱」을이끌고(林和는 중절모자에 양산대같은 「스틱」을늘끌고다녔다) 졸개들을 몰고 왔다.

그때 같이오던 사람들은 연극을하던 申鼓頌, 李尙春등과 詩人으로 李燦등이라고 생각난다. 올때마다 내승낙도 맡는법없이 값이나갈만한 책들을 뽑았내었다. 저녁을 먹으러가자는 것이다. 하는 말들이 걸작이었다. 어차피 「부르좌」의 책들은 「프로」文學者들에겐 일푼의 가치도 없는것이니까 이렇게쓰는것이 제일이라는 것이다.

책팔아 호떡으로 배채우며… 연모하던 S, 알고보니 林을 사랑

그런생활을 했으니 요즈음 우리문단인의 생활과 대조할때는 비교가안될이만큼 엉망진창이었다. 이때내가안국동에있는 중국호떡가게에 들어가서 5전짜리 호떡을 사먹던이야기가 文壇「고십」으로서중앙일보엔가났던일도있었다. 「胡(好人)人××와胡떡」이라는 제목까지붙여서말이다. 그러나 이땐 이상한사회풍조가되어서 그런생활상을 남한

테뵈는것이 조금도수치가 아니었던 때임을 짐작할 수 있다.

한데 화제는 다시 책이야기이다. 그렇게 들어내다보니까 몇 달이 못가서 책들태반이 거들이 났다. 이제 1, 2백권이나 될까하고 차차 더생활의 위협을 느끼는무렵 救世主가나타났다. 許俊이었다. 그는 33년에 日本서 法政大學佛文學科를中退하고 귀국한 문학청년이었는데 나와는 같은 고향의 선·후배의관계같은것이었기 때문에 곧 동정이 든 모양이었다. 樂園洞에서 자기외할머니가 旅舘을하니까 그리로 下宿을 옮겨버리자는것이다. 방값은 어떻게 될것이라는 미분명한 조건으로써 방을 옮겼고 또 수개월………으로 둔다는생각은 처음부터없은듯했다. 두달만엔가 숙식비 독촉이 나오고, 시비가 오가고하다가 결국은 그나마 남아있는책 수백권을 차압당하고 쫓겨난 일도 있었다.

그러나 내게는 人福이 있었다 할까, 다른「패터런」이 나타났다. 현재 건국대학교의 이사장인 劉석창박사가 그분이다. 劉박사는 그때 종로에서民衆醫院을 경영하고 있었는데, 그때朝鮮新聞이라는 日文신문의 기자를하고 있던 黃文哲씨의 소개로 劉博士와알게되고 그것이 계기가되어 그뒤1年나머지를 嘉會洞에 있던 劉씨집에서 기숙하게 된것이다. 이기간의 나의 문단생활………가지「에피소드」가있지만 일일이 써낼여가가 없다. 어쨌든 내가 본의든 본의아니든간에「카프」에투신했던결과는 34年의 第2次「카프」사건에 연좌되어 1年半동안 全州형무소의「悲哀의 城舍」(내가형무소에서 나와쓴 隨筆의제목)에서지내게 된것이다.

이제 林和와의 交友錄에서 後日譚 하나를 기술하고 30年代의 내文壇交友錄을 끝내려고한다. 내가 형무소에서 다녀나온 이듬해니까

1936年 이야기가된다. 金南天의 小說集이든가의 出版紀念석상에서 林
和夫婦의 소개로 S라는 馬山出身의 젊은女性을 만난일이다. 그자리에
서 맥주한잔씩을 마신기분의 도움을받아 그날저녁 두사람은 대담하
게 손길을마주잡고 嘉會洞길을 걸었다. S가 馬山에 남편을 두고와있
는 본가집이 가회동이었는데 마침 내下宿집도 그근방이었다.

  그런 인연으로해서 두사람은 매일아침 같이만나서 뒷산길을 산책
하는 사이가 되고 그의 얼굴과총명에 호감을 갖기시작한 나는 뒤이
어 애정까지 느끼게 되었다. 그러나 S쪽에선 好意를 보이는듯 마는듯
좀처럼 아무런 기회도 주지 않은채 수개월을 지난뒤의 어느날 林和
의집뒤 잔디밭에서 林和의夫人 李현욱이 내게 충고하듯이 알려줬다.
S는 林을 사랑한다는 것이다. 그기미도 못차리고 S를 좋아하는 내가
딱하다는 것이다. S와 林和와의관계에 대해서 여러 가지 사실을 이야
기해 주었다. 나는 그순간 자기수모같은 감정과 함께 背信을 당한것
같은 노여움을 금할수 없었다. 林和는 매일같이 만나는 나에게 한번
도 그런 기미를 말한 일이 없었던 것이다.

• 『대한일보』, 1969.8.5.

제2장
처녀출산

史又春, 「거리의굴쑥새! 風聞製造業者」

엇재서風聞은製造되였나
★★★保護色미테숨은事實의打錄診★★★

마치 굴쑥새의날름새처럼 거리에서 거리로 몸을감추어가며 돌아다니는風聞! 어데서오고 어데로굴러갈지 종잡을수업는 가지가지의 風聞!

엇던째는 터문업는 조선의마돈나를 만들어내고 엇던째는 當者몰으는 結婚式도 擧行식히고-그리하야 雜誌요십欄을쑤렷하게 裝飾해주고-가지가지로 말성을피우고 우름을울키는 밋그래미가튼風聞!

대관절엇재서 무엇째문에風聞의실마리는 푸러저나오고 누가엇더한報復(?)엇더한心事(?)로 이것을製造하엿든가?

最近 몃몃女性을 싸고날느든 風聞의 오락지를붓잡아 그發端을캐여 썸댕안진 굴쑥모퉁이의 굴쑥새처럼 保護色을가지고 너털우슴치든 風聞製造者의 正體를밝히어볼가한다.

미쓰·안과서울참새

남의이야기 조와하는 서울참새들사이에 미쓰·안의 새로운 「뉴-쓰(飛報)」가 다름질첫다.

갈오대-미쓰·안이 지난여름에 M이라는 돈가진 靑年의 第二夫人이되야 蜜月旅行을하였다.

그러나 이 「飛報」를밧는이들은 대개가 설마-하는 말로 그댓구의 첫마듸를 발하였다. 그러한댓구를 발하게한데는 두가지짜닭이잇섯스니 하나는 미쓰·안이아모리 마음이박귀엿다(?)고하드라도 남의小室로가리라고는 밋어지지안는것-다시말하면 그가지금까지 보이여온 信條와態度를보면 斷然코 그러한類의小姐가 아니라는 그것이요 또하나는 그에게는 지금까지 너무나허튼 「飛報」가 옹달샘처럼 소사나왓든것-다시말하면 新聞의中國消息과가티 너무나 事實업는事實이報道되엿든 것이 그것이엿다.

R氏와의結婚風聞 K氏와의結婚風說 等等이모다 그것이엿다. 事實로 미쓰·안이 서울에 쩨뷰-한以後 그의一動一靜은 모조리 서울참새들의입을 놀니게하였고 또 風聞을지으게하엿다. 그러한중에도 甚하엿든것은 K氏와의風聞이엿다.

某日某時某處에서 結婚式을擧行한다고까지 「飛報」의 確實性을 뒷도장처서 내돌니여 새슬슬업게 미쓰·안에게 인사를간이도잇섯고 K氏에게 電話로 眞否를캐여본이도잇섯다한다.

마침 그소문은 R氏와의風聞이 막掃淸(?)되랴고하든째라 多事한어느친구는 R氏의열적을 것을 몹시同情을하기까지하엿섯다. 그러든차에 이번에는 話頭에存在가업든 白面靑年M을登場식혀 서울참새의혀끗을 싸불게하고 그리고 미쓰·안의風聞도 한거름을 더쩨여다가 蜜月旅行 싸지로 進級(?)을식히여 퍼치엇다.

그리고 例에依하야 이 「飛報」에도 事實性을뒷도장치기위하야 N이 란사람이 車中에서 보앗다. T라는이는 旅館에서 맛낫다하야 대엿다.

그러나 이 「飛報」도 亦是 미쓰·안에게잇서서는 어둔밤의 홍두깨 以上 터문업는 억울한事實이다. 만일에 그어느當年이엿드면 「석자세 치」목을매게할 그마마한 소식이엿다. 그러나 多幸히 미쓰·안은 소문 만에 목을매일 그러한女性은 아니다. 다만 쓴우슴으로 흘녀가는 이風 聞을 저울질하고 짝사리업는朝鮮의오늘을흘겨만볼뿐이엿다.

그러면 그싸위님자모르는飛報는 엇재서 무엇쌔문에 생겨나왓느냐? 그說明은 簡單하지가안타. 그러나 단말에끈으라고하면 明眸有罪란말 을 대신하야 有名有罪라고하면 엇덜가한다.

미쓰·안이 서울社會에 쩨뷰-한한 것은 우에잠간 緊치안은風聞의 主人公으로紹介한 K氏의紹介에서엿다. 그쌔는 서울社會의 이름가진女 性들이 거지반 바람에 불려쩌러지고 그러치안으면 鍍金이벗겨저서 中古品으로轉落이되랴하든 참이엿섯다. 그쌔에 미쓰·안의出現은 確 然하게 빗을내이엿다.

서울의참새들은 지저기어댈 새話題를차저내엿다. 더구나 그의 목 성슬어운人品이 우선 전날의有名女에게서 찻지못하든 것을 가지고잇 는것. 그리고 그의글이整頓되여 條理를가지고 붓을달니는것. 쏘 한가 지 그가 MISS라는것. 等等의事實은 그들에게 더한층 話題를 延長식혀 가게하야주엇다.

그와同時에 前날의有名女들이 당하든것과가티 그의뒤에도 불상한 무리(?)가 쌀으게되엿다. 엇던이는 추근추근하게 엇던이는 그늘에서 엇던이는 양지에서 「男性의嬌態」를 피우기시작하얏다.

俗 말에 열 번찍어 안넘어가는 나무가잇느냐? 하는 말이잇스나 그러나 미쓰·안에게잇서서는 그리쉽게그것이 適用이되지를안앗다. 인제 이맘째는 무슨結末과 새話題가 나오리라하든 서울참새의입은 공연이 궁숭그리어젓다.

그의굵은거름거리는 지금까지의 女性이가젓든 간들간들한그것과는 짠판이엿다. 그의行動은 조흔意味에잇서서의 「近代女性」의 타이틀을 짊어지고 나가는感을 주엇다. 그리하야 전날의有名女들이 바람에 날나써러저가든 그前轍을 하나하나 지어버리는것가탓다.

여기 참새들에게는 不滿(?)이생기엿다. 即 미쓰·안이 다른그네들과가티 얼는 「분홍·뉴-스」를던저주지안는 것이 「화」가낫든것이다. 그리하야 어느슬기슬어운有志가 「模擬분홍뉴-스」를 製作한것이다.

그리하기위하야 그는 그의 一擧手 一投足에留意를하얏다. 언젠가 그의손에 반지가 끼워저잇섯다. 그런지 一週日도못되여서 첫재번뉴-스가 핑그를돌앗다. 그리고 그것이 벳겨질듯하니까 들재 뉴-스를製作하얏다 그리하야 그어느 一種의 男性이가진 ●盆의한쪽구석을 滿足식히는것이엿다.

所謂 이번의 「飛報」라는것도 말하면 지난여름 그의 親友한사람과 (그러나 親友라는말에 神經過敏을 일으키지마라 그는 그와同性의親友다) 잠간 元山까지갓다가 도라오는길에 釋王寺에들니어 한나절을 松林에거닐고도라왓섯는데 不幸—그釋王寺에 「飛報의製作者」가 웅숭그

리고 잇섯든것이다. 그의머리에 번개가티번듯인 것은 미쓰·안을맛나기전에 얼골을본 M이라는靑年. 언젠가 서울길거리에서 미쓰·안과 이야기하는 것을 본일이잇섯든記憶과 여긔두사람을 거이同時間에맛난 것을 聯想식혀본 「製作者」는 힘안드리고 初號三段의 「飛報」를 작만하엿든것이라한다.

「조선의女性들이 社會的活動을 하지안는다고 제법코큰소리들을하지만 이러케까지 귀아푸게 직거려내고 추잡슬업게 흔들어대는데 정이할수업스면몰라 그러치안타면 무엇하러 하로라도더 잇슬맘이 나겟습니까?」

하는 歎息을 쏩게한다.

「飛報!」「飛報!」서울社會人의度量은 健實이커가려는 小姐네를 이러케흔들어야할것인가? 흔들고흔들어서 落葉을지어노코야 會心의우슴을 웃으려고하는가? 이대답으로 여기는 내가 설마―라는말을 쓰려고한다. 아모리 서울이 진흙구렁으로 흘른다하드라도 설마―하고. ???

그리고 「아가씨들이여 더勇敢하라!」하는 주저에넘는부탁을부치고서 서울의 「飛報」는 이러케 실업슨것이란것의한쪽을 이야기하야 「飛報」의 「飛報」다운 것을 말해드리는것이다.

마돈나의風聞製作

서울雜誌界에서일을하는 S라는處女가 병이들어 가엽게落鄕을하얏다. 그러나 S그處子도 서울有名女性의 한사람이엿는지라 짜라서 그의

뒤에는 직거리기조와하는 참새쎄가 눈을밝히고잇섯스며 그를 건드려보려는 有志들이 틈을겨누고잇섯섯다. 그有志들중에 한名士가 잇서서 자긔한사람만밋으라는 밋기를가지고 親近以上의親近을 試驗하랴는胃險을하다가 失敗를보고는 그화푸리로 風聞供給一手取扱을하든참에 落鄕消息이 傳하엿다. 그러니까 「至急特電」으로 서울참새의귀를 울려주는것이 S處子는 病으로落鄕한것이아니라 「마돈나」가되려고 「베들네힘」에간것이라는 「風聞」이엿다.

그러나 이名士氏의 最後製作品은 結局에 S處子의 故鄕으로부터 도라오는이들의 消息으로하야 正體가나타나고 名士氏의낫은 말못되게 되엿다.

그뒤 S處子는 몸이回復되야 다시전날의 마튼일을 계속하기로하고 그의入京說을 傳하엿다. 그러자 그와함께 새風聞이흘러낫스니 S處子가 玉童子를안고 淸凉里驛에서 나리엿다는것이엿다.

시골에누어서 자긔에게씨어진 「드럽은소문」을 듯고 펄펄쮜는 S處子는 서울에올라오든마테 쏘이風聞이나니까 너무기가막혀서 그여코 出處를캐어노코 겨루어 보랴하엿다. 그러나 「風聞」이란 원체가 몸둥이를가지지안은것이라 그꼴을찻기어렵고 그근본을 더듬기는 더어려운일이엿다.

그런데 그쌔에 某雜誌쏘십欄은 철업시 그소문을바다서傳하기를 玉童子云云하여노코 아기아버지가 어데도잇고 어데도잇고하야 직거리어노앗다. S處子의病後의 銳敏한神經은 더칼꼿가태지어가지고 그雜誌社를訪問하엿다. 그雜誌社에서는 이記事를실어노닛가 정작그記事를쓴 筆者가 시골로나려가면서 葉書를씌우기를 「이번 쏘십란記事中에 S處

子에대한이야기는 아무개의말을듯고쓴것인데 사실이아닌듯하니 取
消하여라」하는것이엿다. 그러나 그때는 책이임이 市井에나간쌔니 雜
誌社로서는 거분슬어운처지가되엿는데 S處子가차자왓다. 일이 일어
케되니까 썻대여보지도안하고 (원체로 雜誌장수들이란 썬썬하게쌔지
썻대는법이다. 엇더한경우에든지) 말방패로 葉書를내주엇다.

「일이이러케된것이니 未安하지만 엇더케합니까? 더구나 그말이 다
른사람의말도아니고 당신과친한동무요 쏘 당신의사정을 잘알만한사
람의 말이엿스니까 그사람도 쓴것이겟지요.」

하고 그雜誌社에서는 발을쌔끗하게 쌔이려고만 하엿다.

여기서 S處子는 한번撫然한歎息을 하지안을수업섯다.

아모러기로서니 C가(葉書에씨인이름) 이런말을 낼수가잇슬가? 친
한친구요 그리고 가튼地方에서 가티나와서 가튼方面의 일을하고잇는
C가 엇재서 이런風聞의製作者? 아니 播種者의노릇을 하얏슬가?

정말 서로의정이란것도 의리란것도 아무것도싸질수 업는세상이
로구나! 조고마한 處子의가슴은 쎌째로쒸고 주먹은 주먹대로 쥡히
어것다.

그러나 그는 다시한번 생각을능치어서 C를맛나면 C의입에서 엇더
한말이 잇슬것이려니 그리고 그葉書의말이 그릇된것을 證明해주려니
하야 곳 C를차저갓섯다.

만은 事實은 S處子의마음대로 그러케 順理가아니엿섯다. C處子-即
그의친구는 葉書에씨인말을 고처줄 아모辨明을 갓지못하는것이엿다.

C處子-그러나 지금은 處子이면서 아기어머니가된마돈나 아니아니
結婚하지안은어머니-는 「사랑」으로만 얽히어진 某活動寫眞監督?과

의 生活을누리면서도 마음한구석에는 수접고 거북한생각이 끼어잇섯든것이엿다. 그럴째에 S處子의落鄕과 거기짜른風聞! 가엽게도 그이는 자긔의伴侶가 생긴것을 깃버하얏다 그러나 S處子의歸京 쏘 風聞의掃淸! 마돈나 C는 마음이서운하얏다. 적은시샘이 피ㅅ줄로 사르르다름질치엇다.

그리하야 그는 엇더케風聞을 좀더크게만들어서 세상의눈을 그리로 쓸니게 해보려하얏든것이엿다. 그러기에는 자긔는 퍽有利한立場이엿고 쏘 챤쓰가조왓다. 곳「風聞」의複製를 斷行하얏다. 玉童子를 나어가지고 나럿는데 云云한것이엿다.

그러나 가엽게도 마돈나C女의 이製造品은 굴쑥새다운 保護色이엷엇섯다. 製造品은 그래도 雜誌쓰십欄에 실은機會까지를주엇스나 자긔의正體는 그대로 거기서 나타나버리지안으면 안되게되엿든것이엿다.

이리하야 서울거리의風聞이란 얼마나大脆하게 그리고 얼마나孟浪슬업게 製造되는가를 우리들에게 일깨어주고 그리고 그것을 製造하는人間들의 心理가 얼마나얄구진것인가를 이야기하야주엇다.

굴쑥새와白花

小說白花가 東亞紙上에 連載되엿다.

閨秀의作品이 新聞에連載되기는 조선에서稀한한일이엿고 거긔다 그作者朴花城女史란이의 出現이 쏘한彗星的이엿는지라 그作品에대한 好奇와 花城女史에대한 궁금증이 자못커지엇다.

거기다가 白花가連載된이후 일반으로評判이 언잔하지안앗다. 그리고보니 白花와 그作者의 人氣(?)가 생기고 存在가 스게되엿다. 그러니까 이조고마한事實에 단연코 굴쑥새들은 그대로잇슬수가 업섯든것이다. 몸이군신거리어지엇다.

어느틈이고 비집어가지고 風聞을製造하야 흔들어보고가십헛다. 아니 흔들지안코는 못견듸겟섯다. 사람에게 「시샘」이라는것이 잇는것과가치 이굴쑥새무리에게도 그것은더컷다. 그리하야 엇더케든지 한번 그 「시샘」도풀겸 작난을해보고 십헛든것이다.

그러고잇는참에 그바늘귀가 퉁겨젓스니 그것은 「借作」이라는이름을 씨워버리자는것이다. 아니 女子들작품에는 지금까지 「借作」이라는 것이만앗다. 그러고보면 이번이作品도 그런것일지도몰은다. 그러고보면 作者그의뒤에 借作을하야줄만한 人物이잇는가? 오-라. 그의오라비齊民이잇다. 그는 전날에 글도좀썻고 하얏스니까? 그것에틀님이업다. 그러면그러치 「白花」는 처음으로 글을써보는이의 솜씨갓지가안터라. 엇전지 처음부터 수상햇섯서… 하는流의推理가 新版風聞하나를 製作하얏다.

이리하야서 白花는 花城의作이아니다! 하는結論과 그 證明으로 그것은 그의오라비 齊民의 作品이라하는 附箋을부처서 市場으로내보내엿다. 그러고보니 白花의 作者는 쓴우슴을치지 안을수업는일이지만은 어리석은 백성들에게는 아니 서울의참새쪄들에게는 白花그小說보담도 이所聞이더자미가잇섯다. 그리고 그作者의反駁文이기다려지면서 花城이가 무엇이라고 대답하나 기다려보자! 하는기운이 서울에쩌 돌앗다.

오- 그製作者 굴쑥새는 얼마나자미가잇고 또 질녀논불이타나가는 것을보고 얼마나유쾌한너털우슴을 첫슬것인가? 그러면-너는무슨압지락이길어서 갓잔은소리를하고잇느냐? 花城의 小說이 정말花城의小說이라고하는무슨確證을잡아가지고 이런소리를하느냐?

나는그대답을하기전에 이대답을먼저하겟다. 花城의借作問題를 써드는人間이 웨더正當하게 이름을못내노코 卑怯하기싹업게 이름을감추어가지고 제쪼리가들출어날가보아서 겁이나는놈가티 공연한기가나서 써들고잇섯느냐?는것이다. 거기에연극이잇다.

그리고 그風說의製作地라고 注目을밧는 花城의故鄕M에서는 이러한 第二飛報를 「中央」에다가 放送하고잇지안은가? 하는것이다. 即 이風說의製作者는 M에잇 薄倖한신세를한탄하는 自稱詩人李○○의所行인데 그秘密의열쇠는 同地某書●도지고잇는것이다. 그리하야 二十券팔든책을 三十券인가 팔앗다고하는것이다.

이리하야 M으로부터 同種의뉴-스는 各雜誌社投稿面을 더분잡슬업게하야주고잇스며 花城의反駁은너무점잔아못쓰겟스니 내反駁文을실으라는 同地方人士의義憤(?)에씰는글발이 各雜誌社編輯室에다가 話題를 만들어주고잇는것이다.

그리고보면 이風聞은 무슨소임을하엿는가? 결국에는 花城과白花의 宣傳以上아모것도 업섯다고생각한다. 귀여운굴쑥새들! 그네들은 각금연극아닌연극을만들어서 소위 거리의人氣를 製作해주고 써들어주고하야 고임을밧고잇는것이다. 직고까불고-新版을 製作하고 또그것을 取消하고 그래서 일업시 남의 販賣宣傳만하야주고 그리고 유쾌하다고 손바닥을치고-씃까지어엽분굴쑥새!

필시압흐로도 가지가지의 新版風聞은製作되리라. 그리고 製作者들은 썸댕안진굴뚝모퉁이로돌아다니며 꾀죄죄한몸맵시를하고안저서 손바닥을울니고잇슬것이리라 그러기에 첫재이야기에 「아가씨여더勇敢하라!」고하지안엇는가. 新版이나오고 新版이나오는것은 그쌔는不快하지만 人氣宣傳으로는 더우에업는 「良藥」이니 입에는쓰지만 참어두라고 그러타 現代人은 看板이 第一이다. 이름이 第一이다.

그대가 「有名」하야지랴거든 가여운서울굴뚝새들을 더욱귀여워해주고 飼養해주어야할것이아닌가.

• 『신여성』 6권12호, 1932.12.

紅衣童子, 「美人薄命哀史」

早逝한文壇의名花宋桂月孃

宋桂月!

그는 싹터나는 半島의女流文壇의 빗나는 별이엇다 그러나 그별빗은 맛치 瞬間의 눈을부시게하고마는 燐光과갓치도 너모나 덧업시 사라지고마랏다 天才는夭折한다 宋桂月孃도 일즉이——너모나일즉이 원통한一生을 맛초인 才媛의 한사람이엇다

글도잘쓰거니와 人物도고왓다 놉흔코 두렷한눈동자 날신한키 가다듬은듯한 두다리. 보는 이마다 눈을바로쓰지못할만한 豪華스러운얼골이엇다 그러나그의 개결한性格 肺를알는사람에게서나볼수잇는 날카롭고 가라안즌 感情의發露! 그가거리에나스면 그를아는사람이나 모르는 사람이나한번더바라보기를 주저할수는업든그이엇다.

×

그러나 모진돌이증을맛고 위하는아지가 눈을못본다고 그는 人物이 쮜어난탓으로 남의시긔를사고 才操가 넘치는탓으로 短命하얏는지도 모른다 이리하야 그亦是 地下에차마눈을감지못할 哀처로은 죽엄을하고 만것이다

그의文名이날니기는 그가女子商業學校를 맛치고 左翼文人들사히에 一點의紅彩를빗내일쌔부터이엇다 그는在學時부터 詩文에출중하얏스며 左翼文藝에기우러저 마즘내光州學生事件이 이러나자 리드役이되야 囹圄에呻吟하기에까지이르럿섯다 그의獄中記를읽은사람이잇다하면, 반다시 그의불길가튼 文才에반다시 敬歎하얏슬것이다.

□

宋桂月氏 職業에貴賤은업겟스나 그래도당신의 趣味는文藝에잇슬줄 아니 丁子屋은 내던지시고 雜誌社에 婦人記者가되야 뜻잇는活躍을하야주시요

이말을드를쌔 그는 꿈인가십헛다 丁子屋에女店員이된것은 決코그의 百年大計는안이엇다 自立獨行을하자 父母에게어더먹는게 무엇이 쩟쩟하랴 팔을것고나슨그는 執行猶豫가되야 出獄을하자마자 시골집의扶助를빌지안코 職業戰線으로쮜어나슨것이엇다 이로써 적으나마『桂月』은 한적은 苦痛에 勇敢히 돗을달고나슨格이엇다 바람도자즈리다 물결도세리다 그러나 그의意志는 能히 그것을 익일것 갓하얏다

「언니 婦人記者도좃치만 몸조섭도 좀하시요」

그의 동생되는 貞德孃은 얼골이해슥해가는 언니가原稿紙를들고 東

奔西走하는양을보고 멋번이나休養 하기를 간청 하얏는지 모른다

「안이다 일할나에는 일을해야한다 설마엇더켓늬」 그는 二十二歲의 가을銀魚와갓치 躍動할듯한自己의靑春을過信하얏다

「설마 엇더랴—아모려니 죽기야 하겟느냐」

그는이가튼信念을가지고 낫에는訪問에從事하고밤에는 글쓰기로일을삼아 보람잇는生活 갑잇는살님을즐겨왓다 더욱히그는北쪽나라 新昌이라는 東海의적은浦口의出生이다 한번내친거름은 도릇킬줄모르는 씩씩한女丈夫나갓치굿세인바가잇섯다

桂月이는그러케 얌잔하다가도 理論鬪爭에만드러스면 熱火가 소사오르는 긔개가잇서 건드리기가어렵도다

그의글동무들 사히에는이가튼 評이떠도랏다 그리하야그가낫타나는자리에는 一步를사양치 안는 조리밝은 舌端에 불길을 불너이릇켜 分明히그의存在는무리에 쒸어낫섯다

그러나 그의病勢는 그의씩씩한鬪志는 돌볼줄도모르겟다는드시 점점 가슴을좀먹어드러가니 이제는일이고 사랑이고, 主義이고 모도들 이저바리고 무엇보다도몬저 生命을붓드러야하겟다는 切迫한問題에걸녀 들고마랏다.

桂月이 고집만피지말고 故鄕에가서 조흔空氣와 틔업는日光을차저 爲先病을 곳처가지고오너라

그의親友들은 성화갓치 시골노가라고 등을미럿다

그럿치만 못잇는게 만하여엇더케가니

그는눈물을먹음엇다 文名도날니고 일터에도자미가붓고 마음을허락할수잇는 친고도생겨 地上이 자미잇기만해진 그에게 이모든것을바

리고 죽은드시잠드러잇는 新昌으로가라는것은맛치 산채로무덤자리를차저가라는말과 다름이업섯슬것이다 그러나하는수업시그는 昭和七年二月 —이왕이면 음력正月만지나고 父母게신데가서하겟다고 눈물을뿌리며 京城을써나北行車에 몸을시럿섯다

宋桂月이가 落鄉하얏다

는所聞은퍼젓다 이所聞만이면 놀나을일도업섯스렷만은 싀집도안간 宋桂月이가 아기를배가지고 시골노갓다는 얼도당토안은 소문이싸라서 도라다니게 되얏다

「머, 宋이 아기를배!」

「그결곡한체 하는 사람이」

「알수업는 일이로군」

이구석저모통이에서 수근거리는소리! 푸른물결맑은해빗新昌바다가에서 좀먹는가슴을 곳치기에만熱中하는그의귀에 이 기맛킨 流言은 청천의 벽력이엇다 죽으라면 죽는게낫지 차마드를 수업는억울하고 추잡한 소문이엇다醫師는 百첩藥보다 마음을安靜식키는게 有效하다고 맛날째마다 신신부탁을하얏스나 그는이소문을듯고 나서는하로밤하로낫을 울며지냇다

언니 病中에 어럿케 흥분을하시면 엇지함니가 봄싸지만 安靜하시면 快복되리리고 醫師가 장담을하얏는데

그의동생은 눈물을써서주다십히 病든언니를달내엇다 그러나 죽어도올케죽지못할 더러운 소리를듯고는 가만히잇슬수업는 그이엇다

안이다 죽어도좃타 죽드라도 내몸의潔白한것이나世上에알니고 죽어야한다

그는 咯血을해가면서도

서울노 간다

서울노 가게 해달라

고家族들을시달녓다 그러나 움즉이면 咯血이심해질넘려가잇다고
醫師와家族은 눈물을흘녀가며 말뉴하얏다 이러는동안에 쏫도지고 녀
름도가고가을은왓다 生凉이되여부터 그의 病勢는 저윽이도룻켜지게
되니 참기도오래참앗다는드시 十月中旬에이르러 그는急急히京城 ××
社로 도라드럿다 드러스는길노

나를누가 미워서 아해뱃다는 소문을 냇느냐고 무럿다 그는여러同
人들의 입을비러 자세한 眞相을알게되얏다 한다리 두다리 자리를말
드시 追窮을해놋코보니 虛ㅅ된所聞을지어낸사람은쭛밧게도 가장탐탁
한 일동모로밋고지나든 文壇의한 사람이안이엇는가 그는밋친사람갓
치 發악도해보왓다 몸부림도첫다 헛所聞을내인證據를 드러서 雜誌에
發表도하얏다 몃달동안 死力을다하야몸의潔白은 도룻켯스나 엇지하
리요 그동안心火와피곤은 아울너 病餘에 소복도못된 몸에-마음에 千
斤갓치 나려눌니고마니 엇지다시일어날힘인들잇섯스랴 北村막바지
下宿一隅에 그는두번자리에 쓰러저 咯血이 끈일날이업게되니

生사람 죽는다

는소리가낫다 中傷事件만업섯드면 그럿케 病이덧치지는안앗슬것
을 火김에쮜어다니며 너모나애를써서 病은急轉直下로덧치고마랏다
성한사람도 그만콤몸과마음을 無理하게쓰고보면 病이날것이어늘 하
믈며 겨오겨오머리를들고 어슴프레하게 정신이나려하든 그에게잇서
서랴! 그는겨오 해를넘기고 昭和八月三月달을 잡아들며 다시이러날수

업겟다는 醫師의宣告를듯고 多情튼 동모와 讀者들의 눈물의 전별을밧으며 동생의 팔길에의지하야 京城을 쩟낫다

서울아 잘잇거라 너는 나의목슴을 아서바리랴는 「사탄」의무리를 품고잇는 원망스러운 서울이다 그러나 그립다 못잇친다 다시못올이 길을 누라즐겨가겟느냐

그는驛頭에 전별을나온 尹聖相女史의손목을잡고

나는꼭죽기전에 당신에게 하소연할말이잇슴니다 꼭드러주서요

눈물은짓고 쩌나갓스나 무슨하소를하랴하얏는지 그는맛츰내입을 담을고마랏다 新昌으로 도라간지 두달이 다못가서 그의조라드러가든 목슴의심지는 까물거리기 始作하야 五月三十日下午한時! 푸른하날에 쩌도는 힌구름저편으로 그의고흔목슴은 사라저바리고마랏다

가엽다 二十三歲의 피어나는靑春이여

그는病席에呻吟하면서도 동생얼골만보면 참아죽기가원통하다는드시

貞德아 나는꼭사라야겟다 엇전일인지죽을마음은 조금도업다 할일은 만치나는 젊지……

그럿타 나가앗갑다 才操가앗갑다 人物이앗갑다싹트랴는 女流文壇에 그의할일 그에게期待하는바가 泰山갓하얏스니 엇지죽기가원통치 안앗스랴 동생이만일짜라서 울기나하면 그는야윈 아미를쯩기며

希望과幸福은 戰鬪의 記錄이다. 「센치」한 感情은 禁物이다.

秋霜가튼 긔개를 오히려 쩔치는 그이엇다

□

그가 世上을 써나든 날! 맑든하늘은 夕陽이 갓가워오며 젊믄靈魂을 吊喪하듯키 흐려지드니 눈물비가 부슬부슬 나리고 바다가에는 물새소래조차 구슬프게 들녀왓섯다. 그의 머리맛헤는 동생이 바다가에서 썩거다가 쏘자노흔 일홈모를 힌꼿한뭇금이 그의 죽음을 직힐뿐이요 家族外에는 臨終한사람하나 조차업는 쓸쓸한 最後이엇다.

나더러 자식을낫다고!-아-무섭다

마조막눈을감는 瞬間그는 이한마듸를남겻슬쑌이다

잿엇든그는 最後의一瞬까지 살기로만마음을 定햇는지라 그의遺稿를 더드머보면 모도가 希望과 平和에싸힌쑴가튼 記錄쑌이엇다 그의悲報를듯자 그의죽음을앗기는사람! 그의才質을앗기는사람! 아우렁소리가낫스나 슬프다 죽은 그를누고의 힘으로 다시불너올길이잇섯스랴

×

마즈막으로 그의遺稿一節을시러 그가마지막까지이만한 平和와希望을가젓다는 記憶을永遠히남겨두자

모진北風이 어즈러히 오래불든 北國漁村에도 이젠완연히 봄빗이 써돈다 경쾌한봄바람은 엄도다 입피는 풀닙의 香氣를전해주며 만경창파 큰물결에 고요히날쓴漁船의배ㅅ노래도 한층더한가로히 들녀온다 봄이다 쇳바람휘모라처드는 이쌍에도 인젠정말봄그분이 완연하다 나는아츰마다 밀려드는 파도에 발맛추며 海岸을걸을때 봄맛난 외갈메기 두활개짝펴고 바다가에춤추는것을보고는 혼자서 자신에사모친 속살거림을 이러케중얼거리엿다

自然의봄! 그것은왓다 그리고 이自然의봄에서 나는 그윽히人類의
봄을생각하고 새로운希望에웃는다. (新女性 追悼號에所載)

昭和七年五月七日아츰六時

新昌海岸에서

●『삼천리』 7권3호, 1935.3.

毛允淑, 「나의 交遊錄」

元老女流가 엮는 回顧

　내가 수십년간에 걸쳐서 友情을 나누어온 친구중에는 나이가 연배인 異性친구도 상당히 많은편인데 이는 평소 나이와 성별 그리고 국경까지도 초월해서 사귐을 가지려는 나의 적극적인 友情觀때문이었던것같다.

　1930년대 이래 사귀어온 異性친구중 아직도 친근하게 지내는 분들 가운데에는 李軒求씨가 있다. 劇藝術연구회가 주관했던「櫻花園」공연을 둘러싸고 李씨와의 월츠에대한 에피소드는 前回에서 이미 얘기했지만 그뒤로도 나와 李軒求씨와의 우정은 오늘날까지 지속되어오고 있다.

　그러나 나와 李씨 단둘이서 친했다기보다는 그와 가장 친하게 지내었던 시인 金珖燮씨와 연극인 朴珍씨등 소위「줄봉사」라는 별명으로 우리들 사이에서 불렸던 세분과 함께 다정한 우정을 지속해왔었다.

　이 세분의 친근한 관계는 「와세다」대학시절부터 싹튼것인데 하루가 멀다는 듯이 만나서 어울리는 이분들의 우정은 문단에서는 모르는 이가 없을 정도였다. 애주가였던 朴씨는 술에 취해있는 경우가 많아서 휘청거리는 다리를 가눌겸 지팡이를 늘 애용했었다.

술에 취한 박진씨의 지팡이를 끌어주며 지팡이를 같이 잡고 셋이서 나란히 걸어 가던 모습이 우리들의 눈에 띄었을때 폭소를 터뜨리지 않을수 없었다.

이 모습이 연유가 되어 시인 趙愛實씨가 이분들에게 「줄봉사」란 우스꽝스러운 별명을 갖다 붙인 것이었다. 이 세분과 나 그리고 崔貞熙씨 그리고 조애실씨는 각별히 친하게 지냈었는데 우리집에 곧잘 모여서 문학과 연극얘기로 즐거운 한때를 보내곤 했었다. 이들 세사람이 모두 예술인 특유의 비판적이고 예리한 성품을 지녔으나 어두운 시대를 인내하려는듯 독특한 유머와 위트로 세상을 풍자하곤 했었다.

지금도 내가 잊을수 없는 것은 「코리언 판타지」를 지휘하던 安益泰선생을 그대로 흉내내며 처음부터 끝까지 그곡을 지휘해내던 박진씨의 너무나 진지한 얼굴이다. 볼에다 힘을 주어 입을 부는 듯이 「한국환상곡」을 연주하시던 安선생의 얼굴을 본떠서 널찍한 얼굴을 바가지처럼 부풀리던 박진씨의 회화적인 얼굴이 지금도 눈에 선하다.

그당시 크고 작은 일이 있을때마다 모임의 센터처럼 우리집에 몰려와서 시를 낭송하거나 노래를 함께 부르던 모습들이 지금도 새삼스레 그리워지곤한다.

1969년 金珖燮씨가 오랫동안의 침묵을 깨고 시집 「城北洞 비둘기」를 펴냄으로써 노익장의 詩才를 과시했을때에도 우리는 자신들의 일처럼 즐거워했다.

그러나 무상한 세월은 사랑하는 친구들과 영영 이별해야하는 아픔을 겪게 해주었고 「줄봉사」중 李軒求씨만이 유일하게 지금까지 나와 교유하고 있다. 나의 슬픔보다도 두명의 知己를 먼저 저세상으로 떠나보낸 李軒求씨의 아쉬움이 더 클것이다.

나는 또한 梨專재학시절에 문학을 가르쳐주셨으며 무엇보다도 내게 가장 큰 감명을 불러일으켜준 문학작품인 「아나톨 프랑스」작 「타이스」와 「찰스 디킨스」의 작품을 읽도록 권해주신 卞榮魯선생과의 격의없는 우정도 잊을수 없다. 卞선생에 대한 에피소드는 다음 기회에 자세히 얘기하겠지만 내가 이회에서 그분들과의 흐뭇했던 교우관계를 특별히 추억하는 것은 남녀의 우정이 자유스럽게 피어나기 어려웠던 시대에 그분들이 나를 따스한 우정으로 감싸주셨기 때문일 것이다.

男女平等이나 여권신장을 자연스럽게 요구하고 부르짖을수도 없었던 전통사회에서 남자와 여자의 만남이 백안시되고 오해를 받던 세상에 이분들과의 순수한 우정은 나를 쓰러뜨리려는 사회의 뜬소문으로부터 방패막이구실을 해주기도 했었다.

독자들은 오히려 이해하기 힘이드는 옛얘기처럼 들릴지 모르지만 나나 朴花城씨 그리고 崔貞熙씨가 살아온 시대는 전통사회에서 현대사회로 넘어오는 과도기였으며 안방을 벗어나서 사회활동이나 예술활동을 펴는 일은 대단한 신념과 각오를 필요로했다.

1930년대 「별건곤」이란 잡지사에서 근무했던 미모의 여기자요 나와도 친했던 宋桂月씨가 별의별 고십에 견디다못해서 병석에 드러누웠다가 끝내 목숨을 잃었던 사건은 바로 그 시대를 살았던 여자들의 어려웠던 처지를 말해준다 하겠다.

　이루지못한 사랑과 갖가지의 소문에 시달려 세상을 하직해버린 송계월 씨와는 달리 오랜 세월을 살아온 덕분에 나와 주위의 몇몇 친구들은 이제 마음놓고 옛일을 회고하게 되었으니 그나마 행운아인 것 같다.

● 『동아일보』, 1981.8.31

제3장
송계월의
미모(美貌)

萬國夫人싸론

유-모리스트로서 이세상에 대단히 유쾌하고 명랑한 존재인 李瑞求 氏가 이상적현대미인을 구성하여 발표하엿슴니다.

1 絶世美人構成案

이(齒)는......朴仁德양의 이로

코는..........宋桂月양의 코로

눈섭은.........黃貴卿여사의 눈섭으로

눈은..........張德祚양의 눈으로

귀는..........崔貞熙여사의 귀로

입은..........玄松子양의 입으로

이상으로 얼골을 만든 다음에

손은..........丁七星여사의 손으로

발은..........金活蘭씨의 발로

키는.........姜淑烈여사의 키로

다리는.........崔承喜여사의 다리로

체격은.........金源珠양의 체격으로

목소리는........朴慶姫여사의 목소리로

이리하야 위대한 한 개의 종합예술품이 완성되엇습니다.

그러면 이러케 완성된 절세의 미인은 엇든분에게로 시집을 보낼가

여기서 好男子한분을 예술가로 일홈잇는 모씨가 구성하여 내엇습니다.

2 當代好男兒構成案

수염은...........呂運亨의 수염으로

눈섭은...........安在鴻씨의 눈섭으로

눈은...........尹致昊씨의 눈으로

귀는...........崔麟씨 귀로

코는...........申興雨씨의 코로

입은...........安昌浩의 입으로

이리하야 얼골을 완성한 다음에

손은...........金燦의 손으로

발은...........元世勳씨의 발로

키는...........吳兢善씨의 키로

다리는...........閔泰瑗씨의 다리로

체격은...........許憲씨의 체격으로

목소리는........宋鎭禹씨의 목소리로

이리하야 반도의 당대 一好男兒가 一九三三年代의 톱푸를 끈엇습니

다.

3 閣氏들의 動靜

성악가 朴慶姬氏는 지난 九月十六日에 大邱公會堂에 내러가서 큰음악회를 하엿는데 上海 칼톤에서 露西亞의 유명한聲樂家로부터 秘傳한 天才音樂인만치 滿堂을 크게 뇌살식혓다 합니다.

女醫로 한동안 서울 樂園洞에서 일홈을날니든 李德耀女史는 망명한 부군을따라 북경에 갓다가 지난봄에 恨만흔 세상을 여이고 말엇습니다. 최근 북경에서 오신 朴文憙氏의 소식을 듯건대 그부군 韓은 지금도 亡妻이약이를 하고 울더라고요.

女시인 毛允淑양은 間島의 明信女學校에서 敎鞭을 잡고잇드니 第二學期부터 서울培花女學校에 일보시게 되엇다함니다.

東亞日報記者로 한동안은 문명을 날니는李賢卿씨가 북경서라왔다는 말이 선자하엿스나 확실한 방면에서 드르니까 그것은거짓말이고 역시 부군安의 겻헤서 지내더라고요. 名門이나 부호의 가정마다 엄격한 家規가 잇슴니다.

商業銀行 頭取 朴榮喆氏는 남을 먹이거나 입히거나 하는 대접은잘 하지만은 현금으로는일절주지안는다하며 그쑨더러 家計를 엄중히하여 월말마다 마추는 一家收支가 단돈五錢만 틀려도 밤을 새어가며 執事를시켜 마추어노케한다고.

尹致昊氏는 집안식솔에게 전부월급을 주는데 가령 마누라는얼마 딸은얼마 소학교 다니는 아들은얼마라하여 그래서 월급이외의 돈은 한푼도 더주지안는다고.

韓相龍氏는 겨을에자기 집의방방에서 쓰는 무연탄을 꼭일정하게 분배한다는데 그째문에 추운날도 세덩이 더운날도 세덩이씩이라고

醫學博士 鄭錫泰氏는 절대로여름에 부채와 힌구두 힌모자 힌양복을 아니입으며 쏘어린아해들을 아모리 머러도 전차를 아니움운담니다. 지금 第二高普에 다니는 그아드님도 그먼 곳으로 도보를 식히지요.

● 『만국부인』 1호, 1932.10.

尹白南, 「西道美人과嶺南美人」

정말 美人은 어듸잇나?

美人의 産地는 어데냐?

平壤일가

晉州일가

늘 이런 생각을 하여보고는 嶺南美人과 西道美人을 눈압헤 그리어 본다.

더구나 나는 발이 남보다 넓다 野談으로, 文藝講演으로 내발길이 三千里의 곳곳으로 가 보지못한곳이 별로업게되매 그럴사록 더욱이 問題를 생각하게된다.

□

서울서 美人을 보자면 흔히 明月舘이나 食道園가튼 宴席에 오는 妓 生들을 찻어보지안을 수업다. 여렴집 閨中夫人으로 꼿보다 달보다 더 어엽부고 더 그럴듯한 楊貴妃級이 업는바아니로되 그런분은 우리로 서는 좀처럼 맛나기어렵다.

쏘 모양잘내는 某女學校等 젊은處子가 만히 모으는 서울안 各女學校의 敎室이나 寄宿舍를 차즈면 深山僻谷에 남몰래핀 한쩔기 들菊花가튼 노-불하고 푸렛쉬한 美人이업슬바 아니로되 그는 女學校敎師들이나 그럴기회를 가질수잇슬일이지 우리로서는 꿈에도 生念못낼 일이다 그러기에 저절로 妓生을品騰할수박게 업게되는데, 그러나 보니 말이지 妓生치고 名妓는 서울이나 畿湖出生은 업고 大槪가?

어듸서왓소

하고 무르면

나, 평양서 왓쇠다

저는 진주얘요. 경상도진주, 선생님언제보시래요

하는 對答쑨이다.

□

작년 녀름이든가, 三南 天地에는 푸르 靑靑 대밧히 邑邑村村에 서서 五六月淸風에 절로흔들러 幾分이爽快할째 어느 모임의 請을바더 나는 嶺南 晋州로 가보앗더니 듯던말과가치 色鄕임에 놀낫섯다.

마츰 녀름이라 旅館 大廳에 太極扇으로 쌈을드리며 곤한 다리를 쉬고잇슬라니 어데서 징둥댕둥하는 美妙한 거문고 소리가 울려들넌다.

나는 이러나 소리나는곳을 차저 한두거름 옴기엇다 그러다가 문쓱 놀라서 웃둑섯다. 그거문고 소리는 머슴방에서 나는것도 아니요 겻손님방에서 나는것도 아니요 實로 閨房處子가 게시는 그內房에서 나는것이아니냐.

나종에 主人의 說明을드르니 그는 學校를 今年봄에 卒業하고 아직 出嫁前인 自己딸이 심심 破寂으로 뜯는다고 한다.

이말을하는 그아버지의態度도 의레잇슬일인듯 泰然하게 말하려니 와그짜님의 風流도 여간 서울손님 짜위가왓다고는 내오하여 거더치 우는것이 아니엇다.

이러케 모도들 風流를 즐긴다. 風流를 안다―나는 그이튼날 어제밤 그거문고쯧든 處子를 보려는好奇心에 쓸타가 마츰내 冊褓끼고 禮拜堂 에 감인지 밧갓흐로 나가는 긴머리짜은 그 女子를 보고놀래엇다.

그살결이 힘, 그코가 산듯하게솟고 눈이 빗나고 이가히고 全體가 너무도 美人임에.

×

이튼날 晉州親舊와 벗하여 市街를 一巡하여 나종에 論介로 有名한 촉石樓짜지 가보앗는데 거리거리에 어엽분이들이 잇더케나 그리 만 튼고 『美人의都市』

이런말이 許諾될수 잇다면 晉州는 이 榮光스러운 일홈을 밧을 자격 이잇다.

이러케 미인들이 만흠애 妓生도 만히나고 광대도 만히 남인 듯

□

晉州뿐아니라 그뒤 密陽이며, 馬山이며 大邱며 處處를 도라보아도

그곳 女子들은 確實히 사내들 눈을 쓰을만치 아름다윗다.

우리는 늘 京畿女子를 보다가 그 눈으로 嶺南女子를 보면 정신이번쩍 쓰일만치 그美에 반하게된다. 京畿女子는 키가적지요 쎄와살이 調和롭게 붓지 못하엿지요 다만 억지공사로 분을 잘발으고 연지찍고 「オシヤレモノ」 모양으로 모양을 하도잘내니까 態度는 곱지만(그것도몸맵시쑌) 그러나 華麗한옷과 분과 연지를 쎄버리면 무에가남을고 그런데 嶺南地方의 女子들은 분도별로 안발느나 그빗갈이 過히숭치안코 키가크고 눈이 억실억실하고 코ㅅ날이서고 이가히고 저절로 된美를 가젓다.

×

아직 春香이낫더란 全羅道南原은 가보지못하엿스나 南原도 物色조탄 말 들엇고—저리좀더 가서 海南가튼 多島海갓가히 잇는 都市까지 가보앗는데 모다 體格조코 멋잇고 얼골이조왓다 慶尙, 全羅두道는 確實히 비-너스의 搖藍地帶이다.

□

그러나 慶尙道女子가 美人은 美人이면서 조곰 모자라는것이 잇스니 그것은 허리가 긴것이라 慶尙道女子는 허리가길다.

美人은 다리가 길어야하지 허리가 길어서는 落第다 그런데 안타가웁게도 하느님은 慶尙道處女들의 다리를길게 만들생각을 잇고 허리를 멋업시길게 하엿다.

앗갑다

무슨 도리업슬가

女學校에서 엇더한 허리를 쩔느게 다리를길게하는 體操를 每日식 혓스면!

쏘한가지 하느님의 失手가 잇다

慶尙道女子의 얼골빗갈이 鐵色인 것이다 얼는보기에 무쑥쑥 한맛 이 도는 것

이것도 앗갑다.

기왕 말하는 싸리니 한가지 缺点을 더보자면 손과발이 큰것 너무 크지는안치만 조곰 큰것

□

그러면 平安道는 엇던고

누구나 五月端午節 浮碧樓아래의 關帝廟一帶에 모히는 그婦人들을 보면 놀나지안을 수업스니 그것은 平壤女子들의 살걸이 부드러운것 (卽折り目が細ん-纖紬가 가는것) 힌것 바탕이 綠水靑山모힌 勝地江山가 치 秀麗한것

얼골이 길죽하여 버들입式이되어 性質이 시언시언 할것가튼点

더구나 大同江邊에잇는 妓生學校쯤 가보면 平安道의 代表美人이 모 다 모힌것을보고 그美가 希臘女性가치 秀麗 典雅함에 놀날것이다.

平安道는 美가 골고루 퍼진것갓다 平壤市中을 종일 도라다녀보아도

그러케 미운 왁살스러운 女性을 맛나기어렵다 모다 괜찬은 中以上의
女人들이다.

□

　서울서도 누구니 누구니 하는 平壤出生이 名妓들은 大槪가소리보다
춤보다도 人物로 일홈이놉다 춤이나 노래로야 제바탕 慶尙道妓生이
나 全羅道妓生을 짜르랴만은 서틀느게 愁心歌를 불너도 얼골이고우니
싸 그愁心歌가 宋萬甲 李東伯보다 더잘하는것가치 보여진다
　平壤쑨아니라 나는 鴨綠江沿岸인 江界가튼 궁벽한곳도 가보앗지만
게도 雪白의 美人들이 엇더케도 그러케 만흔지.
　대체로 평양이나 安州 女子들은 人物도 인물이려니와 그말씨가 조
타 그말씨 째문에 사내들은 더욱 녹는다 반한다.
　악센트가 强한 音調에다가 鄕土獨特의 찍어당기는듯한 진득진득한
맛! 平安道말은 참듯기에조타 구수하다. 묵직한 人情끼가 돈다.

×

　大同江이 晉州南江보다 물이맑아서 平壤妓生은 살걸이히고 쏘水勢
가 急하니 말가 긔운찬가 山水가 秀麗하기는 晉州나 平壤이나다마천
가지지만 아마 秀麗한 山水도 仔細보면 色調가 다른드시 그애짜라 平
壤美人과 嶺南美人은 그바탕이 그曲型이 달녀짐이 아닐가

□

美人말이 낫스니 말이지 나는 豆滿江가의 咸鏡道를 가본일이 잇는데 美人은 거기잇는듯 하엿다 咸鏡道에도 맨 北쪽 會寧 鍾城 穩城하는, 房에안즈면 출넝출넝흐르는 豆滿江물소리 들니는 바로 江邊여러 都市의 女子들은 살결이히고 耳目이 분명하고 胡馬가치 키크고—野生的 肉感的感觸을 주엇다 서울 女學校教師로 다니는 내親舊의말을드러도 에엽분女學生은 平安道서온아히고 잘난女學生은 咸鏡道서온아이라 함이 眞理인듯

女流文士요 그 五六月 와자작핀 海棠花가치 시-언-하게 생긴 宋桂月氏도 咸鏡道女子란 말을 들엇고 쑜 이분도 作故햇지만 韓偉鍵의 마누라 李德耀氏도 咸鏡道엿다.

다만 앗가운일은 손과발이 큰것이다.

말씨가 부드럽지못한점이다.

□

美人보는 標準도 보는이의 나이에 짜라 달러지더라.

나는 二十前后의靑年時節에는 얼골만고우면 美人 美人하엿다.

그러더니 三十에가니 그제는 얼골쑌아니라 몸全體가 均整이 되어야 쑥 全身이다 조와야 美人으로 보이더니

이제 四十고개 너머서매 무슨 特徵을 찻게된다 즉 눈한가지가 입부다든지 입설이 연주빗갈 갓다든지 쌤에 거문 사마귀가 잇다든지 웃

을째에 입이 한쪽으로 빗구러진 다든지 무엔가 얼는 이처지지안는 印象을주는 여자가 아니면 美人이란 讚歎이 나오지안는다.

얼골이 고우면 그저곱다 할쑨으로 고흔꼿 아름다운 달을 처다보는 以上 別로 짠생각이나지 안치만 그러나 깁히 印象을주는 特徵잇는 女子면 그가그립고 그가 아름답게 보여진다.

☐

아무튼 이러코 저러고 하여도 朝鮮의美人은 慶尙道와 平安道에잇고 그중에도 平壤에잇는 것만은 否認치 못하겟다.

• 『삼천리』 7권5호, 1935.6.

現代『長安豪傑』찾는 (座談會)

話題

1 서울代表的好男子, 美男子는 누구누구일가?

2 서울서 한다하는 美人들은 누구누구일가?

3 돈잘쓰고 俠氣잇는 사람은 누구누구일가?

4 서울에 잇서스면 조흘것이 무엇무엇일가?

5 「映畫와 劇」方面의 숨은 人才와 地方巡廻째 울고웃든이약이

출석자

李瑞求

卜惠淑

本社 白樂仙人

十月十五日의 짜듯한深秋一日 市外 城北洞의 「銀碧莊」樓上에서 開催

出席諸氏紹介

잠간 紹介하는말슴=李瑞求氏는 號를 孤帆이라하야 일즉 東亞 朝鮮 每申等 諸新聞記者로 十餘年을잇섯고 各劇團에 上演한 脚本百餘篇을 썻고 市井에 흐르는 레코-트歌謠를 三百餘篇썻고 쏘그의足跡은 南北滿洲, 東京, 大阪等地와 朝鮮內十三道의 坊坊谷谷에미첫다 多辯多才함은 勿論 서울裏面社會를 氏만치 잘아는분이 드물다 입을열면 險口요 쌔너드 쇼-類의 諧謔과皮肉이 쏘다저나오는 每日 三萬語以上을 말하는怪才이요 쏘 서울人口 四十萬中 上下萬名은 서로 인사하고 지내는 廣面이다

卜惠淑女士—女史는 東京留學時代에 朴勝喜氏等과 함께 「土月會」를 組織하여 가지고 나와서 「松井須磨子」만치 갓쥬샤를 잘하기로, 일홈을 떨첫고 그뒤 映畵排優로 劇의主人公으로서 이方面의 運動에 十年보낸이다 그사이 上海, 東京, 奉天等地로巡業도나서서 各地로 周遊하며, 이짱 鄕土藝術紹介에 盡力하다가 지금은 서울仁寺洞에서 喫茶店 「버-너스」를 經營中, 그동안 生活에쏘들너 妓籍에 몸을둔적도잇는 歷史만흔 女史타

長安안 豪俠男兒는 누구누구일가?

白樂仙人—서울장안의 대표적 호남자는 누구누구일가요? 잘생기고, 어엽부고, 호활하고, 탐나고, 그런 호남자말이지 되두룩 무처잇는 사람말고, 조선팔도 사람들이 다 그선성을 아라드를 그런사회적 신사급(紳士級)에서 골느자면 말이지요. 그리고 우리 이좌

석에선 일체 아모개씨(氏) 아모개선생(先生)이라고하는 경어(敬語)는 쓰지맙시다. 홋두루 이약이하는속에 더 친애(親愛)하는 맛이 나는터이니짜요.

卜惠淑―여운형(呂運亨)일걸, 카이젤 수염에 뭇소리니거름에, 성대 조코 말잘하고 어듸내어노아도 해쓴듯, 달쓴듯, 휜-하고- 수링감이고 아무튼 일당백이지요.

李瑞求―일당백은 일당백이지만 그분은 호남자(好男子) 축에들지, 아모리봐도 미남자(美男子)는 아니야, 미남자란 「바렌티노」의 얼골에 두목지(杜牧之)의 풍채에 리태백(李太白)의 문장에 ………

白樂仙人―문장은 빠저도 조켓지요

卜惠淑―듯고 보면 그러치요, 여운형은 호남자지요 그리고인품이 조터구만, 어느 좌석에서든가, 아마 무슨축구단 환영회 석상이든지요? 그째 말슴하는 모양을 보앗는데 시언시언하고 서글서글한 어룬이더구만, 상하구별할줄 모르고, 젠체 빼지안코 (寫眞은李瑞求氏)

李瑞求―여운형이 째문에 송진우고 방응모고 이상협이 신문사장노릇을 창피해서 못해먹겟다고한다데 신문사장이란 의례 썩버틔고, 쑥 구석에드러안저 돌부처 모양으로 좀처럼 움지기지 말고 -그러케 무게잇고, 버틔는것으로 아라오든터에, 자아-이분을 보게, 하로건너큼씩 된놈안된놈의 결혼식주례(主禮)를 하지, 어듸 운동회잇다-하면 달려가서 응원하지, 나어린 학생들과도 동무모양으로 어울너 쮜어다니고, 교제가 넓고 하로에도 네대

섯번을 종로네거리로 들낙날낙 하지, 우리 보기에는 이러케 활발하고 인정잇고, 양증인 조흔신문사장이 업건만, 태고목덕 씨 째 군자도덕을 직히는다른신문사장 눈에는눈쌀에 나기도 할게야

ㅏ惠淑—조와요, 그어룬이, 우리 비-너스(喫茶店)에도 각금 오서서 「쏘-고렛」을 잡숫지, 어린애들처럼……

仙人—그럼 결국 당대 호걸남아는 려운형이로 칠가요?어듸 신문 사장 말이낫스니 송진우(宋鎭禹)는 호남자나 미남자측에 못들 가요

李瑞求—앗갑게도 수염이 업서서탈이야, 수염이 업스니짜그너른얼 골이 재령나무리벌가치 넓고 길게만보여탈이데그려

ㅏ惠淑—그래요, 수염쌔문에 매친데가 업서서, 결곡한 데가 업단말 이지요, 그것이 우리뵙기에도 흠이야요

仙人—조선일보의 방응모(方應謨)는?

李瑞求—안광이 철색(鐵色)이야, 히여멀금 하지못하고, 얼골빗갈이 무둑둑한것이 첫재 미남자론 아니고, 얼골에 주름살이 너무만 코, 전체의 윤곽이 양명(陽明)하지 못한데가잇더구만

ㅏ惠淑—나두 면-발층에서 한번뵈엇는데 인물은환-하지 못하더구 만, 그러나 미남자, 호남자는 아니라해도 무쑥쑥하여 남자치고 는 무게잇는어룬가태요

仙人—그러면 리상협(李相協)은?

ㅏ惠淑—눈을 내리쌀고 새침하고 고요히 거러갈째는 요조숙녀 타 입이지요, 엇저면 그러케도 얌전할가요, 머리짜하드린 숫색씨

격이야요

李瑞求—흥, 말소리도 쌀쌀하지, 얼골에도 찬바람도는 것갓지, 누구에게나 첫인상은 그러케 주지만, 누구한번 탁 밋기 시작하면 그러케 상양하고 다정하고 부드러운 얼골을 짓는 분이 업지, 지금은 다늙엇지만 십년전은 확실이 미남자엇서, 그통에 오직 로만스가 만하엿나

卜惠淑—그래, 젊엇슬째는 미남자 엇겟서요, 수양버들가치 연연작작(戀戀嫋嫋)한 맛이 흘넛겟서요

李瑞求—한다하는 미남자 라고는 언감(言敢)히 말못하겟지만 미남자의 사촌동서(四寸同婿)쯤은갈걸 유인원(類人猿)이란 문자모양으로 유미남형(類美男型)이야, 미남자 유사형(類似型)이엇지.

仙人—그러케 쌀쌀한듯 하면서도 의리에는 두터운 양하여, 목숨 한 귀통이 쯤 쩨여 바치려는 제자(弟子)가 만흔듯하데나구려

李瑞求—김××, 류광열, 정인익이 다그러치

仙人—자네도 열열한 고분(子分)이지

李瑞求—나는 정통파(正統派)는 아니야, 방게(傍系)쯤 되겟지엇잿든 내게는 은인(恩人)이야, 내가 시골촌구석에잇다가 삿갓쓰고 감발치고 동아일보사를 차저갓네그려, 긔자시험을 보인다니까, 그선성을듯고서 오직 대담한가그랫더니 이 시골쑥이를 그분이 알어주어 나를사람을 만들어 주엇서

仙人—말이작고만빗구로가네그려, 어서 서울미남자를찾어주게나 박영철(朴榮喆)이나 민대식(閔大植)은엇던가

李瑞求—미남자 허구는 타관사람이야, 그러나 박영철이는 대해보

면 묵직하데그려, 그 두리기둥가튼 묵직한몸에서 일종 위압(威壓)을 밧어지데, 민대식이는 미남자도 호남자도 아니지

卜惠淑—민대식은 나도 먼발치에서 꼭 한번을뵈엇는데 미남자는 아니야요, 얼골이 길기만하고

仙人—말잘하는 변호사측에는? 김병노는 엇덜가 —말나서, 너무도 말나서

李瑞求—신태악(辛泰嶽)이 젊고입부지, 좀 얼골에 핏기가 업지만

卜惠淑—신태악이가 그래 아마 제일일 거야요, 얼골에 좀여유업는 긔운이 돌기는 하지만 (寫眞은卜惠淑氏)

李瑞求—그밧게 누가잇나, 자네 한번 속시원히 재판소 변호사 공실(控室)로 차저가 보게나, 천하 「부오도꼬」(不男)는 거기 다모엿데그려 하하하

仙人—변호사 사회가 제일 낙제일세그려, 그래도 요리점에선 변호사가 제일 환영을 밧는대, 그러면 교육게(敎育界)는엇던가?교장축으로 저현상윤(玄相允)이나 최규동(崔奎東)이나 유억겸(兪億兼)이나 김용무(金用茂) 오긍선(吳兢善)등 제제 명사말이야

李瑞求—말말게. 하나업데, 륙십점(六十點) 급제쯤을 줄미남자도 업데나

卜惠淑—그중 조동식(趙東植)이 낫겟지요

李瑞求—응, 그말드르니 그러하구만 조동식이 키가조곰적어그러치 그거름거리라든지 이목구비가 얌전하게노인것이 미남자타입이지, 더구나 녜전 시대에는 그런분을 녀자측에서 미남자라고 햇서

仙人—모도 퇴자일세그려, 이려케도 미남자가 업단 말인가, 리광수(李光洙)는 엇대

李瑞求—노-란 눈동자와, 부드러운 그말소리가 사람을 끄을지, 그러나 미남자는 천만에 아니야

仙人—양주삼(梁柱三)은?

李瑞求—갈曰字야, 그저 훤-할쭌이지

仙人—정인과(鄭仁果) 리대위(李大偉) 김창제(金昶濟)는?

李瑞求—김창제는 미남자 타입이야확실히, 만약 이십년만젊엇든들 미남자라고 햇슬걸

仙人—녜전 근우회 몃몃 녀성들이 당대 오미남자(當代五美男子)라 하여 골눈일잇지 누구누구인고하면 죽은 閔泰瑗 上海로가버린 李星鎔博士 그째 朝鮮日報編輯局長으로잇든 韓基岳 그리고 安碩柱 등등을

李瑞求—안석주는 지금도 미남자지, 신문계에잇서 전에업고 다시 뒤에업슬 미남자야, 그러나 한긔악이는 이제는 미남자형(型)이 아니야, 현대는 스포츠, 맨타입을 조와하는 세상이거든……

卜惠淑—안석주가 그중낫지요, 쉬늙지도 안는얼골이고 그리고 쥐정을 너무하여 그려치 현진건(玄鎭健)이도 미남자고 지금은 살결이 퇴색(褪色)햇지만 정인익(鄭寅翼)이도 조흔 얼골이엇고, 코가 굴곡이잇서 그려치 최독견(崔獨鵑)이도 미남자 유사형측에 들만한분이지

仙人—자- 그만치 훌터보앗스니까, 인제 총결산으로 서울대표미남자를 한분골너쏍습시다

ㅏ惠淑―잇지, 잇지요, 박흥식(朴興植)그이지요

李瑞求―올치 올해 박흥식이 일등이야, 그우슬때 상금한코와 어엽
　　　부게 담겻든입이 방긋이 열닐적에는 만흔미인이 짜르겟데

ㅏ惠淑―신사급에서는 박흥식이 남버원이지, 살결이히고, 이목구비
　　　의 윤곽이 분명하고, 오종종하지안코, 더구나 그 다정스운말소
　　　리, 내가 妓籍에잇슬때각금 료리점에서 좌석에 뫼신적 잇는데,
　　　호감주는분이지요

李瑞求―가만잇게 박흥식을 갑(甲)이라하면 그다음가는을급(乙級)미
　　　남자가잇지, 그이가 신흥우(申興雨)야, 요지간은 빨간 넥타이도
　　　아니하고

ㅏ惠淑―그러치 신흥우지, 그이도 참 늙을줄을 몰느시더구만

仙人―영화배우나 무대배우속에는 만흘걸요

ㅏ惠淑―요전 춘향전에 리도령으로 나왓든 한일송(韓―松)이도 미
　　　남자고, 리경선(李慶善)이도 조흔 얼골이지요

李瑞求―강홍식(姜弘植)이도 남자다운 얼골이지, 라운규(羅雲奎)는
　　　얼골윤곽의 선(線)은 굵지만 미남자 호남자는 아니야

ㅏ惠淑―풍채조흔이론 백명건(白命乾)이잇지요, 키가좀커서 흠이지
　　　만도요-

(俠氣잇는 豪傑男兒篇은 다른號에)

서울代表的美人은누구누구인가

仙人—남성들을 그만치 훌터보앗스니, 자아, 인제녀자측으로 가봅
　　시다, 누가장안 일등미인일가요
李瑞求—나 꼭 한분을 보앗네, 리덕요(李德耀)야 그때 죽은 최서해
　　(崔海曙)가 의전병원(醫專病院)에서 아를적에 내가 문병을갓는
　　데, 바로 나와정면한곳에 웬-녀자가 하나 섯는데, 엇더케 잘생
　　겻는지 그만 가삼이 꽉 막히데, 호박색(琥珀色) 윤이 흐르는 그
　　힌살결, 붉으레 타오르는 입설, 어듸까지든지 정열적인그눈 먹
　　장가튼 머리, 어듸로보아도 참절색이데, 양귀비와 쿠레오파토
　　라와 데-도릿히를 한데 묵거서, 한데삶아서 미운점 다골나 쌔
　　버리고 새로 만든 듯하더구만, 히랍의 비-너스 녀신(女神)이야
　　　세상이 다아는 말이지만, 말이야 바른대로 나만치 녀자를 만
　　히 본사람이 잇는가. 수백명이랄가, 수천명이랄가, 그중에서 교
　　양(敎養)과 리지(理智)와 총명(聰明)이 밧갓헤 나 쓸으며 그러면
　　서 청풍명월(淸風明月)인듯 남의가슴을 훤-니 열러주는 가인은
　　나는 리덕요에게서 발견하엿네그려
　　　꼭한번을 보앗는데- 그뒤에 드르니 부군 한위건(夫君韓偉健)
　　이를 따라서 북경(北京)인가 갓다가 앗갑게도 객사(客死)하엿다
　　데그려
仙人—미인박명이야요, 그러케입부니싸, 쌀니죽지, 언젠가 윤백남
　　(尹白南)이도 자네말가치 이덕요를 대표적 미인으로 치데그려
李瑞求—전무후무할걸, 그리고는 죽은 송게월(宋桂月)이 쏘 미인이

엇지, 내가 어듸서 처음 발견하엿는가하면, 그게 멧해전 봄이
든가, 창경원에 사쑤라꼿이 피기시작하고 장안거리거리에는
강남제비 차저드는 하사월(夏四月)이야, 최독견(崔獨鵑)이와 가
치 정자옥(丁子屋)압흘 지나는데 웬– 키 후리후리 크고 눈이 이
글이글하고, 바로 명사십리 해당화 꼿가치 시언하고 와자자하
게 생긴 묘령 녀성이 우리 압흐로 거러간단 말이야, 처음에야
얼골이 참조쿠나 햇슬뿐인데 거름것는 뒷맵시가 물찬제비가치
샛듯한양이 참으로 황홀하여지데, 더구나 학두름의 다리가치
간듯한 두다리의 각선미(脚線美)는 참으로 큰 예술품이데그려,
그래서 한거름두거름 각선미에취해 싸른다는것이 안동네거리
한성도서(漢城圖書)압싸지 왓겟지, 그쌔어느 친구를맛나 무르
니 그가 송계월이엇서

ト惠淑—송계월이는 개벽사에 다닐적에 나도 본적이잇는데 함경도
　　녀자가되어 발과손이 멋업시 커서 흠이지 미인은 미인이더구
　　만, 나는 녀자지만 역시 그런녀자가 조와요, 서글서글하여 그
　　겻헤가면 시언한 바름이 돌것갓해서요

仙人—역시 송계월이도 미인박명이로구만, 사회주의 녀성가운데는
　　업섯든가

李瑞求—잇섯지, 양명(梁明)이를 싸라 상해(上海)로 갓다가 애기나어
　　가지고 제주도시가에가잇는 조원숙(趙元淑)이 조왓지, 조곰 육
　　감적이 되어 노–불한맛은 업섯지만, 그러고, 그게아마 내가 동
　　아일보긔자 다닐적일이야, 재동팔십사번지 북풍회관(北風會館)
　　으로 긔사채집을 갓는데 웬– 녀자가 쑥 나오는것이, 엇저면 살

결이 그러케 고을가, 우유(牛乳)와 계란만으로만든드시 얼골이

고 팔과 다리가 그양 투명체(透明體)로 보일드시 윤택흐르는

열칠팔 나는 여자가잇겟지, 조선서는 처음보는이야, 그가 강아

근니아(姜아근니아)엇서, 그뒤 류치장도 각금 다녀나오고, 이리

저리 고생사리하면서 그만 그곱든 육체가 보잘것 업게되엇지

만 참으로 그이는 육체미가 잇섯서

仙人—로서아 태생으로 노서아에서 자라서 양풍(洋風) 맛이 돌앗지

요, 한째는 다 치든미인이야, 그밧게 정칠성(丁七星), 허정숙(許

貞淑), 심은숙(沈恩淑), 황신덕(黃信德)이는 엇더튼가

李瑞求—다 미인은 아니엇지, 억지로말하자면 미인될번댁이엇지,

卜惠淑—그러나 이리저리 조용히 쓰더 볼나치면 눈한가지 옙분이,

코한가지 옙분이 하고 부분품(部分品)이 옙분이는 당대 사회주

의 녀성속에 만햇다고 할걸요

李瑞求—그째철에 근우회에 함경도청진잇다든 김정원(金貞媛)이란

분이 잇섯는데 바탕은 분명 미인이엇서

仙人—근우회 당철에 한참은 당대미인이 거기모힌 듯한 째가잇섯

서, 저 리상재사회장(李商在社會葬)-그날만해도 수만군중속으

로 상여엽헤서서나가든 얼골잘생긴 녀성이란 모도가 근우회패

들이엇서, 근우회도 그러치만은, 동경류학생(東京留學生)들속에

「미인」이 만치안엇나, 웨?

李瑞求—누가 아니래, 그당절 미인으로 연학년 부인이된황국영(黃

菊榮) 김팔봉부인이된 강씨, 두루두루 만치, 그러나 이제는 모

다 아히낫고, 쩍게머리하여이고, 다 シタレ를햇서, 인제는 옛날

모습이라고 차즐길업데그려

ㅏ惠淑—화무십일홍이든게지요, 그때 우리동경(東京)에 잇슬철 미
인이라면 쎄 미인이라고 불니우든 동무들이 만햇는데, 그저 칠
팔년, 십수년 지내는사이에 모다 그조튼얼골이쓸어지더구만,
앗가운일이지요

仙人—그쌔말고-맨처음 류학생패에는 업섯나?

李瑞求—맨처음이라면 허영숙(許英肅) 라혜석(羅惠錫) 김명순(金明
淳), 유영준(劉英俊)들이엇는데 열거름 양보하고보아도 양귀비
사촌도 업섯서, 다만 그당시는 스타일이 참신하닛까, 조흔의미로
「모던썰」이라하야, 일홈이 얼골보다 열갑절, 스무갑절 더올나
갓섯지

ㅏ惠淑—그중에 나슨것은 그래도 김명순(金明淳)이 엇슬가, 시도쓰
고, 소설도쓰더니 찾찾내녀류문사로 문명(文名)도 날니고-

仙人—아메리카 류학생중에는누가 업슬가요

ㅏ惠淑—박인덕(朴仁德)이가잇지, 그분은 지금은 늙어서 그러치만
광대쎄 나온것을 조곰 도로밀어너코, 이마의 주름쌀을 「골드크
림」으로 지워버리어, 십년만 더 젊어지게만 한다면 아직도 장
안안 독판미인노릇할걸요, 말소리도 싹근 배갓치 서근서근하
고, 이약이할쌔에 눈짓콧짓 그 세련된 췌스추어로 퍽으나 호감
을주는분이여요

李瑞求—그러치 박인덕이야, 박인덕은 쾌활하고 시언하고 무게잇
서보이데, 한참당년-말하자면 미국가기전 저 이화학당(梨花學
堂)에 단닐쌔에는 「말잘하는 박인덕」 「얼골잘난 박인덕」 「노래

잘하는 박인덕」이라하여 명성이 오죽하엿든가

仙人—김활난(金活蘭)이는 엇던가, 이화전문의-

卜惠淑—시집을 안가서 그런지 쉬 늙지안터구만

李瑞求—키가 적어서, 키적은 보충을 가슴으로하랴는지가슴을 쑥
　　　내밀고 다니데 요지간은-. 그러나 미인은아니야, 키가적고 이
　　　마가좁고

卜惠淑—다들 언제 시집을 가노-,

李瑞求—짠말이지만 숨은미인은 김찬영(金讚永)마누라야 변호사김
　　　찬영말고, 영화배급하든 김찬영이말이야 미인이지, 고향이 진
　　　남포(鎭南浦)라데만은,

仙人—요지간은 교육계나 영부인계(令夫人界)보다레코-드 계에 인
　　　긔(人氣)도잇슬쑨더러 얼골 훌융한이들이 만흔것 갓더구만

李瑞求—만치만하, 라선교(羅仙嬌)도 귀여운 얼골이고 전옥(全玉)이
　　　도 조흔얼골이고-

卜惠淑—전옥이는 조곰 암상구즌데잇지만 전체로보아 잘 째인 미
　　　인타입이지요, 그리고 죽은 최향화(崔香花)도 미인이엇고, 선우
　　　일선(鮮于一扇)이도 수수하게 귀한 얼골이지요

李瑞求—선우일선이 괜찬치, 얄구진데가업서 성큼하고 순직하고
　　　해서-

仙人—제일 인긔가만타는 왕수복(王壽福)이는엇던가

李瑞求—육감적(肉感的)이지만 미인은아니야

卜惠淑—김복히(金福姬)도 일홈은 놉지만 미인은아니지요, 그리고
　　　녀배우에 춘향전에 춘향이로나왓든 문예봉(文藝峰)이 괜찬치,

조곰 머리가 적어서 「가로마」자리가 쩌른것이 흠이지요, 녀자란 가르마자리가 길어아 죠힝(上品)하게 보이는법인데요

仙人—자아, 이제는 긔생축으로 올며갑시다, 당대명긔는 누구인가, 당대명긔라고 춤잘추고 소리잘하는 패가아니라 화초긔생(花草妓生)으로 말이지요

李瑞求—만하, 지금은 은퇴하여 즌고개서 조선관(朝鮮舘)을 경영하는 김산호주(金珊瑚珠)도 윤곽이 번듯한 서도미인이고

卜惠淑—장안안에 수백명 긔생이잇지만백명건이와 가치지내든 박옥화(朴玉花)가 키가 너무커서 그러치 학두룸가튼 신선미(新鮮味)잇는 미인이엇고

李瑞求—쏘 김금도(金錦桃)도 미인이엇지, 얼골이 아기자기하게 곱다기보다 전체가 구수하게 조코 그러고 손님허고 마조 안저 화제(話題)가 궁하지안치, 무엇이든 잘알고, 쏘공순하고 그래서 연회석(宴會席)에서 함께 놀아도 언제든지 실치안는이지

卜惠淑—나도 주서대일가요, 리화선(李花仙) 신명주(申明珠), 방월선(方月仙)이도 미인이고

仙人—유금도(柳錦桃)는

李瑞求—「푸리마돈나야, 언제든지 늙을줄모르고 청춘의 향긔(靑春의香氣)가 쩌돌지, 「영원한처녀」야

卜惠淑—최옥희(崔玉嬉)도 미인이지, 얼골이 좀 가난하게 보여탈이지만

李瑞求—일홈이 놉기야 송연화(宋蓮花)지, 잘놀고 손님 비유 잘마추고-시언시언하고, 원체 노장(老將)이기도 하지마는, 대체로 지

금 서울안에 여러권번에 삼사백명 긔생들이 잇다하지만, 늘 손
님들에게 불니워다니는 인물잘나고, 소리잘하는 긔생은 불과
이십명내외야,

파토론은누구인가 또 돈잘쓰는 豪俠男兒는 누구인가

仙人―음악가(音樂家)나, 녀배우(女俳優)를위하여 돈을대주는, 조흔
    의미의 예술보호자(藝術保護者), 시체말로하면 「파토론」이라면
    서울장안에 누구누구를 헤일가요

李瑞求―윤심덕(尹心悳)에 대한 부자 리용문(李容汶)이잇섯지, 토월
    회(土月會)째에 윤심덕에게 좀도와준적이 잇섯지, 그러나 가령
    대창희팔랑(大倉喜八郎)이 후지하라, 요시에(藤原義江)를 파리로
    돈대주어 공부식히는것과는 성질이달넛지, 그러나조선서 가장
    쌔끗한 큰돈을 예술을위하여 바친이를 찻자면 그는 박승히(朴
    承喜)지 토월회를 위하여 그쌔돈 이만원을 쌔끗하게 내노앗지
    요, 그쌔돈 이만원이라면 지금돈팔만원도 더되네, 감사한 사람
    이엇지

卜惠淑―음악을위하여 돈쓴사람으로는 백인긔아들 백명건이가 독
    일류학하고 도라나와서 「코리안쌔스쌘드」를 만들엇슬적에, 조
    흔의미로 돈을 썻지요, 그러구는 아마 이좌석에안즌 리서구씨
    가 박영선인가 하는 미인 위해, 오백시간(五百時間)을 한꺼번에
    다라주엇다하는것이 아마 「파도론레코-드」일걸요 호호

李瑞求—그런 몸괴로운 소리는 하지마우다, 우리피차에 신변관게 일은 이좌석에선 덥퍼버리기로하고, 남의 이약이만 진행합시다, 하하하

卜惠淑—요지간 들니는말에 김××이가 전××이를 위해서 칠천원짜리 집사주고, 삼천원짜리보석반지 사주고-소문이 와자작하드구만

李瑞求—최×학이도 요지간 최×연이를 쩨어드려갓는데 일만원인가 주엇다고……

仙人—활동사진(活動寫眞)사업을 위하여 돈을내노흔 쌔토론이야 만흘걸요

李瑞求—그야만치 라운규가 멧가지 작품을 내노앗대도 모다 후원자가 돈을 대엇고, 리구영(李龜永)이나 누구누구가 작품을 내노흔것이 모다 숨은후원자가 잇서서 돈을내어 노앗지, 그런사람을 찻자면 수두룩 하지요

卜惠淑—그러나 순수한, 쌔긋한 마음으로, 정말음악이면 음악, 연극이면 연극을 보호하자는 의미로 돈내어놋는이가과기에는 적엇지요, 거기에는 전부라고 하여도 가할만치 파도론들이 모다 목적이 잇섯지요, 가령 어느극단에 돈을내어노앗다면, 그사람은 그극단 배우 중 어느 녀자에게 반하여서, 그녀자의 환심 사기 위하여 그러는경우가 태반이지요, 일활(日活)잇는 미네, 킹고(峯吟子)가 관서어느실업가(關西實業家)로부터 매달 팔백원(八百圓)을 밧고 잇섯다는등, 이런일은 조선뿐이아니고, 어듸던 다 보수를 바라고야 파도론 노릇을 하나보더구만요

仙人—넷날 극단에나 활동사진 배우로 다닐적에복혜숙씨는 그런 파도론을 업어본적이 잇서요

卜惠淑—잇섯지요, 정직하게말하면, 그러나 나는 단언해요 나는 내 정조를 제공한일은 절대로 업서요, 어느극단이라고 일홈까지 대일수는 업지만은 언제든가 그런일잇섯지요, 극단주무하는이가 귀ㅅ속말로 「저놈팽이 당신짜라 작고 다니니, 돈 낼때까지는 조토록 대답해달나고 하겟지, 내가 도라저서 그사람이 발을 싯는날이면 극단은 망하는수박게야업섯스니까, 그래서 허릴업시 그파토론이 시골도라다닐째에 구찬게 굴길내 서울가서 조용히 맛나자고, 연해연방 웃는낫츠로 속여왓지요

仙人—그래서 서울 와서는요?

卜惠淑—시침이 쑥짜고 나는 내집에 와버렷지요, 그런 뒤는 모든관게가 다슨어젓지요, 생각하면 우습지 지금 조선사회의 파도론이 잇다면 십중팔구는 모다 어느녀배우(女俳優)에대한 구애수단(求愛手段)일걸요

李瑞求—그말이 올치, 돈써가며 웃줄거리며, 그러면서 어느게집을 제손에 너차는 그런심리가진 파토론이 대부분이야, 아직도 조선사회는 멀엇서

仙人—그러면 돈잘쓰는 사람은 누구누구일가요, 선선하게 쓸데 척척쓰는 그런 긔마에(氣前)가 조흔사람이라면?

卜惠淑—금년봄이든가요, 우리 비너스 기차점(茶퇴店)에하로는 점잔은 신사한분이 오서서 「고-히」한잔자시고 팁으로 십원짜리 지전한장 두고 나가겟지요 무르니까 천진(天津)잇는 분이래요,

나 처음 그런분을 맛낫습니다

李瑞求—아마 그이는 고토(故土)가 그리워 여러해만에 서울로 차저
왓다가 넷정조(情調)에 가슴이 설네든게지요, 그래서 십오원짜
리 차한잔에 십원팁을내엇슬걸, 락원(樂園)갑페가튼데서도 팁
으로 이십원까지 내던지는 손님을 보앗다고 하더구만

仙人—자네는 얼마나 내본적잇는가

李瑞求—동경(東京)갓다가 은좌(銀座) 엇든 「레스토란」에가서 십원
준일이 잇는데 아마 이것이 나로서는 최상이엇네, 이약이드르
면 횡산대관(橫山大觀)이나 국지관(菊池寬)가튼 예술가들도 은
좌 갑페에나타나서 삼사백원 팁 주는일이 수두룩하다니 몃백
만원, 몃천만원하는 큰실업가측들이 일이천원 내던진다는 말
도 거진말 아닌상 십데

卜惠淑—나도 녀급들헌테서 드른말이지만 신호(神戶) 엇든후네나리
깅(船成金)은 이천원을 던저주더래요 아모 성적요구(性的要求)
가 업시! 놀납지요

仙人—조선서 돈을 시언시언하게 쓰는이가 누굴가

卜惠淑—백명건일걸, 쓸데는 빗나게 쓰지요

仙人—민대식이나 한상용, 박영철등 큰 실업가는 각금갑페가튼데
로 가는가요

卜惠淑—몰느지요.

李瑞求—간대도 우리눈에 씨우도록은 아니갈터이지, 드른즉 큰실
업가축들만 가는 오뎅집이 남산장(南山莊) 부근에 잇서 그리로
각금 간단말이 들니는데, 게가서야 오뎅하나 집어먹고도 십원

이십원을 노쿠 온다더구만

서울에 홍행사가잇나뇨 배우로는 누가 유망한가요

仙人―서울에 홍행사(興行師)가 잇나뇨. 홍행사, 혹은 마네-자라 할
　　사람이, 가령 동경의 요시모도(吉本)가 배구자(裵龜子)의홍행를
　　도마터하드시 쪼는 소림일삼(小林一三)이 일극(日劇) 동보(東寶)
　　를 경영하듯하는 마네-쟈, 혹은 홍행사라할 사람들이
李瑞求―「춘행전」을 이번에 와께지마(分島)가 돈을 대어하엿다데
仙人―얼마나?
卜惠淑―이럭저럭 약칠팔천원 들엇단말이 잇더구만요
李瑞求―어느 나라 연극이나 활동사진이든 반드시 그 사업이 절 발
　　달되자면 조흔 마네-쟈가 첫재로 나서야하는법인데, 조선에는
　　그런 인물이 업는것이큰 탄식이야, 지금은 영화배급(映畵配給)
　　의　권리를가지고잇는것은　림수호(林秀湖)녯날劇團에다니든사
　　람) 도요(淀＝藝苑社를引受하여하는사람) 소노다(園田)이세사람
　　이지, 녜전 라운규가 박혓든 「아리랑」이나 「금붕어」나 김영환
　　(金永煥)의 「落花流水」나 그박게 우리사이에서 만드러진 영화의
　　대부분은 이 세사람들손으로 모다 흘너드러가잇는 형편이지
仙人―흘너 들어가다니?
李瑞求―돈에 밧부니짜, 완성된작품을 저당잡히고 돈을 빌어쓰지,
　　그러구는 돈을 못갑게 되니짜 판권이 거기 가벼리지, 조선서

흥행사라하면 아마 앗가말한 세사람쑨일걸

仙人—「춘행전」도 이번 단성사(團成社)에서 처음 몃날은 일천오륙
백원씩 쌔엇다하니, 그러케 남는장사치고 엇재서 조선사람측
영화제작업자는 기껏해야 한작품을 내고 쓰러질가요

ㅏ惠淑—짝한말슴도 하시네, 조선흥행업자의 인격과 식견과 자력
을 생각해야하지요 첫재는 예술에대한 깁혼리해(理解)가업는
것, 둘재는 예술품을 제작하는 태도가 진실(眞實)스럽지못한것,
셋재는 돈을 사내답게 쓰지못하는것, 이세가지지요, 앗가도잠
간비첫지만, 녜전 초창시대의 출자자(出資主)란사람은 실상목
적이 활동사진 맨드는데 잇섯든것아니고, 게집애나 후릴작정
으로 극단도만들고, 영화에 돈도 내노앗지요, 그런뒤는 제가
돈을낸다고 자세하고 제와갓가운 쑹짠지가튼 사람들을 쓰으러
다가 주역(主役)도 맛기고 감독(監督)도 식히니, 그작품이 성한
것이 나올리가 업고 셋재는 돈은 결국은 이천원이요, 삼천원이
요 하고 쓰면서도, 그쓰는태도가 고리대금업자 이상이어서 삼
원도주고, 오원도주고, 도모지 한덩어리로 탁주지 안어서 밧어
쓰는사람은 애만나고, 돈은 갑절이들면서 일은 안되지요 그러
구는 한작품을 만들고는 그만 나가 잣바지지요

李瑞求—신염(信念)이 업지, 한마듸로 말하면 신염이 업스니짜 그일
이 될짜닭이 잇나뇨, 「정말로 이사업은 성공하고마는 사업이다」
하는 굿은 신염이 생긴다면 첫작품에는 밋젓다해도, 그다음작
품으로 보충할게획이 설터인데, 그만 낙심하고 말지요, 비단
영화쑨아니라, 레코-드라든지 모든 빗나는 사업이 다 쓸어저

가는 싸닭이 거기잇단말이야. 그러기에 내가보기에는 지금까지의 마네-쟈, 혹은 극게의 은인(恩人)으로는 박승희(朴承喜)가 제일인자엇지 제재산 이만여원을 써가면서 제가 무대감독(舞臺監督)을하고, 제가 각본쓰고, 갈팡질팡하면서 진심썻 극게을 성장식힌사람이엇지, 다시 제이박승희가 나오지안코는 조선의 극게나 영화게는 암담하다할박게업네

仙人—라운규(羅雲奎)는 다시 재긔(再起)하지안나?

李瑞求—그사람이 초긔영화게에잇서서는 큰공로자엿고 그작품에 북국인적선(北國人的線)이 굵은 점이여러사람의 환영을 밧엇섯는데, 이제는 「유씨쓰마리」(行き詰り)를 햇단말이야

卜惠淑—그사람에게는 「아리랑」이 대표작이엇지 아리랑이후에는 더진전이 업섯서요, 최근에는 배우로서 연출은 아니하고 감독(監督)방면에 몸을 옴기는데, 그사람이 감독하는 작품은 모다 라운규식이 되야 그저쒸어다니고, 우락부락한맛이 돌아서 배우들도 모다 라운규와 가튼 타입으로 동작하게만 하는듯하더군요

李瑞求—긔사(技師)로는 리창용(李創用)이낫지

卜惠淑—요지간 안석주의 「춘풍」(春風) 촬영하는것을보니까, 감독에 리(李)라고 하는분이잇는데, 이사람이 퍽으나 숙련한 수완을 가지고잇더구만요,

仙人—압흐로 더 자랄상십흔 배우는 누구누구들인가요, 춘행전의 한일송(韓一松)이는 엇던가요

卜惠淑—조와요, 얼골타입이 조코, 예술을 진실로 리해하는듯십고

李瑞求—그사람이 유망하지, 그리고 황철(黃鐵)이도 리경선(李慶善)
　　이도 다 장래가 잇다고볼일이야

仙人—녀자로는—

李瑞求—문예봉(文藝峯)이야

卜惠淑—그러치요, 문예봉에게 고전극(古典劇)의 주역을 맛기면 실
　　패가 업슬걸요

仙人—한작품에 한달이고 두달동안 출연하면 모다 얼마나 밧나뇨
　　보수로는

李瑞求—일백오륙십원은 잘하면밧지

卜惠淑—웬걸요, 백원일가, 더쩌러지면 오륙십원정도일걸요

仙人—서양배우로는 누구와가튼 타입을 조와해요

卜惠淑—사내로는 바렌티노, 「엇던밤에생긴일」에 나왓든 「쿠락케-
　　불」, 「벵갈槍騎兵」의 「케리-, 쿠-바」

仙人—닥크라스型과 촤푸링型의두가지잇다면 어느쪽을 조와해요

卜惠淑—언제보아도　애수(哀愁)에차고잇는듯한　촤푸링이　조와요,
　　촤푸링에게는 정말로 철학(哲學)이잇고 포엣트(詩)가 잇는듯하
　　지만 짝크라스야 경박하고 둔감(鈍感)하고—

李瑞求—촤푸링은 「황금광시대」(黃金狂時代)가 절정이엇지, 나는 「데
　　도릿지」가조와 그의 꿈속에무친듯한 눈동자 어느 밀실(密室)속
　　에 익그는듯한 그윽한 말소리, 정말 조테나, 그리고 「노-마, 샐
　　라-」도 「구로뎃, 골-벨」도 조와

卜惠淑—녯날 배우만 못한것 갓더구만, 녯날의 「리리앙깃쉬」 「크라
　　라보」 가튼 명연긔(名演技)를 가진 큰 스타-는 그뒤에 업는듯

하더구만요

李瑞求─경도(京都)갓다가 촬영소에들너 강양이(岡讓二)를 맛낫는
데, 그사람의 얼골윤곽이며 연긔(演技)가 조테나, 고전염(高田
稔)도 조치 시대극(時代劇)에는 대하내(大河內)이야

卜惠淑─나도 언젠가, 촬영소에 들넛슬적에 入江たか子연긔를 보앗
는데 엇더케 둔감(鈍感)이든지요 한장면을 일곱번이나 다시 박
이더구만─역시 복견직강(伏見直江)이낫고, 남자로는 편강천혜
장(片岡千惠藏)이낫지요, 소삼용(小杉勇)의 연긔에도 반해저요

仙人─최승히(崔承喜)와 배구자(裵龜子)의인긔가 굉장한 모양인데,
그 분들의 비평을 좀하여주게나

李瑞求─두분다 대가(大家)들이니까, 벌서 비평권외(批評圈外)에잇
네. 더구나 최승히는 지금 동경무용게에서 독보(獨步)하는 지위
를 가지고잇서, 짜르는사람이 업네, 보라구 석정막문하에잇든
석정소랑(石井小浪)이 은퇴하고, 원신자(原信子)쏘한 은퇴하고,
누가잇나, 최승히밧게

卜惠淑─연긔(演技)로보아도 이제는 정말 당대일류지요 두분 다 얼
골이 조코─, 예술을위한 정열(情熱)이 씀코,

劇團을쪼차다니다가 逢變한일업는가 시골 興行은 돈을 버으는가

仙人─시골로 극단이 순희흥행다가 밥갑에 몰니면 녀배우를 전당
으로 잡혀둔다는데 어듸인질(人質) 당한 일이 업서요

ㅏ惠淑―웨업서요, 수두룩하지요, 정말 그동안 조선안 팔도는 골골이 삿삿치 도라다녓고 만주(滿洲)요 동경대판(東京大阪)이요 멧 해를두고 여러십차레를 도라다니는 사이에 말못할 고생을 격근일이 한두번이 아니지요, 정말 젊은 녀자의 몸에 피눈물도 나만치 흘녀본이가 드물걸요

仙人―엇더케요?

ㅏ惠淑―한번은 윤백남(尹白南)이 인솔한 민중극단(民衆劇團)에 ㅆ어서 삼남각지를 도라다니다가 마산(馬山)왓는데, 그째는 한창 사꾸라 철이엇지만 련일비가오고 손님은 아니드러오고, 열흘, 보름묵는사이에 려관집에 밥갑은 일천삼백원어치나 덜컥지엇지, 자 엇더케해요, 주인은 돈내라고 졸느고― 인솔자들은 속이달아서 연해연방 서울이요 대구요하고 돈보내라고 전보질하여, 글세 전보료만 팔십원이 들엇지요, 기가막혀서… 그래서 결국 멧멧사람이 쩌러지고(그속에나도)짠사람들은 쩌나서 돈 일천원을 하여다주고, 살아나왓지요

仙人―걸작이구만, 그러구는 쏘 업서요?

ㅏ惠淑―쏘한가지 더 말하지요, 평양(平壤)갓다가 흥행성적(興行成績)이 조치못하여 밥갑을 산뎀이가치 젓지요, 주인놈하는말이 걸작이지요, 다른사람들은 다제마음대로 쩌나도조흐니 복혜숙이만깃트라고하지요, 그래 할수잇서야지, 이제는 뱃심이나 부릴밧게업다하야 다른사람들은 다 서울까지 올려보내노코는, 그제는 나한몸만 쩌러저잇게되자, 밤낫 주인녀석과 이놈저놈하고 세차게 싸홈을 햇지요, 화가나서, 저도생각지못하든 걸직

한 욕이 엇더케 몹시 쏘저다나오는지 한바탕싸우고는 우스워
서혼자 두러안저 우섯지요

이러기를 대엿새 하엿더니, 주인녀석도 제예산이 다틀니고,
꼴이 틀럿다고 보앗든지 나중에는 쌔앗아두엇든 가방이고 양
산이고 치마고 저고리고 구두를 마당에 내던지면서 「예―이
무서운년, 어서가지고가거라」하겟지, 그래 주섬주섬거더입고
서울올너왓지요, 호호호, 그 놈이녀관이 경×여관이엇지요

仙人―한번 흥행에 얼마나 이익이 나는가요

卜惠淑―글세 드러맛기만 하면 돈을잘버을지요 몃천원씩손에쥐고
  도라오게되지요, 벌서여러해전인데 토월회(土月會)째에 「가주
  사」 「犧牲」 등의 연극을가지고 대구(大邱)로 가서 공연을 하엿
  는데 입장료도 一圓五十錢, 一圓, 八十錢 이러케 모다 빗사게밧
  엇건만 엇더케 손님이 쓰러드는지 하로밤에 팔백원이낫서요,
  놀나윗지그러고 썩―그전 일인데 권일청(權一淸)들과함께 간도
  (間島)로 흥행을 갓는데 마츰 품평회(品評會)든가 무에든가 잇
  서서 여간 사람들이 만히 모히지안어서, 거기서도 큰돈을 모앗
  지요, 그래서 우리도 백원, 이백원씩 한써번에 타본적이잇지요,
  배당(配當)을요.

서울에 잇섯스면 조흘것이 무엇일가

仙人―모던도시 서울에 잇섯스면 조흘것이 무엇무엇일가요

李瑞求—짠스, 홀이야

卜惠淑—나도 동감이야요, 서울에 짠스 홀 하나도 업기까닭에 동경
대판(東京大阪)서 만주(滿洲)로가는 손님들이 서울에 들맛이 업
다하여, 하로만 잠간 내렷다가 그냥 봉천(奉天) 신경(新京)으로
직행하여 버려요, 실로 그째문에 한달잡고도 서울에 써러질돈
으로 손해밧는 금액이 멧만원, 십만원인지 모르지오

李瑞求—동경서 유명한 짠스홀 후로리다에가보니 음탕하다거나 추
악하다는 관렴은 터럭끗만치도 업고 또 짠스홀에 출입하는 사
람들을 세상서는 함부로 연애유히(戀愛遊戲)나하는 유한매담
(有閑婦人)이나 부량소년으로 녁이지만 정작 가보니까, 점잔은
신사숙녀가 모다 오드구만, 더구나 샐라리만들이 종일 주판과
펜을잡고 쎌딩속에 우울스럽게 업듸어잇다가, 석양에 겨우 해
방이되어 나와선 왼종일 피로(疲勞)를 거기에서 씻데그려, 오락
을지나 생활필수과목(生活必須科目)으로 되어 지나보데, 이러케
되면 「짠스」라고 함부로 경박재자들이 하는짓만이 아니야

卜惠淑—보기에 달녓지요, 모다 정도문제지요, 서울서도 처음엔 개
인교수 가튼것을 허하더니 짠스는지금은 엄금이더구만

仙人—서울에는 짠스홀이되기어러울가

李瑞求—어려울걸, 우원총독이 조선에잇는한에는—

仙人—엇재서? 「짠스홀」 허가여부야, 설마 그러한 소소한 문제를
총독이 결정할나구, 아마 경찰부장이 제의견에 좃차서 허부를
결정할걸

李瑞求—아니야, 언젠가 우원총독이 신문긔자단(新聞記者團)에게 언

명한일이 잇는데 즉 「이런 국가비상시대에 음탕한 망국적인 「짠스홀」은 절대로 허락할수업다고 하엿거든, 그러니까, 총독의 방침이 이런이상, 조선안에는 짠스홀이 서질가능성이업서

ㅏ惠淑—어려울걸요, 요지간 시내에 「짠스홀」된다는 풍설이 도라다니는것도 경찰이몹시 취체하더구만

李瑞求—조선안에는 안된다 섭치드라도 안동현(安東縣)쯤되면 괜찬을걸

仙人—그리고는 또 무엇이 부족한가요

李瑞求—유원지(遊園地)야, 어린아해들짜지 다리고 점잔케일가족이 산보도하고, 하로 유쾌하게 놀 遊園地가 서울교외(郊外)에 잇섯스면 조켓서, 지금은 한강(漢江)은 야속화(野俗化)하여젓고, 쑥섬이나노들(鷺梁津)도 살풍경화하엿고—

ㅏ惠淑—그러치요, 겨우잇다는것이 창경원(昌慶苑)뿐인데일요일날 가튼째에가보면 너무사람이 만해서 북적북적하여 한적한맛이라고 잇서야 놀자미가잇지요

李瑞求—말하자면 대판교외(大阪郊外)에 다까라쓰까(寶塚)가잇드시 온천도잇고, 공원도잇고, 가극(歌劇)도잇서, 하로종일을 한가족이 유쾌하게 놀고올곳이 잇섯스면 조켓데

仙人—대판이나 동경은 인구 사오백만, 칠팔백만을 씨고잇스니까 그런 시설이 생기지만 서울은 이제겨우 사십만을 가지고 무얼 하겟나, 당분은 그런 대규모의 유원지는 될가능성이 업다고 보는것이 올흘걸, 그밧게 무에업슬가

李瑞求—이번에 동경(東京)가보니 「페인싱」이라하야 칼을가지고 독

일대학생(獨逸大學生)모양으로 결투(決鬪)를하는 경긔(競技)가 성하데, 나는 그것이 얼마잇지안어 조선에 쓸려올줄아네, 지금 박씽(拳鬪)야 대중성(大衆性)을 쯰지못햇고 마장(麻雀)가튼것은 순오락이니까, 그중간을 가는것으로, 이러한 「결투경긔」가 조선서 환영을 밧을상십흐데

仙人─그러고는 무에필요한것이 업슬가요

李瑞求─「멧센자, 쏘이」즉 십전만 주면 어듸든지 심부름을 가주는 그런 멧센자쏘이가 잇섯스면 조켓데 동경, 대판에는 참으로 만해서 편리하데

卜惠淑─잇저, 서울에도 영낙정(永樂町)인가 어듸에잇는데, 멧센자, 쏘이의 말이우습지, 제일 심부름이 만흔것이 「밤에은군자(隱君子)부르러 가라는 심부름이래요

仙人─은군자는 걸락이구만, 자, 너무오래 말슴하여 주어 감사합니다, 이제는 우리저리 나가 정원이나 산보하며황국단풍(黃菊丹楓)을 완상합시다 (쯪)

『天下大小人物』評論會

出席者

車相瓚－(開闢社主幹)

柳光烈－(新聞社編輯局長)

宋奉瑀－(批判社主幹)

李瑞求－(新聞社前社會部長)

本社 金東煥, 金性睦

十二月 十三日 午後六6時부터

서울明月舘에서 同十一時까지

話題

一. 紳士淑女의初印象

二. 社會葬할人物

三. 誤報事件에對한苦心談

四. 女流記者의人物雜談

名士의 初印象

金東煥(本社主幹)－險口도조코, 諷刺도조코, 諧謔도죠한 조흐니 우리
　　社會의 濟濟名士에對하여 그처음 맛나든 印象을 忌憚업시 말슴
　　하여주세요 그리고 이座席에선 「氏」와 「先生」이라는 一切敬語
　　의 使用을 쌔기로 합시다 자아 그러면 처음으로 安昌浩를 맛나
　　든 이약이를 하여 주세요
車相瓚(開闢社主幹)－내가 普成中學校에 단닐째 일이니 벌서 三十年
　　前은 될걸요 米國서 금방나온 安昌浩가 서울西大門밧 圓覺寺에
　　서 연설한다는 榜文이 長安 곳곳에 부텃겟지 그째 中學生이라
　　하면 아들쌀 孫子까지 둔 老學徒들로 모다 政治니 社會니 하고
　　써들고도라다니든 패엿지 자아 그래서 圓覺寺 너른들로 달려
　　가니 샛파란젊은 선비가 演壇에 올나서서 팔을 휘휘- 저어가
　　며 演說하는데그演說이 어듸 靑山流水式 辯設이라기보다 정말
　　조곰도거짓을 쑤미지안는, 진정에서 나오는 熱辯이겟지요 言言
　　句句 吐할째마다 修飾이업스나 피가쓸고 정성이쓸는 그說法에
　　는滿堂이 그저感激햇지요 演說內容도 무슨 世界大勢니 멧千萬
　　同胞니 하는 抽象的語句使用보다 適切하고도 알기쉬운例를 쓰
　　려다가 말슴한단말이지
本社主幹－조곰인들 지금記憶못하겟서요 그째 演說內容을-
車相瓚－알지 三十年前일이지만 엇더케도 깁히印象을 밧엇든지 지
　　금도 分明해요 이런이약이엇지요 「여러분아 落心말나」하는 題
　　目인데 참새가 구렁이 허리우에 잘못 올나 안젓더래도 와락날

아만가면 괜찬은데 그참새가 이제는 큰일낫구나큰일낫구나 하
는式으로 즐거겁을 집어먹으면 끗끗내 ×혀먹고 만다는이런 비
유를 써가며 퍽 巧妙한 論理로말하지요 그리고 또 그 어룬은
演說끗헤가면 「心舟歌」라는 「간다간다 나는간다」 云云하는 저
혼자지은 노래를 演壇에서 불느고는 내려오지요 그째그것이
말하자면 政黨演說로써 大韓協會가 主催햇지요 그뒤 上海잇는
趙琬九와함께 安昌浩를 만나려간일이잇지, 가운데 茶坊谷연동
禮拜堂牧師자님 김항라 집에 留宿하고 게시다기에 用件은 그째
畿湖學會니 湖南學會니하고 學會가 불길가치 이러날지음에 나
도發起人이되어 우리江原道留學生을 中心으로 關東學會를 組織
하고 學會主催로 演說會를 開催하려 島山을 演士로請하러갓더
니 演說하여주고 그리고는 주머니에서 돈三十圓을 쓰내어 寄附
하여주겟지 이러케 고마운양반이업섯서 그러든분을 이번 出監
后에 가서맛나니아조 늙엇겟지요 녯날 모습이 업더구만 圓覺
寺에서 演說하든 그모습이

宋奉瑀(批判社主幹)－나는 몃달전인가 中央호텔에 동무들과갓다가
  먼발충에안저 게신것을 그저 구경만하고 왓서

金東煥－인사도 업시

宋－응, 사람이 엇더케만흔지 인사할틈이나 잇던가 그래서 十里밧
  게서 구경만하고왓는데 骨格이 생김샘김이 剛直한사람이겟구
  나 하는 늣김은 밧어지는데만은 別로 큰 사람이란 印象은 빗어
  지지 안테나

柳光烈(M新聞編輯局長)－그럴가 나는 퍽－녯날에 맛나뵈엇지 東亞日

報記者로서 上海로갓슬째에한三十分間동안 그분이 心中에잇는 經綸을 터러놋는 말슴을 드른 그座席이 初會見이엇는데 그째 初印象은 퍽이나 「至誠의人」이구나하는 늣김이나데

李瑞求(前, 新聞社會部長)−나는 전번에 花月食堂에가니 春園과 李肯鍾등四五人이 웬 老人한분을 中心으로하고 점심을 자시고잇겟지 나는 그것테−불에가안저 春園가튼 선비가무슨 誤入을하느라고 저런 금점군 老人과 交際를시작 하는고 하고 心中에 혼자 생각하고잇는판에 李光洙가 달려와서 꼭인사하라기 인사햇더니 그분이 安昌浩엇서 인사하기전 내 생각에는 시골서 돈양가진 양반으로 금점하는 그런분으로 보엿단말이야

金東煥−大田서 나오신지 얼마안된철이기에 日光못본거문얼골에서 그런 印象을 밧엇든게지 그러나금전군은 過하네 그려, 그러면 宋鎭禹의 初印象은

柳光烈−宋鎭禹는 그가 스물삼사나되엇슬가 할째에 東亞日報로 인터뷰−하려 차저간일이 잇지나는 滿州日報記者資格으로, 그랫더니 지금가치 老成한風味도업고 팔팔하지도 안코, 그저 공부하는 선비가튼 印象을 주더구만, 오히려 그자리에서印象깁게 맛난이는 張德秀야그전에 그가 東京서 呂運亨이허고 갓치갓다가 나와서 新聞社를 하나 만든 다기에 이靑年政客을 願一見之하려든 心理로 그가留한다는 南大門밧 巴城館 호텔로 차자갓드니 外出하고 못맛낫단 말이야 그래서 이 東亞日報編輯室에서 어느 親舊더러 張德秀를 어느방에가면 맛날수잇겟느냐고 무르니까 그親舊가여럿이쑥둘너안즌 자리속에 수염이 턱이고 볼에가득

난한분을 손짜질하며 「저분이 張德秀야」 하기에 깜작놀낫지 내생각에는 威風堂堂한 丈夫의 態가안나면 俊銳 千里馬와가튼 간얄핀 어룬으로 상상햇더니 黑頭蓬蓬에 수염텁석이에……

李瑞求—놀랏든가.

柳光烈—정말 놀낫네 그런데 그엽헤 새파란玉色 두루막이를 입은 색시가튼 眉目秀麗한 男子가잇겟지 누군가 햇더니 그가 何夢 李相協이 엇서 그는 十六七부터 小說쓰고 美文쓰고 하여 才子의 일홈을 듯던사람이지만 그째印象도 天眞漫滿하고 無邪氣한 사람으로 보엿네

李瑞求—張德秀는 「오샤레」를 몰낫네 우리들 社會部記者가 모여 온갖 尖端語를 써가며 論談風發할째에 그겻헤와서 부러운듯 한참 듯다가 時代尖端語와 「오샤레」가 나오면 「그게무슨소리냐」고 진정으로 알고십허 뭇는단말이야 東京銀座通은한번도 지나본 것갓지안는 털털한분이야

金東煥—나도 中學生째에 보앗는데 演說은 잘하데나

李瑞求—연설할째에도 傑作이지, 崔南善이 모양으로 土産獎勵한다고 고무經濟靴를신고와서는 연단에올나설째에는 일부러 고무신을벗고 맨발로 올나선단말이야 이敬虔하고도 天眞스러운 姿態에 聽衆들은 그만 쌀쌀 웃스며 拍手하지 群衆心理를 용하게 붓잡는 方法이야

宋奉瑀—그째 當節 張德秀도 웬간햇지만 演說에는 朴一秉을 못짜랏지 朴를붓잡어다가 光化門通 네거리쯤 세워노코 演說한바탕 식혓더면 그는分明 天下群衆을 끌케할 辯才를 가젓섯건만

李瑞求―煽動演說에는 十年前에 朴一秉이잇고 十年后오늘에 呂運亨 이잇다하리만치 一當百들이지다만 朴一秉이는아는것이 썰너서 밤낫하는소리가그소리그소리뿐인 欠点이 잇기는 햇스나

金東煥―宋鎭禹 印象을 좀 더分明히―

宋奉瑀―나도 社會運動하든 初期인 녯날에 맛난적잇는데 그째는 村 夫態가잇섯서, 기름끼도 돌지안코

李瑞求―암! 지금이야 만히 닥겻지 十五年前에야 선비나 샌님이랄가

金東煥―方應謨의 初印象은?

車相瓚―趙炳玉이 잇슬째에 朝鮮日報에가서 나는 처음맛낫는데百萬 圓인가 얼마를 가젓다는 큰富者로는 보이지안엇서 아조 검소 하게차렷스니까

李瑞求―나는 朝鮮호텔에서 열닌 朝鮮日報招待적에 보앗는데 金鑛 하여 百萬圓中五十萬圓을 쑥잘나新聞事業에 던젓다는 큰분이란 생각이들며 깁흔 印象이밧어지데나

宋奉瑀―응 나도 그랫서 朝鮮日報東亞日報가 쌀이빠지게 한바탕 싸 홈하고난 뒤끗에 처음 차저 갓지 얼골이 鐵血色인것이 假飾업 는 人物로보이데 그리고 저분이五十萬圓을 내던젓나 하면엇전 지 敬意를表하고 십데나

柳光烈―나는 七八年前 堅志洞長春旅舘에서 定州 親舊 紹介로맛낫는 데 대단히 단단한 양반이구나 햇지 그뒤 朝鮮體育會에서 祝辭 하는 마당이잇섯는데 처음尹致昊가 하고 그다음 내가 하고 그 다음 方應謨가 하고 뒤이어 宋鎭禹가 한일이 잇섯지 늘 듯기에 方과宋은 席次다툼을한다 하기에 엇던가햇더니 그째에는 그런

빗치업고 퍽으나 謙遜한분 갓데나

金東煥－呂運亨은

柳光烈－亦是 上海갓슬적에 맛낫는데 살이 둥둥찌고 滿身 熱血이
　　　솟는 軒軒丈夫엇서 점심을함께 먹는데 水滸誌에 나오는 豪傑처
　　　럼소갈비쪠를 그양쥐고 훌터자시는 품이라든지 말소리 우럭우
　　　럭하고 모자도안쓰고 다리를 휠신 거더저친 바지 짜른洋服을
　　　입고 굵은 몽동이 집고 휠-휠- 활개치며 다니는 모양이 「當代
　　　豪俠男兒그대로구나」하는 늣김을 밧엇네 자녠 안그러튼가

李瑞求－웨아니래, 第一조흔이야, 젠체 안하고 버티지안코 더구나
　　　그사람눈은 조선사람중 第一가는 눈이야 어디로봐도 사나히지

宋奉瑀－나는 아직 인사를못햇네만은 나는 젠줄 알고 저도 낸줄 알
　　　기야알지 人物로는 조테 소탈하고 자만성업고 언어동작등 모
　　　든 사람된품이 여러名을 거느리게 생겻데나

車相瓚－나는 한 三十年前 그가上海로가기전漢文선비인 呂荷汀宅에
　　　서 맛나는데 그째도 씩씩하고 풋뽈잘하는 運動客이더구만

金東煥－그째도 演說을 잘 햇든가요

車相瓚－그째는 말을 그러케 잘하지는 못햇지그러나 靑年層人物가
　　　운데는 다그將來를 囑目햇섯지

金東煥－何夢李相協은 엇더튼가요

柳光烈－내가 何夢을 처음맛나기는 한二十年前될거야 水標橋다리
　　　光文會집에 그째崔南善 李光洙 安在鴻 權惠奎等 當代 論客才士
　　　가 늘모여서史談도 주고밧고 바둑 장긔로 消日도 하던철에 하
　　　로는 光文會을간즉 누구와누구던지 일홈은 이젓스나 둘이바둑

을두는데 겻헤서 샛파란 少年선비가 안저 훈수를 한단말이야
그훈수가 잘하는훈수가 못되고 잘못하는 훈수인모양으로 그훈수
를밧다가 바둑한판을 덜커덕 젓단말이야 그째 그분이 少年선비를
보고하는말이 「이사람 자네는 何夢이아니라 眞夢일세」한단말이
야 그래서 그분이 何夢인줄아럿는데 엇잿든 一見에 「才勝於德」
인줄 알엇지

宋奉瑀ー그러치 아담한 선비엇지 녯날風貌는

李瑞求ー나는 東亞日報記者試驗보려고 그분압에달려갓는데 試驗條
件이란 아조 꼭어러운것만 가리어뭇겟지 性格이매서운이로 보
엿서 그째 땀쌧네

車相瓚ー社會客이 된뒤에도 그性格이쌀쌀하고 매서운一面이 잇지
만 學生철에도 그랫지 그째 何夢도 普成中學에 나도 普成中學에
단녓는데 홀쪽한 얼골 간얄핀 몸 쏘는눈 이래서 別名을 캣(고
양이)이라고 불넛지 우리는 別名을 불니어도 허허 웃고말지만
이사람은 毒質이어서 제 別名불는다고쏘처와서 발길로 차서쪽
復讎하고야 말앗다네엇잿든中學生째는 紅顔美少年에 工夫잘하
는 才童이엇지

金東煥ー인제 신문사축은 그만치 훌트고 尹致昊는 엇든가

柳光烈ー점잔은 선비란 印象을밧어지데 李商在當節 靑年會舘에서
처음 맛낫는데………

宋奉瑀ー尹致昊는 民衆의批判을 밧을 만한 자리에 서본적이 업서
그분에게 얼마나한 氣骨이 잇는지는 모르겟스나 外觀으로는넘
어 靜的이란 印象을 주데나

車相瓚—곱게 자라는이지 그리고 年年歲歲 늘푸른滿年靑가치 七十
　　客이건만 아직도 靑少年갓데나

李瑞求—한가지 缺点은 거를째에 구두에 몬지올녀안지면 서서 툭
　　툭 터는것이 무텁텁한 丈夫답지 못한것갓데그려

金東煥—그런가 자아 이제는 누구누구 指名아니할터이니 宗敎界,
　　敎育界, 財界의 여러人物을 생각나는대로 初印象을 말슴하여 주
　　세요 一流의 그險口를 석거서

宋奉瑀—曹晚植 이약이나 할가 勞働總同盟째에 平壤에 우리들이 와
　—쓰러갓더니 浮碧樓아래「長春館」이란 料理店에우리를 招請하
　　여노코 平壤濟濟名士가 만히모혀서 話題가 民族主義와 社會主義
　　의 離合에 關한 討議를하는데 曹晚植은 남이하는말은 ――이
　　注意하여적으면서 저는 結局 한마디도 말을쓰내지안코만단말
　　이야 그째이분은 퍽으나 怜悧한분이구나하는 생각을 가젓지
　　엇잿든眞實한사람이란 印象을 주지 요지간은 살살— 아무일도
　　들고메고 나서지 안치만—

車相瓚—曹晚植이는 쏙안될일만 하자고 덤벼들지 한동안 그집에가
　　보면 세가지 看板을 붓첫는데한나 되지안을 일만 골나부첫지
　　曰 民立大學期成會 曰 禁酒斷煙實行會 曰 쏘 무에무에— 어듸애
　　當初에 民立大學이란 될것이든가 人生 酒草가업고 六十平生을
　　엇더케살아갈것이든가 이양반은 이러케 쏙 안될짓만 가리어가
　　며 하자고 덤벼들지 쌱한양반이야 요지간도 정강이까지 올너
　　오는「朝鮮후록코—트」周衣를 입고다니는지요

宋奉瑀—한동안 戀愛事件의 소문이들니데나 모란봉근처 어느례배

당단닐째 난말이라고- 그러나그고지식한 분이 二十世紀式 戀
愛인들할勇氣잇슬가

李瑞求－中傷이겟지 엄두도 못낼분이야

柳光烈－나는東亞日報째 四十八人의控訴不受理問題가 요란이 이러
나든날 裁判所에서 許憲이를처음 맛낫는데 世上에서는 그러케
써들엇지만 그째 내가 밧은印象은 퍽으나「溫厚한 紳士구나」햇
서 이初印象은 지금도 한모양이야

李瑞求－許憲이는「控訴不受理」로 일홈낫지 高等法院에서 地方法院
에 己未事件을 보내는데 그公文속에「送致ス」하는 두글자가 업
다고 이것은公文이 바람에날나왓슬수업슨즉 地方法院에서 이
事件을裁判할수업다 그러니 被告들을 모다 釋放하라하는 論旨
엇지 지금 드르면 오직 單純하고 우수운가! 아무튼 이不受理
로 一躍名辯護士가되고普成專門學校校長이되고 東亞日報監査役
이되고 新幹會長이되고 辯護士會長이되고 運이마구 튼 辛運兒
엿서

車相瓚－ 辯護士 말이낫스니 말이지金炳魯는 熱誠이잇서 내가 普專
法科에다닐째 그가 그째 講師로 時間을보앗는데 下學鐘이친지
한참되도록 한句라도 더알려줄려고 입가에춤을티티티우면서
講義하는것을 보면 名講士라고는 못해도 熱心스러운 講師란 늣
김을주데 그뒤 社會客이되면서도新幹會를 마트면 거기熱誠, 法
廷에 나서면거기 熱誠, 左右間 誠力잇는분이야

柳光烈－누구누구해도 法廷에서 하는 辯論에는가장 條理잇는 말을
하는이가 金炳魯와 辛泰嶽일걸

宋奉瑀—李仁이도 사람은 熱이잇는데 남이보기엔 구렁이 담넘어가
　　듯 너무모든일을 쉽게보고쉽게 處理하는것갓데

柳光烈—每事에 그런 늣김을주는 弊가잇지 그러나 大部分은 그게
　　術策이아닐가

李瑞求—암만봐도 萬年「道士」는 權東鎭이야

柳光烈—응 생각나는일이잇서 무슨事件으로든가京城監獄에서 징역
　　하다가 滿期되어서 出獄하는데애오개 큰거리로 幅이 넓은 수레
　　박휘만한 녯날삿갓을쓰고 八字거름을거르며 서울로向해 드러
　　오는 權東鎭을 보앗는데 아조 泰然自著하단 말이야 剛直한어룬
　　이야 또 八十老人이면서도지금도 말하는것을 드르면우리들靑
　　年의 呼吸을쉬고 希望을갓고 朝聞道面夕死라도 可也라는式으로
　　活動하시는데는 敬意를表하여지데

宋奉瑀—剛直은 하면서도 天下大勢를 채못살피는 点이 잇지안는가
　　朝鮮日報社長을 겨우 두時間하고만일이라든지

金東煥—엇든險口가 宋鎭禹는 우둔하고 許憲은 빈데잇고 呂運亨은
　　東西南北 네바름에 다 춤을추고 李光洙는 書生이고 安在鴻은 村
　　夫子고-하고집어 세우는것을 보앗는데 이말에 妥當性이 좀잇
　　는가요

李瑞求—잇다뿐인가安在鴻은 分明 서울사람에게 속아넘어갈듯한
　　愚直한一面이잇지

車東瓚—글은 金明植으로 더부러 當代最高奉의 論客이야

宋奉瑀—洪命熹의文章은 가물에 콩나듯 멷해에한章한句씩 나와서
　　果然 當代 稀文章이라하겟스나 「林巨正傳」과만 싸홈말고 論客

으로 나왓스면조켓데

李瑞求－韓龍雲이도 이제는 小說家로만 얼골을내미데 洪命熹나 韓
龍雲이나 다格에 맛지안는 誤入들을 하고안젓지

柳光烈－그래도 韓龍雲은 처음보기에 교만한것갓지만 무게잇네그
리고 申興雨는 假飾이란印象을주기쉽다지만 나보기에는 퍽 진
실한분으로 보여지데 衣服이 外飾은 陽明한 亞米利加風때문에아
마그러켓지

李瑞求－申興雨연설하는걸 드러도 저는 진작 정성과 열심으로 하
는것인데 그만 聽衆에게는 저게모다정말 心臟에서 울어나오는
소리 아니거니하는 늣김을주는 弊가잇서 첫재 五十客이 쌜간
넥타이라는것이 말이아니야

宋奉瑀－쌜간넥타이쑨인가 옥색두루막이 하여입고 에나멜구두신
고 종로 네거리다니는걸보면 암만생각해도 過하데나

車相瓚－申氏말이낫스니 말이지만 申錫雨는 아랫입술이 쑥 나온것
이 첫印象에는심술잇는 분이다하는늣김을주데

宋奉瑀－심술쑨인가 뱃심조코 버티는힘 잇서보여서 엇든境遇에든
지 輕視못할 누르는힘을 相對方에게 던저주지

柳光烈－그러치 심술구레기요 만만하게 머리숙이지안는 분으로 印
象을주지 쑈實際가 그러니까

李瑞求－그러나 多情한人情味 잇는분으로서 지금그집舍廊채에 모
히는 數十名 어려운사람들사정을 잘보아준다데 말이쉽지 人情
이 白紙張가튼 이런철에 이러하기 오직한가

宋奉瑀－再擧할째 쓰려고 養×의 意味도 百分一쯤 섯겻겟지그려 이

건 짠말이지만 사람은 金性洙가 상양한 風味가잇데나

柳光烈—그러치 多情하지 그應待하는 품이

車相瓚—全羅道풍이지 좀 多情한가 덜

李瑞求—全羅道사람이라고 다多情하든가 그동생 金季洙를보라고 그
러케 무쑥쑥한 사람은 쏘업지

金東煥—兪鎭泰, 徐廷禧, 金苦水, 元世勳는엇든가

宋奉瑀—徐廷禧 金元의 初印象은 百戰老將이란 늣김을주데

車相瓚—兪鎭泰도 다그러치 퍽으나 深謀잇는 사람으로 보여지데

柳光烈—韓圭高이를 업고 일한것을보면兪鎭泰는 確實히 策謀잘하는
老人이야

金東煥—앗불사 이약이 하다가보니 女流名士들을노첫구만 어듸 朴
仁德이부터 첫印象을 말해주게나

宋奉瑀—結局 美人타령부터 하여야할터이니 차라리그만두는게엇
든가

李瑞求—그러치 女子批評하기 좀 싸다로운가 一切그만두지 뒤에 말
성잇기도 쉬운즉

金東煥—다딜弱卒이군 遠而敬之하는양이. 그럼 學校長축으로 너머
갈까요 延專副校長兪億兼이는?

李瑞求—그째무슨 事件이 社會에잇서든지 잘記憶이나지안치만 左右
間 敎育家의談을 드러넬일이잇서서延專에 兪億兼이를 차저간적
잇는데사람은 「無事太平」한분가치 보이더군 그뒤 數次 接觸하
는 사이에 늘 늣기는것은 初印象과 別로 다르지안어 그분이 兪
吉濬先生의 아드님이 아니고 쏘 도라가옵신 純宗께서와 同婚가

아니엇더라면 오늘이 잇섯슬가 하고 생각되데나

柳光烈－善良한분이다 하면서도 「드는칼이」 아니구나 하는 말하자
　　면 亂世의일쑨이 아니구나하는늣김을 주지平和之世의 일쑨이
　　지오

車相瓚－나는세부란쓰校長 吳兢善의初印象 이약이나 할가 그는 진
　　실이 예수밋는이갓지도 안코그러냐하면 天下事에 寢食을잇는
　　社會客갓지도안코 또 醫師라면서 醫師갓지도안코 내觀察이 엇
　　던가

宋奉瑀－그럴듯하구만 西洋갓다왓스나 洋風냄새도 덜하고 그러타
　　고 純東洋味도 적고………

金東煥－普專校長 金用茂는

宋奉瑀－아직 짜노키전 비단실갓지 말하자면 실은 비단실인데 아
　　직 完成되지안은 늣김을 주데나

李瑞求－金用茂야 辯護士지 어듸 敎育家인가 數次 맛나봐도 敎育家
　　臭가 업데나

金東煥－梨花專門의 金活蘭은

柳光烈－博職한분이드군

李瑞求－農學博士고－

宋奉瑀－初印象은 輕薄지는 안테

李瑞求－四十當年에 아직짜지 艶聞이 아니들니는 것이 敎育者로써
　　얼마나 人格이高潔한가함을 알게하나 한편 한個의女性으로 바
　　라볼째 多少 寂寞도하이

金東煥－崔奎東, 玄相允은 엇던가

宋奉瑀―崔奎東은 어듸로보던지 教育者다 人格이잇서 쏘 처음맛나
　　나 열번맛나나 그眞情이그대로 소사나와서 참으로 저절로 머
　　리가 숙여지데

李瑞求―점잔코 眞實로 半島教育界를 생각하는, 눈물이 잇는분으로
　　보여지데

柳光烈―才操도 數學으로 朝鮮三天才의한분이엇대 才德이 兼備하기
　　는 이분에게서처음 찻는일이야

車相瓚―玄相允도 경박하지안코 준수하고 부지런하여 조흔教育者
　　구나하는 늣김을 주지그와나는가튼 普成專門의―同窓인데 나는
　　一回고 그는 三回던지 四回던지 됏지만 學生時代부터 퍽으나勤
　　勉하고 淳實하엿지 말도잘하고

宋奉瑀―玄相允도 雄辯家로치나

李瑞求―雄辯家는 아니나 말하는風이 眞實답고 잘하데나

金東煥―자, 이제는風雲客들은 말고 財界로 올마서 朴榮喆, 韓相龍
　　은 엇던가

李瑞求―朴榮喆는 코키리 相이더구만 그巨軀에 늘식식하며 泰然하
　　게 안즌것이무게가잇데 쏘 집치장한것이라든지 應接室에 名畵
　　를 건것이라든지庭園에 水石을 配布한것이라든지 이분은 돈만
　　아는것이 아니라 藝術을 能히 理解하는분이야

車相煥―쏘 趣味가 別다르지 花洞집戶數도 一四四番地오 自家用 自動
　　車番號도 一四四오 電話도 光化門 一四四로 몰아 모엿단말이지

金東煥―그밧게 李容汶, 閔泳徽, 閔大植, 林宗相, 崔昌學, 金基德, 朴興
　　植等 當代 諸當豪의 初印象이약이를하여주세요

李瑞求－여보게 富者 이약이는 그만두세 우리들이 모다 가난방인
　　　지라 조케말하면아첨하는듯도하고 또 우리는 言論界人들이라
　　　財界와 因緣이먼터에 맛날機會도 別로 업섯스니 그만두세나
諸氏－모다 同感
金東煥－그럼 百萬長者의 印象은다음機會로 미루기로하지요

社會葬하여줄人物

金東煥－李商在 모양으로 앞으로 우리社會에서社會葬하여줄만한 人
　　　物이 누구누구 일까오
宋奉瑀－社會葬이라하면 社會民衆의 總●를 묶어 삼가 哀悼한다는
　　　것인데 過去나 오늘까지의 지내온 經路를 바라보면 社會葬 하
　　　여줄만한 人物이 全혀 없다고보네 한사람도 없네 社會葬밖겟거
　　　든 그가진돈과 精誠을 더욱더욱 빛있게쓰고서 누구나 그사람
　　　이면 無條件하고 喪擧뒤에 서줄만한人物이 된뒤에야 社會葬問
　　　題를 비로소 끄내야 옳을것아닌가 그런데 오늘까지의 現在로
　　　보아야 그런人物이 어디 눈에띠우나
李瑞求－나도 反對네 앞으로는 社會葬이란것은全然廢止할바야 나는
　　　斷然反對이네 할라거던 學校長이면 學校葬으로 新聞社長이면
　　　新聞社葬으로하는등 무슨무슨 團體葬으로 하는것은 無妨할줄
　　　아네만 全社會各層을 綱羅한것이란 있을수없는것이네
車相瓚－나도 그말에 贊成이네

柳光烈 —나도 同一意見이네

誤報事件에對한苦心談

金東煥 —신문사나 잡지사에 오래계신이만치 가끔 가다가 記事를
　　　잘못썼다거나하야 被害者로부터몽둥이로 얻어마즌일이 彼此에
　　　많지않습니까, 어디 彼此에 그 괴롭던 땀빼던 말슴이나 하여주
　　　세요

李瑞求 —新聞記者 十數年에 誤報 또는 옳은말을 옳게 썼다는 罪로外
　　　間으로부터 辱을當한적이 수두룩하였지만 그중에도 꼭 두가지
　　　가 지금 回想하기에 찬땀이 흘렀네 첫재는 내가 東亞日報에있
　　　을때 子爵 李根澤의 동생 리근호아들을 사이에두고 방과부집과
　　　리씨집과 사이에 서로 자기아이라는 係爭事件이 일어났는데
　　　나는 그記事를 쓰는한편 그아들되는 이를찾어가서 新聞에 좋
　　　게 내어줄터이니 寫眞을 빌려달라하여 안주자는사진을 가까스
　　　로 理解시켜 가져다가 記事복판에다가 그寫眞속사람을 가운데
　　　두고 兩家에서 서고 팔을쥐어 당기는 모양의漫畵를 내었더니
　　　하로는비가 줄줄 오는날이야, 編輯室에앉었다가 無心코 밖을
　　　내어다보니리근호 아들이 몸을 굽히고 드러오는것이두눈에선
　　　殺氣가일고 가슴에는 短刀를 품고 들어온단말이야, 가슴이 선
　　　듯하겠지 그래서 얼른 나는 工場으로 몰래숨어 들어갔지 그랬
　　　더니 이사람이 編輯局에 들어와서 나를찾다가 없으니까編輯局

長이던 李相協을 붓잡고 「李瑞求를 내어놓으라고 그놈을 죽이고 가겠다고」 펄펄 뛰데나 참혼이 났다네 그날 저녁에야 겨우 工場에서 解放되어 몰래 집에와 잤다네

金東煥－그리고 또한가지란 무엔가

李瑞求－이것은 每日申報社會部長때 이야기인데하로는 갈돕회苦學生 十餘名이 우-몰려왔단 말이야 무슨記事인가 잘못되었다고 남이써온記事를내가 編輯한것인데 左右間 應接室로 내려가니 모다 學生諸君이 殺氣騰騰하단말이야 그때에 내가 생각한것은 갈톱會는 元來鄭栢이와 崔鉉등이 創立할때에 나도함께委員되어 奔走하던생각이난단말이지 그래서 저쪽質問을 받기 前 門을 쫙 열어제치면서 「여러분은 苦學生갈톱회란 것이 어떻게하여 된줄을 하오」하고 創立草草 나도함께 盡力하여 만드든 全部이야기를 내리하면서 「이렇게 애쓰든 내가 여러분일을 惡意로 썼을理가 있겠요. 잘訂正하여 드릴터이니 가시오」 한즉 여러사람의얼굴빛에서 漸漸諒解하는 빛이 흐르며 그날일이 무사하게 되었었지요 이밖에도 수십명에게 혼난일이야 몇번있었지

宋奉瑀－많지 많어 彼此에 다겪는일이니 나도 한마디할까 이런일이 있었어, 數三年前일인데— 몸도因하고 心火도나기에 信川溫泉에가서 몇일 드러누었는데 社로부터 電報가 왔단말이야. 記事까닭에 告訴하겠다는 사람이있으니 곧 올라와서 處理해달라 함이지, 하도여러번 電報가 오기에 큼직한일이 터졌구나하고 어슬렁어슬렁서울와보니 어떤사람이 칼을품고 나를 여러번 찾어왔더라하겠지 어디보자 하고있는데 하로는 새벽네시쯤해서

누가와서 나자는 방문을 요란스럽게 흔들단 말이지, 놀라서 자던잠을깨서 문을열어주었더니 그야말로殺氣가 가득 찬 무시무시한 한남자가 뛰어들어 오면서 「이 놈 봉우야 네가 내칼을받겠니 告訴狀을받겠니」하면서 三尺비수를 방바닥에 탁 꽂는단말이지 나는 속으로 「아따 그놈 연극되게하는 놈을 군」하기는 하면서도 잘못달래다가는 큰變이 날것같겠지

柳光烈 ―암― 잘못달래면 야단나기쉽지 天道教朴來源이도 웃읍게알다가 刺殺當하지않었나

車相瓚 ―그러나 犬養前首相때보아도 凶器가지고온 사람이 대번에 찔러야하지 그렇지않고 이야기를 먼저 끄내놓으면 질르지못하네 저도 남죽이면 殺人罪에걸릴判斷이 생기니까 大膽해 못지거던

宋奉瑀 ―그 말이 옳은데 이년석보지 다시칼을 턱집더니 그제는 내 가슴을 탁 찌르려고 번개같이 칼잡은 팔을 내가슴에 확―몰라치겠지 그순간 나는 몸을 휙피하여 그놈의 가슴을 탁 안었더니 칼은 벽에가서 탁 꽂히겠지 이사람들아 지금은 웃고이야기하네만은 그때는 참으로 아슬아슬하데

그때에야 나는 정말 危機가 온듯 정신이번적차려지겠지 그래서 별에별말을 다하여 마음이 눅으러지게하는판인데 이럭저럭 날이휘― 밝으니朴日馨이고 李甲基고 여러社員들이 몰려온단말이야 그래서 좌우간 그를 돌려보냈네 그뒤 나는 꼭告訴당하는줄만 알고 檢事局에서呼出狀이오기를기다리고 앉었는데 아무 소식이 없겠지 한참뒤에 하로는 안동네거리로 올라가는데 선

술집 부근에서누가

「이 놈 봉우야」

하고 불르겠지 돌려다보니 그작자가 술이취하여 高聲大呼한단 말이네 그런면서 술한잔 먹자고 하기에 함께 그선술집에 드러가 七八杯하고 나종에는 웃고갈러졌는데 지금은 서로 인사하고 지내는사이가 되었다네

車相瓚ー轉禍爲福이로구만 나도 開闢社六十年동안에 檢事局에 告訴當하기를 十三四次하였는데 告訴를當하면 檢事局에몇번 불려가고 罰金몇십원할 覺悟를하면 괜찮은데 이러한告訴도 아니하고 暴力으로 制裁한다고 넘비는데는 큰탈이지요 한번은「別乾坤」에다가 「賣藥商」을 잘못건드렸다하여 賣藥商패가 十五六名ー와ー 몰려왔겠지 應接室에서 만났더니十餘名이 제가끔 거리에서 藥팔때 짓거리듯 한참 떠든단말이지 잠잣고 듣다가 나도調査하여 보겠으니 來日다시 오라고했더니 그이튼날은七八名왔겠지 또 한참떠드는 이야기를 다듣고나서또 來日오라고했더니 이튼날은 三四名이 왔겠지 元來 무슨團에서 決議하여온것이아니고 저이끼리 모아온것은 대개 이렇게 無秩序하고 持久力이없거던 한 四五日 끌었더니 나종에는 氣盡했는지좋도록 訂正하여달라고 하고 가겠지요 처음 氣勢같애서는 社員몇名의 갈비때나 분질를 듯 하였지만 그눈치를채리고 持久戰을 쓴까닭에 요행 모면했지요

柳光烈ー나도 東亞日報때 勞働會記事까닭에 사구라몽둥이에 되게얻어마졌지 웬사람이 무시로와서 딱따린단말이지 記事는 두團體

싸우는것을 「야료」라고썼다고 우리는 民衆을 爲하여 한일인데 「야료」라니 무슨말이냐하고서

李瑞求－東京에서는 아조 暴力團이있어 이런일이있으면 職業的 壯漢이 둘셋이 찾어가서

「팔을 가지러왔노라」

하며 칼을 册床우에 턱 내놓는다는구만, 記事를 쓴것이 사람의 잘못이아니고 순전히 붓을잡고쓴팔의罪에있다나 그래서 그팔을 달라고 한다는구면

金東煥－그럼 어떻게 하는고

李瑞求－돈천원 주어야 물러가지 캥檢擧있기전에는 宏壯히 跋扈하였지요 모던日本社長馬海松이한테도 한번 暴力團이 와서 쩔쩔맨일이 있었다데 아무튼 朝鮮서도 暴力團에게 걸리운新聞社長도많고 雜誌社長도 무던히많지 아마 어느社長치고 이逢變안본사람이 없을거야. 그중에도 東亞宋鎭禹가第一 많이 겪었을거야

女流記者人物評

金東煥－오늘까지 民間 新聞雜誌歷史가 있은지벌서 十年을 넘는데 그동안 各社마다 女流記者가 많이活躍하였지요 그 女流記者들 漫評을 하여주세요

李瑞求－宋桂月이 아까워어 開闢社때에原稿 請하러 오는것을 여러번 만나보았는데 사람된품이淳實하고 才操있고 또 意志가 굳어

서 앞으로 十年의목숨만 빌려주었던들 우리社會의 좋은일꾼이
될것을 참으로 아까운이야

宋奉瑀—그말이 오래 누구나죽고난뒤에 哀痛한생각이더욱나는법이
지만 宋桂月만은 정말로 아까웁데 글쓴것을 보아도 論旨가 分
明하고 말하는 것을 보아도 條理가있고 좀더 자라면 女流運動
客으로 長成할분이엇는데

車相瓚—가치 社에있어 보았지만 頭腦明敏하고 덤비지않은 좋은 記
者었지 그리고 글잘쓰기론 崔恩喜가 웃듬갈걸 速筆이고 達이고

李瑞求—글뿐아니고 말도 靑山流水지 목소리가좀 音樂的이 아니어
서 缺이지만

柳光烈—재조는金明淳일걸 그가 쓴詩를보거나 短篇小說을보거나

李瑞求—東京있을때부터 金明淳은 알았는데 그때는 詩人林蘆月이하
고 가치살던때지 여러친구있는 속에서도 사과를벗겨선 맨좋은
놈을 골라선 林蘆月이부터 주고 그리고 그다음에 손님에주는
놀라운勇敢性을가진 女性이었어

車相瓚—每申女記者時代에는 有名한 紅茶事件까지있고 어쨌던 女流
藝術家가 되어 그런지 漂漂逸하고있어요

金東煥—中世紀때 記者로 許英肅, 崔白月, 李賢卿, 許貞淑等은 어떠했
는고

李瑞求—許英肅이야 李光洙마누라라고 누가감히批評인들 했나

金東煥—現役은 엇던가요朝鮮의丁七星, 東亞의黃信德, 朴承浩, 中央
의盧天命等等 諸諸 記者는

李瑞求—女性批評은 거북하니 그만두세—

金東煥 — 오랜 時間을 두고 말슴하여주시서 感謝하였읍니다

(午后 十時半 끝)

● 『삼천리』 8권 1호, 1936. 1.

송계월
추모 글

제1장
투병 소식

文壇雜話

亞米利加系의 不振

米國서 무슨文學士이니 무슨哲學士이니 하고 당당(?)하게 학위를 엇고 도라온 문사치고 天才的活躍을 보여준이는 한분도업다. 創作家 秋湖田榮澤氏는 米國 무슨大學을 마치고오더니 黃海道 어느시골교회의 牧師님으로 一切不鳴하고 詩人金與濟씨 五山高普學監을 그만두고 난 뒤 亦一世를 울닐만한大作을 발표한일이업고 詩人吳天錫氏 亦寂寂無聞이다. 其外 諸氏에 至하여는 寧欲不及言, 오직이사이에서 朱耀燮氏가 文藝娛樂論이나마 이색잇는論陣을 펴고잇다할가? 美國界文士의 부진하는 이유가 어대에잇슬가. 태평양물결이 센까닭일가!

獨鵑氏의 橫厄

小說家 崔獨鵑氏 故鄕인 黃海道載寧에 갓다왓더니 警察署로부터 呼出을밧어 하로를取調밧고 무사히나왓다. 氏는 이橫厄에 苦笑.「亂影」續篇을 이기괴한하로 시이에 구상하엿다면 도로혀 橫財格이 되련만.

詩壇大振의 前兆

時調作家李殷相氏가 梨花女子專門을 辭職하고 나와서 곳 時調集을上梓刊行하엿다. 氏의 時調는 이미거장의稱이 잇는터이라 文壇에서 매우중요하게 評價될것이요. 쏘한가지는 平壤崇實專門敎授로 잇는 梁柱東氏가「朝鮮의脈博」이란 詩集을간행하엿고 岸曙金億氏도 新作을 公하리라든가 今年은 詩壇大振의兆인듯.

女流文士의 轉變

억세인 筆致로 늘미덤즉한 作品을 보여주든 宋桂月氏는 病을안고 白沙靑松이 욱어진 故鄕인 新昌해변에가잇고 李敬媛氏 또한멀니 北國으로내려갓다. 女流文壇은 쏘다시 적막하렴인가.

•『삼천리』 4권5호, 1932.5.

佳人春秋

宋桂月孃의 海岸散步

明沙十里 너른모래벌에 화닥닥 피어난 듯한 風厲하고도 晴朗한 美貌의 女流文士 宋桂月孃이 요지음 長安거리에서 자최를 감추엇다고 이약이조와하는 서울참새들은 벌서재질거린다. 아려보니 붓을잠간 내어던지고 故鄕인 北靑에 이르러 白鷗가 훨-이 껑충날고 萬頃蒼波 출넝출넝 처넘치는 東海바다까로 거닐면서 고요히 정사명상을 거듭하고 잇는다는데 들니는 말에 才人에게 흔히잇는 肺尖에 걸닌바되어 閑地에서 靜養함이라고 외로운 女流文壇에서 만장의 기염을토하든 桂月양은 어서 健康을回復하여 노래와 小說로 一代의 情熱을 부어주기를바라는것이 엇지나 한사람뿐이랴.

•『삼천리』 4권5호, 1932.5.

女流文人 多病

文人은 병이만타는것은 유감이나마 사실인듯하다. 샛별보다도 귀한 조선의 女流作家中에 最近에 그前途를 촉망케하는이가 드믄드믄 생기는것은 매우 반가운일인데 그중에 宋桂月君이 病으로 故山에 歸養한다는 소식이잇드니 坵 毛允淑君이 亦是 病으로 故鄉인咸興으로갓다는 所聞이잇다. 두분다 병은 호흡기관계라는것이 참말이라하면 이야말로 女人 特殊病이어니와 朝鮮文壇을위하야 快差를빈다.

坵한사람 東亞日報婦人記者崔義順氏도 昨年에 비슷한병으로 蔚山으로 三個月이나 休養을하고 돌아와 그동안은 건강히 執筆하는모양이니 축하할일이라하겟는데 最近에는 부군과 의사가 불합하야 가정을 해소하섯다니 一喜一悲의 세상이다.

•『동광』 36호, 1932.8.

제2장
부 고

宋桂月孃

개벽사부인긔자로 녀류문단의이름을날리든 송게월(宋桂月) 양은 지난봄부터폐결핵으로 북청군신창리(北靑郡新昌里) 자택에 돌아가 이래정양중이든바 작三十일오후十一시경별세하엿는데 방년이卄二세라고한다

● 『매일신보』, 1933.6.1.

宋桂月孃永眠

개벽사(開闢社)부인기자(婦人記者)로활동하든 송계월(宋桂月)(二二)양은신병으로지난四月초순경에 함남신창항(咸南新昌港)자택에가서요양(療養)하고잇던중 三十일밤十一시에 의식이모효하야 마츰내二十二세의 一괴로세상을떠낫다 양은부내녀자상업학교(女子商業學校)를마친 수재로 광주학생사건(光州學生事件)당시 경성녀학생만세사건관계로 ●●●●● 밧게되스며 그후정자옥(丁子屋)에근무하다가 개벽사에 입사하야 지난四월까지 부인기자로서 활약하다가 ●●● 잇섯는데그가티 요절하게되니 ●●●●●● ●●●●● ●●●●●●●●

•『조선중앙일보』, 1933.6.1.

女流新進文人 宋桂月孃逝去

　잡지기자로　여류문단의　신진으로장래가촉망되든송계월(宋桂月)양
은신병으로　오랫동안고향인　함남북청군신창(咸南北靑郡新昌)자택에
서요양중이던바재작三十一오후한시에二十三세를일기로드디어아까운
일생을 마치엇다 한다. 양은 부내여자상업학교(女子商業學校) 출신으
로　일시는　상점의점원이된일도잇엇으나타고난재질은문예방면에잇
어드디어잡지계로방향을전환하야개벽사(開闢社)기자로지금까지나려
왓고한편으로소설의창작을시험하야 문단으로부터　상당한 인정을받
앗다.

●『동아일보』, 1933.6.2.

故宋桂月孃 追悼式擧行

六월三일오후九시부터당지동회당에서 고송계월(故宋桂月)양의추도
식이 一반유지의발긔로거행되얏다한다

●『조선중앙일보』, 1933.6.7.

嗚呼! 宋桂月孃 夭折

　　여러해동안 우리개벽사 신녀성부에서 질거움과 괴로움을 한가지로 하든 송게월양이 지난五월三十일밤 열한시 양의향제인 북청군신창리에서 영면하엿습니다.

　　양의 방년이 이제 이십삼세! 죽엄에잇서 百세가 오히려 안탁갑다거늘 하물며 비로소피어나려는 청춘으로 세상을하직하엿스니 그어찌애석한일이아니겟습니까!

　　더욱히양은 현대조선에잇서서 범범한사람이아니엿습니다.

　　두뇌가무리에소사나게 영민하엿스며 성격은명낭하고 열정적이엇습니다.

　　이열정은 그로하여곰 새로운시대의 정의에몸을 밧치게하엿스니 여자상업학교의 재학시절을 비롯하여수차의 ××생활의경험은 즉그것을말하는것입니다.

　　양이그와가티 영민한두뇌와 일에대한열정을 마음껏 부려보지도 못하고 드듸여 이세상을작별하엿스니 양의향제에서 애통하실양친과 형제자매의 여러분은 말할것도업스려니와 우리개벽사의사원쪼는 양이평일에각가히사귀이든 친지들들은 누구나할것업시 길게탄식의한숨을쉬여마지아니하는바입니다. 만일 양이 작년봄병을 요양하기위하야 향제로내려간기회에 좀더서서히 병의완쾌를기다렷다면 오늘의이와가튼 안탑가운일은 업섯슬것입니다 그러나 양은 일에대하야 넘치는열성을 눌으지못하고 병이 소강을어드째 작년가을다시상경하엿섯스나 아직 쑤리가째지지 아니한 병이 늑막염 마성의병은다시 도지엿습니다.

그리하야 금년봄이래 다시 병석에누엇다가 지난三월중 여러친지의 송별을바드며 양의수척한그림자가 경성역에서사라진뒤 三개월이다 못하여 헛되이 그죽엄을전하는소식이 신문의한귀텡이를 차지하엿습니다.

이제 영원히업슬양의생전시를추억하며 붓을놋나니 독자여러분도 그의명복을위하여 암축이잇기를바라는바입니다.

• 『별건곤』 8권7호, 1933.7.

早逝한女流文人 宋桂月孃追悼 二十六日新興寺에서

　여류문인 송게월(宋桂月)양이 별세한지 벌써一년이나 되엇는데 양
이 살아잇는때 친구이든이들이 발기하야 二十六일오후三시에 동소문
밖신홍사(新興寺)에서 일주기추도회를 열리라 합니다 게월양과 친분
이잇는이나 추도회에참석하려는이는 누구나 (여자에게한함) 참석하
기를 바란다는데 회비는七十전 당일지참하기 바란다고하며 모히기는
당일오후二시반에 동소문 버스종점에서 다모혀서가치가리라합니다
발기인은 윤성상, 모윤숙, 이응숙, 최정히, 김수임, 박김내, 김자혜외
제씨라고

●『동아일보』, 1934.5.25.

제3장

애도문

故宋桂月孃의略歷

스물셋을 일긔로 짧은 삶을 마친 고송게월양! 그는 새로운 관렴압에서 새길을 걸으며 독특한 수완으로 문필게에종사하든 신진 여류문인이엇다.

묵은 껍질을 벗어버린 새로운사상을 가진이엇든인만큼 일반의 기대가 컷섯고 문학적소질이 풍부한만큼 여성문단을 빛내리라는 촉망을 받앗섯다.

그러나 그는 지난 五月 三十一일에 오지 못할길로 가버리엇다.

그는 북청(北靑)출생으로 열여섯살때 신창공보를 마치고 서울와서 열일곱부터스무살될때까지 경성 여자 상업학교에를 다녓엇다.

졸업후에는 먼저 그길을따라 정자옥백화점에서 점원으로 잇다가 아무래도 자기의길이 어긋나감을 알앗든지 방향을전환시켜 개벽사에 입사하여 세상을 떠날때까지 문단을 장식하고 잇엇다.

그가 쓴 소설로는 잡지 『삼천리』에 발표한것인 「가두연락」(街頭連絡)이 가장 대표할만한것이라 하겟다. 그소설이 발표된뒤에 여러 평론가가 그의소설에 대하여 비평한것처럼 앞으로 그는 뛰어난 발전을 할수잇엇을것이라 믿는바이엇다.

부드러운듯 하면서도 강한 그의성격, 그리고 리지적인듯 하면서도 다감다정하든 양은 사위의 여러장애와 싸우다가간 힘찬여성이엇다.

× ×

이제 우리 여자사회에서는 어늬방면으로나 「사람」이 필요함에도 불고하고 재화잇든 한 젊은 여성을 잃어 버리매 기대리든 마음이 허순해 진것 같아 그를 조상하는 의미에서 여기 짤막히 그의 약력을 적고 생전에 친하든 두어벗의 애사를 얻어 실는바이다.

—편즙자—

● 『신가정』, 1933.7.

故宋桂月君의略歷

本社編輯員의한사람으로 오랫동안讀者여러분과 親密하게지내든 宋桂月君은 지난五月三十一日午後〇五分에 가엽게도 故鄕新昌自宅에서 永眠하엿습니다. 行年은二十三이요 아직 未婚中이엿습니다.

君은 咸南北靑郡新昌港 宋治玉氏의長女로 明治四十四年十二月十日에 出生하야 그곳普通學校를마치고 昭和二年四月에 京城女子商業學校에 入學 同五年봄에同校를卒業하엿습니다.

在學中에 光州學生事件이이러나자同事件에連座되여 ●時囹圄의몸이 되엿스나 執行猶豫의몸이되야 釋放되엿습니다. 日常社會科學書를愛讀 하엿스며 丁子屋女店員時代에도 더욱이方面의讀書를 만히하엿스며 實際運動에도參與할意思를가지고잇섯습니다.

그런中에 本社와偶然한機會로 親하게되여 이윽고 昭和六年가을에 開闢社에入社하게되고 곳 本誌編輯記者로 活動하게되엿습니다. 니어 劇務의餘暇마다 創作과 隨筆을發表하여 그文才도 朝鮮女流文壇에 相當히알녀지게되엿스며 그의特殊한個性과 異彩가진筆致는 將來를囑望하는 作家群의한사람이엿습니다.

그러나 不幸히 昨年二月에 肺가弱하야 故鄕新昌港에나려가 療養을

하엿든바 經過가良好하야 同拾月에 다시上京하여 다시社務에 몸을대고지냇습니다. 그러나 病後의事務 너무過渡하엿섯든지 攝生을잘못하엿던지 病은再發되야 지난三月初에 京城에서의 逆療如意치못하야 醫師의强勸을짜라 다시下鄕하야 靜養하엿스나 不幸히 藥石의效를엇지못하고 아까운나이로 아쌉게 不歸의길을쩌나고말앗습니다.

그는 남에게지려는性格을갓지안은 進取性만흔女性이엿스며 씩씩하고信義깁흔眞實한意味의新女性의한사람이엿습니다. 그리고 正義感과 人情을 남보다더가진 앗가운人物이엿습니다.

그의눈물겨웁게짧은은 이略歷을抄하면서 삼가 그의靈魂을祝壽하며 哀悼의뜻을아울러表하야마지안습니다.

● 『신여성』 7권7호, 1933.7.
● 哀悼 故宋桂月君 開闢社同人一同

毛允淑, 「哀悼」

비달기의 털가튼 보드러운 치마에싸혀
기푼山 시내겨테 홀노섯는 버들처럼
고운香氣에 沐浴하든 긴치마의美人이여
단이슬에숨쉬든 밤의百合이여
내 지금 싯컴은 거울속으로 너를보며
간열핀손으로 죽엄의문을 두다리노라.

타오르는靈魂을 힌가슴에 감초고
달비친湖水가티 빗나는눈동자로
人生이란섬나라에 흘러단이든
잠ㅅ간에 그뒷날을 헤아리노니
오늘도 黃土빗 무덤우에 이손길언고
애끗은 恨겨움에네얼골을 찻노라.

그러나 지금은 깨여진꿈 흐터진샘이여
죽음이란面紗속에 永遠히감추어버린노래

어느山골짝이 새와함께우는지
어느江물의 애끊는대답이 들려올는지
캄캄한절벽으로 너간길을가린후니
어듸로서 그음성 차질길이잇슬가?

날기도前에 부러진 어린새의다리여
피기도前에 시드러버린 불상한薔薇여
죽음을박차고 삶을부둥키려든
쩔은삶을눈흘기고 긴-生命을포옹하려든
그힘센꿈은 헛되드냐 덧업드냐
어이 너는 情없는흙미테 대답업시누엇는가.

•『신여성』 7권7호, 1933.7.

金慈惠, 「느저진편지답장」

桂月이!

끔직스런 부고를 밧고 나는 반동적으로 책상설합부터 열어보앗소 그속에는 살어잇는 桂月에게 보내려고쓰든 반쯤밧게 적혀잇지안은 편지가 뵈엿소 나는 내자신의 게으름을 책망하며 얼골을 붉혓소 그리고 몸을 썰엇소.

桂月이!

느즌봄에 쓰다 채맛치지못했든 편지답장을 다시 게속하오 원고지를 편지지 대신으로 쓰는 感觸은 그리 큰차이가 안인데 「속히나서오시오」라고 쓰든 첫장을 「가버렷구려」라는 어투로 박구어쓰려는 感情은 웨이리 큰차이가 나오?

그러케 매몰스럽고 영악하고 지지안켓다고 바들바들 썰드니 기어히 가버렷구려

「죽기는 웨죽어 내가 익이고 말걸.」

하든 쇠소리가튼 음성이 채 귀가에서 살어지지 안은듯 십흔데 그소리보다 먼저 익이겟다든 당신이 살어저버렷구려—

올소 당신이 이겻소 나는 당신을 敗北者라고는 보지안소 전쟁에 勝

捷하고 죽어도라오는 將士를 凱旋歌로 마지하듯이 당신의 魂을 바라보고 이글을 쓰오.

桂月이!

당신은 「女性」이란 글자를 등에 붓친 까닭에 왼갓 데마와 가진社會의 卑劣한攻擊에 왼몸이 상해서 戰死한 勇士요 그러나 한번도 굴한일이 업고 한번도 뒤로 물러난일이 업는 고집센 女子였소.

언제인가 「나는 속상하단소리는 인제는 안할테야 그저 이를 갈고라도 기어히싸화볼걸 홍! 자기네들은 작난삼어 심심푸리로 하는 남의 「쏘십」이 그당자에게는 얼마나 마음압흔 결과를 가저오는줄은 몰으고」라고 비분해서 이야기 하든일이 생각나오 아직도 桂月의 되게 올은 눈자위와 쌔르르 썰든 입술이 눈에 뵈는듯하오.

싸호기도 어지간히 싸왓섯소 붓긋으로 행동으로 입으로 왼갓女性들을 옹호하면서 알몸으로 나서서 싸왓섯소 한사람의 후원도 업고 한사람의 위로도 업는 선봉에 나가서 어지간이 표독스럽게도 싸호다가 몸에 상차기가 나고 피가흐르고 살이쩻겨서 당신은 죽엇구려 쓸쓸하게! 외롭게도!

桂月이!

그러나 갈갈이 썰어지는 꼿입에서도 향기만은 퍼저나오듯이 시들어진 당신의 몸을 뚤코 소사 올으는 서광속에서 당신이 왼갓弱한 女性들에게 외치는 소리를 나는듯소 「男性의 橫暴와 女性들의길을 막으려는 社會의 왼갓 데마를 뚤코 나가라」는힘찬소리를듯소.

桂月이!

弱한듯한 女性들이 굿센힘을 길너 桂月이의 무덤우흘 굿세게 行進

해나갈째 당신의 靈은 깃븜과 위안을 어드시오.

●『신여성』 7권7호, 1933.7.

李石薰, 「流星―故 桂月孃의追悼」

　큰별 작은별 무수히반짝어리는밤하늘 그무연한一角으로부터 다른
한方向으로 현란한百靑色抛物線을긋고 순간에사라저버리는流星.
　―나는桂月孃의訃音을듯고 그流星하나를생각햇다 양의 직성별하나
는 永遠히짜에써러젓슬게다. 순간에 明滅하는流星의삶―그것이桂月孃
의一生이엇다. 그러케하염업섯다.

　孃은열다섯살적인가? 하여튼아직너무나 철모르는 어린少女의몸으
로 向學熱과 서울에대한憧憬心을품고 대담하게도 單身으로집을도망
하야 서울로올나왓다는것이다. 그리우든서울을눈압혜접하는그째 얼
마나질거운快感(目的을이루엇다는)과 幸福感으로 좁은가슴이쌕메이
고 쮜놀앗던가?―이 이야기는 가쯤가다가 孃이그커다란 두눈을光輝
잇게빗내며 자랑삼아하는것이엇다.
　이事實만으로도 그는進取性이만흔쮜어난女性이엇슴을 나는짐작한
다. 그가이가티 그리우며쮜여올나온서울인만큼 어쩌케든지 이서울을

死守하야 「出世」(좀語弊가잇슬듯하나) 하리라決心햇든것이다. 그러기로 그病患이危重해감을잘알고잇는 우리는 (우리라는것은내가K社에잇슬째의同僚들) 몃번이나新昌海岸인 공긔조흔自宅으로내려가서 休養하기를 권고하엿스나

「안야요 나는서울서 죽을테야요」

하고 구지듯지안으면서 밤낫으로 출렁거리는 東海의검푸른물결소리를드르면 견딀수업는 그어썬壓迫을느낀다고하엿다.

그러나 지금생각하면 그러한波濤소리가끈임업시벼개겻까지울녀오는데라도 벌서내려가잇섯든들 나엇슬는지모를것이다. 서울서는空氣도勿論조치못하고 더군다나野心만흔사내들의 부질업는誘惑의손을 물니치기에도그의곤패한마음이 더욱지첫슬것이라고 생각할수도잇기째문이다. 언젠가도 그가 病으로고요히 방에누어잇는데 어썬미련한사내가 어린애를식혀서 艶文을보낸것을 짜라나가攻擊하려고햇더니 그어린애조차 그림자를감추엇드라는이야기를 들은일이잇지만은 그의 性格이억세고 鬪爭的이면서도 이러한데에 적지안케 골머리를썩이고 잇섯든것도 사실인듯하다.

孃의藝術에對하야는 나는別로 孃의作品을읽어보질못한까닭으로 만히말할수는업스나 그가 小說에잇서서놉히成長할조흔싹(芽)을가젓든것은사실이요 또眞實하게꾸준한 精進을하고잇섯든것도사실이다.

그러면서도 그는언젠가 나에게

「나는當分間 小說쓰기를그만두렵니다 너무도 不滿스러워요……」

하고 告白한일이잇다. 그는아마自己作品에對한不滿을느끼고 좀더 착실히공부를한뒤에 創作하기를 스스로 決心했든모양이다.

이것으로보면 自己를너무高價로評價하는 그런 成長하지못할 惡習은그에겐조곰도업슨든것이며 항상不斷한自己省察로 스스로 鞭撻하는 가장조흔態度를 가지고잇섯든것이다.

게다가 그는쀠어난 才操를가지고잇섯스니 생각할사록 그의早世는 참으로哀惜한일이다.

그의嗜好는 잘알수업스나 가장尖端人답게 「스포-츠」「스크린-」모두조와햇고 音樂에도만흔趣味를가지고잇서서 서울서 病이重해젓슬때도 蓄音機는늘트러노코잇섯다. 그러나 그가 가끔 「挽歌」(Song of mourning)를 코스노래삼아 불럿든것은 지금생각하면 單純히그曲調를 조와햇슬쀤만아니라 죽엄을無意識가운데서의식하고 그러한노래를가끔부르게되엿섯는지도모른다.

나종으로 그의卑屈하지안은反逆性과 男性에게익이려고하는 그潑刺한氣魄은 그의長點의하나엿섯다. 그로써 우리는孃의 將來를光輝잇게 期待햇더니 忽然히 스물셋이란꼿다운나히로 流星과가티사라진것은 거듭 哀惜한일이다.

　그에對하야 써야할 만흔것이 아직도남어잇을것이다. 여기서는내눈에 비춰고 내心琴을울인 若干의것을 先後업시적어노앗슴에지나지못한다.

　이짧막한글로써 孃의冥福을비는바이다.

－六·二〇 P·M－

●『신여성』 7권7호, 1933.7.

尹聖相, 「그길이 그러케도밧벗소」

宋! 그러케도消息을기다리든내게 죽엇다는電報한장으로즞을막엇
구려

「여보 난죽으면어쩌캐?」

레코-드판을안고 눈물이글성글성하든그대

「내가죽어되겟소? 난안죽소 정말안죽소 살어서모두 원수를 갑허
야해」

여윈뺨을어루만지며 쓸쓸히웃든그대

「여보 내이름은본래게월이가아니라우 우리어머니가 오래못살겟다
구해서 천한일름을짓느라구게 월이라구햇다우」

그러케살겟다고버틔든그대 어머니의 그정성도도라볼길업시 가고
말엇구려 그러나죽엇다고밋기엔죽은宋으로써생각하기엔 너머나 맑
은그대의두눈이 나를괴롭게 하는구려 갑싼명예욕에주린동무의 악찬
한데마를호소하며

「여보 난죽게되면 꼭윤과×에게유언할말이잇소 한손에윤 한손에×
를잡고 그들을불러안친뒤에 내이분한말을하겟소」

하든그유언은어쩌케햇소? 당신은유언은커녕 간다는한마듸의말조

차업는거짓말쟁이엿구려 그러케도무심히 그러케도그길이밧벗단말
이요?

宋! 세상이그대를사치한女性 입으로는 「푸로」를말하나 그私生活은
몹시도호화로운 허영의女性인것가티말하는이가 잇슬째마다 그대는
「여보 내가무슨사치요 남보다 화려한빗갈쑨이지 남다른것이 무엇이
요」햇지요 올소 그것은 누구보다도내가 잘알지안소? 아모위안될것하
나업는 어두컴컴한방속에서 피를토하면서도 약한첩 먹고십흔음식하
나 맘노코못먹은그대가아니요 그언젠가병원에가기는햇스나 도라올
수업서인력거를탓는데 삭전이업스니좀구해달라고 비틀비틀하면서
나를차젓슬째 「여보 난한약을먹엇는데 쏘체햇구려 새앙을너허먹으
면조타는걸 새앙이퍽빗싼줄알고 감히살생각도못햇구려 한―전어치
만사도 된다는걸」 「난조흔약이잇다는걸 못먹는것이 제일섧소」하며
침울해하던그째 멍하니당신을바라보든내가슴은 무엇이콱막히는듯햇
소이다 나는섯부른 내댓구가도리혀 당신의 그설음을덧칠가해서 감
히 아모말도못햇든것이외다 「게월별세」라는전보를쥐엿슬째 제일먼
저가슴에부듸치는것이 당신의 이말들이엿소 그리고 생각하면 생각
할수록 가슴압흔것도 이말이오.

宋! 아모리생각해도나는 가난이그대를죽인것갓구려 아니설혹못산
다고해도 그러케속히는 안죽엇스리라고만생각되는구려 정양은커녕
피를토하면서도 일자리를 못노흔그대 그대의그심정을 누가알엇스릿
가 그대를 죽인이 그대를그러케도 속히가게한것은 모두가가난 그리
고 무정이엿소이다 좀더그대에게짜뜻한위로 친절한간호가잇섯드라
도 그러케는 요절치안엇슬것입니다 길이길이몃백년이라도살줄만알

고 病床에좃차가자조못듸려다본 나역시무정의한사람이엿소이다 웨 좀더자조차저가서 동무라도못해주엇든고.

宋! 그대가써나기전날 그대의고적햇든병상이애기를드르며운것도 나는이러한未安때문에 그리고 또다여윈 이미거름조차 잘옴기지못하는그대를바라볼때 어덴지것잡을수업는 불행한예감이 압선까닭이엿소이다 그러나「여보 쓸데업는 생각은말고 어서낫소 우리가을에는꼭만나야지」「그럼가을에는세상업서두오구말구」하든그대와나 그가을도되기전 生死의 이갈림이잇슬줄이야……다 생각하면모두가후회 다시엇지할수업는후회뿐이외다.

宋! 생각하면 당신은몹시도냉정한 리지적인간이엿소 어썬일을당하든지 압뒤를가리고 是非를가릴여유를가진 침착한판단력과 과단을가젓고 또이현실을가장잘리해햇지요 나는그것이조왓소 공연히바람을안고 시비와판단보다 히스테리- 제집행랑사리의실정도모르면서 소위일한다고 것썩대는 그런무리들중에서 당신은엇기어려운사람이엿소 웨 좀더살어서좀더긔운차게 이사회의이만흔일을웨못햇소? 그열그계획을다어써케햇소 有爲의젊은날을 찰아리올흔칼날에 밧첫든들이다지앗갑지는안흘것이외다.

宋!「죽엄을상증치안는꼿이면 무엇이든한다발만」사다달라든 그대의 엽서가 아직도 내책상설합에드러 새삼스럽게 추억의눈물을자어냅니다 그리고 그대의 이런부탁조차 인젠바들길업다고생각하니 더한층 그대가그립구려.

宋! 내이글이 잇슬째물한그릇못데워먹인나의이글이더욱죽은그대에게 무슨소용이릿가만 이미안 이추억 그리고이글조차 그대를향해

선마지막이라고 생각할째 어쩐지이붓을안잡고는 못견듸겟구려 오늘
도북쪽동해바다를향하고 시름업시누엇슬그대 어쩌케 그러케도 훨훨
히가버렷소 이왕잠든몸 인젠 해칠아모도업스니 고히고히 잠드러주
시오. (그대의무덤압헤)

●『신여성』 7권7호, 1933.7.

외로운아우 宋貞德,「언니를永遠의길로보내며」

　五月三十一日 구진비나리는午後한時五分이 바로桂月언니가 恨만흔 젊은一生을맞마친 最後의時間입니다.

　歸鄕한지 七十餘日에 단四五時間을쌔여노코는 寸步도옴기지못한呻吟과 눈물의哀憐한病床의하로하로엿습니다. 만은 적으나마誠意와哀情을다한 나의看護가 언니의永眠으로맞막을줄이야 내가엇더케 짐작인들하엿겟습니까 그러나 눈압헤事實을 동생은무서움과失望과서름 속에서 보앗습니다.

　아아 明日에대한期待와希望을가지고 健康에躍動하든나의桂月언니가 無慘한屍體가되다니 참말 人間이란눈물입니다. 無力한存在입니다.

　언니의 病自體가 오날의醫術로는 不可抗力에갓갑다는 腸結核이라할지라도 桂月언니에게는 이것을克服하고도남을 에너-지와삶의힘이充溢하얏다고 나는確言하얏스며 桂月언니역시 自身의信念에自慰함을밧고잇섯든것입니다. 언니는一分동안이라도 괴롭지안은째면 將來를이야기하고 抱負을말하면서 蒼白한얼골에 紅潮를씌우고 두눈에映彩를 빗나는것이엿습니다. 그러나 이제紅潮사라지고 映彩는꺼지어 永劫한 休息에잠들줄이야 엇지뜻하얏겟습니까.

지금은 오직 幻滅의 歎息뿐입니다.

「貞德아 나는 꼭살아야하겟다. 엇전일인지 죽을마음은조곰도업다」

「언니 염녀말아요. 아짜 醫師先生이 대문박게서 조곰도걱정할것업다고해요. 나도그러케미더집니다」

七十餘日病床生活의 常套的會話엿습니다.

「내가 만약 지금죽는다면 나처럼不幸한사람은업겟지. 貞德아! …할일은만치……나이는 젊지」

언니의말은 비록 약하고부드러우면서도 나의肺腑를 함머-로쌔리는것처럼 沈痛하얏습니다. 언니그는언제나 살려는執着과期待에울고웃섯습니다.

「貞德아! 堀口大學은 '人生은고닮흔하루'라고했지만 나의一生만은 希望과幸福의戰鬪記錄으로 終始할것이다. 우리에겐 쎈치한感情이禁物이다」

「지금쌔지의 언니의半生을 도라다봐도 참말左衝右突의 緊張한戰鬪記錄입니다」

微笑中에눈물을흘리며 首肯하는듯이 머리를돌리며 눈을감앗습니다.

最後의臨終時짜지도 언니의삶의鬪志는 屈服되지아니하얏고 抵抗力을喪失한肉體에反比例하야 情神의躍動하는것은 참으로삶의悲壯한場面이엿습니다. 生을가진사람이니죽엄을 拒否할수는업슬것이나 明日에對한期待와希望의信念으로躍動하는사람의 生의記錄은 確實히光輝잇는 勝利者의 歷史일것입니다.

이제 나는生時에언니에게서들은 秘密하얏든이야기를說破하기로 決

心하얏습니다. 이것은 社會性을가진 問題요 또 後日을懲戒할必要가잇다고 생각한까닭으로입니다.

昨年에 첫번歸家하야 療養한結果 完快하야 再上京한桂月언니가 엇재서 웨 卒然히죽엇는가?하는 問題아닌問題에際會하야 나亦동생으로서 後日을嚴懲할必要上 一時는 報復手段에訴할 작정까지하얏스나 對象의人物水準이 너무나卑劣한存在인까닭에 自信의위신을생각하야 感情을制止하며 適當한時期를 고요히기다리고잇습니다.

一言으로말슴하면 腸結核으로 永眠햇다고대답하지만 惡疾이再發케된原因의한條件이 崔女史의 쩨마에잇다는것—勿論 根據업는쩨마엿슴은 天下가 肯定하얏스나 元來潔白性이 豊富한 桂月언니의感情은 드듸어 心勞와憤怒를지나 病의再發을誘引하얏고 드듸어오날의 憤極慘劇의죽엄을본것입니다.

生存當時 數次前記崔女史의 所謂쩨마의顚末을들은것이 昨今의感처럼 生然하야 나는지금 憤怒에戰慄하며붓을옴깁니다.

「그대는 自己가가지고잇다고 생각하는缺點과惡癖을列擧하야 敵手를非難하야주라. 크게憤慨하야 非難과攻擊을주라 (즈루게네푸散文詩「處世法」의한句節)」

이것이崔女史가쩨마를誕生식힌 處世法의苦衷에서엿다면 나는旅次한結論을씀이當然以上의 當然이다.

「不幸히도 自己가處女로서 아이를나엇스면 敵手를賣淫婦 쏘는雙童이를解產하얏다고非難하라. 自己에게는 베-르(面紗布)가되나니 크게憤慨하야非難하라」고

桂月언니는 腸結核으로永眠하얏습니다. 崔女史는安心하소서. 決코

한게집아이의 쩨마로 永眠한것은아닙니다.

　게집아이의철업는쩨마가　더구나自身의誤謬와惡行을掩蔽하려는쩨마가 效果엿다면 正當한 輿論으로是認된다면 이세상에도 소돔고무라城가티 火柱가나릴터이지요.

　事物에대한理解判斷이整然하다면 언제나 黑은黑이요 白은白일것입니다.

　끗으로언니를사랑해주시든 世上에向하야 나는謝罪합니다.　二十三歲의짧은一生도哀惜하지요만은　前導의囑望을더바랄수잇슬나의언니를 내生命을代身하여서라도 救해내지못하고 永永쩌나게한것이 끗업시슬푸면서 罪스럽습니다. 過分한말슴인지모르겟사오나 언니의事業의남어지領分을　不敏하나마引受하야　奮鬪하겟다는覺悟와決心을갓고 一層저의工夫를 더욱硏究함으로써언니를사랑해주시든 여러분쎄와 쏘원통한죽엄의길을쩌난언니의慰勞를代身하렵니다.

桂月언니의靈魂을冥福하면서
六月六日新昌港口에서

●『신여성』 7권7호, 1933.7.

崔貞熙, 「桂月아—哀悼三部曲」

(1) 悲報듣는瞬間

게월아!

네가 가버렷다는 놀라운비보(悲報)에 나는 눈물도 나지않엇다. 오-즉 무거운 쇠뭉치가 머리를 때리고 장못이 가슴깊이 찔러주어 내 전신에 진땀이 기름칠하듯 하엿다.

정말뜻밖이다. 네가슴의 피지도않은 꽃봉오리가 이렇게도 무심히 시들어 떨어질줄야 어찌알엇겠니?

억만인간의 한평생이 너같이 덧없을래야 어느누가 구태어 살려고 발버둥칠것이며 힘세인 동지가 너같이 뜻못일우고 숨을 끊는대서야 누구를 손잡고 싸움터에 나갈「푸램」을 세우려하겟니?

게월아! 가슴이 터질듯싶다. 나는 네가 림종할때의 심경을 타진하게된다

신창항 먼-바다에서 밀려들어오는 사나운파도소리 몽롱하게 들리고 시력이 등불에어리울제도 너는 나에게대한 오해만은 풀지못햇으리라. 피차에 억울한 일이엇다.

「세상 사람들아 통고를 웃지마라

시불견 청불문은 경계로다

어째서 망녕의 벗님네는

남의시비 하는고——」

옛가인의 이러한 노래는 너와나를 위한 말많은 사람들의 훌륭한 교훈이다. 그래서 나는 평상시에는 「오냐 언제든지 게월이가 완쾌하여 서울에오면 서로 화해할 때 잇겟지」 하고 태산같이믿엇든 마음 이제와서 어찌한단말이냐.

글세 정당치못한 모잡지의꼬십과S남자의 간교로해서 三년간이나 너, 나, 하고 친햇든 사이가 멀어진후 너는 다시오지못할 곧에갓으니 누구보고 변명하란말이냐. 안타깝구나.

게월아! 나는다만 무조건으로 너를용서한다. 마는 너는 나를 끝까지 오해하고 가버렷단말이냐.

게월아! 동무야! 너무도 악착스런일이구나. 나이외의 다른 동무들은 단지 네죽엄을 설어하고 아까워할뿐이겟지. 그러나 나는 설은줄도 아까운줄도 모를만치 가슴이 아퍼서 터지는듯싶다.

나는 사에일도 전폐하고 집에돌아와서 기운없이 누엇다가 참지못해서 이붓을 들엇다. 게월아! 너는벌서돌아오지못할 옛사람이 되고말 엇구나.

(2) 알범이주는 感觸

게월아! 네가 죽은뒤 이틀을 건너서 사에나갓다가 맥없이 돌아왓을제 C일보사에잇는 편석촌으로부터 편지가왓드라.

나는 봉투를 뜯기도전에 으레이몇칠전부터 부탁한 너의애도문(哀悼文)의청인줄만 알엇드니 거기엔 의외에도 네사진을 보내달라는 말이씨엇섯다. 어느때나 아픈가슴이 덜하엿겟니마는 나는 새삼스럽게 얼굴이 파-랗게 변해짐을 느꼇단다.

그날은 흐린하늘에 검은구름이 무겁게떠도는 음산한석양이엇다. 책상위 한구석에쌓여놓인 비로-드껍질의 앨범을 기운없는 내손으로 끄집어냇섯다. 한장넘기고 두장넘겨서 너의귀엽고 애처러운빛이 가득찬 사진이 내눈에 띄일때 정말나는울래야 울수도 없는 안타까운 심상이엇다.

게월아! 네가 편지와함께 그사진을 나한테 보내주든때도 벌서 한해를거듭한 작년겨울이다.

그때부터 너는 병으로해서 병원에다니든때엇다마는 그러면서도 모질어보이고 명랑해보이든 네가 아니엇드냐? 그러나 네사진은 웨 그러케 애수의 빛을 띄고잇는지 모르겟구나. 금방 눈물이라도 흘릴듯싶은 네 얼굴이엇다.

나는 어느새 나도 모르게 흘러내린눈물이 네얼굴우에 떨어짐을 인식하자 소리처 울엇단다—— 울어야 시원치도못한 가슴이엇다마는——
—

나는 조이와 펜을 가춘뒤

「가고못올 아까운 동무의 사진이오매 부대 허수히 하지마소서.」

이렇게 적어 네사진과함께 넣어서 편석촌에게 보낸다.

사진을 떼어내인 앨범—— 그것은너무도보기싫은 꼴이엇다. 허물어진 옛성터와도 같이 허슬하고, 그앨범을 어루만지는 내 마음은 이름도 모를섬나라에 귀양간 패전자 와도 같앗다.

그러나 게월아! 사진은 오리지않어서 돌아왓엇다.

너는 못오려느냐? 억울하고 우울하고 호젓한 이내맘을 어찌하면 좋단말이냐.

(3) 靈前에報告片片

게월아! 너를 잃은지도 어느듯二주일이 지낫구나. 나는 지금 강변 록색잔듸우에 앉어서 너를 그린다.

송림에서 뿜어내는 포-마드 향유같은 냄새를 마시며 여름하늘에 떠도는 유방같은 곡선미가진 구름덩이를 바라보며 한숨내쉬는 나를 너는 모르리라.

때는 지금과 다른三년전 늦은가을 밤이엇구나. 어스럼히 뜬달빛아래 너와나는 단둘이 남산공원 송림사이를 거닐지 않엇느냐.

몹쓸 바람에 못견대서떨어지는 황담색의 락엽을 보고 설어하고 생의 애착이 멀어진다고 우울해할 때 너는 이렇게 말하지않엇느냐.

「애야 웨그러케 굳세지못하냐. 우리의앞길은 멀고할일은 태산같지 않으냐」

고 해서 나의덜된애수성을 말살시키지않엇느냐.

그러케도 히망이크고 굳센 의지의 소유자이든네가 모-든 할 일을 버리고어듸를 갓단말이냐

게월아! 지구를 도는 햇님은 빛(光) 잃을줄 모르고 나의앞에 흐르는 강물은 쉴줄 모르고 물결치는데 웨사람은 삶에서 죽음으로가는 곡절이잇단말이냐.

게월아! 비록 육체는 황토에 덮여젓다 할지라도 너의령만은 흩어짐이 없으리라. 그러면 게월아! 내가 네게보내는 일체의보고를 들어주렴.

게월아! 너를 잃은 조선의여류문단은 더한층 찬바람이 도는듯하다. 앞날의 우리의진정한 문단을 장식할 너를 잃은 우리들은 쓸쓸함을 느끼지않을수없다.

게월아! 내가 만일 남과같이 돈●유만잇다면 북청——신창항으로 다름질 칠것이다.

아직도 파-란잔듸가 누-런 흙을 덮지못한 너의 새무덤에서 몸부림치며 울어보리라.

게월아! 너는 듣느냐? 보느냐? 안타까워하는 내모양을 너는 네가슴우에 떠도는 가마귀 떼와 이름 모를 산새들의 울음소리만은 보고 듣겟지.

가버린게월아! 애처럽구나 끝으로 비노니 너의 령과육이나마 정하고 맑게몇千년이라도 잇어저라. —끝—

• 『신가정』, 1933.7.

李石薰, 「故桂月孃의프로필」

　　오월삼십일 송게월(宋桂月)양이 드듸어세상을 떠낫다. 나는 그의부음(訃音)을듣는순간 죽엄이너무나 속히 그를찾어든것을 놀라지않을수 없엇다. 더구나○씨가 창제하는초약이 폐병에신효하다는말을듣고 나는그것을 송양에게 기어히기별해주려고 벼루는동안에차일피일하고 지연되든 차엿으므로 내자신의게을음에대한 양심의가책과함께 아차 늦엇구나! 하는영탄이 오래가슴속에 서리어 살어지지않음을 어찌할수없엇다.

　　나는 게월양과는 한반년동안 책상을 맞대고 서로옆에앉어서 잡지편즙에대한 고락(苦樂)을 같이한 인연이라면 얕지않은인연이잇다. 그사이에그의 뛰어난재조와 출중한사람됨(爲人)을 엿보아온그만큼 그의조세(早世)는 나로하여금 더욱 통석의감(痛惜之感)을 깊게하는것이다. 그의재조를 좀더펴게햇드라면 그의 사람됨을 좀더원숙케햇드라면 나는 거듭 거듭애석히 여기어 말지않는터이다.

그가병환이중해서　서울을떠나기(양은　그러케도　서울을　안떠나려
하엿거니와)　직전까지라도　가장　마음아프게　여기든것은　자기의　병에
대해서보다도　몇곱절이나　자기에게대한세상사람들의　엉터리없는「데
마」엿엇다. (그만큼양은　명예를　존중히여겻다. 명예를　존중히여기는
것은　그가　고등한인간성을　가젓기　때문이오　또　그증거이다!)

　그「데마」는　어떤것이란것을　여기기록할필요가없지만　그러한여성
의　인격을유린하는　남성의횡포는　양으로하여금　얼마나더　이사회에
대한　반역심을　불붙게　하엿으며　남성에대한　증오감을북돋우어　주엇
든가?

　이것은　가끔가끔　양의　입으로부터「사투리」로써　폭발되는것을　나
는공연히듣지않을수　없엇든것이다. 그러므로그는　사내(社內)에서도별
반　이아기를하지않고　늘　억센침묵에　잠겨잇는것이　예사엿엇다.

　언젠가도　화제(話題)가　우연히　결혼문제에　저촉됏을　때

「흥! 지금　세상의　사내들과　결혼을해요? 아이구맙시사!」

　이런　말을하면서　눈살을　찌푸리는것이엇다.

　이와같이　양은너무나　벽기를부린다하리만큼　지배계급과　전남성에
게　대하야　증오감을　가지고잇엇다.

　양이병환이중해저서 (아마집에서는　각혈을하는　모양이엇으나　우리

들에게는 조금도그런것은 고백도않거니와 늘건강한것처럼 뵈려고햇다) 사에나와 책상을 대하기조차 거북스러울때도 그는끝까지 자기의 직무에 충실하고저 무던히애를쓰는것이엇다. 그애쓰는빛이양미간에 거북스레 나타나잇음에도 불구하고 우리들의 위문에대하야

「괜찮어요!」

하고 태연히 그러고 그억센고집의표정을잃지않으면서 머리를좌우로 흔들엇다. 그러한고집은 병에좋지못하단것을타일르며 어서향제로 가서 휴양하라고 권하면 양은

「나는조금도 살고저 하는히망이없어요. 그렇다고 죽엄을 찬미하는 것은아니지만 이따위더러운세상에 뭐더살겟다고 빠드락지겟어요」

정색으로힘잇게 대답하는 것이엇다.

양은결코 죽엄을 찬미하는 센티멘탈한 만추(晚秋)의 실솔(蟋蟀)의감정을 끝까지 가지지않은듯보엿다. 다만이 「더러운세상」에 대하야 아무런기대와히망을붙이지않을뿐이엇다. 그러고양은 멀지않어서 새로운세기의 려명(黎明)이올것을 굳게 믿으면서도 결국 병마의 저해를 물리치지 못한 것이다.

이리하야 스물세살이란 인생의 꽃다운때 활작피어 보지도못하고 세상을 하직한것이다. 양은 영원히눈을감은지금에도 그가가진재조를 마음껏 펴보지못하고 죽은것과엉터리없는 「테마고기-」의 모욕당함이 큰원인일지은 남성에게의증오와 이사회에대한 저주를 풀어버리지못하고 천추의분한을 안은채로 잇을것이다.…… ─끝─

●『신가정』, 1933.7.

朴花城, 「얼음보다도 더 찬 '죽음'의 두 글자」

死! 글자만 보아도 소름이 쭉끼친다. 맹랑하고 음험한 惡魔나 對하는 듯이……

일죽 나는 死라는것을 그다지 무서워 한일이없다. 그것은 도리어 一種의 愛着性(?)을 가지고 나를 誘惑한적은 잇엇을망정….

그러든 내가 이제는 死라는 發音만 들어도 몸서리를 치며 귀를 틀어막어버린다. 그만큼 「죽음」이란것은 내 적은가슴을 열두번이나 놀내게 하엿다.

三年동안에 나의 親知中에서는 열두사람이나 死란 惡魔에게 먹혀버럿다. 中에는 鄕老人이 두분이오, 文士가 二人, 그러고

竹馬

의동무가 세사람, 나의 生命같이 아니 그 以上으로 貴重이여기고 尊敬하고 믿고 사랑하든 同志가 세사람, 親戚이면서도 友情이 깊고깊엇든 兄이 두분, 아하 손가락도 곱을수없이 내마음은 떨리고잇다.

鄕老人두분을 除하고나서의 그 열사람! 燦爛히 빗나는 앞길을 내버

리고 가슴에 펄펄끓는 피를 안은채 죽어너머진 세同志가 죽엇을때마다 나는 적어도 一週日씩은 食飲을 全廢하고 아끼고 설워하엿고 그後로도 줄곳 病이 되다 싶이 괴로워하엿다.

어린것들을 졸망졸망두고 더구나 젓먹이애기 아니 난지가 두달도 못된 피덩이를두고 十二時間만에 急死한벗의 죽음을 앞에놓고는 미칠 듯이 엄마를 부르며 몸부림치는 아이들을 안고서 얼마나 얼마나 울엇든고? 木石도 눈물에 젖고야말 그

처참

한 場面을 눈앞에둔 아이들의 어머니이며 남보다도 感受性을 몹시도 많이가진 나의 이 뜨거운 가슴은 그 자리에서 헐리고 깍이고 찢기고 거이거이 녹아떨어질번하게 哀痛하엿든것이다.

그뿐이랴. 높은 構想과 힘잇는 觀察力을 가진 글벗 두분이 그보배로운 才藝를 영원이 감초고 죽음에게 끌려갓을때 같은 心臟을 가진 나의 피는 금시에 얼어붙을 듯이 마음이 아프고 아펏다.

그러고도 오히려 내가슴의 문어진 城터의 헐어질곳이 또남엇든지 남편이 入獄以來 三年間 家事의 大小를 보살펴주든 친척이며 동무인 二兄이 또한 허무하게 차례로 넘어젓을때 내집은 破産이 되엇고 나의 마음은 남음이 없이 헐리고 말엇다.

이만큼 나는 죽음이란것에게 가엾은 내魂을 완전이 짓밟히고 말엇다. 나는 死를 咀呪한다. 내게서 希望과 意義와

友情

을 도적해간 몹쓸 저惡魔!

죽음같이 찬것이 어디잇으랴! 뻣뻣하게 죽어버린 屍體에 뜨거운피를 뿜어보라. 산피가 죽을뿐이오 生時에 잠시도 손에서 떼여놓지못하든 貴童이가 젖꼭지를물고 뜯어도 그젖은 찬물한방울 목바른애기에게 흘려주지않는것을……

죽음같이 冷情한것이 어디잇으랴? 愛人이 뺨을대고 가슴을비비며 울고 부르짖으나 죽은心臟에 사랑의 화살이 박힌들 아프기나 할터인가?

죽음같이 말없는것이 어디잇으랴? 만나면 저므도록 주고받은것이 말이어늘 밤새도록 죽은者곁에 앉어잇으나 말 半동강이나마도 배앝지못하는것을…. 그렇기에 그 컴컴한 흙속에서 永遠이永遠이 말없이 잇지않든가?

죽음

아! 너는 惡魔다. 상냥하고믿브고 理解깊고 多情한 내兄들을 흙과같이 돌과같이 아니 그보다도 흔적도없이 썩혀버리는 이몹슬 夜叉야!

× ×

오늘은 五月二十五日! 靈光邑北門外 故竹窓全衡模兄의 墓前에서는 午後三時(바로 이時刻)에 墓碑除幕式과 追悼式이 잇을것이다.

나는 몇白里의 雲山을 隔하여서나마 크나큰설음의 겨우 한줄기 떨리는 울음의 간여핀소리를그윽한 풀香氣 벼개로하고 쓸쓸한松風을 永遠의벗으로하야 외로이 흙집속에 누워게신 竹窓兄에게 드리면서「後日 나의 漂浪하는 종적이 兄의 흙집앞을 지나칠때가잇거든 나는 나의 손수건을들어 兄의집 문패가 되어잇는 그石碑에 첩첩이 낀 몬지를 떨어드리고 지나오리다」라고 맹세하엿다.

문득

신문의 特刊은 故 宋桂月孃의 一週年 追悼會를 二十六日午後三時에 新興寺에서 동무여러분의發起로 擧行한다고 傳한다.

아하 죽음에게 犧牲된 가련한 祭物이여!때는 五月이다. 綠陰이 아름답다. 아느냐? 몰으느냐? 목이닳게 그대를 부르것만.

(一九三四年五月卄五日午後三時)

● 『동아일보』, 1934.6.7.

李燦, 「宋桂月孃의三週忌에」

(1)

—동무 宋桂月의 三週忌가닥어오니 追憶의뜻 새로웁다 새로운 追憶 의 뜻 익이지못하야 苦役에●困한 하루ㅅ밤 이서거픈 一文을 尊하엿 다—

누가 알엇스랴 실로 누가 알엇스랴 그밤이 그밤의작별이 永袂이될 줄이야!

긔억도 새롭다 三年前 느진가을 十一月十七日밤— 때아닌 구즌비 철철 내리는 밤이엿다 바람마저 휙휙 휙 쓰러치는

나는 오래간만에 그를 차젓다.

(●●한다 林!)그도 林和兄따문이엿다. 그가아니엿든들 그밤에 내가 그를 차젓스랴. 한번이나마 더 그를 맛나볼수잇섯스랴!

저녁후에 白鐵君과 貴禮氏가 연거푸이와 林이 時急히 安君을 맛나 달라는 付託을 傳하기 八判洞 그君집으로 가다 문득 생각하니 宋의下 宿이바로 그아픔으로 나오든길에 들니기로했든것이엿다.

그러치안허도 그의病이 念慮되여 벌서부터 한번가 봐야지하엿스나 當時『文學建設』誌 創刊號準備로 말대로 東奔西走하느라 늘 마음에만 언처 앗슬뿐이엿다.

安은 업고 그는 잇섯다.

『宋』! 하고 부르니『아이구 燦氏구료 이게 얼마만이우』하며 반겨 퇴ㅅ마루까지 나와 마저주엇다.

그-ㄴ 一●만에 보는그 그의 얼골은 퍽 파리해젓섯다

病勢를 무르니

『肋膜炎氣勢도잇다는데 암만해도 오래못살가봐요』

하며 얼골을 쫑기는것이엿다

『오래살면 뭘허우 난 산이살지 도시 그런 愛着이란 업쉬다』라곤가 하니 생곳흘기며『난 오래 오래 살구퍼요』하든그

오오 그가벌서 죽엇는가 죽은지 벌서 三年이나 된단말인가-

　　(2)

이 이야기 저이야기하다 무슨말 끄티엿나 그는 自己의●聞에對하야 말하기 始作햇다 누구 누구하고相對者한를사람 한사람 들면서-

그리다 마즈막으로 뭐라 하든가『난 참말 소문뿐이지 여태까지 진정으로 누구 한사람 사랑해본일은 업서요』라고

오 이것이 참이라면 이것이 거즛이 아니라면 그 아름다운 얼굴로 그 귀엽은 맵시로 보다도 二十靑春 꼿다운 그時節에 한번도 女子로서의 참 幸福을 못맛보고갓는가 남모르는孤獨에서 한숨만짓다갓는가!

× ×

겻방에서 열두시치는 소리에놀나 이러서려니 어듸서고집어냇는가 밤 한개를 까서내손에쥐여주며 우슴석긴목소리로 『가다잡수서요』하고대문간까지 따러나와바리우며 『꼭또놀너오서요, 네.』하며 허리를 구폇섯다.

그목소리 아즉도 내귀ㅅ가에 쟁쟁하것만 그모양 아즉도내눈아페 암암하것만오오나는 어듸로 그안테놀러가야하는가. 실노 실노이것이 永別이 될줄이야!

× ×

그이튼날 오후 나는 B署에 들어갓다가 드듸여이번의 기-ㄴ在監生活을 하게되엿섯다.

豫審에 廻附되든때부터 『定期發信』날이 올때마다 이번은 이번은하고 별넛스나 늘 뜻찬은緊事로 그여 한장葉書도 보내지못햇섯다. 그는 얼마나 나의 疎情을 노여워햇슬고. 그래선가 그亦 한번글월도주지안헛고 다른親舊들도 그에關하야 들녀줌이업엇스니 실로 오랫동안 나는 준혀 그의 消息을 아지못하고잇서섯다.

× ×

그리다가 그것이 昨年녀름 몹시도 무더운어느날午後든가 鄕友李君
의 片紙에서 나는 비로소 그의『죽엄』을 알엇섯다.

그때 내심사가 어쩌햇스료 다먹고도 배곱허걸걸하든콩밥을 반덩
이도 못먹고 그밤을 잠이왓스랴졸음인들왓스랴! 鐵窓밧에서 우러대
는 귀뚜람이 소리 들으며 仁王山산절에서 또드락이는 木鐸소리들으
며 곳업는 哀想에 이리뒤글 저리뒤글 ○대로 왼한밤을 곤두새웟섯다.

× ×

桂月! 내가 그를 처음 대하기는 음력 그해ㅅ 五月도초닷쇠 端午날
이엿다.

그와同鄕인 金君이『桂月이 君을 픽 맛낫스면 하데』하기 나는 그를
따러 當時 宋이 병간호차로 와잇든 그의姉兄집으로갓섯다.

× ×

그때 그가 왜 그리 수집어 하엿든고 멧마듸 인사를 나눈뒤 더말도업
시 고개를 숙이고『레코-드』만 十餘장 거러들녀주엇다. 내가『조흔데요』
하니 두세번 곱해주든『海の嘆き』여『嘆きのヒレテノ』여. 지금도 거리를
거닐다가 偶然이 이 노래를 들으면 나도몰으게 눈두던이 뜨거워지군
한다.

×　×

한 뒤시간만에 後日을 期約하고 돌아왓섯다. 病舌로 돌든바 寫眞에
서 보든바보단 퍽으나 서걸퍼진 그를 哀惜히 녀기면서-

(3)

비록 對面은 이것이 첫번이엇대도 우리들은 벌서前부터 서로 잘알
고 잇섯다. 新聞, 雜誌面이며 隣鄕인關係 彼此에 아는 親舊들을 通하야
그의 入監前後 나의二高時代 어리든 그詩節로부터-

그리고 그는 나를 차저준일까지 잇섯다. 昭和五年五月頃 내가 東京
으로부터 나오든길에 京城體府洞 어떤집 家庭敎師로 잇슬때엿섯다.

공교로히 내가 外出하고업섯슴으로 『安漠君의 性格·趣味·日常生
活 態度等 듯고시퍼서 왓다간다』는 意味의 가끼오끼를 남겻섯다. 그
때가 바로 漠君과 承喜氏가 約婚한直後엿고 아즉 아무데도 그들에對
한 記事가 取扱되지안헛스니 그가 勤務하든 『新女性』誌의 도꾸다네
깜을 삼으려하야 漠君과 切親타는 내게서 그런것을 들으려 함이엿스
리라.

그러나 그翌日엔가 나는 突然 다시 渡東하게되엿고 게다가 片紙한
장 써보낼수도업는形便이되엿섯기 그만그의 첫소망을 들어줄길이업
섯다.

×　×

　　그후 數日에 나는다시 그를 찾지못하고 上京하얏고 우리들새엔 數
次 問安片紙가 오갓섯다.

　　그리다 얼마後에 그도 上京하게되엿스니 우리들의情다운交際는 이
때부터 始作되엿든것이엇다.

　　날에날마다 차저오고 차저가고 이일저일을 議論도하고 討論도하고
함께 求景도다니고 먹개질도하고 또는 억게를 나란히하야 散策도하
얏다.

　　―달빗으스름한 漢江●모래벌을 人跡고친 惠化洞人家 새ㅅ길을.

　　오오 거기는 그제나이제나 변함이 잇스랴만……

×　×

　　桂月! 그는 어떤 人間이엇나. 내가 늣긴바 말대로 多情하고 多恨한
女人이엇다. 뉘게도 지지안는 銳敏한 神經과 豊富한 感受性의 所有者
엿다. 몹시 感性的인듯이 뵈이면서도 그러나 理性的側面을 일치안헛
섯다. 가장 開放的이면서도 언제나 女性的節操는 간직하고잇섯다.

　　(4)

　　그와 오래사귄 어떠한 親舊는 말하엿다. 그는 二重人格者라고 흔히

言行에 表裏가잇다고. 나의 젊은時日의 交際로서 이를 判斷키는어렵다. 그러나 머리로부터 否定못하는 이내붓곳을 한업시 遺憾으로 生覺한다. 도시 年少한탓이엿나 所謂 社交的方便으로서엿나?

오오 可愛롭은 白玉의 한點 검은틔여!

× ×

그는 어떤 作家이엿나 내가 본바 그는 크지못하엿다.

그럿타 그에게는 이럿타 들어말할만한 質의作品도업고 量으로도 遺稿集하나 맨들어줄만도 못하다. 그러나 적어도 進步的, 良心的立場에서 쓰려하엿고 또한 쓰면서잇는그를 尊敬치안흘수업스며 이땅의 멧안되는 그런女流들가운데서도 가장眞摯하엿든그를 사랑치안흘수가업다.

그는 最後의 上京以來 『藝盟』에의 加盟을 熱望하엿섯고 藝盟은 事情上 當分間 그問題는 保留하고 具體的事業에잇서 協力하자한바가잇섯다.

× ×

오오 宋桂月! 그가 아즉도 죽지안헛다면 그가 아즉도 사라잇다면 오늘도 그리고 래일도 眞實한 이나라ㅅ藝術文學의 말대로의 苦難한길을 과감히 용감히前進하며잇지안헛슬가!

×　×

　　北國山川에 기퍼오는 첫여름밤 창밧게 시름업시 내리는 비ㅅ소리
들으며 어듸로부터 떨녀오는가 애련한 피리ㅅ소리들으며 외로운방
쓸쓸한 자리에서 턱괴이고 고요히 回想하니 그리웁다 애처럽다 그러
나 넘우나젊은 너의記憶!

×　×

『아아 너는 포양한 봄 어느 새벽
　보라ㅅ빗 매아지에 잔채질하야
　한숨의 바람처럼 지나갓슴과 갓지안흔가』
　-세르게 · 에쎄-닝

一九三五年 · 五月 · 於北靑

● 『조선중앙일보』, 1935.5.30-6.2.
● 산문시, 동무의 回想.

동맹휴학 및
여학생 만세운동
관련 기사

제1장
동맹휴학
관련 기사

女商檢束生徒 五名은留置場

鐘路署(종로서)에 檢束(검속)되어잇든 府內女子商業學校盟休生(부내녀자상업학교맹휴생)十八名中四日밤에 七明이 釋放(석방)되고 五日밤에六名이 쏘 釋放(석방)되야 前後(전후)三十三名은모다 訓戒放免(훈계방면)되얏고 其中退學生(기중퇴학생)吳玉女(오옥녀)(二○)李恩姬(리은희)(十九)二年生宋桂月(송게월)(一七)金槿媛(김근원)(一九)三年生方雲華(방운화)等五名은 繼續取調(게속취됴)를 밧는中(중)인대 至今(지금)까지는 여러生徒(생도)가 同署二層訓授室(동서이층훈수실)에 갓치 檢束(검속)을당하고잇섯스나 前記(전긔)五名은 五日밤부터 留置場(류치장)에 留置(류치)되엿는바 結局數日內(결국수일내)로 檢事局(검사국)에까지 送致(송치)될 模樣(모양)이라더라

● 『매일신보』, 1928.5.7

女商生五名送局 불구속합해 전부삼십명

府內鐘路署(부내종로서)에 檢束取調中(검속취조중)이든 女子商業學校盟休生五名(녀자상업학교맹휴생오명)은 몸의 拘束(구속)을 밧은 채로 十二日 아침 業務妨害及傷害罪(업무방해급상해죄)로 京城地方法院檢事局(경성디방법원검사국)으로 送致(송치)되엿고 그들과 갓치 檢束(검속)되얏다가 釋放(석방)된 盟休生(맹휴생)

金分連(김분련) 金貞淑(김정숙) 李元春(리원춘) 朱容愛(주용애) 尹阿只(윤아지) 洪順伊(홍순이) 金萬爕(김만섭) 金富德(김부덕)等八名은 不拘束(불구속)으로 亦是 業務妨害及傷害罪(역시업무방해급상해죄)로 起訴猶豫(긔소유예)의 意見을 붓치여 一件書類(일건서류)만 送致(송치)되얏는 바 그들의 犯罪內容(범죄내용)은 五月二日午前十時頃에 盟休反對生(맹휴반대생)李順奎(리순규)가 盟休生宋桂月(맹휴생송게월)이가 흰저고리와 흰치마를 입고 온 것을 嘲弄(조롱)함으로 憤(분)이 나서 彼此(피차)에 싸홈을 하다가 二學年敎室에 드러가서 金壽男(김수남)이라는 二學年을 毆打(구타)하야 二週日間治療(간치료)를 밧을 만한 傷處(상처)를 내엿고 또 工夫(공부)를 妨害(방해)한다는 것이라는 대 이 事件(사건)의 主謀者(주모자)로 身體(신체)拘束(구속)을 當한 채로 送致(송치)된 女學生(녀학생)의 本籍(본적)과 氏名(씨

명)은다음과갓다더라

▲平北江界郡江界面西部洞五八三吳玉女(평북강계군강계면서부동오
팔삼오옥녀)(二〇)

▲江原道華川郡華川面下里四六李恩姬(강원도화천군화천면하리사육
리은희)(一九)

(以上三年退學生)(이상삼년퇴학생)

▲平北定州郡馬山面淸亭洞一三九方雲華(평북정주군마산면청정동일
삼구방운화)(二〇)三年生

▲咸南北靑郡新昌面新昌里宋桂月(함남북청군신창면신창리송게월)
(一七)

▲全北全州郡全州面淸水丁二八四金槿媛(전북전주군전주면청수정이
팔사김근원)(一九)

(以上二年生)(이상이년생)

• 『매일신보』, 1928.5.12.

暴行業務妨害 검사국으로넘어가 女商校生五名

작보와가티 경성녀자 상업학교 맹휴생중 폭행(暴行) 업무방해(業務妨害)로

府內鐘路五丁目一一六 五玉女(20)

同壽松洞一一七 李恩姬(19)

同寬勳洞一六二 李雲華(20)

同長沙洞二一四 宋桂月(17)

同寬勳洞六七 金槿媛(19)

등다섯명을 일건서류와 한가지로십일일 검사국으로 넘기엇다는데 그내용의요건은 전긔오옥녀리은희등이 주동이되어 맹휴를계속하야오든중 지난이일오전열한시경에 교수중인 이년생교실로침입하야교무를방해하고 폭행하얏다는것이라는데동경에잇는사회 각단테에서는 이번맹휴사건에그가튼 희생자까지 내게함은 오로지그 책임이동교교장에게 잇다하야 동교교장에게 자결을촉하얏다더라

●『동아일보』, 1928.5.12.

女商盟休生 不起訴釋放

경성여자상업학교(京城女子商業學校)의 맹휴생중 오옥녀(五玉女)리은희(李恩姬)방운화(方雲華)김근원(金槿媛)송계월(宋桂月)등다섯명이폭행(暴行)업무방해(業務妨害)로경성디방법원검사국으로송치하얏다함은 긔보한바어니와 그들은 동법원도변(渡邊)검사의손에취됴를밧든중 지난십구일오후에 불긔소로 석방되엇다더라

● 『동아일보』, 1928.5.23.

女子商業二年生動搖　昨日來盟休斷行

　　부내견지동녀자상업학교(女子商業學校)二학년생百여명은돌연　二十七일오후四시경에　동맹휴학을선언하고　집으로돌가간후로　금二十八일은一명도 등교치아니하엿다는데 그원인은 지난달상순경에 문일평(文一平) 최호영(崔虎永) 안재준(安在駿) 안응규(安應奎)씨등다섯선생을 교무당국에서 권고사직(勸告辭職)을 식히고 고응민(高應敏) 신경숙(申敬淑)씨등 두선생을채용하게 되엇는바 권긔二씨는 일즉이 학교에서 부정사건(不正事件)으로 휴직처분까지한데도 불구하고 다시복직을식히엇슴으로 그와가티품행이 방정치못한선생에게는 교수를바들수업스니 두선생을처분하여달나는 것이라는바 동교무당국에서는 동일오후 四시반경에 긴급직원회를 개최하고그대책을 강구하엿다

同窓會도蹶起　校長맛나質問

　　별항과가티 교원(敎員)도래사건에대하야 동교졸업생들은 모교의장

래를위하야 그대로묵과할수업다하야 지난二十七일오후三시경에 동
교강당에서四十여명이회합하야 동창회(同窓會)를열고 그대책을 협의
한결과 다음과가티 二개조를 결의하고 대표위원으로 송게월(宋桂月)
안정현(安貞賢) 라경혜(羅敬惠) 김정숙(金貞淑) 김혜경(金惠卿)외十명
합十五명을선정하고 동교장(校長) 리현규(李顯奎)씨에게 질문을하기로
하엿는데 二十七일오후三시에 전긔대표는 교장을학교로방문하고 결
의조건을드러질문하엿는바 교장리씨는제一조에잇서는 그것이사실이
라면잘못하엿다고 사과를하고 제二조에잇서서는 방금법정에문제가
되어잇스니 법으로판단을할것이라고 답변을하야 그대로동대표도돌
아가고 말엇는데 동교무당국의 태도여하에싸라 사건이 확대될수도
잇고 즉시해결될수도잇슴으로 일반은자못주목중이라한다

▲決議文
一. 母校不貞先生採用反對의件
二. 校長의橫領云云의件

●『매일신보』, 1931.5.29.

密議中의女商校生 三十餘名을檢擧

　시내녀자상업학교(女子商業學校) 맹휴사건은 일전오십 사명에무긔
정학의 처분을하야 반성명을촉구하고 사건은 대략 락착된듯하엿더
니 학교당국의 처분에분개한 학생들은작십이일 오후네시경부터시내
당주동(唐珠洞) 팔번지 김소랑(金小浪)방에 삼년생 이학년생등이 십구
명과학교이외의 사람이 삼명이석기어 저마다 학교당국의 불만을말
하여 동맹휴학을 다시하자는의미로 장시간토론을 계속하고잇섯다
그리하야 동오후칠시경ᄭᅡ지 모혓슬동안에 이소문을들은 종로경찰서
고등계에서 리부장(李部長)이하 다수 형사대가 몰려가 그집에모혓든
녀학생을 전부검거하여다가 밤깁도록 취조를하엿다 그러자 밤십시
경학교측에서도 이소문을듯고 교장이하 직원들이모혀 협의한결과
교장이 종로서에가서 학교학생만은 학교에서선후조처를 할터이니
특히학교에맛기어 달라고 량해를 구하엿다 경찰서에서도 아직 어린
학생들임으로 대략취조가 ᄭᅳᆺ나는대로 자정ᄶᅢ에 태반석방하고 그중
삼학년생네명과 전긔당주동팔번지에 류하든 보성전문학생의 부부등

만 억류식히엇다.

쏘四名을引致 송계월양외삼명을인치

녀여자상업학생 이십구명이 모히어 동맹휴학확대를 협의하고 잇
든것을 모조리 검거하엿든 종로경찰서고등계에서는 학생들을 이층
휴계실에두고 밤이깊도록 거의전원이출동하야 취조를하고 그중네명
만남기고 그 외는 전부를돌리어보냇던바 남은네명과 보성전문학교
생을 금일아츰부터 다시엄중취조한결과 그리면에는 과연 어쩐내막
이쏘잇섯든모양으로 형사대를 사방으로보내여 녀자상업학교 졸업생
으로사회에나와취직중에잇는송계월(宋桂月)씨외삼사명을오전십일시
경에 불니다가 경찰서이층취조실에서 취조를 하고잇다 아직은 방금
검거된 사람이 어쩐 조직적 행위를 하엿는지는나타나지 안흔모양이
나 경찰측에서는 상당히 긴장하야 자신잇는활동을하고잇고 그러고
취조결과를 딸아서는 수삼인을 더소환하겟될는지도몰은다고한다.

• 『조선일보』, 1931.6.14.

女商生密議所襲擊 學生卄八名檢擧

　　부내종로서 고등게에서는 작十二일밤에 방금 동요중에 잇는 경성
녀자상업학교 학생들이 부내 당주동(唐珠洞) 八번지에 모이어 무엇을
밀의하고 잇다든것을 탐지하고 동고등게 수등(首騰)경부보이하 형사
대가 즉시 현장에 출동하야 그곳에 모인 동교 三년생二十八명을 一제
히 검거하는동시에 그들이모이엇든곳에 거주하는 김정숙(金貞淑)의
부부를 동시에 검거하얏다 한다

　　전긔 김정숙의 남편은 보성전문(普成專門)학생으로 일동밤의비밀회
합은 전긔 김정숙의 부부와 기타 학생이외의 인물들이 배후에 잠재
하야 동일밤 학생들을 모아가지고 동교의맹휴를조직적으로 지도 밀
의하얏다는것이라 한다

　　동일 철야 취조한결과 二十八명중에 二十四명의 학생은 즉시석방
하얏스나 그밧게 학생四명과 김정숙(金貞淑)의 부부등 六七명은 게속
하야 취조를 하는한편으로 금十三일 아츰 동서고등게 형사대는 당주
동八번지 전긔김정숙의 가택을 수색하고 모종의 서류를 압수하야 갓

다고 한다.

　이와동시에 一방형사대는 부내경운동(慶雲洞) 개벽사(開闢社)에출동
하야 동사긔자로잇는 송게월(宋桂月)(금년봄녀자상업졸업생)씨를 쏘
검거하얏다.

● 『동아일보』, 1931.6.14.

盟休를 煽動햇다고 卒業生을 檢束

　　속보=경성녀자상업학교(京城女子商業學校) 생도二十여명과 졸업생 五명이 재차맹휴를 협의하다가 종로서고동게원에게일시검속되엇스나 三년생二명은석방되고 나머지만검속한후 전부석방한사실은 작지에 이미보도한바와같거니와 금번에 검속된졸업생중 송계월 인정현 라경혜 김정숙 김혜경 등은 지난번맹휴사건당시에 동교장 리현규씨를방문하여 그책임여하를 질문한일이잇섯음으로 이것이 학생들은 선동하엿다고하여 검속된것이다.

● 『매일신보』, 1931.6.15.

女商卒業生 無罪로釋放

부내경성녀자상업학교(京城女子商業學校)의 맹휴를선동하엿다는 혐의로 지난十二일에종로서에검거되엇든 동교졸업생중 송게월 안정현 라경혜 김정숙 김혜경 등五명은 이래엄중히취조한결과 별반선동한혐의가 업슴으로 十四일오후四시반경에 전부석방하고 동교三년생二명만이아즉류치하엿다한다

●『매일신보』, 1931.6.16.

金敏哲, 「京城女子商業盟休眞相」

『一』

지난五月二十七日午後에 京城女子商業二年生百餘名은 一. 授業料三割引下 一. 敎員申貞淑, 高應敏, 李光鎬, 李承元等을辭任식힐것. 一. 敎授時間을延長할것. 等의要求를 學校當局에 提出하고 突然히盟休를斷行하엿다. 이急報를接한 學校當局은 미리前부터 不正敎員問題로 學生動搖의低氣壓을엿보고는잇섯스나 이럿케時急히動搖될줄은몰낫섯다. 倉皇한學校當局者는 鳩首會議를거듭한結果 겨우 不正敎員이란 申貞淑, 高應敏을罷免식히고 時間延長은考慮하여보자하엿다. 나머지授業料問題는何等의決定도짓지안코 盟休團에宣言하엿다. 以上의二項目을容認할터이니 登校하여달나는것이엿다. 盟休團의 重要鬪爭項目이不正敎員淘汰에介在하니만큼 盟休團側도 一段登校키로許諾하엿스나 決코勝利하엿다고登校한것은아니엿다. 學校當局者가 時急不正敎員을 罷免식혓고 敎授時間의延長을容認하는等 盟休團의要求條件과 盟休의理由를妥當하다는 態度를鮮明하게 한곳에 登校의快諾이잇섯든것이다. 學校當局者는 以上의要求를容認함 과함께首謀者라고해서 二年生安韓玉, 金福順,

崔次玉, 外一名에게 五日間會社門不出하고謹愼하라는謹愼狀을送致하엿다. 이리하야 制裁밧은四名의學生除外하고는 盟休生全部가 同月三十一日 快히登校하엿다. 盟休生이登校하엿든날 學校校庭內에서는 鬪爭의實劇이演出되엿다. 이番盟休의劃策, 內秘를 敎員團에密告하엿다는 二年生B組 金炳哲(學校스파이)을 發見하여가지고 亂打하는劇이엿섯다. 盟休生은 追急하야襲擊하려는데 敎員側에서는 女敎員金某를帶同식혀避難하는等 자못 怪異한 學校當局者의醜態가 敎員의商品化와敎育制度의缺陷을훌륭하게도 裏書하는것이엿다. 이리하야盟休生의登校한翌日 前記 이番盟休의首謀者라고 認定한(學校側) 安韓玉, 金福順, 崔次玉三名에게 又復退學處分을 斷行하엿섯다. 醜態百出한學校當局者는 學生側의要求의安當을容認하엿고, 盟休의理由를穩當타고立證하엿슴에도不拘하고 學則에違反이니 訓育上不得已하니 하여서 苛酷無雙한判決을내렷다. 이判決의名判官은校長李顯奎氏와李容奎라는敎務主任이엿섯다고한다. 第一回盟休는 學校當局의 失責一貫으로 一段落을지엇다.

『二』

第一回盟休의 犧牲者의 進路에對하야 매우焦燥해하면서一齊히 登校하기는하엿섯다. 이리다가 二年生全部와 三年生一部는 犧牲者 復校에 對하야 物議가 紛紛하기始作하엿다. 드듸여 지난六月八日午前엔 二年生二十餘名이 事務室을掩襲코 犧牲者의無條件復校를 要求하는一方 敎室을占領하고 敎授를拒絶하엿다. 敎室을占領한그들은 先生들의 驅逐

을 防禦키爲하야 街頭에서 示威行列隊의 結束처럼 五六名式 作伴하야 팔에팔을끼고 搖之不動의狀態를못하엿섯다고한다. 犧牲者同志의 復校 熱과 學校當局의 苛酷한處置에 意氣上衝된 그들은 自己들의 要求를實 徹키爲하야는餓死하여가면서라도 抗爭하려하엿든것이 世上에는女商 盟休生이 敎室을占領하고 斷食을計劃하엿다고傳하여진모양이다.

이러한 抗爭이二三日繼續되는째에 再襲當한學校當局者들은 又復鳩 首密議하여 二年生五十三名에게 無期停學을命하엿다. 이無期停學에 妙 한條件이부텃다. 學父兄이學生을帶同하고와서 誓約書를쓰면停學을解 除한다는 盟休生의抗爭을 倒潰하는 學校側의戰術이엿다. 맛치 勞動爭 議에 資本家가 勞動者에게 解雇한다는 示威戰術로爭議團陣營을 倒潰식 히려고하는 常套戰術이 神聖을 唱導하고, 師弟間의友愛를말하는學園 에도 引用되고말엇다. 盟休生要求의無理한點도잇섯는지는讀者여러분 의 推想에맷기거니와 可憎無雙한敎育者의 惡化는 무엇으로 制裁할것 인가 女商의卒業生과學父兄은 輿論을喚起할責任을感覺못하엿는지뭇 고십다. 그래도神經잇고 人間이고「라듸오」의放送者가안인以上 敵對 敵의抗爭으로 着做한學校當局의眞意는奈邊에잇는것인지 다시알고십 허하는것이다.

『三』

이럿케 擴大惡化하여지는 學校當路者들의怪態에는 監視를支續하든 三年生도 참으래도참아 견댈수업섯다. 이리하야 지난六月十二日午後 四時頃 唐珠洞李正旭의집에는 三年生三十餘名이金貞淑夫妻를 招致하 야 橫暴와苛酷으로一貫하는學校當局의 反省을促進키爲하야 長時間討

議한結果 盟休를繼續함과함께 學務局에 이橫暴한學校當局者의處置를 陳情하려고 決定을지어가지고 解散하려할째에 어듸서漏設된것은아즉 判明안되엿스나 이會合을警察이알게되여 新聞에報導와가티一時에 三年生三十餘名과 李正旭夫妻外 卒業生等이所管鐘路警察署에被檢되엿다.

이리하야檢擧의旋風이일어난深夜까지大部分은 釋放되고 李正旭夫妻와二年生二名만留置되야 嚴重한取調를當하고잇다고한다. 여긔에學校當局者의 意識的反動行爲는 如實히暴露되고말엇다. 方今鐘路警察署中에잇는二年生에게煽動한嫌疑가充分하다고 죽은學則第몃條를口實삼아가지고 그럿치안어도 억울한取調밧는 學生에게 退學通知書를交付하엿다니 이것은아모리 善意로 解釋하여도虛無孟浪한事實을僞造하여 警察에煽動者란材料를주엇다고밧게解釋할수업는것이다. 設或 盟休의首謀者라고하드라도學校當局者는釋放을交涉하여야될것임에도不拘하고 千不當萬不當의口實노材料를供給하엿스니 當路者諸君은깁흔反省과 이眞相을社會에聲明하여야할責任잇는것을알어야한다

以上의波瀾을거듭한學校當局者는 停學生四十名에게停學을解除하고 二年生二名에게又復退學을斷行하엿다. 其後쏘三年生三名에게無期停學을命하고 其餘學生은殺氣騰騰한속에서登校하고잇다한다.

『四』

上述하엿거니와 女商當局者는 盟休生要求條件을 容認하엿슴에不拘하고 다시말하면盟休의理由를妥當한것이라고自認하면서 苛酷한處分을斷行하야 再次動搖를招來한것은 學校側이盟休를擴大强化식킬 要素를提示한것이고 資本家의解雇手段을模倣한 停學戰術이라든가, 留置中

學生에게漠然한口實로 退學傳達이라든가 모-든것이 學生의訓育上稟性의發展을阻止하엿고 教育者로欺瞞, 野心等모든醜態를 白晝에出演한것밧게는아모것도업다. 어느것하나가 神聖한教育者다운誠意를窺視를할수업스니教育界의 腐敗한一端인것을痛嘆치안흘수업는것이요 學生들要求條件이 他例에比하야極히穩健함에도 不拘하고 行政機關의無理한干涉도非難치안흘수업는 것이다. (同德女高는休學進行中이라오는 次號로밀음)

•『신여성』5권6호, 1931.7.

제2장
여학생 만세운동
관련 기사

市内女校萬歲事件 今日檢事局送致

◇ 五十七名은不拘束者로 ◇
拘束은 二十七名

신년벽두에 재연된 학생사건의 뒤를니어 지난십오일 시내리화녀
고보교(梨花女高普校)를비롯하야동덕녀고보교(同德女高普校))배화녀고
보(培花女高普)정신녀학교(貞信女學校) 경성녀자상업학교(京城女子商業
學校)근화녀학교(槿花女學校)실천녀학교(實踐女學校)숙명녀고보교(淑明
女高普校)녀자미술학교(女子美術學校)진명녀고보교(進明女高普校)경성
녀고보(京城女高普) 등생도들이만세를부르고격문을뿌린녀학생만세사
건은루보한바와가티시내서대문서의담임으로 통괄적심문을하다가 금
삼십일일은아츰여듧시경에 사건관계자리순옥(李順玉)(一八)윤옥분(尹
玉分)(一八)은치안유지법위반(治安維持法違反)으로그밧게 허정숙(許貞
琡)송계월(宋桂月)최복순(崔福順)등 이하팔십여명은보안법위반(保安法
違反)으로 일건서류와한가지로 구속(拘俗)자이십칠명, 불구속(不拘束)
자오십팔명을 경성지방법원검사국으로넘기엇다 사건의내용은 아즉
정식발포가 업스나 그동안본사에서각방면으로조사한바는대략다음과
갓다

◇槿友會幹部＝▲許貞淑(拘束)▲韓晨光▲朴次貞(以下二名不拘)

◇梨花女高普＝▲崔福順▲崔允淑▲金鎭賢▲咸德勳▲林敬愛▲尹玉粉▲金福林▲崔賢守▲安壬順▲李玉蓮▲楊元淑(以下十一名拘束)▲成永鎬▲高明信▲全德濟▲尹瑪利亞▲金賢珠▲李貴洙▲郭福女▲朴贊妙▲金順玉▲崔順永▲金恩道▲金奉凱▲兪善卿▲金貞玉▲洪惠卿▲金元貞▲任永善▲金善明▲廉又京▲邢貞分▲趙淑賢▲李昌實▲玄某蘭▲朴慶姬▲鄭鳳得▲全德濟▲申玉奉▲張明珠▲趙蓮喜▲金培世▲朴玉壽▲韓福姬▲金寶鏡▲金小南▲金點順▲金明喜(以上三十五名不拘)

◇同德女高普＝▲洪玉仁▲高玉環▲朴璇淑▲韓貞姬▲許福祿(以上五名拘束)▲安甲男(不拘束)

◇淑明女高普＝▲朴先奉▲趙金玉(以上二名拘束)▲尹乙姬▲趙終玉▲韓蘇愛▲韓少岳(以上四名不拘束), 其中三名拘留執行中

◇京城女子商業學校＝▲宋桂月▲金貴任(以上二名拘束)▲李松竹(不抱束) 拘留執行中

◇槿花女學校＝▲金貴仁禍▲金順禮▲崔聖盤(以上三名拘束)▲金錦南▲金蓮峯▲李忠臣(以上三名不拘束拘留執行中)

◇實踐女學校＝▲金璟淑(拘束)▲崔貞玉(不拘束)

◇貞信女學校＝▲河雲鶴(不拘束) 拘留執行中

◇京城女子美術學校＝▲朴桂月(拘束)▲宋基順(不拘束)

◇京城公立女高普＝▲李聖淑▲鄭璟阿▲金辛福(以上三名不拘束)

◇培花女高普＝▲金準▲林海得▲趙愛永外一名(以上四名不拘束)

◇進明女高普＝▲某▲某(以上二名不拘束)

以上拘束者＝卄七名, 不拘束者＝五十八名

五十五名은
舊除夕에放免
齋藤總督의命令으로

　각녀학교학생들의　만세사건으로　다수한녀학생들을　경찰이검거하
야　혹은석방　혹은즉결처분　혹은송국의　형식을취하야　왓는데　즉결처
분을한　다수한녀학생중오십오명은　재등총독의명령에의하야　음력섯
달금음날인　이십구일밤　일곱시반경에　가출장(假出場)의명목으로석방
을시키는동시에　각학교당국자들을　응줄하야　도청회의실에　모아노코
록야(鹿野)경찰부장으로부터일장의훈시가잇슨후　각기집으로돌려보내
엇는바구류처분의긔한인즉　래월오일과　십일의두종류이엇는데　석방
된학교별　학생수는다음과갓다

　　▲槿花一九▲實踐女校一一▲女商一五▲淑明三▲太和女校七

各女校代表
三十餘名集合
일제히일어나기로결정
十四日夜秘密會合

　상업학교의생도송계월(宋桂月)과리화녀고보교생　최복순(崔福順)을
주동으로지난십사일밤에각녀학교　대표자　삼십여명이시내가회동(嘉
會洞)사십팔번지전긔　송계월의　하숙에대표자회의를　열고　그이튿날
아츰아홉시반에　각학교가　일제히만세를부르기로하야계획대로실행한
것이라한다

伊藤檢事擔任

　일건서류와한가지로 신체구속이되어삼십일일은아츰검사국으로 넘
어간 송계월(宋桂月)이하 이십칠명은 사상전문이등(伊藤)검사의 담임
으로 취조를밧는중이엇는데 그들은 당일로서대문형무소에 수용되리
라한다

●『동아일보』, 1930.1.31.

六十餘名은釋放 二十九名은送局

陰曆大晦日과正月一日아츰에
女學生事件一段落

府內學生騷動事件(부내학생소동사건)으로아즉까지京畿道警察部(경기도경찰부)를비롯하야西大門署(서대문서)와西大門刑務所(서대문형무소)에잇든女學生(여학생)百餘名中(여명중)二十九日(陰曆大晦日음력대회일)午後(오후)에六十八名은假出場(가출장)이라는일홈아리모다釋放(석방)하고其餘(기여)二十九名은음력正月초하롯날인三十日아츰에保安法違反惑(보안법위반혹)은治安維持法違反等(치안유지법위반등)으로전부京城地方法院檢事局(경성디방법원검사국)으로送致(송치)하얏더라

光州事件에관한 不穩團體를組織
◇ 送局된女學生들의罪狀
首謀者는許貞淑等

三十일아츰西大門署(서대문서)에서는午前(오전)七時反부터九時까지의사이에槿友會金順玉(근우회김순옥)은治安維持法違反(치안유지법위

반)으로그外同會許貞琡以下(그외동회허정숙이하)二十八名은모다保安
法違反(보안법위반)으로自動車(자동차)에실어送局(송국)하엿는데, 檢事
局(검사국)으로너머간各女學校生徒(각녀학교생도)들은

槿花女學校

金順禮 (高二年生)

崔聖磐 (高二年生)

金貴仁福 (高四年生)

女子商業學校

宋桂月 (三年生)

金貴任 (三年生)

淑明女高普

趙終玉 (高四年生)

朴先奉 (高四年生)

同德女高普

朴璥淑 (高三年生)

韓貞姬 (同上)

徐福綠 (同上)

高玉璟 (同上)

洪玉仁 (同上)

梨花女高普

咸德勳 (三年生)

林敬愛 (三年生)

尹玉粉 (三年生)

金福林 (三年生)

崔賢守 (三年生)

楊元淑 (三年生)

安任順 (三年生)

李玉運 (三年生)

崔允淑 (四年生)

金鎭賢 (四年生)

崔福順 (四年生)

實踐女學校

金貞淑 (高二年生)

崔貞玉 (高三年生)

그外女子美術學校生徒一名(외녀자미술학교생도일명)도잇서모다二十
九名이다. 그들의犯行(범행)내용은許貞琡(허정숙)과金順玉等(김순옥등)
의敎唆(교사)를바다, 旣報(긔보)한바와가치騷動(소동)하기를策動(책동)
하는동시에梨花女高普(이화녀고보)가튼곳에서는, 崔允淑(최윤숙)이라
는四年生이主謀者(주모자)가되야寄宿舍(기숙사)안에서 「光州事件擁護
同盟中央本部(광주사건옹호동맹중앙본부)」라는것을조직하고, 丛檄文

(격문)과赤旗等(적기등)을만드는等各種(등각종)의不穩(불온)한行動(행동)을한것이라더라

伊藤檢事令狀으로
西大門刑務所에
午前中으로收容

前記(전긔)와가티檢事局(검사국)으로넘어온女學生(녀학생)들은 檢事局拘置監에一時收容(일시수용)하고同日午前十時半(동일오전십시반)부터, 伊藤思想檢事(이등사상검사)가第一檢事廷(검사정)에서취조를시작하얏는데, 취조는두사람혹은세사람식불러다가약一二分식간단히심문을하고는, 곳令狀(영장)을執行(집행)하야西大門刑務所(서대문형무소)에收容(수용)하야그날오전중으로, 二十九名을全部同所未決監(전부동소미결감)에收容(수용)하엿더라

●『매일신보』, 1930.1.31.

首謀者를除한外엔 起訴猶豫와不起訴

전도를생각한관대한처분
萬歲事件關係女學生

세상사람의注視(주시)가운데취조를밧어오던녀학생만세사건의起訴(긔소)문제는十日에결정을보게되엿다 사건을담임한京城高等法院伊藤思想檢事(경성고등법원이등사상검사)는평일보다는두세시간이나일으게檢事局(검사국)으로나와 이날十時경부터는八日에通知書(통지서)를보내여불러온 梨花(리화) 同德(동덕) 槿花(근화) 保育(보육) 貞信(정신)淑明(숙명) 培花(배화) 女子高普(녀자고보) 實踐(실천) 太和(태화) 女子美術(녀자미술)등열한학교의校長(교장)을檢事室(검사실)로불러意見(의견)을聽取(청취)한외에不拘束(불구속)으로취됴하던梨花女學生(리화녀학생) 丹五名中丹一名과 淑明(숙명) 同德(동덕) 女子美術(녀자미술) 女子高普(녀자고보) 女子商業(녀자상업) 培花(배화) 各校生徒(각교생도)一名식을召喚(소환)하야誓約書(서약서)를밧엇는데임이報道(보도)한것과가티검사국에서는철업는학생들의한째의妄動(망동)일뿐안이라 將來(장래)가잇는未成年者(미성년자)인女子(녀자)들이라고하야특히관대한처분을하기로되여槿友會員(근우회원)으로首謀者(수모자)된사람과멧녀학생을

제한외에는모다起訴猶豫程度(기소유예정도)의처분을하게되엿고不拘
束(불구속)으로取調(취조)하든학생으전부不起訴(불긔소)로결정되엿다

校長과會見하고
將來를團束
사건마튼이등검사가
男女十一校長會集

伊藤檢事(이등검사)는十時부터高等法院檢事分室(고등법원검사분실)
로實踐女學校李相壽氏(실천녀학교리상수씨)를비롯하야次第(차데)로열
학교의校長(교장)들을불러다가

관대한처분을할터이니학교에서는상당한처치를하겟느냐

쏘는이학생들의금후행동에대하야책임을질수잇느냐

고질문을하엿는데 이에대하야 各學校長(각학교장)들은입을갓추어
그리하겟다고답변을하엿다이날檢事局(검사국)에온各學校代表者氏名
(각학교대표자씨명)은다음과갓다

▲梨花安衡中▲同德趙東植▲槿花金美理士▲保育李龍植▲貞信崔二悅
▲淑明野村盛之助▲培花李萬珪▲女子高普高本千瑪▲實踐李相壽▲泰和
梁星敬▲女子美術金義植

誓約書를밧고
嚴重히訓諭
일일이재삼단속하야

三十餘名을釋放

各學校校長(각학교교장)의意見(의견)을들은伊藤(이등)검사는이날十二時부터불러온녀학생삼십여명을京城地方法院第四檢事廷(경성디방법원제사검사뎡)으로전부불러올려다가第三號검사뎡에서梨花학교학생李昌實 張明珠순서로

이후에는다시그런일을안이하겟습니다

고한誓約書(서약서)에일일히捺印(날인)을하게불리여온학생들의일홈은아외갓다

▲成永鎬▲高明信▲全德濟▲尹瑪利亞▲金賢珠▲李貴洙▲朴贊妙▲金順玉▲崔順永▲金奉凱▲兪善卿▲金貞玉▲洪惠卿▲金元貞▲任永善▲金善明▲廉又京▲邢貞分▲趙淑賢▲玄某蘭▲朴慶姬▲鄭鳳得▲申玉奉▲趙蓮喜▲金培世▲朴玉壽▲韓福姬▲金寶鏡▲金小南▲金點順▲金明喜以上梨花女學生▲安甲男同德, ▲尹乙姬淑明▲李松竹女子商業, ▲宋基順女子美術▲金準培花▲金辛福女子高普▲李音全保育

女學生釋放으로
刑務所前은成市
부모의조리던가슴도
雲捲晴天갓붐으로

西大門刑務所(서대문형무소)에수감된녀학생과또는檢事局(검사국)으로불리운학생둘의身上(신상)을넘려하야수십명의父兄(부형)과親舊(친

구)들은일흔아츰부터裁判所(재판소)뜰에몰려와검사국에서나릴하회에
가슴을조이며방황하엿는데,　伊藤檢事(이등검사)가각학교장에게언명
한즉특히관대한처분을하야수감된학생싸지라도　몟사람을남긴외에는
모다起訴猶豫(긔소유예)로出獄(출옥)케하겟다는말을듯고父兄(부형)과
친우들은재판소뜰에서발을옴겨　이날한시부터　西大門刑務所(서대문형
무소)압흐로올나가　鐵門(철문)이열리길기다리는중이나오후五時경에
起訴猶豫(긔소유예)의처분을맛고출옥하는이십여명의학생은마저주는
수십명의父兄(부형)과친구들의싸듯한정에오직감격하야눈물을흘닐뿐
이엇다

許貞淑等八名만
保安法으로起訴

特別(특별)히관대한처분하에결정된女學生萬歲(녀학생만세)사건은이
날午後(오후)四時에八名槿友會許貞淑(근우회허정숙)을비롯하야梨花崔
福順(리화최복순)　金鎭賢(김진현)　任敬愛(림경애),　女子商業宋桂月(녀자
상업송계월),　梨花專門李順玉(리화전문리순옥)　朴桂月등여덜명은保安
法違反(보안법위반)으로기소가되는동시에公判(공판)으로회부되엇고
나머지　三十名은이날午後五時에伊藤檢事(이등검사)의지휘로西大門刑
務所未決監(서대문형무소미결감)에서나왓는데일홈은아레와갓다
　◇槿花女學校

▲金順禮▲金貴仁▲崔聖盤▲李忠臣▲金蓮峯

◇梨花女校

▲金福林▲咸德勳▲崔賢守▲安壬順▲李玉蓮▲張三淑

◇同德女校

▲洪玉仁▲高玉璟▲朴璇淑▲韓貞姬▲許福祿

◇淑明女校

▲朴先奉▲趙金玉

◇女子商業校

▲金貴任

◇實踐女校

▲金璟淑

◇貞信女校

▲河雲鶴

●『매일신보』, 1930.2.11.

市內女學生事件 來卄日에公判開廷

◇하로밧비공판을열게돼◇
各辯護士에게通知

　시내각녀학교의 녀학생들의 시위만세 사건으로 경성고등법원검사
국사상전문이등(伊藤)검사의긔소(起訴)로공판에넘긴근우회(槿友會)중
앙서무부장허정숙(許貞琡)이라는허정자(許貞子)리화녀고보(梨花女高
普)최복순(崔福順)김진현(金鎭賢)최을숙(崔乙淑)경성녀자상업(京城女子
商業)의송계월(宋桂月)녀자미술(女子美術)박계월(朴桂月)등여덜명에대
한보안법위반(保安法違反)사건공판은작보한바와가티피고들의신분이
학생들인만큼미결구류(未決拘留)긔간을천연하는것과가튼것은 고려할
문제라고하야재판소 수노부에서는 동사건공판을되도록속히 개정할
것을협의한결과　금십오일　마츰내동사건제일회(第一回)공판을오는이
십일 경성지방법원 제사호법원에서금천(金川)재판장단독심리로 개정
하도록 결정되엇는데동재판소에서는 사건변호를담임한각변호사에게
당일로 긔일통지를하는동시에　공판을 끌어갈수업는 관계상연긔가
아니되도록속히준비를하라고하얏다한다

許貞琡顧問
各校代表會
피차에련락취해서행동
◇擧事前夜에計劃

사건은 작년십일월삼십일 광주(光州)학생사건이 발생된이래시내남
녀학생들의제일차시위만세사건이잇슨후 해를지나 제삼학긔가 시작
되자 시내각녀학교학생들이지난일월십오일아츰을긔회로 일제히시위
만세를 부른 것으로 그자세한내용은 시내각녀학교의 학생들은 작년
십일월삼십일일광주(光州)에 조선인학생들과 일본인학생들의 충돌사
건이발생되자 민족적차별처치에대하야 위정당국자의 반성을촉하기
위하야루차시위운동을획책하야 오다가 금년일월초순 제삼학긔수업
이시작되자 시내각녀학교의 학생들은 서로련락을취하야가지고리화
녀고보에서는최복순(崔福順)김진현(金鎭賢)최윤숙(崔允淑)등이 교내의
동지들을규합하야 시위운동을일으키기로하고근우회의허정자에게 여
러가지로 고문(顧問)을청하야시위운동의조직접구체안을결정하고 이
와동시에각학교학생들이 서로긔맥을통하야 일월십사일오후에는 각
학교대표(代表)들의 정식회의를비밀리에열게되엇다

十六名會合
三個條項決議
쥐도새도모르게일을쑤며
場所는宋桂月下宿

당일오후네시시내가회동(嘉會洞)사십팔번지　피고송계월(宋桂月)의
하숙에는

▲徽文高普＝張洪淡, 韓瑛勳 李廷寅▲淑明女高普＝朴先奉 趙金玉外二
名▲京城女子商業＝宋桂月, 金貴任外一名▲同德女高普＝安甲男, 安末男,
洪玉仁, 高玉璟, 韓貞姬, 金信福

등열여섯명이모히어

一, 십오일오전아홉시반정각에 각학교에서 학생전부가 만세를 부
르며종로네거리로나와남대문(南大門)방면으로진행할것

二, 경찰에인치될지라도이자리에모히엇든 사람들의 이름을 말치안
흘것

三, 경찰서에류치가되는때에는단연히단식(斷食)을단행할것

등을결의하고이와동시에시내소격동(昭格洞)팔십구번지최성반(崔聖
盤)의하숙에서역시

▲培花女高普＝金準, 林海得▲女子美術＝朴桂月, 宋桂順▲同德女高普
＝洪玉仁, 高玉璟▲實踐＝金璟淑, 崔貞玉▲槿花＝金蓮奉, 金錦男, 金順禮
李忠信, 金貴仁福, 崔聖盤

등의열여섯명이모히어　이튼날인십오일오전아홉시반정각에일제시
위만세를 부르자는 협의결정을하고그이튼날예정대로

▲梨花女高普▲淑明女高普▲培花女高普▲同德女高普▲槿花▲實踐▲
貞信▲太和▲女子美術▲京城女商▲京城保育

등의열한학교학생이일제히만세를부른것이다

●『동아일보』, 1930.2.16.

市內女學生萬歲事件 第一回公判開廷

전번에무긔연긔됏다가별안간공판
방청인들로법정내외는혼잡일워
被告八名全部出廷

시내 리화녀자고보교(梨花女高普校)생도를 비롯하야 동덕(同德)배화(培花)근화(槿花)녀자상업(女子商業)경성보육(京城保育)정신(貞信)실천(實踐)태화(太和)녀자미술(女子美術)숙명여자고보(淑明女子高普)등십삼교생도들이제각긔련락하야금년일월십오일아츰에일제히 만세를불러일시다 수의검거자를 내이어 조선녀학생들의 운동으로는처음보든시내녀학만세사건의 피고

▲崔福順▲許貞琡▲崔允淑▲金鎭賢▲李順玉▲林敬愛▲宋桂月▲朴桂月

등여덜명에대한 보안법위반(保安法違反)사건의 제일회공판은 금십팔일경성지방법원제사호법정에서동법원 금천(金川)재판장의단독으로고등법원사상전문이등(伊藤)검사의립회, 사건담임김병로(金炳魯)리인(李仁)양윤식(楊潤植)리창휘(李昌輝)등제씨의렬석으로개정되엇다

一般傍聽은制限코
特別傍聽席滿員

사건공판이 작십칠일오후에긔일이결정되어갑작이 개정된것일뿐만 아니라 그나마일반의방청을제한하야 그리넓지못한방청석은오히려비이엇스나 사건공판이종래에 듬을게보는녀학생들의 공판이기때문에 재판장뒤특별방청석에도 재판소측으로는고등법원검사국수야(水野)검사이하 이삼명, 경성제국대학(京城帝國大學)학생감 도변(渡邊)도본(島本)교수등과 군사령부측, 소관서대문서흑소(黑沼)고등계주임, 경성지방법원검사국시보(試補)등 모다십오륙명이 렬석하고일반방청석에도 소관서대문서로부터고등사법정사복형사들이틈틈이끼어안저이상한 긴장미를씌이엇섯다

拘置監前에父兄佇立
女看守出動一異彩

당일피고들의가족은일은아츰부터사방으로몰려들어정각전부터법정문밧게인산인해를일우엇다음력세전에 귀여운딸들을 감옥에보내고음력설을 정신업시보낸 피고들의부형들은근두달동안이나 오매에그리든딸의얼굴을보랴고 무겁게다친 구치감(拘置監)문을 기웃기웃하고잇섯다 사건의공판이 갑자기 열리게된것이라 사건관계피고들은 동일오전열시반경에야 서대문형무소로부터 이송되어왓는데 피고들의가족과 일반방청인들은 그전에 이미입정을시키고방청인중의 남학생

이십여명은 방청석에들어와안젓든 것을 내어쏘차―방청석은 오히려 비고법정문밧게서 거닐며 배회하는 방청인들이 근백명에달하얏는데 당일소관서대문서에서는 동서경무계차석경부보이하 십여명의 정복경관과 고등사법형사들이 출동하야 법정내외를 경계또는 감시하고 잇섯다 그런중에도 당일공판정안에 이상한 이목을끌은것은 좀처럼 출정치아니하든 녀간수세명이 이상한복색으로 피고좌우에 느러안즌 것이다

暗淚에젓는法廷의空氣
目禮조차交換못한悲哀

동열시오십분, 머리에용수를쓴―피고여덜명이남간수녀간수에게호위되어입정하자이제나저제나피고들의입정을 기다리고안젓든 방청인들은 고개를 기웃기웃하야 제각기 자긔의쌀과 쏘는 누이를차젓다 그러나 깁흔용수에가린 그들의얼굴은 뵈이지안헛다 동열한시 재판장의 입정과 립회 이등(伊藤)검사가 입정하자 간수의손에용수는 벗겨젓다 그러나 피고들의 태도는 넘우도 온화하고 온순하야 방청석을 뒤도돌아보는이는업섯다 오즉등뒤에두고도어머니!아버지!하고 아른체못하는 야속한표정이 수개월령오의 생활중에서 창백한얼굴에 움직일따름, 눈압헤두고도쌀누이의학뒤만유심히바라보는 피고부형들의 창연한 얼굴에 일종형용할수업는 경련이 눈초리에 눈물을 어리게할 뿐이엇다 이말할수업는 이상한분위긔에 싸인 법정내외공긔는 이상

하게도조용하야 일시계속된 정적은 법정의엄숙한 공긔를 일층무겁
게하얏다

開廷劈頭에
崔福順審問
사실시인코수동은부인
條理잇고溫和한答辯

　동열한시 금천재판장은 먼저피고여듧명을 불러세우고 피고최복순
(崔福順)으로부터 시작하야 피고여듧명에대한 본적주소년령재학중의
학교등을 일일이 뭇고 립회이등검사로부터 피고들에대한 공소사실
에의한 사건공판심리청구를한후 피고들의 사실심리는 먼저피고 최
복순으로부터 시작하얏다 동피고의사실심리는 동열한시 오십분까지
장시간 계속하얏는데 재판장의뭇는사실심리에 명쾌한 대답과 쏘는
그조리잇는공슐은 자못침착하고 온화하얏다 피고에대하야대략 재판
장은 「피고는작년십일월광주(光州)학생사건이돌발한 이후로 그에불
만을 품고 시내 각학교의 학생만세운동을일으키고저 동급생 피고김
진현최윤숙등으로 그계획을 의론하야 각각그련락에대한 것을 피고
허정숙에게 그지도를 구하야마츰내 시내각녀학교의 대표자들을 구
하야 금년일월십사일에 각학교대표회의까지를열고 그이튼날인 십오
일아츰에 시내의 각녀교의 만세운동을일으킨것이사실이냐?」
　함에대하야 피고의답변의요령은 재판장의뭇는말을 대체로시인하
얏스나 누구의선동을바덧다는것은 절대로업다고 부인하얏다 재판장

은 피고에대한 사실심리를 마치고 일시휴정을 선언하니 째는 열두시 오십분

一瀉千里的
當日로結審?
검사의구형까지끗날 듯
午後에도繼續開廷

점심으로 잠간휴게하얏든 동공판은오후한시 오십분부터 금천(今川)재판장의단독으로피고김진현(金鎭賢)을비롯하야 오전의남아지를 계속하얏는데 오후세시에는 김진현의 심리마도치고피고최윤숙(崔允淑)의심리에들어갓는데 심리는 일사천리로진행되어 당일중으로 전부 끗날듯하다하며 오후에도 오전에지지안는방청객으로 보통석과특별석이모다만원을이루어잇다 (오후세시긔)

被告等態度

검거이후전후두달동안이나 령오의생활에서 시달리다가금번공판에 처음으로 그얼굴을내어노코출정한 피고들은 초최하나 그맑고쌔긋한 모양을잠간소개하자
◇피고최복순=흰저고리 검정치마 남빗갈인 쌔개보선머리는수수 하게틀어올리고 물드린상긔된얼굴에 우슴을실엇다

◇피곳최윤숙=검은치마 검은저고리 역시짜개보선 신장(身長)은제일장대침착한태도

◇피고김진현=분홍 저고리에누른「짜겟」검정치마 검정짜개보선 눈을두리번 두리번

◇피고림경애=흰저고리 검정치마 법관석을주시, 여위지는안흔 듯

◇피고리순옥=분홍저고리, 검정치마금빗짜개보선되는대로틀어올린머리, 긔골이초최

◇피고허정숙=검정주의(周衣)를입고짜개보선, 머리는그전대로 칠분삼(七分三) 태연자약

◇피고송계월=검정저고리 초록치마, 그가녀자상업의생도인만큼교복그대로-신상은그리 상치아니하얏스나그러나긔분이조치못한것은사실인 듯

◇피고송계월=흰저고리, 검정치마, 짜개보선, 고개를폭숙으리고잇는폼이제일수접어하는 것

公訴事實要略

被告許貞琡은 許憲(新幹會中央執行委員長)의쌀로이미京都神戶,上海及米國에留學現在槿友會庶務部長이다 同被告는조선婦人의民族運動의 尖端에立하야昭和 四年十一月光州高普生徒와 日本人學生間의 충돌事件이發生되자(中略)

本年一月九日以後 被告崔福順은具體的計劃을樹立하고 同級生인被告

金鎭賢, 崔允淑과公히一方被告許貞子의 教唆에從하고惑은親進明,淑明, 槿花,美術商業,貞信,同德,女高普,培花,諸校生徒에게同計劃을傳하는同時에一方 學校는「경찰의侵入을反對하라」「植民地敎育政策을全廢하라」「光州學生事件에對하여憤慨하라」「學生犧牲者를釋放하라」「日本의○○政策에反對하라」「各學校의退學生들을復校하라」等을決議하고이에自校梨花生徒에게 傳達하야이를 檄文又는各種意味의文句로써서氣勢를놉히고同校로하여금 太極旗大小百餘介를作成하여被告李順玉은 社會運動者로(中略) 梨花尹玉粉으로부터梨花의그가튼計劃을 듯고赤旗二介及「帝國主義의打倒萬歲」「弱小民族萬歲」惑은「共産階級革命萬歲」「被壓迫民族解放萬歲」等의其他不穩圖形을그린「삐라」等을作成하고被告宋桂月은(中略) 被告許貞子의煽動又는被告崔福順等과 男子徽文高普生徒 張洪琰等과連絡하여 同月十四日夜 市內嘉會洞四八番地에서 實踐,進明,淑明,槿花,美術,商業,貞信,同德,女高普,培花,梨花各學校의生徒代表者 多數가 參集하야그 翌日인 十五日午前九時에 一齊이萬歲를高唱하고 鐘路四街로나아가서 示威大行列을하자고決議하는 同時에 萬一行列中拘禁이될지라도 同志의姓名을말치안흘것, 拘禁되면斷然히斷食을同盟하고 그萬歲는光州學生釋放萬歲 被○○民族萬歲弱小○○萬歲를 부르기로協定하고 同會에 參集하얏든 各代表者等은 各各自己學校에宣傳하기로하고被告許貞子의指揮로 被告崔允淑及 金鎭賢도同會合에參席하야 前後事件을 具體的으로計劃하야 被告關係各學校의學生萬歲를 불르게하얏다(以下略)

는것이다

● 『동아일보』, 1930.3.19.

萬歲事件에關聯된 八女學生初公判

십팔일오전경성법원서개정
傍聽雲集警戒嚴重

一時社會(일시사회)를 搖動(요동)케한女學生萬歲(여학생만세)사건은 京城地方法院公判(경성디방법원공판)으로회부된지二個月─그동안동사건의第一回公判(제일회공판)은 裁判所側 (재판소측)의사정으로연기에연기를거듭하여오던바 드듸여十八日午前十時에동법원제사호법정에서 金川裁判長(김천재판장), 伊藤(이등)감사담임, 金炳魯(김병로)외네 변호사의렬석아래 개정하엿다 소관서대문서에서는 原署長(원서장)이 친히몰려드는數百名(수백명)의 방청인을정리하기위하야 정사복경관 수십명을지휘하는등경계는자못삼엄하엿다

▲許貞淑(二六)▲金鎭賢(二○)▲李順玉(一八)▲朴桂月(二○)▲崔福順(二○)▲崔允淑(一九)▲林敬愛(一九)▲宋桂月(一九)

등피고여덜명이 간수에게호위되어입정하자 이어서재판관이착석하야 公判(공판)은시작되엇다 특히이날눈에씌인것은피고전부가 녀학생인관게로녀간수세명이와 정내에서피고들을감시한것과 학교당국관게자들십여명이재판장뒤에서특별방청한것이엇다

檢事의公訴
事實槪要

피고여섯명은 작년十一月에光州(광주)에서발생한 내선인학생의충돌사건에동요되어 불온한 言動(언동)을策應(책응)하게되엇다 京城(경성)에서는槿友會(근우회)를背景(배경)삼고 光州(광주)사건을單位(단위)로하야 崔順福(최순복)과共謀(공모)한우에금년일월이래 소동에대하야 具體的計劃(구체적계획)을의론하여왓다 더욱히崔順福(최순복)은許貞淑(허뎡숙)의敎示(교시)에의하야 市內各學校生徒(시내각학교생도)에게計劃(계획)을전하고 불온한내용의 결의를「스로간」삼어각학교의대표자규잡에 힘쓴외에격문과기등을맨들엇다. (中略) 사건은다시進展(진뎐)하야 드듸여男女學生(남녀학생)이提携(제휴)하게되어 동월十四日밤에府內嘉會洞四十八番地(부내가회동)에서 進明(진명) 淑明(숙명) 女子美術(녀자미술) 同德(동덕) 梨花(리화) 培花(배화) 槿花女商(근화녀상) 貞信(정신)등아홉학교대표자가모히어 十五日午前十時半에각학교내에서 만세를 부르고다시校外(교외)로나아서鐘路方面(종로방면)으로 行進(행진)하야示威(시위)운동을하기로하엿다 (中略) 그리하야 十五日에梨花學校生徒三百餘名(리화학교생도삼백여명)은 校內(교내)에서만세를부르며기를두르고 그 외몃학교에서도소동을하엿다 피고들의행동은분명히公安(공안)을방해하엿슴으로이들을保安法違反(보안법위반)으로심리하여주기를청한다

梨花崔順福을
最初로審理
방청석엔교장도참석
正午半頃一時休廷

伊藤(이등)검사는 공소사실을낭독한후 특히재판장에게

피고들은내지어로자긔의意思(의사)를말할수잇슴으로통역을식키지
말고진술을피고에게서직접들어주며또는신문긔자는 각사한사람식만
잇게하여주기를바란다

고요구하엿다 이어서재판장은 피고여덜사람을불러세우고 주소성
명을물은우에崔順福(최순복)의순치로 심리가시작되엇다 특히 許貞淑
(허뎡숙)이가 槿友會(근우회)의幹部(간부)를직업이라하야 재판장에게
면박을밧고얼골을 숙이고미안해하는모양은 눈에씌이엇다

심리는사건계획당시로 부터만세를부르든째까지에잇슨내용전부를
낫낫치물엇는데특히소동한동긔 학생들이련락한방법 평시가지고잇는
생각들을 상세히 물은까닭에심리는 崔順福(최순복)한사람에게만두시
간을허비하엿다

十五日아츰에梨花生徒(리화생도)들이 단임선생을 밀처넘어치고뜰
로나아간일에대하야재판장이 잘못된점을지적하고 엇더케생각하느냐
고한물음에 崔順福(최순복)은당시는 흥분이되여몰랏스나 지금생각하
니잘못되엿다고대답하야 일반방청객의 우슴을삿는데 이째에방청석
에안저잇는梨花學校長(리화학교장) 「미쓰촬쓰」는감개기푼듯이 머리
를숙이고무엇을생각하야일반인의 시선을쓰럿다崔順福(최순복)의심리
는열두시사십분경에끗이나고 두시까지점심휴게를하야공판은일시중
지되엇다

犯罪事實은
大槪는是認
설겻눈질하매미소하야
廷內는도로혀囂囂

　점심시간으로휴게하엿든공판은 오후두시부터 다시게속되여金鎭賢 (김진현)으로부터심리가 시작되엿다 심리는약한시간동안행하엿는데 피고는범죄사실을 대개시인하고 단지許貞淑(허덩숙)의조종을밧은일 에대하야는 각학교대표자들의일홈을 물어슬뿐이고 별로지시를밧은 일이업다고대답하고 다시엇지하야만세부르는날학교에가지안엇느냐 는 재판심의물음에게획은하엿스나추후생각하니 해가잇슬것을생각하 고 안이갓다고대답하엿다 그리고 이어서許貞淑(허덩숙), 李順玉(리순 옥), 林敬愛(림경애), 宋桂月(송게월), 朴桂月(박게월)의순서로 심문은진 행되엿는데 피고들은전부소동동기에대하야입을갓추어 「광주학생사 건을동정하기위하야 막연한생각으로 하엿다고」 말하고학생사건의사 실은 격문과신문지의보도로 알엇다고대답한외에소동게획진행중에 일부사실의상위가잇는 것을 말하엿슬뿐으로 범죄사실을대개시인하 엿다피고들은동료가 답변하는것을안저서들으면서겻눈질과함께미소 를씌우는광경은 엄격한법정안에서는드물게보는 천진란만한일이엇다 심리는한사람아페대개四十分이상이걸리여 여덜피고의심리는 오후여 섯시경까지진행되엇다

● 『매일신보』, 1930.3.19.

萬歲女學生求刑 一年과六個月懲役

이틀동안계속개정한녀학생공판
최고일년에최하도반년징역구형
保安法第七條適用

시내녀학생만세사건의 피고 최복순(崔福順)(二○)이하여덜명에대한
보안법위반(保安法違反) 사건의 제이회공판은 십구일오전열한시오분
부터 경성지방법원제사호법정에서금천재판장단독 사건담임, 각변호
사들의 렬석으로 개정되엇다 당일도일반방청석은물론재판장의등뒤
에 늘어안즌 특별방청석까지 대만원을일우엇다 재판장은 공판개정
벽두에 전회에계속하야 공판속개를선언하고 곳 립회고등법원 사상
전문이등(伊藤)검사로부터 피고여덜명에대한 장시간의 론고(論告)가
잇슨후 다음과가티 최고징역일년, 최하징역륙개월의 구형(求刑)을하
얏는데동검사는 피고여덜명중에 리순옥(李順玉) 박계월(朴桂月) 송계
월(宋桂月)등의세명외에는개준의정상이 업슴으로 그밧게피고에대하
야는 집행유예와가튼 것이 적당치안타는 것을 부처말하얏다적용법
률은 보안법(保安法)제칠조
　崔福順(二○) 懲役十月

金鎭賢(二〇) 同 六月

崔允淑(一九) 同 六月

許貞子(二六) 同 一年

李順玉(一八) 同 六月

林敬愛(一九) 同 六月

朴桂月(二〇) 同 六月

宋桂月(一九) 同 六月

九十名中에서
八名만은起訴
주모자엄벌주의를취할것
◇檢事論告要旨

립회검사의 구형론고의 요지는 피고들의 만세운동은 사건장본의 광주(光州)에서 경성으로옴기고다시그것이전조선으로퍼지어 결국이 백구교의 큰파동을일으키엇다 동시에 그경향은조선 쑨만아니라해외 에까지세계의이목을경동한 것으로 피고최복순, 박계월, 송계월은표 면운동으로, 피고허정자, 최복순, 최윤숙, 김진현, 리순옥등다섯명은 리면운동으로활동하얏다 그운동의원인은피고들의공술대로광주학생 사건에 동정하얏다는 것 보다도 최근에 일반학생들의 사상이악화(惡 化)한 것이 원인(原因)으로볼수잇다 그원인이 그가틀쑨만아니라 피고 들의 범죄소위는확실히 정치적인식을 가지고정치상의 의미를쯰인 운동이라고 본다 그러나본관(검사)은금번학생관계자일천팔백여명에

송국한구십여명에서겨우   오늘에출정한피고여듧명만을긔소(起訴)한
것은 주모자만을 엄벌할주의에서나온것으로 동피고들에대하야 전체
로집행유예와가튼판결은부당하다고하얏다

「結果로論罪는不可」
無罪判決을希望
일치하야무죄를주장해
◇辯護士辯論要旨

동사건에렬석한사건담임변호사들은

▲金炳魯▲李仁▲李昌輝▲韓國鐘▲姜世馨▲楊潤植

등으로검사의 구형론고가 끚나자변호사 김병로씨로부터 먼저변론
이시작하야 순차로변론에 들어갓는데 그요령은 다음과 갓다

「금번전조선에미친학생 운동은 그원인이 직접광주학생사건에관계
잇는 것으로 그결과여하만을 가지고토죄(討罪)할것은아니다 광주학
생사건이발생후동지검사국이 조선인학생만을검거한것이의심나는 것
이다 그리고 그후모든언론긔관을봉쇄하고비밀주의에기울어지기째문
에여러가지류언비어를지어내엇다이가티되어각지의운동은일어낫다
본사건도그중의하나이다그가튼원인에서발생된본사건을묵어째진소
위보안법으로다스린다는것은 부당하다……」는것이엇는바 변호사들
의대개는 피고전부에게무죄판결을희망하얏다

檢事求刑의刹那
傍聽席엔飮泣聲
피고의얼굴은홍훈에타올라
當日法廷一情景

　재판장 압헤서 렬을지어장시간지리한 립회검사의 론고를듯고이어 검사의구형(求刑)을듯자그러치아니하야도 홍분되어 상긔(上氣)되엇든 피고들은 더욱 홍분되어얼굴빗은다홍가티타올랏다우는 피고도잇섯다 방청석에서도 훌적훌적하는소리가 들린다 째마츰공판정저편으로부터 열두시를 보하는전령(電鈴)이요란스럽게 들려온다 공판정은 일시울음에싸히엇다 검사의 구형론고의뒤를이어 피ㅅ대를 울리어열렬히 변호하는 변호사의 변론하는소리가 더욱 울울한청내의공긔를이상하게흔들엇다

判決言渡는
來卄六日

　변호사의 변론이 끚나자동사건의판결언도는 오는 이십륙일인것을 선언하고사건을결심하얏다

當日午後에
訊問은完了
허정숙도사실을시인

◇第一日公判經過

작지속보=점심시간으로일시휴정하얏든녀학생사건공판은실팔일오후한시오십분부터다시금천재판장의단독으로오전에계속하야개정되엇다 방청은 오전과가티일반방청석, 특별방청석이대만원, 재판장의사실심리는 피고김진현으로부터 시작하야

▲崔福順▲林敬愛▲李順玉▲朴桂月▲宋桂月▲許貞子(一名許貞琡)

이가튼 순서로 동오후다섯시십분까지 피고에대한 사실심리를맞내고일시휴게를 선언하얏다가그후그대로 폐정 하야버리엇는데 동피고들의 답변은대부분검사의 공소사실을 시인하나 그운동의 동긔와 목적이 어쩐정치적의미를 가지지안코 단순히광주학생사건에 동정한것과 쏘는누구의지도와선동을바더한것이아니요자유의사로서로련락하야하얏다는것이중요점이엇다피고허정자에대하야재판장이

「…피고는 여러 가지점으로보아 동사건피고들의 계획하는학생운동을 결국지휘했다는것이된다」고추긍함에대하야 피고도필경수긍하얏다

●『동아일보』, 1930.3.20.

女學生萬歲事件 論告要旨 伊藤檢事

　　被告(피고)여덜명에관한保安法違反(보안법위반)사건에대하야　검사는몬저論告(론고)로써陳述(진술)코저하는것은　本事件(본사건)은엇더케組織(조직)이되엿는가　또는組織(조직)이된후엇더한行爲(행위)를　계속하엿는가함이다　本件(본건)의保安法違反(보안법위반)은　一個의 運動(운동)으로써　觀察(관찰)할수가잇다　다시말하면個人(개인)의行爲(행위)가아니요　한組織(조직)으로써볼수잇다는것이다　이意味(의미)에서被告(피고)들의行爲(행위)는　斷然(단연)히團體行爲(단체행위)인동시에　한社會運動(사회운동)으로볼수잇는것이다　그리고本事件(본사건)의首謀者(수모자)는엇더한　人物(인물)인가　許貞淑(허뎡숙)은婦人運動團體(부인운동단체)에　有力(유력)한地位(디위)를가지고잇고　崔福順(최복순)은女學生(여학생)일망정梨花校內(리화교내)의基督靑年會(긔독청년회)의會長(회장)으로 同僚(동료)를指導(지도)할一能을가지고잇다　더욱히崔福順(최복순)은同宿(동숙)하는生徒(생도)에게이번擧事(거사)는　父母(부모)에게대한孝道(효도)한보다는더重(중)일이라고　까지 말하엿다　이러한피고두사람은槿友會(근우회)의幹部(간부)인 朴次貞(박차뎡)과合意하엿고　또는피고두사람은發起者格(발긔자격)이되어일을씌하고　指導(지도)하엿다

사건은다시進展(진전)하야즉피고인金鎭賢(김진현)崔允淑(최윤숙)과　連絡行爲(련락행위)를취하고　그結果市內女子高等普通學校生徒全般(결과시내녀자고등보통학교생도전반)에　動搖(동요)를미치게하야　結局(결국)은萬歲騷動(만세소동)을爆發(폭발)케하엿다　이사건은다시한번더詳細(상세)히解剖(해부)를하여보면被告(피고)들의犯行(범행)을두가지로　난호아볼수잇다　하나는內面運動(내면운동)이고하나는　表面運動(표면운동)인것이다　許貞淑(허덩숙),　崔福順(최복순),　李順玉(리순옥)세명은內面(내면)에서운동을조종하엿고朴桂月(박계월),　宋桂月(송계월),　崔允淑(최윤숙),　林敬愛(림경애),　金鎭賢(김진현)五名은表面(표면)에서서亂舞(란무)하엿다

　社會(사회)를毒害(독해)한이사건은엇데한特色(특색)을가지엇는가　사건의피고들은　元來溫良貞淑(원래온량덩숙)한것을天性(천성)으로삼는女子(녀자)들이고　더욱이被告(피고)일곱명은學窓(학창)에籍(적)을둔生徒(생도)들로모다智能(지능)을가진女子(녀자)들이다　이사건에쏘한가지看過(간과)치못할것은運動性質(운동성질)에政治的(정치덕)　運動(운동)의色彩(색채)가쯰어잇는것이다卽─校內(교내)에서不穩(불온)한行動(행동)을한우에　다시校外(교외)로進出(진출)하야　鐘路(종로)에向(향)하려고한것은　分明(분명)히街頭運動(가두운동)을意味(의미)한것이다　女子美術學校(녀자미술학교)에서는萬歲를부르며總督府(총독부)압흘지나　安國洞(안국동)짜지일은것을보면　그事實(사실)이明確(명확)함은太陽(태양)과갓다　쏘한가지는階級的色彩(게급적색채)가　濃厚(농후)한것이다　被告(피고)들은　無産階級萬歲(무산계급만세),　略少(약소)　쏘는○○○○萬歲(만세)등을　高唱(고창)하며　赤色旗(적색기)를내여두른것은　이를쏘한明

白(명백)하게증명한다 피고이순옥(被告李順玉)은 公判廷(공판정)에서 白色(백색)보다赤色(적색)이입뿐니 赤色旗(적색긔)를맨들엇다고 供述(공술)하엿스나 이는 우슴꺼리밧게되지안는다 一般社會(일반사회)의 現勢(현세)로 想像(상상)하여보아 赤旗(적긔)가 무엇을意味(의미)하는것인가 생각하기에어렵지안타 (中略(중략))

더욱히梨花學校(리화학교)가튼데서는 萬歲를부르기전 한시간동안이나 不穩(불온)한唱歌(창가)를 불넛다

그러면이사건은 엇더한 것에 原因(원인)을 두엇는가 檢事(검사)는갓가운原因(원인)과 먼原因(원인)두가지가잇다고생각한다 첫재는光州(광주)학생사건을誤解(오해)한것이 먼원인이되엇고 둘재는 近來朝鮮學生思想(근래됴선학생사상)이惡化(악화)한것이갓가운원인이다

數字(수자)를들면大正(대정)二年에는 盟休二件(맹휴이건)이엿든것이 昭和三年(쇼화삼년)에는 九件으로 增加(증가)한것이다 그리하여被告(피고)들은 광주학생사건(光州學生事件)을單位(단위)로罪(죄)를犯(범)하게까지사건을惹起(야기)하엿다 被告(피고)들은異口同聲(이구동성)으로 ××政策植民地政策(정책식민디정책)을反對(반대)한다는 思想(사상)을不知不識間(부지불식간)에 가진것은事實(사실)이다 光州學生(광주학생)사건은그불꼿을光州(광주)에만멈추지안코 京城(경성)까지옴기여이불은 다시 全鮮各地(던선각디)에延火(연화)되엇다 그리하야피고들은광주학생(光州學生)에게同情(동정)하는외에 海外(해외)에그反響(반향)을밋게 하야 興論(여론)과 注目(주목)을이르키려고하얏다 이러한사건을不問(불문)에돌리고는엇지社會(사회)의治安(치안)을保全(보전)할것이냐 이번사건에검거된學生全部(학생전부)를 釋放(석방)하야그恩意(은의)로써

感服(감복)하자는 一部意見(일부의견)도잇섯스나 이는一을알고二를모
르는愚志(우지)의議(의)이다家(가)를破壞(파괴)하고 社會(사회)를紊亂(문
란)케하는일을學園(학원)의일이라고 絶對(절대)로아모條件(됴건)업시不
顧(불고)할수는업는것이다校內(교내)에서萬歲(만세)를부르고街頭(가두)
로나아가려는본사건(本事件)가튼것을엇지司法(사법)이傍觀(방관)할것
이냐

主謀者嚴罰로
刑事政策의
目的은達成하엿다

그리고辯護人側(변호인측)하서 九十餘名이檢擧(검거)되어 送局(송국)
된데對(대)하야 不過八名만起訴(긔소)한것을 指摘(지덕)하고釋放(석방)
된學生(학생)가운데에는 法廷(법정)에선 被告(피고)들보다도過重(과중)
한犯行(범행)을한사람이잇다고 抗辯(항변)할이가잇슬는지모른다 檢事
(검사)는이點(점)을다시論(론)하야誤解(오해)가업도록하겟다 混亂(혼란)
한 空氣(공긔)가운데 支配(지배)되어철모르는學生(학생)들이輕薄(경박)
한생각에一時妄動(망동)한것에對(대)하야는　嚴密(엄밀)한批判(비판)과
選擇(선택)을要(요)한다 그리하야結果(결과)의如何(여하)는 잠시제처노
코일을쥐한主謀者(주모자)만嚴罰(엄벌)하면刑事政策(형사정책)의目的
(목적)을다하는것이다 그럼으로피고여덜명만 처벌하는것에대하야 檢
事(검사)는至當(지당)한일이라고思惟(사유)한다 以下略(이하략)

檢事의峻烈한論告
許貞淑一年求刑
기타는십개월, 륙개월을구형
女學生의續行公判

　사실심리만끗을맞추고　폐정한女學生(여학생)　萬歲소동사건의공판
은　十九日午前十一時에　어제와가티　金川裁判長(금천재판장),　伊藤(이
등)검사담임으로개정하엿다　방청인은依然(의연)히일흔아츰부터數百
名(수백명)이　몰려와貞洞一帶(정동일대)의골목과　裁判所(재판소)뜰은
대혼잡을일우워　경게하는경관의칼소리와　구두소리가요란하얏다　공
판은　피고여덜명을압헤불러세우고　伊藤(이등)검사의론고로시작하엿
다　장래는물을끼언진듯이靜肅(정숙)한가운데　검사가엄연히일어나　힘
잇는목소리로피고들의　행위는사회의공안을문란케하는　조직체의운동
이분명하다는말로침묵을깨트린후에　당당하게한시간반동안이나　條理
整然(됴리정연)하게론고를하엿다　이어서金炳魯(김병로)변호사가첫변
론을마터가지고일어나「이사건을심판을하기전에　이사건의　原因(원
인)이된광주사건의정체와아울러　사법긔관의처벌문제를해부하자고」
론한것을비롯하야李仁(리인),　李昌輝(리창휘)의두변호사가입을가추어
피고들의무죄를　주장하엿는데피고들에검사의구형은다음과갓다
　　▲許貞淑懲役一年▲崔福順懲役十個月▲金鎭賢▲崔允淑▲林敬愛▲朴
桂月▲宋桂月▲李順玉懲役六個月

宋桂月等三名

猶豫도無妨
검사의동정잇는태도에
朴桂月은揮淚感激

伊藤(이등)검사는구형을한우에 다시말을이어피고들의판결에 執行猶豫適用(집행유예덕용)문제를 론하엿다 피고여달사람가운데검사정과 공판정에서한진술에의하여보면 朴桂月(박게월)과 宋桂月(송게월)과李順玉(리순옥)세명은개준하는태도를확실하게보엿스나 그 외피고는역시진술을애매히하야 함부로죄의경감을쐬하엿슬뿐임으로 여달피고중전시한세피고에게는 집행유예를적용하여도검사는불복함이 업다고론하엿다 이째에피고석에안저잇던朴桂月(박게월)은검사의동정잇는론고에 감복을하엿는지흐득흐득늣겨울기를 시작하야정내의공기를갑재기센치멘탈하게하여 죄를밧는사람 죄를주는사람모다감격케하야보는사람으로하여금 눈물을먹음게하엿다

言渡는廿六日
결심되기는오후네시경

공판은오후세시까지 게속되엇는데 피고들의최후의형이결정되는판결은 오는二十六日午前十時에동법원 第四號法廷(제사호법정)에서言渡(언도)하기로되엿다 이것으로써 女學生公判(녀학생공판)은 結審(결심)되엿다

• 『매일신보』, 1930.3.20.

女學生事件의判決 六名은執行猶豫

남은두명중최복순은팔개월
許貞淑은懲役一年

十九日에결심을한 女學生(여학생)만세사건의 피고許貞淑(허뎡숙)외 일곱명녀학생에관한 保安法違反罪(보안법위반죄)의판결언도는 예정과가티二十二日午前十一時에 京城地方法院第四號法廷(경성디방법원데사호법뎡)에서 伊藤(이등)검사 立會(립회)아레 金川裁判長(금천재판장) 담임으로개정하엿다 이날도전날의공판시위가티 일흔아츰부터백여명이몰려와재판소쓸은 쏘한혼잡을일우웠다 재판장은피고여덟명을압헤불러세우고 許貞淑(허뎡숙)으로시작하야 피고들의죄상을낫낫치랑독하고다음과가티言渡(언도)를하엿다

▲許貞淑懲役一年▲崔福順懲役八月▲李順玉懲役七月▲金鎭賢, 崔允淑, 林敬愛, 朴桂月, 宋桂月各懲役六月 各未決拘留二十日通算

판결은李順玉(리순옥)이가 求刑(구형)보다一個月(일개월)이만허젓슬뿐으로 나머지피고전부는 구형보다더만허지지안엇다 더욱히崔福順(최복순)은구형보다二個月이나적어젓다 그리고재판장은다시피고들의전정과가정을생각하야 李順玉(리순옥)은執行猶豫(집행유예)四年間 金

鎭賢(김진현) 林敬愛(림경애) 崔元淑(최원숙) 朴桂月(박게월) 宋桂月(송게월)등다섯명은執行猶豫(집행유예)三年間에처한다는동정잇는 판결을 하엿다 재판장이온정잇는목소리로

피고들은사랑잇는부모의슬하로도라가전정을그리치지말고유위의부녀자가되라

는훈유를하자 피고들은모다머리를숙이고 늣겨울엇다

檢事控訴는
被告控訴如何에依하야
결정될눈치로아즉미상

전기와가티판결을밧은 녀학생만세사건의피고들은 본인이나 가족이나모다온정잇는 판결에 깃버하는중인데 문제는검사의공소이다 판결이씃이낫서도가족들은 공소여부를알고저 재판소쓸에서 도라가지를안코배회하는형편인데 사건을마튼伊藤(이등)검사는 방금공소여부에대하야 笠井檢事正(립경검사정)의 지휘를구하는중이다 검사공소기일은일주일임으로 엇더케처결될지목하의형편으로는 예측키어려우나 동검사가지금까지사건에대한태도로보면 공소를하지안을듯한데 卄二日午後一時까지에 피고들이공소여하를 결말짓지안은까닭에검사도아직태도를 결정치안엇다

●『매일신보』, 1930.3.23.

手續에問題부터 女學生出監遲延

간여검사도공소권포기할의향이나
녀학생들의친권자가업서출옥지연
被告가未成年關係

작보한바와가티 작이십이일 경성지방법원에서징역칠월에서사년간
집행유예의 판결언도를 바든리순옥(李順玉)(一八)과징역륙월에 삼년
간집행유예의 판결언도를 바든

▲金鎭賢(二〇)▲崔允淑(一九)▲林敬愛(一九)▲朴桂月(二〇)▲宋桂月(一
九)

등의모다여섯명의녀학생들은당일로 공소권을포기하고 출옥할작정
이오간여검사도동피고들에대한 판결에별다른 불복이업승으로피고들
만공소권을포기하는때는 검사도공소권을 포기하야 당일로출옥케될
예정이엇스나피고들은 아즉만이십세미만의미성년(未成年)자들임으로
반드시미성년피고의 법정대리인(法廷代理人)보좌인(保佐人) 쏘는 남편
과 부형과 후견인의 동의(同意)를필요로함으로 피고들의공소권포기
수속이끗나지못하야당일로 출옥이되지못하얏는데 동피고들의부형이
나후견인쏘는남편들은 거개가 시골에잇슴으로 그들이상경하기까지

는 아즉수일을요하게되리라하야작이십이일당일로출옥치못한피고들
은금이십삼일은 일요일임으로 물론명이십사일에도 부모의동의를요
하는 공소권포기수속이 끗나기전에는출옥이되지못하리라한다

•『동아일보』, 1930.3.24.

猶豫된女學生 今日에는出獄

대개는수속이잇이날듯
◇鐵窓呻吟又兩日

긔보한바와가티 지난이십이일경성지방법원에서 판결언도를바든 허정자(許貞子)최복순(崔福順)이하여덜명 피고중에사년간과삼년간의 집행유예를 바든

▲金鎭賢(二○)▲崔允淑(一九)▲林敬愛(一九)▲朴桂月(二○)▲宋桂月(一九)▲李順玉

등의여섯명은피고가당일로공소권을포기하고 이등(伊藤) 검사도 동 피고들이 공소를포기하는이상구타여공소를하지아니할의향을 가지고 잇섯스니 전긔피고들은 벌률상만이십세미만의 미성년자(未成年者)들 인관계상공소권을 포기함에도 반듯이부형이나 남편되는법정대리인 (法定代理人)보좌인(保佐人) 쏘는 남편되는후견인의 동의를 필요로함 으로 당일은공소권 포기수속이되지못하야 출감치못하고 그이튼날인 이십삼일은 일요일이되어 수속치못하야 금이십사일까지끌어왓는바 동피고중에리순옥은 그부모가 경성에잇슴으로 당일로공소권을포기 하고 그밧게피고들은 멀리제주도(濟州道)에잇는학생도잇서서 금이십

사일오전열두시싸지도 동의를어더 공소권을포기한 피고는 김진현
최윤숙 박계월등의세명이요 그밧게송계월 림경애는아즉싸지공소권
포기수속이못나지아니하야 사건을담임한 변호사들은수속이못나지아
니한 전긔두명에대하야는 변호사들이책부보석이라도하야출감되도록
주선중이요 피고들이 공소권을포기하는이상 검사도 구타여 공소를
하지아니할터임으로 공소권포기 수속을마친 전긔네명은 물론아즉수
속이되지못한피고두명싸지라도 어쩌한 형식으로든지 금이십사일에
는 출감케되리라고한다

●『동아일보』, 1930.3.25.

一秒마다一分斷腸! 嗚咽과歡笑의交響樂

해도저믈고밤장막이나렷건마는
고대하는나올이는좀처럼안나와
昨夜女生出獄光景

시녀녀학생 만세사건의피고여덜명중 사년간 삼년간의집행유예의
판결을바든

▲李順玉▲金鎭賢▲崔允淑▲林敬愛▲朴桂月▲宋桂月

등의여섯명은 작보한바와가티 전긔리순옥, 김진현, 최윤숙, 박계월
은 정식공소권 포기의수속을마치고 그밧게림경애 송계월은 검사의
공소권포기와동시에동검사의 직권으로작이십사일밤서대문형무소(西
大門刑務所)로부터출감되엇다

조린맘타는가슴
獄門前人山淚海

출감전동형무소 문전에는지난이십이일 집행유예의판결언도가잇든
날부터 맘을조리며알뜰살뜰이사랑하는 짤이나누이를기다리든 피고

들의 가족들은 물론한교문에서책상을가티하든동창생들과 피고들의
교우들은 사방으로몰려들어 당일은응당출옥이되리라는 자신을가지
고굿게다치엇든철문이 열릴째마다 고개를기웃거리고섯다

疑問의兩人出監
矢喜矢悲의情景

그러나 출옥한 여섯사람중에는그째까지 오히려출감될여부가확실
치못한두명이 잇섯슴으로 그두명중송계월의출감을이바지하러온 경
성녀자상업학교의대다수가 금년졸업생들은행혀나동무송계월이도 나
올가?그러치아니하면 그두명은못나오지를안느가? 이러한궁금증에더
욱맘을졸이게하얏다

夕陽은在山컨만
突然한火災騷動

그러나 동오후네시경을 전후하야는출옥되리라는 녀학생들은다섯
시가되어도 나오지아니하얏다째는이째이다 서대문형무소담밧동형무
소연무장(演武場)에서는 불이일어낫다. 대소동이엇다 이래서피고들의
출감은느저진다는 것이다 동여섯시에화재는겨우진화하얏스나 좀처
럼움직일줄모르든 철문이덜컹열리엇다가는 다치고 다치엇다가는 열
리는품이 매우부산한모양

저녁도굶고焦燥
警官은整理取締

여섯시! 일곱시! 여듧시! 이러케 각급한시간은갓다 아홉시가되어도 출감은안되엇다 아홉시에서오분- 십분은더욱 각급하얏다 그동안에 군중을정리췌체하는 경찰의취체로저녁도굶고 초조하는 군중은이리도 몰리엇다 저리로몰리엇다 그러나 나올듯나올듯하면서도 나오지는 안는다출영자들은 경찰의지휘로 그나마형무소정문압헤서 멀리사식집압흐로 내려몰리엇다

九時를지나出獄
嗚咽聲에歡笑聲

째는아홉시에 분침은정히이십분을가르칠째이엇다 어둠컴컴한중에서어렴푸시 형무소문밧글나서 걸어나오는녀학생들의모양이나타낫다 이를발견한군중은달려갓다열광이엇다 순옥아!계월아!윤숙아하는아우성소리는 요란하고서로붓들고흑흑늣기는환희의 우름소리는밤중에더욱처량하얏고 그러나그는오래지안엇다 우슴은터젓다 붕붕하는피고들을기다리든자동차들의요란한경적 이러케부산하게출감출영의막은 다치엇다

● 『동아일보』, 1930.3.26.

女學生萬歲事件 남어지六名出所

지난이십사일밤아홉시경
多數親知出迎裡에

父母(부모)의同意書(동의서)로인하야 출옥이느저진女學生萬歲(녀학생만세)사건의 여섯녀학생은 드듸여수속이다되어卄四日밤아홉시반에 西大門刑務所(서대문형무소)에서나왓다 형무소아페는 저녁여섯시경부터 부모친우학교당국자들이약백여명이모혀들어대혼잡을일우웟다 여섯학생이 鐵門(철문)으로부터나오자 기다리던출영인들은 반가운목소리로 일홈들을부르며 여섯학생을둘러싸고인사하는광경은 보는사람으로하여금 눈물겨웁게하엿다 출옥한학생의일홈은아리와갓다

▲梨花生 崔允淑▲林敬愛▲金鎭賢▲女子商業 宋桂月▲女子美術 朴桂月▲梨花專門 李順玉

• 『매일신보』, 1930.3.27.

제3장
여학생 만세운동
신문조서

宋桂月 신문조서

피의자 宋桂月

위 보안법 위반 피의사건에 대하여 소화 五년 一월 二四일 京城西
大門경찰서에서 사법경찰리 도순사 李漢成을 입회시켜 피의자에 대
하여 다음과 같이 신문하다.

문 성명, 연령, 신분, 직업, 주거, 본적지는 어떠한가.
답 성명은 宋桂月
　　연령은 당 一八세
　　신분은 상민
　　직업은 학생
　　주소는 京城府 嘉會洞 四八번지
　　본적은 咸南 北靑郡 新昌面 新昌里 이하 미상
문 작위, 훈장, 기장을 소유하며 연금, 은급을 받거나 또는 공무원
　이 아닌가.
답 해당자가 아니다.

문 지금까지 형사처분, 기소유예 또는 훈계방면을 받은 일이 없는가.

답 없다.

문 교육 정도 및 종교, 병역은 어떤가.

답 나는 지금 京城여자상업학교 제三학년에 재학 중이다. 종교는 기독교를 신봉하고 있다.

문 가정 및 생활 상황은 어떤가.

답 본적지에는 부 宋治玉(당 四三세), 모 李順姬(당 四六세), 형 一인, 누이 一인, 여동생 一인, 아우 二인 모두 八명의 가족이다. 생활은 전답을 소작시켜 그 수입에 의하여 중류생활을 영위하고 있다.

이 때 피의사건을 고하고 그 사건에 대하여 진술할 것을 물은 바 피의자는 다음과 같이 답하다.

답 소화 五년 一월 一五일 오전 九시 三〇분 京城府의 각 여자중학교에서 일제히 光州학생충돌사건에 동정하여 당국에 이를 항의하는 뜻에서 만세시위운동을 실행하는 계획에 대하여 동 一월 一四일 나의 주소지인 府內 嘉會洞 四一八번지에서 조선인 측의 각 여자중등학생을 모아 협의한 외에 타교 및 우리 학교 생도에게 이 취지를 전한 일이 있다.

문 그날 밤 시내의 각 여자중학교 생도 대표를 집합시키기까지의 경과를 말하라.

답 금월 一三일 오후 九시 반경 내 방에서 공부하고 있었는데 두
 사람의 알지 못하는 여학생이 나를 찾아왔기 때문에 나가서 누
 군가 물으니, 한 사람은 여자고보생이고 한 사람은 進明여고보
 생도였으나 성명은 후에 인사할 시기가 있을 것이라고 하기 때
 문에 용건을 물은 바 조금 이야기를 하고 싶은 것이 있다면서,
 「군의 학교는 언제 개학하는가」하고 물으므로 「一四일부터」라
 고 대답하니 「지금 우리들은 淑明, 同德여고보 등 시내 각 학교
 고급 학년 생도를 방문하여 의견을 들으려고 왔다」고 하기에
 의견이란 무슨 의견이냐고 반문하니, 「一五일 정오를 기하여
 각 학교에서 일제히 만세시위를 하는 일이다」고 말해서 나는
 「만세는 무슨 만세인가」하고 질문한 바, 「光州학생 석방만세다」
 하면서 다시 「군의 학교 생도들에 대하여 이 건에 관한 어떤
 생각을 가졌는지 확인하여 내일 회답하여 달라」하는 요구를
 하기에 나는 「알았다」는 대답을 하니 그들은 돌아갔다. 그래서
 나는 그 이전에 각 학생들이 光州사건에 대하여 동정하는 뜻을
 표시하기 위하여 만세를 부르자고 하는 기분을 가진 것은 전부
 터 알고 있었으나 그들과 회견하고 비로소 구체적인 계획이 진
 행되고 있는 것을 알았다. 그런데 그 후 공부를 계속하려고 하
 였을 때 나와 동급인 李廷熙가 남학생 三인을 데려와서 나를
 찾았다. 그 남학생 三인 중 한 사람은 李廷熙의 동생인 徽文고
 보 제 五학년에 재학 중인 李廷雨였다. 그는 李廷熙의 관계로
 전부터 알고 있으나 그 외 二인은 그 때 李廷雨의 소개로 역시
 徽文고보생으로서 張洪淡, 韓典勳이라는 것을 알았다. 그 사람

들도 역시 光州사건에 대한 시위만세 협의 때문에 나를 방문한 것이었다.

문 그 회견 전말은 어떤가.

답 최초 李廷雨가 「학교는 언제 개학하는가」하고 물었다. 「내일부터이다」라고 답하니 張洪淡이 나에게 「우리들도 光州사건에 대하여 만세를 부르려고 생각하는데, 군은 어떤가」라고 묻기에, 나는 「나는 주위의 사정상 그렇게 안된다. 또 졸업 기일도 가까워 오므로」하니 張은 다시 「그것은 옳지 않다. 어떻게 하든 光州학생이 석방되기까지 하지 않으면 안된다. 우리들이 만세 시위를 한다면 혹 光州학생은 석방될지도 알 수 없다」고 해서 「내가 지금 그대들이 나의 처소에 들어올 때 있던 여학생도 光州사건에 관한 이야기를 하러 왔다」고 그들 남학생에게 말하니 張은 어떻게 말했는지 질문하므로 「내일 一五일 정오 각 학교에서 일제히 만세를 부르기로 연락이 되었지만 여자상업과 進明이 내일 개학하기 때문에 아직 연락이 되지 않음」이라고 한 바, 張洪淡은 「一五일은 조금 시기가 빠르므로 一八일에 하는 것이 어떤가」하고 나에게 묻기에 나는 「나도 방금 들었을 뿐이고 나 한 사람의 생각으로서는 어떻게 할 수도 없다」고 답하니, 그들은 생각하고 있었으나 잠시 후 「그러면 우리들도 一五일로 하자. 그러나 정오는 안되므로 九시 三〇분 아침 조회 때 하는 편이 좋을 것으로 생각되니 우리들도 같이하자」고 하면서 우리들이 밖에 있는 생도들을 데려올 것이니 군도 될 수 있는 대로 타고 생도들과 연락하여 달라. 그리하여 내일 一五

일 오후 五시경 이곳에서 그들과 상의하자」하고 오후 一〇시 二〇분경 일동은 귀가하였다.

문 그러면 그대는 타교와의 연락은 어떻게 했는가.

답 다음 一五일 나는 여자고보생, 同德고보생 二개교에 대하여 연락했다.

문 여자고보생과의 연락 상황은 어떤가.

답 一五일 오전 九시경 등교 때 安國洞의 전차 종점에서 여자고보생 金辛福과 만났으므로 이것을 기회로 나는 동인에 대하여 금일 오후 五시경 할 일이 있으니 잠깐 나의 집으로 오라고 하였더니 동인은 즉시 승낙하였다.

문 金辛福과는 언제부터 알게 되었는가.

답 내가 아직 二학년 때 一학기 중 나의 친구인 여자고보 二학년 (당시) 都信鳳이라는 자를 그의 숙소인 시내 苑洞(이하 미상)으로 찾아갔을 때 金辛福과 동석하여 그 이후 친구가 되었다.

문 그러면 安國洞의 전차 종점에서 그대가 金辛福과 마주친 것은 앞에서 논의한 후가 되는가.

답 그렇지 않다. 金辛福은 茶屋町(이하 미상)에서 통학하고 있는 관계상 安國洞의 전차 종점에서 우연히 마주친 것이다.

문 同德생도와의 회견 상황은 어떤가.

답 一五일 아침 등교 때 동인의 댁인 桂洞(이하 미상)으로 방문했다. 그것은 전날 밤 회합 때 張洪淡이 나에게 同德학교 安甲男을 알고 있냐고 물었을 때, 알고 있다고 해서, 그렇다면 동인에게 이 뜻을 전해 달라고 해서 방문한 것이다. 安甲男을 만나서 그 날 저녁 五시경 우리집에서 타교 생도도 올 것이므로 군도와 달라고 말하니 동인도 이것을 쾌락하였다.

문 安甲男은 언제부터 알고 있었나.

답 작년 말 만세시위 때 우리 학교 二학년의 安末男도 나와 같이 鍾路경찰서에 인치 당하였으나 용서를 받고 같이 귀가할 때 오후 九시경 安末男 집의 문전에서 동인의 누이 安甲男과 만났으므로 그 이후부터 알고 있었다.

위 통역으로 하여금 본인에게 읽어 들려주었더니 틀림없다는 뜻을 말하고 서명 무인하다.

공술자 宋桂月

소화 五년 一월 二四일
京城西大門경찰서

사법경찰관 사무취급 도순사 荒木菊雄
입회인 겸 통역 사법경찰리 도순사 李漢成

宋桂月 신문조서(제二회)

피의자 宋桂月

위 보안법 위반 피의사건에 대하여 소화 五년 一월 二五일 京城西大門경찰서에서 사법경찰리 도순사 李漢成을 입회시켜 전회에 이어서 피의자에 대하여 다음과 같이 신문하다.

문 전회에서 시내 嘉會洞四八번지 피의자 댁에서 소화 五년 一월 一四일 오후 五시 이후 京城府內 각 여자중등학교 대표자 회합을 열 수 있는 준비에 대하여 진술한 것으로서 다시 계속하여 그 회합 내용에 대하여 묻는다. 회합 시간, 장소는 어떤가.

답 소화 五년 一월 一四일 오후 四시경에 시작하여 동 九시경까지로 기억한다. 장소는 나의 하숙집인 시내 嘉會洞四八번지이다.

문 집합 인원은 어떤가.

답 수차 나누어 왔으므로 최초는 오후 四시경 나와 동급생인 李松竹과 金貞任이 와 있었던 차에 徽文고보 五학년 張洪琰의 인솔 하에 淑明여자고보생 三명 즉 朴先奉, 趙金玉, 尹乙姬 등이

왔다.

문 협의 내용은 무엇인가.

답 최초 張洪琰이 나는 목병을 앓고 있으므로 그대가 말하라고 해
서 내가 張을 대신하여 淑明생도에게 내일 一五일 오전 九시 三
○분을 기하여 시내 각 학교에서 일제히 만세를 고창하게 되어
있는데, 淑明은 어떤가 물으니 淑明생도가 말하기를 다른 학교
에서 한다 해도 우리 학교는 상당히 곤란하다 하기 때문에 나
는 그 건에 張으로부터 徽文생도들이 中東학교 생도를 유인하
였고, 계속하여 여자상업 淑明도 유인하여 鍾路四거리로 나와
만세를 고창한다는 통과 도로 순서를 듣고 있었기 때문에 그
통로순서를 淑明생도에게 이야기하였던 바, 淑明생도들은 다른
학교에서 그렇게 우리 학교에 와 준다면 된다 하므로 내일 하
기로 하자고 답하였다.

문 淑明생도들은 언제 해산했는가.

답 나는 그 말을 하고부터 張의 명에 따라 여자상업학교 제二학년
朴貞錫을 시내 寬勳洞 (이하 미상)으로 부르기 위하여 갔던 바,
집에 있으므로 그를 데리고 나의 집으로 왔던 바, 앞서 온 淑明
생도들은 모두 없었고 同德, 培花, 美術, 槿花, 實踐생도들이 와
있었다.

문 同德, 培花, 美術, 槿花, 實踐 각 학교에서 온 자는 몇 사람인가.

답 同德교는 인원수 미상, 그 중 판명된 자는 安末男, 培花여교생
一인(성명 미상), 여자美術교생 一인(성명 미상), 槿花여교생 一
인(성명 미상), 實踐여교생 一인 崔貞玉 등이었다.

문 이들 생도들은 누가 통지하여 참석한 자인가.

답 그 중 同德생도 安末男만은 전번에 진술한 바와 같이 一四일 등
교 때 내가 통지한 것이지만 다른 생도들은 내가 방에 들어갔
을 때 張洪琰이 일동에게 이야기하고 있는 것을보고 처음 알게
된 자이므로 어떻게 해서 동 회합에 참석하게 된 것인지는 잘
알 수 없다.

문 그러면 張洪琰이 일동에게 말한 내용은 무엇인가.

답 내가 들어갔을 때 張은 「내일 一五일 오전 九시 三〇분 각 학교
에서 일제히 만세를 고창하여 일동은 鍾路四거리로 집합하여
그 곳에서 만세시위를 하는데 만세는 光州학생석방만세, 약소
민족 해방만세를 부를 것」 등의 이야기를 하고 있었다. 그러자
徽文고보 四학년생이라고 하는 안경을 낀 학생이 張을 찾아와
서 같이 참석하였다. 또 그 사이 여자상업교의 李松竹이 여고
보생 二인을 동반하고 왔다.

문 그대는 李松竹에게 여고보생과 동행하도록 명한 일이 있는가.

답 나는 李松竹에게 명한 일이 없다. 李松竹이 스스로 나에게 우리
집에 여고보생 二명이 있는데 데려와도 지장이 없는지 묻기에
지장이 없다고 하였다. 그러자 李松竹이 가서 데려왔다. 따라서
성명도 모른다.

문 일동이 해산한 것은 언제인가.

답 해산은 자유였기 때문에 명확한 기억은 할 수 없으나 최후에
다수 인원이 돌아가면 주목받는다고 하기 때문에 나는 세 사람
씩 떨어져서 돌아가게 하였다.

문 徽文고보생 三명은 최후까지 있었는가.

답 그 중 張洪琰만이 최후까지 있었고 그 외 二인은 오후 八시 반경 돌아간 것 같다.

문 그날 밤 회합 때 徽文학생으로부터 금후 경찰에 체포당했을 때는 집합한 사람의 성명을 말하지 말 것, 단식할 것 등 일동에게 이야기한 일이 있었다고 진술한 피의자가 있는데 어떤가.

답 그런 기억은 전혀 없다.

위 통역으로 하여금 본인에게 읽어 들려주었더니 틀림없다는 뜻을 말하고 함께 서명 무인하다.

공술자 宋桂月

소화 五년 一월 二五일
京城西大門경찰서

사법경찰관 사무취급 도순사 荒木菊雄
입회인 겸 통역 사법경찰리 도순사 李漢成

宋桂月 신문조서(제三회)

피의자 宋桂月

위 보안법 위반 피의사건에 대하여 소화 五년 一월 二六일 京城西大門경찰서에서 사법경찰리 도순사 李漢成을 입회시켜 전회에 이어서 피의자에 대하여 다음과 같이 신문하다.

문 전회 신문에서 府內嘉會洞四八번지 피의자 집에서 一월 一四일의 시내 각 여자중등학교 대표자 협의 상황에 대하여 진술한 것으로서 다시 계속하여 一월 一五일 오전 九시 三〇분 만세 고창 사실에 대하여 묻겠다. 먼저 전날 밤의 협정 사항을 등교 후 어떻게 하여 일동에게 전했는가.

답 一五일 등교하였더니 교사들의 감독이 엄중하기 때문에 이것은 일동에게 전달할 기회를 잃었으므로 시험을 보려고 할 때 實踐, 同德 두 학교에서 만세 고창 소리가 들려왔기 때문에 우리 교실에서는 선생이 밖에 나간 틈을 타서 金壽南이 일동에게 타교에서 만세를 부르고 있으므로 우리들은 백지답안지를 내자고 하기에 모두 백지답안을 냈다. 이 사이 實踐생도들이 경관에게 인치당하는 것을 교실에서 보고 두려움을 느낀 나머지 우리들은 아무런 만세도 부르지 않았다.

문 그러면 一六일에 있어서의 여자상업학교 만세 고창 때까지의 경과는 어떤가.

답 一六일 둘째 시간이 시작된 것으로 기억되는데 우리 학급의 金壽南이 갑자기 일어서서 일동에게 「여러분도 근래 신문지상에 기재되고 있는 바와 같이 다른 학교는 만세 고창을 하고 있는데 우리 학교에서는 실행하지 않아서 부끄러우니 지금 실행하자」하면서 「모두 밖으로 나가라」하였더니 일시에 큰 소동이 일어났다.

문 光州학생사건이란 어떤 것인가.

답 全南光州에서 일본과 조선의 중등학생들의 작은 충돌로 인하여 양교의 큰 충돌이 있었고, 다수의 조선인 학생이 살해당한 사실이 있었는데, 경찰이 일본인 학생에게는 관대하면서 조선인 학생만 수감한 사실을 말한 것이다.

문 光州학생사건에 동정하여 부르는 만세와 시위행렬을 하려고 한 것은 무슨 뜻인가.

답 그것은 지금 그 곳에서 구속당하고 있는 다수 학생을 우리들이 만세를 고창하고 떠들면 당국에서 고려하여 석방해 줄 것으로 생각하였으므로 그 목적을 내포한 것이다.

문 약소민족 해방만세란 어떤 일을 뜻하는가.

답 어떤 일인가는 알 수 없다. 一四일 회합 때 徽文생도 張洪琰이 그렇게 말했을 뿐 우리들은 一六일 단지 만세를 불렀을 뿐이며 전혀 모른다.

문 一四일 오후 九시를 지나서 그대가 그날 밤 회합한 생도들과 함께 그대 집을 나오려 할 때 梨花고보생 金鎭賢, 동 崔允淑 두 사람과 만난 일이 있었는가.

답 마침 오후 九시가 지났을 때 同德, 培花, 美術, 槿花, 實踐 등의 생도들과 함께 해산하였고 張의 명에 따라 李廷禹의 처소로 가려고 생각하고 집을 나올 때 전날 만난 일이 있는 여고보, 進明이라고 하는 두 사람의 여학생과 마주쳤다. 그 때 그들로부터 만세 고창 건은 어떻게 된 것인가 하기 때문에 나는 「지금 타교 생도들이 모여 내일 一五일 九시 三〇분 일제히 각 학교에서 만세를 부르고 이어서 鍾路사거리로 나올 것을 결정했다」는 것을 전하고 헤어졌다.

문 그러면 그 후 그들과 만난 일이 있었는가.

답 그 후 그들과 만난 일은 없으나 당서의 유치장에서 그 중 한 사람이 「실은 우리들 두 사람 모두 梨花생도였으나 지난날은 여고보, 進明생도라는 거짓말을 하여 미안하다」하므로 두 사람이 梨花생도였음을 처음 알았다.

문 그대는 一월 一五일 오전 九시경 등교 후 동급의 金貴任과 상의하고 만세시위의 실행 선동을 金壽南에게 명한 일이 있는가.

답 그것은 내가 등교한 후 金貴任이 동일 만세시위를 실행하려면 우리들이 직접 하는 것은 형편이 좋지 않으므로 金壽南을 시켜 실행시키는 것이 어떻겠는가 하기 때문에 나도 그것이 좋겠지 하고 찬성하였다.

문 그러면 金壽南이 이것을 실행했는가.

답 그렇다. 오전 九시 二〇분경 그는 일반 생도들에게 타교 생도들이 오면 함께 만세를 부르자고 하였다. 그러나 그는 우리 학급 일동에게만 말한 것이다. 그리고 첫째 수업 시간 중 實踐여학교 생도들이 만세를 부르면서 왔기 때문에 우리들도 이들과 함께 실행 예정대로 나가려고 하였지만 선생들에게 제지당하여 할 수 없었다.

문 그대는 一五일 정오경 金貴任을 찾아가서 一六일에 다시 만세 시위를 실행하기 위하여 상의한 사실이 있는가.

답 사실이 있다. 나는 一五일에 실패하였기 때문에 일반 학생들을 배반한 것으로 생각되어 동급의 金貴任을 찾아가서 내일 一六일 재차 실행하자고 하였더니, 金貴任도 동의하였기 때문에 二학년생 朴貞錫을 찾아가서 이 의견을 말한 바, 그는 二학년도 준비가 되어 있으니 내일 만세를 부르자고 하였다.

문 그러면 一六일에는 실행했는가.

답 다음 一六일 오전 九시경 등교하여 金貴任, 金壽南과 회합 때 金壽南이 二학년은 九시 三〇분 종이 울리면 전부 교정으로 나갈 것 같으니 三학년도 모두 나가도록 하자. 만일 나가지 않는 자가 있으면 세 사람이 나가도록 하자고 약속하였지만 첫째 시간은 종소리가 나지 않고 선생이 먼저 왔기 때문에 하는 수 없이 백지답안을 내고 둘째 시간에 들어가서 二학년 생도들이 소동을 부리면서 나오기 때문에 우리 학급에서는 金壽南이 제일 먼저 뛰어나가자 일동은 이에 따라 나가서 큰 소동을 일으키면서

만세를 불렀으나 경찰관 때문에 모두 제지당하게 되었다.

문 이 밖에 말할 것은 없는가.

답 나는 이번에 크게 잘못한 것을 후회한다. 이 일로 다수의 학생
이 경찰에 인치당하게 되어 나도 직접 가서 죄를 사죄하려고
생각하였지만 당시 병 때문에 출두하지 못하여 하는 수 없이
鍾路五丁目一八〇번지에서 치료하고 一二일 자진 출두하였다.

위 통역으로 하여금 본인에게 읽어 들려주었더니 틀림없다는 뜻을
말하고 동시에 서명 무인하다.

공술자 宋桂月

소화 五년 一월 二六일
京城西大門경찰서

사법경찰관 사무취급 도순사 荒木菊雄
입회인 겸 통역 사법경찰리 도순사 李漢成

宋桂月 신문조서

피의자 宋桂月

위 자의 보안법 위반 피의사건에 대하여 소화 五년 一월 三〇일 京城지방법원 검사국에서

조선총독부 검사 伊藤憲郎

조선총독부 재판소 서기 中山元次

열석 후 검사는 피의자에 대하여 다음과 같이 신문하다.

문 성명, 연령, 신분, 직업, 주거 및 본적지는 어떠한가.

답 성명은 宋桂月

연령은 一八세

신분은 ──

직업은 京城여자상업학교 三학년생

주거는 京城府嘉會洞四八번지

본적은 咸南北靑郡新昌面新昌里

문 작위, 훈장, 기장을 소유하며 연금, 은급을 받거나 또는 공무원
　　이 아닌가.
답 아니다.
문 지금까지 형벌에 처한 사실은 없는가.
답 없다.

이 때 검사는 피의사건을 알리고, 이 사건에 대하여 진술할 것이
있는지의 여부를 물은 바 피의자는 신문에 응하여 진술한다는 뜻을
말하다.

문 본건에 관하여 경찰서에서 진술한대로 틀림없는가.
답 틀림없다.

공술자 宋桂月

위 조서를 공술자에게 읽어 들려주었더니 틀림없다는 뜻을 말하고
자서 무인하다.

소화 五년 一월 三〇일
京城지방법원 검사국

조선총독부 검사 伊藤憲郎
조선총독부 재판소 서기 中山元次

宋桂月 신문조서(제二회)

피의자 宋桂月

위 자의 보안법 위반 피의사건에 대하여 소화 五년 二월 四일 京城 西大門형무소에서

조선총독부 검사 伊藤憲郎

조선총독부 재판소 서기 中山元次

열석 후 검사는 전회에 이어서 피의자에 대하여 다음과 같이 신문 하다.

문　宋桂月인가.

답　그렇다.

문　학력은.

답　향리인 新昌里 공립보통학교를 졸업하고 여자상업에 입학하여 지금 동교 三학년생이다.

문　그대는 소화 三년 五월 一九일 京城지방법원 검사국에서 기소 유예의 처분을 받은 일이있는가.

답 있다. 그것은 소화 三년 四월경 교무주임이 사직 당하였을 때 사직당하지 않도록 하기위하여 교장선생 처소에 가서 그의 복 직을 원하였으나 교장선생은 나로서는 알 수 없다면서 거절하 였기 때문에 三학년생 일동이 맹휴하였다. 그 때 나는 二학년 이었으나 三학년에서 하기 때문에 참가했을 뿐이다. 그 맹휴 때 반대 학생 吳玉女와 싸움이 시작되어 三학년생이 吳玉女의 손에 부상을 입혔기 때문에 三七명이 경찰서에 연행되었다. 그 때 二학년도 가담하여 나는 검사국에 송치되어 西大門형무소 에서 九일간 구류되었다가 석방되었다. 검사국에는 나 외에 五 명이 송치되어 그 중 吳玉女와 李畜姬 두 사람이 벌금형에 처 하여 졌다.

문 형무소에서 출감 후 학교에서 받아 주었는가.

답 그렇다.

문 그대는 단체에 가입하였는가.

답 그런 일은 없다.

문 그렇지만 여학교 생도들은 모두 그대를 알고 있는데 어떤가.

답 전술과 같은 사건으로 신문에 게재되었으므로 모두 알고 있을 지도 모른다.

문 光州학생사건으로 조선인 학생이 구금당한 일을 알고 있나.

답 사건이 일어났을 때 東亞日報를 보고 알았다.

문 그 때 무엇을 느꼈는가.

답 그 때는 아무 것도 생각하고 있지 않았다.

문 그대는 許貞淑을 알고 있는가.

답 그렇다. 여자고보생인 金辛福이 와서 許貞淑 댁에 같이 가지 않 겠는가 하므로 그와 함께 光化門通에 거주하는 許貞淑을 방문 한 일이 있다. 그 때 許貞淑이 나에게 光州학생사건을 어떻게 생각하는지 물었다. 나는 모른다고 하니, 光州에서 조선인 학생 과 일본인 학생이 싸웠는데 조선인 학생만 다수 구금당하여 부 당한 처분을 받고 있는데 어떻게 생각하는지 재차 물으므로 나 는 금년 졸업하게 되어 있어 그와 같은 일은 모른다고 한 바, 그는 우리들이 光州의 조선인 학생에게 동정하지 않으면 안된 다고 하고 조선인으로서 묵묵히 있어서는 안된다고 하였으나 나는 이에 대한 대답도 하지 않고 돌아갔다. 그 때 처음으로 許 貞淑이라는 사람을 알았다.

문 그것이 언제쯤의 일인가.

답 작년 一二월 초순경이었다.

문 그 후에도 許貞淑을 방문했는가.

답 그 후는 그와 만난 일도 또 방문하러 간일도 없다.

문 許貞淑이 조선여성 간에 상당한 세력이 있는 것을 알고 있는가.

답 그런 것은 모른다. 동인은 그 때 처음 알았기 때문이다.

문 그렇지만 그대는 작년 가을쯤 京城 시내 노상에서 許貞淑과 만 나 인사한 일이 있지 않은가.

답 그런 일은 절대 없었다. 알지 못하는 사람에게 인사할 리가 없 다.

문 그대는 이전에 기생을 한 일이 있었는가.

답 그런 일은 절대 없다. 나의 이름이 桂月이라고 하는 데에서 사

람들이 그렇게 생각하는 것으로 고찰되지만 나는 향리의 보통
학교에서 六년을 다녔고, 그리고 곧바로 상경하여 현재의 여자
상업에 입학하였으므로 기생이나 무엇인가 될 틈도 없었다. 사
람들이 그런 말을 하고 있는데 나는 몹시 서운하다.

문 그대는 작년 말 경찰서에 인치 당하였다는데 그런가.

답 때마침 光州사건이 일어나고 있을 때였지만 작년 말 학교가 휴
업이 되기 전 학교 설비가 불완전하므로 정비하도록 울면서 학
교 당국에 진정한 일이 있다. 이 일로 경찰에 인치 당하였으나
그날 밤 곧바로 석방되었다.

문 그날 밤 경찰서 유치장에서 安末男과 함께 있었는가.

답 安末男은 安甲男의 여동생으로 우리 학교 二학년이다. 학교의
설비 관계로 나와 安末男 외 三인이 경찰에 구인 당하였다. 그
때가 오후 一시경이었고 그날 밤 八시 반경 유치장을 나왔다.

문 금년 一월 一三일 오후 九시 반경 여학생 두 사람이 그대 집을
찾아 만세소요 연락을 위하여 상의했는가.

답 一三일 오후 九시 반경 두 사람의 여학생이 왔다. 그 때 나는
내 방에서 공부하고 있었고 두 사람 중 한 사람은 進明여고생
이라 하였고 다른 한 사람은 여고보생이라 하였다. 그 두 사람
이 光州학생사건에 대하여 京城府內 각 학교에서 동정하여 동
요하고 있으나 귀교는 어떻게 되었는가 하고 물었다. 나는 학
교 수업이 내일부터 시작되기 때문에 내일 학교에 가서 생도들
의 동정을 본 후 대답한다고 하니, 一五일 정오를 기하여 각 학
교에서 일제히 만세시위운동을 같이 하도록 하면서 권유하였

다. 나는 학교에서 주목을 받고 있어서 그런 일은 안된다 하니
그런 것은 개의치 말라고 하였고, 나는 사정상 할 수 없다고 한
바, 다른 학교가 전부 하는데 귀교만이 하지 않겠느냐고 하므
로, 나는 그와 같은 일은 말하지 말고 돌아가 달라. 내일 학교
에 가서 상황만을 알려 준다 하고는 그를 돌려보냈다. 나는 계
속 공부하고 있었는데 나와 동급생인 李廷熙가 三인의 남학생
을 데리고 나를 찾아왔다.

문 그 세 사람의 남학생은 그대가 미리부터 알고 있는 인물인가.

답 그들 남학생 세 사람 중 한 사람은 李廷熙의 남동생으로 徽文고
보 五학년 李廷禹이며 그는 李廷熙의 관계로 이미 알고 있지만
다른 두 사람은 李廷禹의 소개로서 徽文고보생 張洪琰, 韓典勳
이라는 것을 처음 알았다.

문 그대는 동인들과 어떤 일을 협의했는가.

답 위 사람들은 光州학생사건에 대한 시위운동 협의를 위하여 나
를 찾은 것이다. 최초 李廷禹가 학교 개교 일자를 물으므로 내
일부터 수업하게 되었다고 하니, 張洪琰이 光州사건에 대하여
각 학교에서 일제히 만세를 부르려고 생각하는데 어떻게 생각
하는가 하므로, 나는 주위의 사정으로 그렇게 할 수 없다. 또
졸업기도 가까워지고 있으므로 라고 하면서 떼어 버리려 하니,
張洪琰은 光州학생이 석방될 때까지 우리들은 만세시위운동을
하지 않을 수 없다. 그렇다면 혹 학생이 석방될지도 모른다고
하기 때문에 나는 지금도 그 일로 여학생이 와 있다고 하니 張
洪琰이 어떻게 말했냐고 물었다. 나는 「내일 一五일 정도에 각

학교가 일제히 만세를 고창하는 것으로 연락이 되어 있으나 여자상업과 進明이 내일 수업이 개시되기 때문에 아직 연락이 되지 않고 있다」라고 하고 있었다고 하니 張洪琰은 「一五일은 조금 시기가 바쁘므로 一八일에 하는 것이 어떤가」고 나에게 물으므로 나는 방금 들었을 뿐으로서 나 한 사람의 생각으로는 아무 것도 될 수 없다는 대답을 하였다. 세 사람은 생각하고 있다가 그렇다면 우리들도 一五일에 실행하자. 정오로는 안되니 九시 三〇분 조회 때로 하는 것이 좋다. 우리들은 다른 생도들을 데리고 올 것이니 귀녀들도 타교의 생도들과 연락하여 달라. 내일 一五일 오후 五시경 이곳에서 여러분과 상의한다면서 오후 一〇시 三〇분 경 일동은 돌아갔다.

문 그대는 嘉會洞에서 하숙하고 있는가.

답 그렇다. 월 一三원으로 민간하숙을 빌려서 방은 두 칸이다.

문 익 一월 一四일 오후 四시경부터 그 전날 밤의 협의에 따라 그대 집에서 徽文생도 張洪琰 사회 하에 회합했는가.

답 그렇다. 一四일 오후 四시경 나와 동급생 李松竹, 金貴任이 참석했고 그 때쯤 徽文고보 五학년생 張洪琰이 淑明여고보생 朴先奉, 趙金玉, 尹乙姬 등 세 사람을 데리고 왔다. 그리하여 張洪琰이 자기는 목이 아프니 귀녀가 말하라고 하므로 나는 張洪琰을 대신하여 淑明생도들에게 내일 一五일 오전 九시 三〇분을 기하여 시내 각 학교 일제히 만세를 고창하기로 하였는데 淑明은 어떤가 묻자, 淑明생도는 다른 학교에서 한다 해도 각 학교는 상당히 곤란하다 하였다. 나는 그 전에 張洪琰으로부터 徽文생도들이 中東학교 생도들을 유인하고 다음은 여자상업, 淑明을 유도하여 鍾路사거리로 나와서 만세를 고창한다는 통과 순서를 듣고 있었으므로 이것을 淑明생도에게 이야기한 바, 淑明생도는 다른 학교 생도들이 자기 학교로 와 준다면 될 수 있으므로 내일 실행하는 것으로 하였다.

문 李松竹과 金貴任은 무슨 목적으로 그대 집으로 왔는가.

답 그 날 학교에서 전기 두 사람에게 고향에서 보내온 엿을 대접할 것이니 오도록 이야기 하여 두었는데, 두 사람이 와서 三인이 엿을 먹고 있는데 張洪琰이 들어왔다.

문 그대는 一三일 張洪琰이 그대 집에 왔을 때 동인의 제의를 긍정적으로 받아들여 찬성했는가.

답 만세시위운동을 실행하는 데 대하여 해당 학교에 연락하도록 의뢰하여 왔지만 나는 그 때 굳이 이것을 찬성하지 않는다고는 하지 않았다.

문 그대는 張洪琰의 부탁을 받고 安甲男을 부르러 갔는가.

답 그렇다. 張洪琰이 나에게 安甲男을 알고 있는지 묻기에 알고 있다고 대답하자 데려와 달라고 부탁하므로 安甲男 집에 갔더니, 安은 없고 그 여동생을 만나고 돌아오니 張洪琰이 귀녀의 학교 二학년 중 두뇌가 좋은 사람이 누구냐고 묻기에 二학년생은 동급생이 아니므로 모르지만 朴貞錫의 두뇌가 좋다고 하자 張은 그 사람을 데려오라고 하였다. 寬勳洞에 부르러 가서 함께 돌아와 보니 전에 있던 淑明생도는 없고 同德, 培花, 여자미술, 槿花, 實踐생도들이 와 있었는데 그 수는 전부 二〇명 정도 있었

다. 내가 들어갔을 때는 張洪琰이 내일 一五일 오전 九시 三〇
분 각 학교 일제히 만세를 고창하면서 일동이 鍾路사거리에 집
합하고 그 곳에서 만세시위를 하는데 만세를 光州학생 석방만
세를 부르라고 하였다. 그 사이 徽文교 四학년이라고 안경을
긴 학생이 張을 찾아왔다. 또 李松竹이 女子고보교생 二명을 데
려왔다.

문 몇 시에 해산했는가.

답 우리집은 도로변으로 사람들의 출입이 많으면 이상하게 생각
할 염려가 있으므로 한꺼번에 나가지 말고 조금씩 용무를 끝내
고 곧 돌려보낸 것이 오후 九시경으로 생각된다.

문 위 회합에 梨花생도도 왔는가.

답 그렇다. 그 전일 梨花생도라고는 하지 않고 進明, 여고보생이라
면서 참석한 두 사람의 여학생이 있었으나 그 때는 회합을 끝
내고 모두 집을 나와 돌아갈 때였다. 내일 만세시위운동 실행
시간이 정오인 것이 오전 九시로 변경된 것을 알렸던 바, 그들
은 그 시각에 실행한다면서 돌아갔다.

문 張洪琰은 만세를 어떻게 부르기로 했다고 하던가.

답 「光州학생 석방만세, 피압박민족만세, 약소민족만세로 불러라」
고 張이 말하고 있을 때 내가 朴貞錫을 데리고 귀가하려는데
일동은 그와 같이 만세를 부르기로 찬성하고, 이튿날 아침 각
자의 학교에 등교하여 전달하기로 결정하였다.

문 張洪琰은 다시 「경찰에 체포되었을 때는 각각 타인 성명을 비
밀로 하라」든가 또는 「경찰에 유치 당하였을 때 단식하라」 등

을 말하지 않았는가.

답 그 일은 그 사람의 이야기 도중 나갔다가 들어왔기 때문에 듣
지 못하였다.

문 一五일 아침 등교했는가.

답 등교했다. 그 날부터 시험이 있기 때문에 첫 시간이 법제, 둘째
시간이 국어, 셋째시간이 상사 순으로 보게 되어 있었다. 그러
나 張洪琰이 一四일 밤, 우리집에서 한 이야기로는 徽文이 먼저
나가서 여자고보생을 유인하여 일단을 이루어 安國洞에 와서
여자상업을 끌어낸다는 이야기였다. 그러나 一五일 아침 기다
려도 오지 않아 마침내 그 날은 오지 않았고 무사히 시험을 치
고 귀가하였으니 아무 소요도 없었다.

문 그대는 누구의 소개로 許貞淑과 만났는가.

답 여자고등보통학교 생도 金辛福이 우리집에 와서 잠깐 용무가
있으니 함께 가자면서 나를 유인, 우리집을 나와서 가는 도중
그는 安甲男 집에 들러서 安을 데리고 세 사람이 許貞淑 집인
光化門通으로 찾아갔다.

문 金辛福과 許貞淑은 이전부터 아는 사이였는가.

답 金辛福과 許貞淑은 이전부터 아는 사이인 것 같았다.

문 그대들이 許貞淑 집을 찾은 것은 一二월의 몇 일경인가.

답 一二월 중인 것은 기억하고 있으나 확실한 날짜는 생각나지 않
는다. 다만 학교는 一二월 一一일이었으니 그 二·三일 전이었
다.

문 許貞淑 집에서 무슨 일을 상의했는가.

답 許貞淑 집에 가니 許貞淑은 나의 이름을 종이에 써 주면서 어느 학교에 다니는지 물었다. 나는 여자상업에 다닌다고 하니, 세 사람에게 그대들의 학교는 지금 어떻게 되어 있는가를 물으므로 나는 특별히 아무 것도 변한 것이 없다고 답하였고 金辛福도 나와 같은 대답이었다. 安甲男은 학교에서 방금 소요 중이라고 말하였다. 그러자 許貞淑이 「그대들이 활동해 달라」하기에, 나는 어떻게 활동하는가를 반문한 바, 「학생들이 만세를 불러라」고 말하면서 나를 가르쳤다.

문 許貞淑은 安甲男에게도 그 말을 했는가.

답 그렇다. 나는 許貞淑에게 시험 전이고 또 졸업을 가까이 두고 있으므로 곤란하다는 대답을 하자 許貞淑은 「그런가」하였다. 安甲男은 별도의 대답도 하지 않았고 단지 소요중이라는 말 뿐이었다.

문 金辛福은 어떤 대답을 하였는가.

답 어떻게 대답했는지 기억나지 않는다.

문 許貞淑은 그대들과 대화 중 光州학생사건에 대하여 말하던가.

답 그렇다. 내가 어떻게 활동하는지 말했을 때 光州사건은 조선인 학생만이 체포되어 가련하므로 光州학생에게 동정하여 학생들이 만세를 불러서 활동하라고 許貞淑이 설명해 주므로 나는 비로소 「활동하라」고 한 것은 「소요를 일으키라」는 뜻인 것을 알았다.

문 金辛福이 그대를 유인할 때 許貞淑 집으로 가자고 하면서 유인하던가.

답 그렇다. 그 때 金辛福에게 나는 시험이 있으니 다음에 간다고
  한 바, 잠깐 같이 가자고 하였고, 최초 許貞淑 집에 놀러 가자
  면서 유인하려고 우리집에 온 것이다.

문 許貞淑 집에 몇 시간 있었는가.

답 약 三〇분 정도 있었다.

문 그대도 一五일에는 만세를 불렀는가.

답 一월 一五일에는 中東학교 생도들이 오지 않아서 만세는 부르
  지 않았다. 둘째시간부터 백지답안을 제출하기로 三학년생 일
  동이 상의한 후 두 시간째의 상사, 세 시간째의 국어시간에는
  三학년생 일동은 백지답안을 냈다.

문 그대는 그 날 교실에서 내일 一六일 만세를 부를 것을 제의했
  는가.

답 나와 金準南, 金貴任 세 사람이 一五일 교실에서 「내일은 하자,
  하자」고 말했다.

문 一六일 만세를 불렀는가.

답 그렇다. 그 날 첫 시간 역사과목 시작종이 울리기 전 교실에 들
  어가 있으니 계단 아래 二학년 교실에서 만세를 부르면서 떠들
  고 있으므로 우리들도 모두 복도에 나가자 一학년도 복도에 따
  라 나와 그 곳에 일동이 만세를 부르면서 떠들었으나 선생이
  정지시키고 교실로 들어가게 하였다.

문 몇 번 정도 만세를 불렀는가.

답 횟수는 모른다.

문 그대는 一六일 아침 등교 후 金準南, 金貴任과 같이 만세를 부

를 계획을 상의하고 만일 三학년생 중 교정에 안 나오는 자는
그대들 세 사람이 나오게 하는 상의를 했다는데 그런가.

답 그와 같이 상의했다.

공술자 宋桂月

위 조서를 공술자에게 읽어 들려주었더니 틀림없다는 뜻을 말하고
자서 무인하다.

소화 五년 二월 四일
京城지방법원 검사국

조선총독부 검사 伊藤憲郞

조선총독부 재판소 서기 中山元次

宋桂月 소행조서

본 적 지 주 적 직 업, 성 명 연 령	본적 咸北北靑郡新昌面新昌里二七一번지 주소 우동 학생 宋桂月 당 二一세
성 질	온후하면서 말이 적음.
소행 및 본인에 대한 세평	공부에 열중하여 악평을 받은 일 없으며 당지 재학 중은 소행이 나쁘지 않았음.
가정 및 생활 상황	부 宋治玉 외 五인 가족, 노동과 음식점을 영위하여 생활은 보통임.
자산 및 수입 상황	부친의 재산은 동산, 부동산은 합하여 약 二,○○○원 정도, 노동과 음식점 영업 수입 월 三○원 정도이다.
교육의정도 및 본인의 경력	北靑郡新昌공립보통학교를 졸업 후 대정 一五년 四월 京城여자상업학교 재학 중.
개전의 가망성 유무	휴가 때 귀향하였으나 당시 아무런 용의점 없고 개전의 희망 조사는 불능.
비 고	본 조사는 新昌구장 외 一○명으로부터 청취 후 작성함.

위와 같음.

소화 五년 二월 一三일
北靑경찰서

사법경찰리 도순사 朴基龜

작품해설

식민지적 모순에 대한 비판적 도전
—송계월의 삶과 문학

　송계월의 삶은 식민지 과도기를 살아낸 한 신여성의 미시사가 아니다. 신여성이라는 존재론적·사회적 근거를 바탕으로 현실을 냉철하게 인식하고, 적극적이고 투쟁적인 방식으로 당대와 길항하였다. 이것이 굵직한 식민지 역사와 겹쳐질 때 송계월의 삶은 식민지 여성사가 될 수 있는 것이다.

　더불어 송계월은 삶의 목적의식을 문학의 주제의식과 일치시키고자 노력했던 인물이다. 그것이 세련되지는 못했을망정 최소한 정직하고자 했던 자기 결백의 인물이었다. 핍진한 삶의 경험으로부터 발생한 사회적 쟁점들—젠더, 계급, 조직의 문제는 강렬한 주제의식으로 송계월의 서사를 지배하게 된다.

　현재까지 송계월의 작품에 대한 분석은 물론이거니와 작가연보, 작품 연보 및 목록, 발표 장르 등에 관한 연구는 전혀 이루어지지 않고 있다. 이는 송계월이라는 신여성이 발굴되어야 함이 전제되는데『송계월전집 1, 2』는 후행하는 연구를 위한 토대로서의 기반을 마련하고자 하였다.

　송계월은 1911년 12월 10일 함경남도 북청군 신창면에서 부 송치옥과 모 이순희의 장녀로 태어났다. 송계월의 가족사항에 대해서는 거의 알려진 바가 없지만 여학생 만세운동 당시 신문조서를 보면 부모와 형제자매 등 8명의 가족이 북청에서 전답을 소작시켜 그 수입에 의해 중류생활을 영위하고 있다고 기록되어 있다. 송계월의 수필에 보면 "어려서 아버지(송치옥)의 영향으로 사회과학 서적을 탐독"하였다고 기록되어 있고 이러한 이유로 독서와 문예방면에 취미가 있었다고 한다.

송계월의 북청시절 즉 태어나서 신창공립 보통학교를 졸업하고 서울에 상경하기 전까지의 15년 동안은 수필 등을 통해 감상적으로 전해진다. 문 앞으로는 동해의 아름다운 바다가 펼쳐져 있고 등 뒤로 험준한 산으로 둘러싸인 신창에서의 추억은 아름답게 서사화된다. 특히 송계월은 척박한 환경에서 최선을 다해 생을 일구는 함경도 여성의 강인한 생명력과 정신력을 높이 찬양하며 식민지의 여성들이 함경도 여성처럼 되어지기를 희망하였다.

이후 송계월은 문학과 사회에 대한 열정을 안고 15세 때 홀로 경성행을 감행하여 경성여자상업학교에 입학한다. 이후의 여고시절은 '동맹휴학의 주도—학교의 고발—서대문형무소 구류—집행유예—당국의 요시찰 대상으로 지목'으로 요약된다.

송계월이 동맹휴학을 주도한 주요원인은 학교의 불법적 행위(교장의 친인척 교사채용, 교사의 부당해임, 학교설비 미비)에 있었다. 학생들의 피해, 면학분위기 침해 등을 이유로 여러 차례 학교당국에 건의를 하였으나 변화가 없자 동맹휴학을 주도하게 된 것이다. 여상시절 3번의 맹휴를 주도하였고 이로 인해 서대문형무소에 2번이나 구류된다. 이처럼 송계월은 일찍부터 사회의 불합리와 부조리에 대한 문제의식을 적극적이고 투쟁적인 방식으로 실천하였으며 이를 실행함에 두려움 없는 강인한 성격과 의지를 갖고 있었다.

1930년에 일어난 서울 여학생 만세운동은 1929년 광주학생운동의 후발적 성격을 지닌다. 이 사건은 당시 여학생들이 민족문제와 여성문제에 직면하여 함께 사회적 역할을 수행한 중요한 사건으로 근대 신여성 문화운동의 전범이 되었다. 일찍이 여상의 맹휴를 주도하는 등 여학교 내에서 투사로 이름이 높았던 송계월은 여학생 만세운동의 핵심적 역할을 수행하게 된다. 자신의 하숙집을 만세사건을 도모하기 위한 회합의 장소로 제공하였고(송계월의 하숙터는 현재 서울시 독립운동의 역사 현장으로 보존되어 있다) 만세운동 당시 경성여자상업학교의 대표로 학생들을 주동하여 격렬히 시위를 이끌었다. 결국 이 사건으로 송계월은 표면적 역할을 수행하였다하여 징역 6개월을 언도받았고 약 2개월의 감옥생활 후 집행유예로 풀려나게 된다.

여학교 시절의 경험 즉 동맹휴학과 서울 여학생 만세운동은 송계월의 민족의식과 여성의식 등 당대 사회에 대한 깊이있는 인식을 기반으로 한 투쟁의 기록이다. 이때의 경험은 송계월 스스로 밝히듯 자신의 삶을 사회를 위해 바칠 수 있었던 뜻있고 행복한 시간이었으며 이러한 경험치는 이후 송계월이 부인기자와 여류문인으로서 역할 할 때 중요한 지침이 되었다.

송계월의 삶의 이력 중에 가장 독특한 지점은 여상 졸업 후 정자옥 데파트 걸로서의 삶이다. 일반적으로 여상의 학생들은 졸업 후 은행원이 되기를 희망하였으나 식민지 현실상 은행원이 되기는 요원하였고 대부분의 학생이 전공을 살려 데파트 걸이나 상업 방면으로 진출하였다고 한다. 시기상으로 볼 때 여상을 졸업(1931.2)하고 개벽사 기자가 되기(1931.4) 전인 약 1~2달 정도의 짧은 기간인데, 이 시기가 의미있는 것은 사회적 쟁점을 발견하고 그것을 교정시키고자 했던 문제의식의 출발점이기 때문이다. 학교와 사회의 괴리, 전공과 직업의 문제, 직업여성의 사회적 고충, 여성의 사회적 역할 등 수많은 단상이 이때의 경험으로부터 시작되는 것이다. 이러한 문제의식은 개벽사 입사이후 다양한 글쓰기를 통해 표면화된다.

개벽사에서 발간한 『신여성』은 근대 잡지사에서 상업여성지의 첫출발이자 신여성과 관련한 다양한 풍속과 담론의 재현물이었다. 송계월은 1931년 『신여성』이 복간된 뒤 잡지의 재건과 흥행을 위해 개벽사에서 전략적으로 영입한 인물이었으며, 그 문명(文名)으로 개벽사에서 발간하는 4개(『혜성』, 『별건곤』, 『신여성』, 『어린이』)의 잡지를 넘나들며 글쓰기를 수행하였다. 특히 『신여성』에서는 기자, 작가, 편집 등 주도적인 역할을 하였고 송계월 입사 후 이전보다 여성주의적 기사나 문예가 훨씬 더 강화된 양상을 보여준다. 이러한 이유로 송계월이 개벽사에 입사하여 쓴 첫 번째 글에 주목할 필요가 있다. '송적성(宋赤城)'이라는 필명으로 발표된 칼럼 「내가 신여성이기 때문에」는 신여성으로서의 어려움과 질곡, 사회적 부조리를 비판하는 날선 목소리로 가득 차 있다.

현재까지 확인된 송계월의 작품은 약 50여 편가량이다. 소설 4편, 일기 · 수기 · 서한 7편, 평론 4편, 수필 9편, 칼럼 5편, 방문기 · 참관기 9편, 인터뷰 3편, 좌담회 5편 등이다. 하지만 송계월이 송(宋), 송적성(宋赤城)의 필명을 사용하였고 송경(宋璟), 송영순(宋英順) 등의 확인되지 않은 필명으로도 활동한 것으로 보아 실제 송계월의 작품은 이보다 더 많을 것으로 추정된다. 송계월의 작품 편수가 그간 알려진 것보다 방대함에 자료적 실증은 더욱더 요구된다. 또한 50여 편에 달하는 작품이 15개월(송계월이 개벽사에 입사한 것이 1931년 4월이고 병사한 것이 1933년 5월이다. 약 2년 정도의 기간을 개벽사에 근무한 것인데 그중 와병으로 귀향한 1932년 2월부터 재상경한 1932년 9월까지의 7개월의 기간, 1933년 3월 재귀향) 정도의 짧은 기간에 쓰여졌다는 사실은 놀라운 일이다.

일례로 『신여성』 1932년 11월호의 목차를 보면 '송적성'의 필명으로 칼럼 「시대의식으로 본 내 고향, 함남북청 편」, 송계월의 이름으로 평론

「조선의 콜론타이, 허정숙 론」, 「데마에 항하야」, 소설 「바닷가」 등 모두 4편의 제명을 확인할 수 있다. 물론 본문에 칼럼과 평론 「허정숙 론」이 빠져있기는 하지만 당시 송계월의 활약상을 일면할 수 있는 현장이다.

이처럼 많은 양의 문학적, 사회적 글쓰기는 문학에 대한 높은 열정과 사회적 문제를 공적 글쓰기를 통해 쟁점화하고자 했던 송계월의 치열한 문제의식의 결과였다. 여류문인과 여기자로서 활약하는 중에도 모교(경성여자상업학교)에서 맹휴사건이 일어나자 졸업생 대표의 자격으로 학교장과 교섭을 벌이고 인터뷰를 통해 사회에 호소하는 등 적극적인 사회운동을 벌였으며, 이로 인해 맹휴를 선동하였다는 혐의로 검거되기도 하였다. 송계월은 글로써 행동으로써 신념을 실천한 가장 신여성다운 '신여성'이었다.

1932년 2월 조섭을 돌보지 않고 원고지를 들고 동분서주하던 송계월은 건강에 심각한 위협을 받게 된다. 여동생과 친우들은 고향으로 내려가 공기 좋은 곳에서 요양을 하고 돌아오라고 등을 떠밀었지만 계월은 끝끝내 고집을 피웠다. 결국 여학생 만세운동 때 감옥에서 얻은 위병과 폐렴이 겹쳐져 죽음에 가까운 고통을 받고 폐결핵 진단을 받자 고향으로 요양을 떠나게 된다. 이러한 와중에도 『신동아』에 여기자 인터뷰, 여학교 졸업생 기사(『신여성』), 평론, 2편의 수필, 처녀작 「가두연락의 첫날」을 『삼천리』에 발표하여 문단의 관심을 받게 된다.

사회 내의 남녀 불평등, 계급의 문제 등을 전투적으로 서사화하던 송계월의 후반기의 삶은 아이러니하게도 실체없는 소문과의 싸움이었다. 요양차 북청에 내려와 있던 송계월은 자신에 관한 어처구니없는 소문을 듣게 된다. 민족주의 운동을 하던 중 얻게 된 질병으로 요양차 귀향한 사건이 처녀임신과 출산이라는 추문으로 되돌아왔을 때의 충격이란

실로 대단했을 것이다. 더욱더 놀라운 것은 소문이 동료 여류문인 C의 입에서 시작되었다는 점, 동지적 입장에 있었던 S가 널리 퍼트렸다는 사실은 더욱 절망하게 만든다. 이 소문을 듣고 극도로 흥분하여 서울로 올라가겠다는 것을 의사와 가족들이 간신히 말렸다고 한다.

병이 호전되고 더 이상 북청에 머물 수 없었던 계월은 그해 9월 경성으로 돌아온다. 상경하자마자 개벽사에 복귀하여 기자로서의 업무를 수행하게 된다. 잡지사의 일로 바쁜 나날을 보내는 도중에도 여기저기서 소문과 관련된 이야기를 듣고 속을 끓인다. 병이 완쾌되지 않은 가운데 혹사된 몸과 정신으로 결국 늑막염에 각혈과 혼절이 연속되는 시간을 보낸다. 하지만 사(社)에 나가서는 창백한 얼굴일망정 절대 낯을 찡그리거나 아픈 티를 내지 않으려고 하였다.

그러던 중 일이 터졌다. 이갑기가 『여인』 가십란에 "S처녀의 옥동자 운운하며 아기 아버지가 어디에도 있고 어디에도 있다는" 기사를 실은 것이다. 송계월은 이 기사를 보고 잡지사로 쫓아갔으나 이갑기는 이미 시골로 내려가고 없었고, "이번 가십란에 쓴 글은 여류문인 C의 이야기를 듣고 쓴 것인데 사실이 아닌 듯하니 취소하여라"라는 엽서만 던져져 있었다. 하지만 이미 잡지는 발행된 뒤였고 송계월은 탄식할 수밖에 없었다.

하지만 송계월은 추문 속에 웅크리거나 침묵하지 않았다. 오히려 실체없는 정체불명의 소문을 공론의 장으로 끌어들여 데마고기(demagogy)로 규정짓고 평론을 통해 적극적으로 항변한다. 자신의 소문에 대한 반박글 「역선전에 대한 일언」(『제일선』), 「데마에 항하여」(『신여성』)를 연속해서 발표한다. 소문의 생산자에게 직접적인 공세를 벌임과 동시에 이런 소문을 가십이라는 이름으로 잡지에 실은 부르주아 저널리즘을 평론의 형태로 공격한다. 송계월은 소문을 수사학이 아닌 정치학으로 쟁점화한 것이다. 이처럼 추문에 대항하는 독특한 대응방식은 송계월의 강렬한 주체성과 저항성, 결벽성을 반증한다.

소문에 대한 역공의 글을 쓰고, 여성 좌담회에 참석하고, 소설을 집필하면서 그렇게 1932년을 간신히 넘겼다. 하지만 신념과 열정을 몸이 감당해 주질 못하였다. 1933년 3월 다시 일어설 수 없겠다는 의사의 선고를 듣게 되자 제대로 걸을 수조차 없는 걸음을 옮겨 북행 열차에 몸을 싣는다. 이번에는 꼭 완쾌하여 돌아오겠다는 약속을 전별 나온 문우들에게 남기고 떠난 지 채 두 달을 되지 못해 1933년 5월의 마지막 날 꽃다운 23세의 생을 마감하게 된다.

1911.12.10.	함경남도 북청군 신창면 신창리 271번지에서 부 송치옥과 모 이순희의 장녀로 출생
1926.	신창공립보통학교 졸업 서울에 대한 동경심과 향학열로 홀로 경성행 감행
1927.4.	경성여자상업학교(현 서울여자상업고등학교)에 입학 종로구 장사동 214번지에서 하숙
1928.4.11.	여상의 한국인 교사로서 당시 교무주임이었던 신상철(申尙澈)이 별다른 이유없이 파면된 것에 항의하여 맹휴를 단행
1928.5.2.	여상 맹휴 중 수업중인 2학년생 교실에 침입하여 교무를 방해
1928.5.12.	폭행 및 수업방해 혐의로 검사국 송치
1928.5.19.	서대문 형무소에 9일간 구류되었다가 기소유예의 처분으로 석방, 이후 경찰의 요시찰 대상이 됨
1929.12.	여자고보생인 김신복을 통해 허정숙(근우회)을 알게 됨 김신복의 권유로 광화문통에 거주하던 허정숙을 만나게 되고 그로부터 광주학생사건의 이야기를 듣게 됨
1929.12.	학교 설비가 불완전하여 정비를 학교 당국에 진정 이 일로 경찰에 인치되었으나 그날밤 석방
1930.1.14.	여상의 송계월과 이화여고보 최복순이 주동이 되어 여학교 대표자 십여 명이 송계월의 하숙(종로구 가회동 48번지)에 모여 대표자 회의를 열고 다음날 광주학생운동(1929.11)을 후속한 제2차 여학생 만세운동을 계획
1930.1.15.	광주학생운동을 후속한 제2차 여학생 만세운동을 벌임 경성여자상업학교의 대표로서 각 학교 대표들과 연락하고 이

후 모교의 전교생 만세운동을 주도하며 시위에 참여하려 하
였으나 함께 하기로 중동학교 생도들이 오지 않아 만세를 부
르지 못하고 시험이었던 중 백지답안을 제출

1930.1.16.   전일 만세운동의 실패로 일반학생들을 배반한 것 같아 이날
일제히 학교에서 만세를 부름

1930.1.31.   보안법 위반으로 검사국에 송치
사상전문 이등(伊藤) 검사의 담임으로 취조를 받고 서대문 형
무소에 수감

1930.2.11.   여학생 만세운동으로 구속된 삼십여 명 중 이화여고보의 최
복순, 최윤숙, 임경애, 김진현 네 명과 여상 송계월, 근우회
허정숙과 여자미술학교 박계월, 이화전문 이순옥 등 여덟 명
만 보안법 위반으로 기소되고 나머지는 전부 석방

1930.3.18.   여학생 만세운동 제1회 공판
경성지방법원 제4호 법정에서 동법원 금천(金川) 재판장의 단
독으로 고등법원 사상전문 이등(伊藤) 검사의 입회, 변호사
김병로, 이인, 양윤식, 이창휘 등의 열석으로 개정

1930.3.19.   여학생 만세운동 제2회 공판
이등 검사가 보안법 7조를 적용하여 구형
피고 박계월, 송계월, 최윤숙, 임경애, 김진현은 표면운동으
로, 피고 허정숙, 최복순, 이순옥은 이면운동으로 활약하여
최복순(20) 징역 십월, 김진현(20) 징역 유월, 최윤숙(19) 징역
유월, 허정숙(26) 징역 일년, 이순옥(18) 징역 유월, 임경애(19)
징역 유월, 박계월(20) 징역 유월, 송계월(19) 징역 유월을 구
형, 변호사들은 피고들의 무죄를 주장

1930.3.22.   여학생 만세운동 판결 언도
허정숙 징역 일년, 최복순 징역 팔월, 이순옥 징역 칠월 집행
유예 사년, 김진현, 최윤숙, 임경애, 박계월, 송계월 징역 유월

	집행유예 삼년간의 판결을 언도 받음
1930.3.24.	판결 언도 당시 공소권을 포기하고 당일로 출옥할 예정이었으나 공소권 포기 수속(피고들이 미성년자임에 미성년 피고의 법정대리인, 또는 부형들의 동의가 필요)이 제대로 이루어지지 않아 출감 지연
1930.3.25.	송계월, 임경애만이 공소권 포기 수속이 끝나지 않아 사건 담임 변호사들이 책부보석으로 출감 주선
1930.3.26.	여학생 만세운동의 피고 여덟 명 중 여섯 명(이순옥, 김진현, 최윤숙, 임경애, 박계월, 송계월) 출감
1931.2.	경성여자상업학교 졸업
1931.2.	부모의 도움없이 독립해야 한다는 경제적 필요와 전공과 직업의 연관성을 고려하여 정자옥 데파트 걸로 취직
1931.4.	전공을 살려 데파트 걸이 되었으나 취미가 문예와 사회운동에 있었던 바 이직을 고민하던 중 일약 개벽사 여기자로 발탁 신여성으로서의 어려움과 질곡, 사회적 부조리를 비판하는 첫 번째 칼럼 「내가 신여성이기 때문에」(『신여성』, 1931.4)를 '송적성(宋赤城)'이라는 필명으로 발표
1931.5.27.	경성여자상업학교 2년생들이 부정사건으로 퇴직한 선생의 복직문제로 동맹휴학을 결의하자 송계월은 졸업생의 대표 자격으로 여상 교장을 방문하여 협상을 벌임
1931.5.31.	학교에서 맹휴생의 요구조건(부정교원 파면 등)을 수용하기로 하여 맹휴를 해지하고 전원등교 함.
	하지만 학교에서 맹휴 수모자에게 정학의 조치를 취하고 경찰서에 사건을 의뢰하자 다시 분위기가 안좋아짐
1931.6.12.	경성여자상업생도들이 재차 맹휴를 협의(당주동 팔번지 김소랑의 방)하다가 종로서 고등계의 현장출동으로 이십여 명이 검속

	송계월은 졸업생 대표로 교장에게 질문을 하였다 하여 개벽사 근무 도중 검거
1931.6.14.	경성여자상업학교 맹휴를 선동하였다는 혐의로 검거되었던 송계월은 무혐의 판정을 받고 석방
1931.10-1932.1.	4달 동안 개벽사에서 발간하는 4개 잡지(『신여성』,『제일선』, 『혜성』,『어린이』)를 넘나들며 본명과 필명으로 상당한 글을 발표함
	이외에도 『동광』,『삼천리』,『매일신보』,『중앙일보』,『문예월간』 등에 글을 기고 (작품연보 참조)
1932.2.	조섭을 돌보지 않고 원고지를 들고 동분서주
	여학생 만세운동 때 감옥에서 얻은 위병과 폐렴이 겹쳐져 죽음에 가까운 고통을 받자 고향 북청으로 요양을 떠남
1932.3.	잡지 『삼천리』에 처녀작 「가두연락의 첫날」을 발표, 문단으로부터 관심을 받기 시작함
	고열과 심한 기침, 각혈, 위통, 신경통까지 겸하여 몸을 움직이지 못할 만큼 위독하여짐, 북청의 가족들은 밤잠을 이루지 못하고 온갖 정성으로 간호
	간신히 잠이 들면 '결코 죽을 수 없다'는 잠꼬대를 하였다고 함
1932.4.	병이 호전, 간호하는 동생(송정덕)과 함께 바닷가 산책도 하고 일광욕도 해가며 몸이 튼튼하여 지도록 집중함
1932.5.	병상에서 일신에 관한 좋지 못한 소문을 듣게 됨
	S모라는 사람이 출판회에서 자신에 대하여 비열한 소문(아이를 출산하러 고향에 내려갔다)을 퍼뜨렸다는 것을 알게 됨
	이 소문을 듣고 극도로 흥분하여 서울로 쫓아 올라가겠다는 것을 의사와 가족들이 간신히 말림
1932.9.	병이 호전되어 서울로 돌아옴.
1932.9.23.	원고 청탁 차 신문사에 들렀다가 C씨로부터 흉악무비한 데마

를 듣고 돌아옴

인사동 R친구로부터는 데마의 계획적 소문자의 실명까지 전
해 들음

1932.9.30. 병이 완쾌되지 않은 가운데 잡지사의 일로 바쁜 나날을 보냄

갑자기 신열과 함께 몸이 떨려 병원에 찾아가니 늑막염으로
인해 어깨와 가슴, 옆구리의 통증이 발생한다는 진단을 받음

1932.11. 이갑기가 『여인』 가십란에 "S처녀의 옥동자 운운하며 아기
아버지가 어디에도 있고 어디에도 있다는" 기사를 실음

자신의 소문에 대한 반박글 「역선전에 대한 일언」(『제일선』),
「데마에 항하여」(『신여성』)를 연속해서 발표

1933.2. 『신가정』에 연작소설 「젊은 어머니」의 제2회를 발표

혼절과 각혈의 연속

1933.3. 다시 일어날 수 없겠다는 의사의 선고를 듣고 고향으로 돌아감

전별 나온 윤성상의 손을 잡고 하소연함

1933.5.31. 귀향한지 칠십여일에 촌보도 옮기지 못할 정도의 위중한 상
태가 지속

궂은 비 내리는 오후 1시 5분 북청군 신창면 자택에서 23살
의 나이로 사망

공식적인 사망원인은 장결핵

● 작품연보

「내가 신여성이기 때문에」,『신여성』5권4호, 1931.4.

「학교의 반성 없으면 사회에 호소」,『매일신보』, 1931.5.29.

「누구의 잘못인가? 맹아원에서 들은 이야기」,『신여성』5권5호, 1931.6.

「해외밀사 이준 씨 부인 이일정 여사 방문기」,『신여성』5권9호, 1931.10.

「명사가정부엌 참관기(基一)」,『신여성』5권9호, 1931.10.

「우리 가을은 내일 아침에!」,『신여성』5권9호, 1931.10.

「약혼 중 애인에게 정조 허락함이 죄이냐?」,『삼천리』3권10호, 1931.10.

「직업전선에 나선 여성들(五)」,『매일신보』, 1931.11.8.

「어촌 어린이 생활」,『어린이』, 1931.11.

「육개국을 만유하고 돌아온 박인덕 여사 방문기」,『신여성』5권10호, 1931.11.

「명사가정부엌 참관기(基二)」,『신여성』5권10호, 1931.11.

「세상일기」,『삼천리』3권11호, 1931.11.

「어촌 있는 동생에게—비료회사에서 노동하는 동생에게」,『어린이』, 1931.12.

「공장소식」,『신여성』5권11호, 1931.12.

「북청의 점묘」,『삼천리』3권12호, 1931.12.

「악제도의 철폐」,『동광』29호, 1931.12.

「이동좌담—내가 이상(理想)하는 남편」,『신여성』5권11호, 1931.12.

「1932년을 당하야 조선 신진여성의 포부와 주장」,『중앙일보』, 1932.1.1.

「각여학교졸업생 언파레드, 여자상업학교 편」,『신여성』6권1호, 1932.1.

「신시대의 어머니를 찾아서」,『신여성』6권1호, 1932.1.

「조선 최초의 여경제학사 최영숙 씨 방문기」,『신여성』6권1호, 1932.1.

「시골 동생에게」,『어린이』, 1932.1.

「조선문인의 프로필」,『문예월간』2권1호, 1932.1.

「직공 딸에게」,『어린이』, 1932.2.

「직업여성 이동좌담회」,『신여성』6권2호, 1932.2.

「직업여성의 술회 학원시대와 실제생활—잡지기자 송계월 양」,『신동아』,

1932.3.

「각여학교졸업생 언파레드, 숙명여자고보 편」, 『신여성』 6권3호, 1932.3.

「가두연락의 첫날」, 『삼천리』 4권3호, 1932.3.

「여인문예가 그룹 문제-최정희 군의 '선언'과 관련하여」, 『신여성』 6권3호, 1932.3

「가고 싶은 곳 만나고 싶은 사람」, 『삼천리』 4권3호, 1932.3.

「봄과 추위」, 『혜성』 2권3호, 1932.3.

「봄과 감옥여성」, 『신여성』 6권4호, 1932.4.

「병상의 편상―북국 어촌에서」, 『신여성』 6권6호, 1932.6.

「육아문제 이동좌담회」, 『신여성』 6권10호, 1932.10.

「부인기자의 일기」, 『신동아』, 1932.11.

「신창 바닷가」, 『신여성』 6권11호, 1932.11.

「데마에 항(抗)하야」, 『신여성』 6권11호, 1932.11.

「역선전에 대한 일언」, 『제일선』 2권10호, 1932.11.

「북국의 동무」, 『신동아』, 1932.12.

「남성에 대한 선전포고 각계신구여성의 기염(二)」, 『동아일보』, 1933.1.2.

「직업여성의 좌담회」, 『매일신보』, 1933.1.1-1.5.

「진정한 새해 새날은 오리니!」, 『매일신보』, 1933.1.7.

「명일을 약속하는 신시대의 처녀좌담회」, 『신여성』 7권1호, 1933.1.

「젊은 어머니」, 『신가정』, 1933.1-5.

「청량리 정거장에 사라진 소년」, 『제일선』 3권2호, 1933.2.

「난파선」, 『별건곤』 8권2호, 1933.2.

● 참고문헌

▶ 신문기사

「17명 여상교생 상금 유치 취조중 종로서 문전에 밤새는 학부형 교당국을 원망」, 『중외일보』, 1928.5.5.

「여상검속생도 오명은 유치장」, 『매일신보』, 1928.5.7.

「교육계 불상사 여상 맹휴생 송국, 5명은 폭행죄로 취조, 교당국 속수무책」, 『중외일보』, 1928.5.10.

「교육계 불상사, 여상 맹휴생 송국, 5명은 폭행죄로 취조」, 『조선중앙일보』, 1928.5.10.

「여상생 5명 폭행죄로 송국, 외 팔명은 불구속으로 여자학계의 초유사」, 『중외일보』, 1928.5.12.

「여상생 오명송국 불구속 합해 전부 십삼명」, 『매일신보』, 1928.5.12.

「폭행업무방해 검사국으로 넘어가 여상 교생 오명」, 『동아일보』, 1928.5.12.

「여상교의 맹휴생 출옥, 옥문전에 모인 동문보고 울어」, 『조선중앙일보』, 1928.5.21.

「여상맹휴생 불기소석방」, 『동아일보』, 1928.5.23.

「각여교 대표 삼십여명 집합」, 『동아일보』, 1930.1.31.

「시내여교만세사건 금일검사국 송치」, 『동아일보』, 1930.1.31.

「이등검사 담임」, 『동아일보』, 1930.1.31

「육십여명은 석방 이십구명은 송국」, 『매일신보』, 1930.1.31.

「구속자 중에도 팔명 만 기소 기소유예 등의 형식으로 입오명은 금일출옥」, 『동아일보』, 1930.2.11.

「주모자를 제한 외엔 기소유예와 불기소 전도를 생각한 관대한 처분 만세사건관계여학생」, 『매일신보』, 1930.2.11.

「시내 가회동 송계월 가(家)에 회합」, 『조선일보』, 1930.2.11.

「허정숙 이하 8명, 보안법으로 기소」, 『중외일보』, 1930.2.11.

「시내 여학생 공판」, 『동아일보』, 1930.2.15.

「시내여학생 사건, 래 20일에 공판개정」,『동아일보』, 1930.2.16.

「십육명회합 삼개조항 결의」,『동아일보』, 1930.2.16.

「허정숙 등 팔 여생 공판, 경성지방법원에서 내 이십일에 개정」,『중외일보』,
　　　1930.2.16.

「최초엔 입일을 십오일로 변경」,『동아일보』, 1930.2.17.

「제2차 만세학생 잔여 십사명 송국」,『중외일보』, 1930.2.17.

「시내 만세 여학생 공판은 무기연기」,『중외일보』, 1930.2.21.

「여학생 공판 개정일상 미정」,『동아일보』, 1930.3.9.

「시내 여학생 사건 팔명 금일 공판 개정」,『중외일보』, 1930.3.18.

「공소사실요략」,『동아일보』, 1930.3.19.

「만세사건에 관련된 팔여학생 초공판」,『매일신보』, 1930.3.19.

「범죄사실은 대개는 시인 설곁눈질하며 미소하야 정내는 도리혀 애애」,『매
　　　일신보』, 1930.3.19.

「시내 만세 여생 공판 속보」,『중외일보』, 1930.3.19.

「시내 여학 만세사건 제1회 공판개정, 전번에 무기 연기됐다가 별안간 공판」,
　　　『동아일보』, 1930.3.19.

「피고 등 태도」,『동아일보』, 1930.3.19.

「제이차 학생만세 사건의 주모 여성 팔 명 공판 개정」,『중외일보』, 1930.3.19.

「법정 소경(小景)」,『중외일보』, 1930.3.20.

「최고 일년 최하 유월, 만세여학생에 구형」,『중외일보』, 1930.3.20.

「여학생만세사건」,『매일신보』, 1930.3.20.

「만세여학생 구형 일년과 육개월 징역」,『동아일보』, 1930.3.20

「허정숙도 사실을 시인」,『동아일보』, 1930.3.20.

「구십 명 중에서 팔 명만은 기소 주모자 엄벌주의를 취할 것」,『동아일보』,
　　　1930.3.20.

「여학생사건의 판결」,『매일신보』, 1930.3.23.

「수속에 문제부터 여학생 출감 지연」,『동아일보』, 1930.3.24.

「만세여학생, 금석에 출감」,『중외일보』, 1930.3.25.

「유예된 여학생 금일에는 출옥 대개는 수속이 끝이 날 듯」,『동아일보』,
　　　1930.3.25.

「일초마다 일분단장! 오열과 환소의 교향악」, 『동아일보』, 1930.3.26.

「출옥한 여학생들」, 『동아일보』, 1930.3.26.

「송계월 양 외 3명을 인치 취조 여하로 확대」, 『조선일보』, 1931.6.14.

「여상생 밀의소 습격 학생입팔명 검거, 주인부부와 송계월 씨도 인치」, 『동아
일보』, 1931.6.14.

「맹휴를 선동했다고 졸업생을 검속 교장에게 질문을 한 것도 원인 주목끄는
여상분규」, 『매일신보』, 1931.6.15.

「여상생 28명 검거, 주인부부와 송계월도 인치」, 『중외일보』, 1931.6.15.

「여상졸업생 무죄로 석방」, 『매일신보』, 1931.6.16.

「송계월 양 영면」, 『조선중앙일보』, 1933.6.1

「송계월 양」, 『매일신보』, 1933.6.1.

「여류신진문인 송계월 양 서거」, 『동아일보』, 1933.6.2.

「고 송계월 양 추모식 거행」, 『조선중앙일보』, 1933.6.7.

「조서한 여류문인 송계월 양 추도 이십육일 신흥사에서」, 『동아일보』,
1934.5.25.

▶논문

강민성, 「한국 근대 신문소설 삽화연구―1910~1920년대를 중심으로」, 이화여
대 석사논문, 2002.

강숙자, 「한국여성 근대화의 보편성과 특수성」, 『인문과학연구』 9, 성신여대
인문과학연구소, 1989.

개벽사 동인 일동, 「송계월 군의 약력」, 『신여성』 7권7호, 1933.7.

고미숙, 「근대계몽기, 그 생성과 변이의 공간에 대한 몇 가지 단상」, 『민족문
학사연구』 14, 민족문학사연구소, 1999.

권희영, 「1920~1930년대 '신여성'과 모더니티의 문제―'신여성'을 중심으로」,
『사회와역사』 54, 문학과지성사, 1998.

권희영, 「1920~1930년대 '신여성'과 사회주의」, 『한국민족운동사연구』 18, 한
국민족운동사연구회, 1998.

심경일, 「일제하의 신여성 연구」, 『사회와역사』 57, 문학과지성사, 2000.

김기림, 「직업여성의 성문제」, 『신여성』, 1933.4.

김명석, 「이동규 소설 연구」, 『우리문학연구』 23, 2008.

김문집, 「신춘창작대관(6)-<수난의 기록>과 <패강랭>」, 『동아일보』, 1938. 1.21.

김미영, 「1920년대 여성담론 형성에 관한 연구-'신여성'의 주체형성과정을 중심으로」, 서울대 박사논문, 2003.

김복순, 「'범주 우선성'의 문제와 최정희의 식민지 시기 소설」, 『일제말기의 미디어와 문화정치』, 깊은샘, 2008.

김수진, 「신여성-열려있는 과거 멎어있는 현재로서의 역사쓰기」, 『여성과사회』 11, 2000.

김연숙, 「사회주의 사상의 수용과 여성작가의 정체성」, 『어문연구』 128, 2005.12.

김옥란, 「여성작가와 장르의 젠더화-희곡과 수필을 중심으로」, 『탈식민의 역학』, 소명출판, 2006.

김은실, 「식민지 근대성과 여성의 근대 체험-여성경험의 서사화와 경험 해석에 관한 방법론적 모색」, 『글로벌라이제이션과 성의 정치학』, 이화여대 출판부, 2001.

김자혜, 「늦어진 편지답장」, 『신여성』 7권7호, 1933.7.

김정순, 「『개벽』지의 잡지사적 가치 연구」, 『출판잡지연구』 9, 2001.

남화숙, 「1920년대 여성운동에서의 협동전선론과 근우회」, 『한국사론』 25, 서울대 국사학과, 1991.

모윤숙, 「나의 교유록 원로여류가 엮은 회고」, 『동아일보』, 1981.8.31.

문혜윤, 「근대적 글쓰기의 형성과 글쓰기 장의 재인식-1930년대 수필의 장과 장르의 역학」, 『비교어문연구』 29, 2010.

민병휘, 「여류문사에 대하여-동지 안함광 군에게 보내는 일편서신」, 『비판』, 1933.3.

민병휘, 「조선푸로작가론」, 『삼천리』 4권9호, 1932.9.

박경혜, 「어조의 분열, 유폐와 탈주의 욕망 사이-김명순론」, 『여성문학연구』 2, 한국여성문학학회, 1999.

박명규, 「식민지 역사사회학의 시공간성에 대하여」, 『현대 한국사회 성격논쟁

　　　　　　－식민지, 계급, 인격윤리』, 전통과현대, 2001.

박용규, 「일제하 여기자의 직업의식과 언론활동에 관한 연구」, 『한국언론학
　　　　　　보』 41, 1997.

박용옥, 「신여성에 대한 사회적 수용과 비판」, 『신여성』, 청년사, 2003.

박용옥, 「한국여성사연구의 동향」, 『이대사학연구』, 이화사학연구소, 1985.

박정애, 「송계월, 사회주의 여성 해방론 눈떠 현실 맞서 홀로 싸우다 요절」,
　　　　　　『한겨레』, 2002.8.12.

박정애, 「어느 신여성의 경험이 말하는 것－여기자 송계월」, 『여성과사회』
　　　　　　14, 한국여성연구소, 2002.

박춘호, 「광복 50주년 특별기획, 독립운동비사」, 『조선일보』, 1995.7.14

박현옥, 「여성, 민족, 계급－다름과 집합적 행위」, 『한국여성학』 10, 한국여성
　　　　　　학회, 1994.

박혜란, 「1920년대 사회주의 여성운동의 조직과 활동」, 이화여대 석사논문,
　　　　　　1993.

박화성, 「열창냉어 감상비판 주장」, 『동아일보』, 1934.6.7.

백악선인, 「현대 '장안호걸' 찾는 좌담회」, 『삼천리』 7권 10호, 1935.11.1.

백　철, 「1933년도 조선문단의 전망」, 『동광』 40, 1933.1.

백　철, 「개벽사 편집실 풍경」, 『중앙일보』, 1969.5.8.

백　철, 「개벽시대」, 『대한일보』, 1969.4.7－1970.12.10.

백　철, 「창작계 총평」, 『신동아』, 1932.11.

백　철, 「신춘문예평」, 『신동아』, 1933.3.

사우춘, 「거리의 굴뚝새! 풍문제조업자」, 『신여성』, 1932.12.

소　영, 「연작소설 『젊은 어머니』에 대한 촌평」, 『신가정』, 1933.8.

소현숙, 「여성 스스로 해방하는 날, 세계가 해방할 것이다－1920년대 여성운
　　　　　　동과 '근우회'」, 『20세기 여성사건사』, 여성신문사, 2001.

손혜민, 「소문에 대응하여 형성되는 '신여성'의 기표」, 『사이』 7, 2009.

송봉우, 「여류작가 인물평」, 『삼천리』, 1936.1.

송연옥, 「1920년대 조선 여성운동과 그 사상－근우회를 중심으로」, 『1930년대
　　　　　　민족해방운동』, 거름, 1984.

송연옥, 「민족주의와 페미니즘의 불행한 결렬－1930년대의 한국 '신여성'」, 『페

미니즘연구』, 한국여성연구소, 동녘, 2001.

송연옥, 「조선 '신여성'의 내셔널리즘과 젠더」,『신여성』, 청년사, 2003.

송정덕, 「언니를 영원의 길로 보내며」,『신여성』 7권7호, 1933.7.

송지현, 「1930년대 여성문학론 고찰」,『한국언어문학』 30, 1992.

송진우, 「창간사」,『신가정』, 1933.1.

송호숙·김진송 외, 「식민지 근대화와 신여성-김명순, 최승희, 나혜석, 윤심 덕」,『역사비평』, 역사비평사, 1992여름.

신수정, 「한국근대소설의 형성과 여성의 재현양상 연구」, 서울대 박사논문, 2003.

신영숙, 「일제시기 여성운동가의 삶과 그 특성 연구-조신성과 허정숙을 중 심으로」,『역사학보』 150, 역사학회, 1996.

신영숙, 「일제시기 여성운동가의 생활과 활동양상」,『한국여성학』 13, 한국여 성학회, 1997.

신영숙, 「일제하 신여성의 사회인식」,『이대사학』 21, 이대사학회, 1985.

신영숙, 「일제하 한국여성사회사 연구」, 이화여대 박사논문, 1989.

신용하, 「언론독립투쟁」,『한국일보』, 1988.4.7.

심진경, 「문단의 '여류'와 '여류문단'-식민지 시대 여성작가의 형성과정」,『상 허학보』 13, 2004.

심진경, 「문학 속의 소문난 여자들」,『파라21』, 2003봄호.

심진경, 「여성문학은 어떻게 만들어졌는가」,『한국근대문학연구』 19, 2009.

안함광, 「문예시평-두 가지 제문을 가지고」,『비판』, 1932.12.

외돗생, 「동아, 조선, 중외 3신문사 여기자 평판기」,『별건곤』, 1929.12.

유숙렬, 「23세 요절한 여기자 송계월 1900년대 여성운동 재조명」,『문화일보』, 2002.6.3.

윤백남, 「서도미인과 영남미인」,『삼천리』 7권5호, 1935.6.

윤성상, 「그 길이 그렇게도 바빴소」,『신여성』 7권7호, 1933.7.

이무영, 「여류작가개평」,『신가정』, 1934.2.

이상경, 「『부인』에서 『신여성』 까지」,『신여성』, 케포이북스, 2009.

이상경, 「1930년대의 신여성과 여성작가의 계보 연구」,『여성문학연구』 12, 2004.12.

이서찬, 「벽소설에 대하여」, 『조선일보』, 1933.6.13.

이석훈, 「유성 - 고 송계월의 애도」, 『신여성』 7권7호, 1933.7.

이석훈, 「이효석, 송계월, 심훈, 백신애, 김유정 등 고인회상」, 『삼천리』, 1949.12.

이은상, 「나의 신가정 편집장 시절」, 『여성동아』, 1967.11.

이찬, 「동무의 회상, 송계월 양의 삼주기에」, 『조선중앙일보』, 1935.5.30 - 6.2.

이혜정, 「억울한 여류작가」, 『신여성』, 1932.8.

이혜정, 「지상논단 여성전선」, 『신여성』, 1932.5.

정영자, 「한국 현대 여성문학사의 흐름과 그 특성」, 『여성문학연구』 창간호, 1999.

정주환, 「수필문학의 장르적 명칭과 정착 과정」, 『비평문학』 9호, 1995.

최명표, 「소문으로 구성된 김명순의 삶과 문학」, 『현대문학이론연구』 30집, 2007.

최정희, 「1933년도 여류문단 총평」, 『신가정』, 1933.12.

편집부, 「가인춘추」, 『삼천리』 4권5호, 1932.5.

편집부, 「게시판과 벽소설」, 『집단』 2, 1932.2.

편집부, 「내외문단잡록」, 『별건곤』 47, 1932.1.1.

편집부, 「만국부인싸론」, 『만국부인』 1호, 1932.10.

편집부, 「문단춘추」, 『삼천리』 5권9호, 1933.9.

편집부, 「문예잡화」, 『삼천리』 4권5호, 1932.5.

편집부, 「문인서한집」, 『삼천리』 5권3호, 1933.3.

편집부, 「여류문인 다병(多病)」, 『동광』 36, 1932.8.

편집부, 「여상의 비약과 한교장 인물」, 『삼천리』 10권5호, 1935.5.

편집부, 「여학교 재원 순례기」, 『신여성』, 1931.1.

편집부, 「오호! 송계월양 요절」, 『별건곤』, 1933.7.

편집부, 「직업여성의 술회 : 학원시대와 실제생활-잡지기자 송계월 양」, 『신동아』, 1932.3.

편집부, 「천하대소인물평론회」, 『삼천리』 8권1호, 1936.1.

편집부, 「편집후기」, 『별건곤』, 1931.11.

편집실, 「『개벽』에 얽힌 회상」, 『신인간』 283, 1971.2.3.

편집실, 「여명기의 개척자들」, 『경향신문』, 1984.7.28

한국여성연구회 여성사분과 편, 「근우회 운동」, 『한국여성사』, 풀빛, 1992.

허은주, 「죽어야 사는 여성 연예인들의 인권」, 『젠더리뷰』 13, 2009.

홍구, 「1933년 여류작가군상(속)」, 『삼천리』 5권3호, 1933.3.

홍의동자, 「미인박명애사 : 조서한 문단의 명화 송계월 양」, 『삼천리』, 1935.3.

▶단행본

강진호 엮음, 『한국문단이면사』, 깊은샘, 1999.

고미숙, 『한국의 근대성, 그 기원을 찾아서-민족·섹슈얼리티·병리학』, 책
　　　세상, 2001.

국사편찬위원회, 『한민족독립운동사자료집』, 국사편찬위원회, 1986.

권보드래, 『연애의 시대』, 현실문화연구, 2003.

권영민, 『한국근대문인대사전』, 아세아문화사, 1991.

권영민, 『한국현대문학작품연표1』, 서울대학교출판부, 1998.

김경, 『디오게네스의 연인들』, 한국기독교연구원, 1992.

김경일, 『여성의 근대, 근대의 여성』, 푸른역사, 2004.

김복순, 『페미니즘 미학과 보편성의 문제』, 소명출판, 2005.

김수진, 『신여성, 근대의 과잉 : 식민지 조선의 신여성 담론과 젠더정치』, 소
　　　명출판, 2009.

김연숙, 『그녀들의 이야기, 신여성』, 역락, 2011.

김은실, 『글로벌라이제이션과 성의 정치학』, 이화여대 출판부, 2001.

김응교, 『사회적 상상력과 한국시』, 소명출판, 2002.

김주리, 『근대소설과 육체 : 한국근대소설의 몸지도』, 한국학술정보, 2009.

김진규·정근식·강이수, 『근대주체와 식민지 규율권력』, 문학과학사, 1997.

김진송, 『서울에 딴스홀을 허하라-현대성의 형성』, 현실문화연구, 1999.

김진영, 『여성문화의 새로운 시각, 1-8』, 경희대학교 인문학연구소, 1999.

김현주, 『한국 근대 산문의 계보학』, 소명출판, 2004.

김호일, 『한국근대학생운동사』, 선인, 2005.

마이클 로빈슨, 신기욱, 도면회 역, 『한국의 식민지 근대성』, 삼인, 2006.

문학사와비평연구회, 『한국 근대문학 연구의 반성과 새로운 모색』, 새미, 1997.

박길수, 『차상찬평전』, 도서출판 모시는사람들, 2012.

박용옥 편, 『여성 : 현재와 역사』, 국학자료원, 2001.

박용옥·신영숙 외, 『한국 역사속의 여성인물』, 한국여성개발원, 1998.

박지향, 『제국주의-신화와 현실』, 서울대 출판부, 2000.

벨 훅스, 박정애 역, 『행복한 페미니즘』, 백년글사랑, 2002.

상허학회, 『일제말기의 미디어와 문화정치』, 깊은샘, 2008.

서울시사편찬위원회, 『서울독립운동의 역사현장』, 편찬위원회, 2008.

서정자, 『한국 근대 여성소설 연구』, 국학자료원, 1999.

스피박, 태혜숙 역, 『다른 세상에서』, 여이연, 2003.

신용하, 『한국근대사회사상사연구』, 일지사, 1987.

안승형, 『한국노동소설전집』, 보고사, 1995.

여성사연구모임, 『20세기 여성사건사』, 여성신문사, 2001.

연구공간+너머 근대매체연구팀, 『매체로본 근대여성 풍속사 : 신여성』, 한겨레신문사, 2005.

염무웅, 『분화와 심화 어둠 속의 풍경들』, 민음사, 2007.

우줄라I. 마이어, 송안정 역, 『여성주의철학입문』, 철학과현실사, 2006.

윤혜동, 『근대를 다시 읽는다』, 역사비평사, 2006.

이경훈, 『오빠의 탄생』, 문학과지성사, 2003.

이명재 편찬, 『북한문학사전』, 국학자료원, 1995.

이상경, 『한국근대여성문학사론』, 소명출판, 2002.

이희경, 『신여성 : 매체로 본 근대 여성 풍속사』, 한겨레신문사, 2005.

임금복, 『현대여성소설의 페미니즘 정신사』, 새미, 2000.

임형택, 『한국문학사 어떻게 쓸 것인가』, 한길사, 2001.

정영자, 『한국 페미니즘문학 연구』, 좋은날, 1999.

정진석, 『한국언론투쟁사』, 정음사, 1975.

조남현, 『한국문학잡지사상사』, 서울대학교출판문화원, 2012.

조동걸, 『현대한국사학사』, 나남, 1998.

조동일, 『지방문학사-연구의 방향과 과제』, 서울대 출판부, 2003.

천정환, 『근대의 책읽기』, 푸른역사, 2003.
태혜숙, 『한국의 식민지 근대와 여성공간』, 여이연, 2004.
편집실, 『한국인물대사전』, 정신문화연구원, 1999.
한국민족운동사연구회 편, 『한민족과 민족운동』, 국학자료원, 1998.
한국여성문학학회 편, 『한국 여성문학 연구의 현황과 전망』, 소명출판, 2008.
한국여성연구소 여성사연구실, 『우리 여성의 역사』, 청년사, 1999.
한스J.노이바우어, 박동자 · 황승환 역, 『소문의 역사』, 세종서적, 2001.